集吉园
往昔婚恋

伊涛 著

东方出版中心

目　录

i 引言

001 第一章　意外

015 第二章　婚与恋

029 第三章　顶枝

044 第四章　姻缘

058 第五章　坟与婚

072 第六章　痴人

085 第七章　修路风波

097 第八章　困龙井

111 第九章　镇狼

126 第十章　乱点鸳鸯谱

139 第十一章　心散家不散

153 第十二章　添乱

168 第十三章　偷井

190 第十四章　光亮

203　　第十五章　梦依旧

217　　第十六章　庆生去世

231　　第十七章　拆解人生

245　　第十八章　拆无所拆

261　　第十九章　重新组装

280　　第二十章　缝补

291　　第二十一章　婚事

307　　第二十二章　婚礼

325　　第二十三章　痴男怨女

344　　第二十四章　团圆

359　　第二十五章　新篇章

374　　后记

引
言

世间渺渺，前行路遥，人总是把不会发生的事安排得井井有条。可曾记得童年的梦想？你有志成为科学家，我有志成为军事家，是否已经实现？可曾记得年轻时的愿望？历经磨砺，迄至白发苍苍，是否还在若干年前愿望的延长线上努力奔忙？旧年冷月映照下的婚恋，又会如何？

观诸古今故事，爱情堪称一种颇显奇异的力量，总会催人相互绑定，彼此追寻，但谁能保证自己的人生全由自己来掌舵？更遑论爱情。同时，恐怕又无人愿意横尸一躺，接受一切熔炼，不做任何挣扎，要么只如枝头树叶，风来便摇，或在茫茫无际的大海上恍然穿梭。各种胶着，各种纠缠，总引人嗟叹，风不止，月清晰，树未老，会无期。还引人感慨，人生路途，百转千回，任何一种积极的坚持，都难能可贵。

如何坚持？执子之手，与子偕老，死生契阔，做起来若是如同说起来那般容易，还如何确保婚恋爱情的美感度依旧颇高？一朝约定，就要诚实守信。何谓诚实？不欺对方，亦不欺自己，两头兼顾，方为得宜。如果对方已经感知不到，仅凭不欺自己，是否还有必要诚实到底？何谓守信？既要面向对方，让承诺化为实际，还要鞭策自己履行诺言。如果对方早已顾不上，仅剩自己遵守承诺，是否还有意义？说得更直接一些，一段婚恋若是早已如同一件破衣烂衫，难道只能丢弃？如果还能缝补，且还能给人带来温暖，又该如何面对？

前些年，深入民间寻访，原本无意专门关注婚恋事项，盖因相关书籍早已数不胜数。时值 2021 年 10 月初，终有转机。某位访谈对象讲述了一段故事，暗含着死与爱的交织、悲与美的凝合，刻画着慷慨风流总与苦难并行。当时闻听，百感交集。猛然间想起，以前明明还曾听另一位访谈对象说起类似故事。

接连几天，夜念念，心绪总起伏，不为谁人孤独，不为来日无期许，只为一场爱还没结束，哪怕双方早已步入两途。更有甚者，竟还以为挖掘到了隐藏在民间的新事物。继续探索，方知民间历来存在一种比较奇特的婚姻缔结方式。必须承认，民间浩瀚，智慧无穷，寻访者倒显得孤陋寡闻。若不是第二次闻听，恐怕就会让第一次付诸东流，还会跟民间的美妙爱情故事失之交臂。

在正式讲述故事之前，不妨只做前情交代。在我们中国社会，婚姻缔结历来颇有讲究。正如《礼记》所言，要合二姓之好，上以事宗庙，下以继后世，意指结婚并非男女双方的个人事务，而是属于两家的家务事，牵连着上下几代亲人的一体联动。据访谈对象讲述，有的婚姻缔结恰恰要合三家之好。严格说来，可以将其称为"补位婚"。

追索背后的深沉思考，一男一女若是早已结婚，且不论日后何时出现一方亡故的情形，依循民间常理，男女背后的两家依旧属于亲戚，即死不破亲。如果一男一女只是已经订了亲，但还没有结婚，偏偏出现了一方亡故的情形，又该怎么办？若不想就此破亲，便会催生出补位婚。此种做法，实际上属于化解悲情的一种方式，刻画着百姓积极谋求抱团取暖，不让失意者孤独承受悲凉，还能体现出百姓诚实守信。

探究补位婚的历史起源，有的访谈对象认为早已历经几千年，有的认为只具有几百年的历史。如此含混，全然不曾妨碍百姓把它放在眼前。毫无疑问，任凭某种事物怎么古老，并不足以成为百姓舍弃它的理由。顾念蕴含在其中的人情伦常，方是民间关注的重点。言表史上早有其事的意义，无非在于为眼前行事寻求和奠定合理性。

如果说历史是指过去的人和事，而过去二字属于标识时间的范畴，那么类似事情的古今重演就极易促使历史摆脱时间对它的绑定，以至于古事在今而又成今事。既然古今一致，的确就淡化了事情发生的时间坐标。补位婚的缔结即使会被视为旧俗，仍有必要追溯它在人情伦常的层面上具有怎样的叙事源起，以便于更全面地把握民间风貌，更深刻地展示和挖掘世间温情的塑造方式，正是溯源写作要达致的目标。

更有必要提前说明的是，关注补位婚，仅仅是筹划写作的起点。它毕竟属于民间婚恋的特殊事例，难免会被囊括在各式各样的婚恋形态中。既然以《集吉园往昔婚恋》为名为题，而非"集吉园三家联姻"，便是想以齐都市月朗镇的集吉园村为中心，聚焦民间婚恋的各种形态。藉此可以构设叙事背景和比较对象，用于映现补位婚的价值负载。同时还想要表明书中讲述的主线故事发生在 20 世纪 90 年代，至今的确可以称作往昔。既然标注出了年代，当能引人思考，包括补位婚在内，各种形态的婚恋如何置于历史和社会的发展进程中？而你我的婚恋又以怎样的历史和社会发展作为背景？

第一章

意　外

　　爱情只差一步便可修成正果，许问渠自然满心欢喜，拿着西装上衣急匆匆往外跑，边跑边穿。许嘉恒和许嘉奇早已站在车前，许问渠以最快速度跑来。兄弟三人立即上车出发，要去抱犊崮，迎接新娘黄书曼。许嘉恒紧握方向盘，目不转睛盯着前方。许嘉奇坐在副驾驶位置，倚着靠背昏昏欲睡。许问渠坐在后排座位上，隔着窗户，扭头望向远方，感觉自己的人生分明就像刚刚跳出地平线的太阳。旭日的确正在冉冉升起。

　　三人由北向南，来至集吉园村口，还没等拐弯，许嘉恒就喊了一句："问渠，快看，前面那人是不是你岳母？"许问渠赶紧看了一眼，只见刘桂兰从东面赶来，便答了一声"是"。许嘉奇被吵醒，同样看了一眼，紧接着说了一句："我们要去接新娘，新娘的老娘怎么跑来了？"

　　许嘉恒踩了一脚油门，最终把车停在了刘桂兰的跟前。许问渠急急忙忙下了车。刘桂兰当即就说："我不放心，一路走来，原本还想能在路上遇见闺女，只可惜到现在都还没遇见。"许问渠怎能不问发生了什么事？刘桂兰答道："书曼昨晚一夜没回家。"

许嘉奇趴在车窗上说道："难道她不想结婚了？您老可别怪我说一句不客气的话，我弟问渠要长相有长相，要身高有身高，要头脑有头脑，极善于经商，在咱们齐都，根本找不出能跟我弟相比的人。"

刘桂兰说道："我家闺女怎么可能不想结婚！她跟问渠从上高中的时候就开始谈恋爱，至今已经五年了。当初我的确反对过，那是因为担心他们谈恋爱会影响学习。果不其然，他们俩高考都没考好。自从他们高中毕了业，最近两年，我可从来没有反对他们继续谈恋爱。"

许嘉恒说道："一夜没回家不等于想逃婚。关键问题是，我们总要搞清楚黄书曼去了哪里。"许问渠发觉自己的右眼皮突突直跳，干脆抬手摁住。没等刘桂兰再说什么，从西面驶来了一辆车，停在了大家的面前。姜翎羽打开车门，直接扑向刘桂兰和许问渠，吞吞吐吐说道："我正发愁，不知道该把黄书曼送到哪里。送回抱犊崮或者集吉园，似乎都不合适，可巧遇见你们了。你们赶紧商量商量怎么办吧。"

许问渠弯腰扭头瞅向车里，发现黄书曼倚靠在座位上一动不动，像是睡得很死，就大声喊道："下车吧！"谁知黄书曼毫无反应。一阵大风刮来，路边树叶哗哗直响。许问渠还以为自己音量太低，不足以叫醒黄书曼，便拔高嗓门喊道："下车吧！"那音量远远超过树摇枝颤，但黄书曼仍然没有任何反应。

姜翎羽冲着许问渠说了一句："别喊了，她听不到了！"许问渠紧接着就问："什么意思？"没等姜翎羽回答，刘桂兰早把上半身探进车里，只见黄书曼的额头上还有血迹，怎能不问："闺女，你怎么了？"那声音已是一半哭腔。姜翎羽盯着许问渠轻声说了俩字："死了！"

晴天霹雳骤然落至头顶，许问渠不能接受，更不敢相信。刘桂兰扑到黄书曼的身上号啕大哭，边哭边诉："我的亲闺女，你昨天下午还好好的，活蹦乱跳出了门，怎么只回来一具尸首？都怪我，都怪我，昨天下午没拦住你。你死了，可就要了我的命！"仅此几声几句，刘桂兰晕倒在了黄书曼的身上。

姜翎羽又冲着许问渠说道："医生尽力了，实在是没办法了。"许问渠晃动了几下身躯，似是经不住风吹，顷刻倒在了地上。姜翎羽冲着许嘉恒和许嘉奇问道："怎么办？怎么办？"许嘉恒稍作思考，回复道："还能怎么办，各回各家吧。"姜翎羽急速上了车，要带着刘桂兰和黄书曼赶往抱犊崮。许嘉恒和许嘉奇把许问渠抬到了车上。

下一代结婚，上一代最操心。况且许问渠幼年丧父，跟母亲相依为命，眼下渠母谢佩樱正站在路口等着儿子接来新娘。许嘉恒和许嘉奇只是许问渠的堂哥。婚礼场面上的各种事项，主要由许庆生负责操持。他是许问渠的伯父，是许嘉恒和许嘉奇的父亲。

渠母翻来覆去不停地念叨："儿子结了婚，就了却了我的一桩心愿。"万万没想到，许问渠竖着出去的，却横着回来了，而且出去三人，回来三人。许嘉恒把黄书曼已死的事告诉了渠母。渠母同样接受不了。许嘉奇找到父亲告之，无须继续操持，只宜尽快收场。许庆生叹了几口气。

至于黄书曼到底是如何亡故的，还得从昨天下午说起。她曾再三念叨："大家都说皇姑岭的那座塔半年以来总有些奇怪，还传言有些事跟问渠相关，我一直想去看看，莫不如赶在婚前马上去。要不然结了婚会有各种事，哪里还有时间和心思再去。"姜翎羽笑道："我既然同意赶来给你做伴娘，今明两天，任凭你怎么调遣，我都服从安排。"

刘桂兰冲着女儿说道："你明早就要过门了，依我看，今天应该在家里好好拾掇拾掇你的嫁妆。"黄书曼似是完全没听见，拉着姜翎羽就要往外跑。刘桂兰追着喊道："你来去就像一阵风，想如何就如何，看你日后怎么在许家过日子。我可告诉你，既为人妻，又为人妇，都不是那么容易的，你该好好收敛收敛自己的性情。"黄书曼没回头，倒是甩下了一句："那些嫁妆，你替我拾掇就行。"

皇姑岭的那座塔，据说是唐代初年建成的，高约两百米，塔基直径有二三十米。皇姑岭村民绝大多数都姓杨，声称是隋代皇帝杨广的后人。因当年隋代皇家败落，杨广的妹妹带人流落至此，起初还曾想要对抗李唐王朝，终究只是功亏一篑。剩下不少金银，便建造了一座塔。旁边是一条河。当地人祖祖辈辈传言，夕阳西下时，塔影倾斜，恰与河流匹配，塔尖正好戳着河沿。最近半年，塔尖反倒戳进了河流中央。据村民们目测，那座塔像是在自动长高。更让人感到疑惑的是，河内青蛙似乎全都变成了哑巴，入夏至今全无任何叫声。

十里八村，流言四起。有人曾在塔与河之间取沙，一度宣称，挖开地面，不足两米，即可看到水，水中有金鱼。红的、黄的、白的、黑的和花的，数不清共计多少，大小比较一致，皆有四五厘米。谁都说不清地面以下缘何会有金鱼，金鱼又是如何存活的。有的人说得更玄，塔周长满了一种叫"鬼麻筋"的杂草，状如花生，只是茎和叶比花生的生脆。挥锹取沙，可看到红色土壤，简直红如人血，继续挥锹，谁知下一层并非红土，而是黄色土壤，再往下挖，还会见到红土，夹杂着数不清的黑色鹅卵石。

有的人甚至把自己做的梦拿到街面上去说。梦中见有一人穿着道袍，戴着道帽，口口声声提醒："山若长，必遭殃！"做梦人问道："哪里的山？"那人答说："眼前哪怕只是一堆土，又何尝不是一座山。高山矮山、远山近山，无不在眼前。"做梦人又问："谁遭殃？谁平安？"那人答说：

"谁种因，谁得果，种其因者得其果。总而言之一句话，塔周不宜动土。"

做梦人还会添油加醋描述一番，老人们总说，天地间，生机遍在。包括塔和山，貌似没有生命，其实不然。物老则为怪，本来就会像人一样生长。老早年间，就在我娘家那村的村外，曾有一座山悄悄生长，后来不知被谁踹了一脚，便被踹倒了，但它别有一番志向。既然不让竖着长，那就横着长，于是并排码成了五座山。另一座山，人们让它长，它却不长。哪怕拿鞭子抽它，它都不长，反而大哭。村民很生气，同样踹了它一脚，竟把它踹成了歪脖子山。

流言越传越凶，据说某天晚上，村里原本极其安静，突然间，街巷中响起了诡异的声音。乍一听，似是有人在敲锣打鼓，还夹杂着哭笑声，由远及近，越来越响，吵醒了许多沉睡的人。悄悄听去，时而哭声更强，时而笑声更强，循环往复，似乎就在耳畔，真切可辨。探究源头，那声音似是从半空中传来的，又像是从地底下冒出来的，真真让人觉得马上就会来一场山崩地裂。全然不曾传来狗叫声，想来全村的狗都吓得不敢叫了。持续了许久，那声音越来越弱，倒又不曾彻底消失，直到各家鸡叫，才彻底全无。

不知从何时起，故事的主角竟然变成了许问渠。估计是因为他经常走街串巷收集孕妇前溲和百草霜，再贩卖出去，有时会忙到很晚，皇姑岭有不少认识他的村民。拿他说事，更能让故事具有可信性。

传言他某天晚上正在街上走着，突然就听见身后传来了敲锣打鼓声和哭笑声。道路两边的路灯瞬间全都熄灭了，眨眼工夫又亮了起来，接连忽闪了两三下。许问渠急忙躲到了路边的树林子里。路灯再次全都熄灭了，却迟迟没有亮起来。那些诡异的声音越来越近。此前咚咚喤喤的响动顷刻变成了当当嗒嗒的声音，似乎不再是敲击锣鼓而发出的，更像是敲击铁锅或者镐锹锄镰所致。原来的号啕大哭变成了呜呜咽咽，哈哈朗笑变成了窃窃讥笑，还伴杂着些许埋怨声和争吵声。

许问渠始终不敢回头看，明显感觉到有一阵森森的凉气慢慢扑来，并不是雪后刮大风而让人感受到的那种凉意，更像是用平整的冰块紧紧贴到了热气腾腾的赤裸肉身上，使人缩起肩膀打寒战。当凉气慢慢变成锥心刺骨的冷气时，许问渠的双腿不停地颤抖，抖着抖着就麻木了，浑身上下全都被包裹进了冷气里，以至于不敢呼吸，更不敢发出丝毫声响。

散发着冷气的事物来到了他的身后，好在间隔着稀稀散散的树枝。许问渠愣在那里，虽不敢扭头转身，倒是转动了一下眼珠，赫然发现侧旁竟有一群人，都穿着黑色衣裳，分辨不出男女，貌似排着队，却又没把队伍排列整齐。有的仰头呜咽，有的低头大笑，手里要么拿着锅碗瓢盆，要么拿着镐锹锄镰。稍稍片刻，那群人围住了许问渠，真真像是特意奔着他来的，而许问渠想了想，索性像首领那般，抬手指了指远处。那群人便排着队朝远处走去。

传言早已传到黄书曼的耳朵里，怎能不劝许问渠："我跟你去村里各家讨要一些白面吧！唯有吃一顿百家饭，方可借助于百家之力保住你的性命。另外，你没事的时候，一定要多往阳光充足的地方站一站，好让阳光杀一杀粘在你身上的污秽。"

许问渠反倒不明白黄书曼在说些什么。黄书曼又说："'秽物'过境时，周围若有人，必会深受其害。活人的头顶上和肩膀上存有'阳气'，一旦近距离遇见了'秽物'，马上就会熄灭，终究致使活人死亡。"许问渠说道："世上哪有'秽物'，在我的眼里，就连孕妇前溲和百草霜，都是商品。"黄书曼细讲流言，许问渠听后，哈哈笑道："我竟然不知我还扮演了一回故事的主角！"

黄书曼和姜翎羽匆匆来至塔前，隔着三四十米观望，并未看出有何异常，打定主意要等到夕阳西下时再仔细观察。前来观望者足有二十几人，可见流言风传让不少人感到好奇。那些人倒是全都聚集在离塔较近的地方。迄至四点左右，黄书曼突然感觉到脚下地面似乎震动了一下，扭头观望周围，轻声笑言："难道塔要倒塌？即使要倒塌，总不至于要倒塌至咱们的跟前吧。"

姜翎羽同样早已感觉到地面震动，便劝了一句："咱们还是回去吧，没什么可看的。"黄书曼却说："大家都不走，咱们又何必担心会发生什么危险。"话音刚落，眼前骤然失序，脚下的地面开始急剧震动，顷刻就裂开了一道宽缝。

姜翎羽赶紧后退了几步，黄弓曼后退时却掉进了缝里。紧接着周围地动山摇，呼啦啦一片塌陷，还发出了扑腾一声巨响。再看那座塔，的确没有倒塌，但在变矮，转眼就落入了地面以下似是无比巨大的空间里，只留塔尖还能露出地面。周围众人纷纷躲避，场面混乱。

姜翎羽摇摆身体，直到地面不再震动，才站稳了脚跟，只听见地缝里传来了黄书曼的一声惨叫。姜翎羽冲着周围众人接连大喊："快来救人！"谁知有人喊了一声："塔下有东西！"那些观望者无不又去观望坠入地下的塔。说来真是奇怪，塌陷底部出现了大片骸骨，有弯的，有直的，最长的足有五六米，摆在那里像是一条龙。尤其是偌大的头骨，像极了传说中的龙的头。有人提议："把骸骨搬走吧！若能卖掉，价格肯定赛黄金。即使卖不掉，磨成粉，就是上等的创伤药。"

哪有人去搭救黄书曼？姜翎羽沿着地上塌至地下的坡面小心翼翼行走，费了不少工夫，终于走到了黄书曼的面前。只见她高抬着手臂指向侧旁，顺着手势看去，姜翎羽吓了大跳，只因侧旁出现了一具坐着的尸体。转眼间，不知从何处传来了嗡嗡嗡嗡的声响，随即就飞出了无数蜜蜂，直奔地面以上，结成了柔韧的柱状，肆意翻卷着飞舞，又结成了棉布状，上下左右抖搂着，飞来飞去，简直让地裂口提前黑了天。一只小小的蜜蜂发出的声音，固然可以忽略不计，但许以亿计乃至十亿百亿的蜜蜂扭结在一起，发出的声音足以让人感觉到震耳欲聋，以至于周围并非只有嗡嗡嗡嗡的音质，甚至夹杂着丝丝或哭或笑的响动。

姜翎羽试了又试，但背不动黄书曼，就拖着她赶往地面上，最终去了医院。历经大半夜抢救，仍是未能挽回生命。姜翎羽一则忙于治疗自己身上的蜜蜂蜇伤，二则主动垫付了医疗费，因而没有立即通知刘桂兰和许问渠。经医生诊断，黄书曼的死因是跌伤，外加受到了过度惊吓，还有蜜蜂蜇伤。

未婚妻突然亡故，婚事戛然而止，许问渠躺在床上，已是半死。渠母守在旁边，不停地安慰念叨："任凭风吹雨打，我相信我儿子能站起来。想想你的经商才华，想想你的生意，未来依旧值得期待。"此言不虚，许问渠的确极其善于发现商机。

当初，他原本打算好了要跟黄书曼一起上大学，甚至想要就读于同一所大学的同一专业，怎奈高考落榜，种种打算烟消云散，觉得未来无望。某天傍晚，独自前往餐馆，喝酒释闷，频频感叹："人生太无常，你我总把不少心思花费在未来根本不会发生的事情上。"

有意无意间听见身后桌上有人正在聊天，说眼下急需孕妇前溲，倒入饲料搅拌搅拌，让猪吃了，可以提高母猪的受孕率。许问渠登时就想，若是走街串巷收集孕妇前溲，两块钱一桶买来，五块钱一桶卖给养殖场，倒手就可以赚到钱。

回到家中，哪里还有心思做别的事，立即让母亲去村里打听谁家有孕妇，再去周围村里打听。第二天早晨，许问渠去镇上批发站买来了一些塑胶桶，紧接着就拎起桶要去买尿，谁知竟无人要卖。

各家孕妇颇感意外，不免要问买尿的原因。许问渠只说是替朋友买的，朋友用来喂猪。孕妇们都有些羞涩，只是笑。许问渠回家跟母亲念叨了一番，那些尿在各家完全没用，明明可以拿出来卖，大家为什么不愿意卖？

渠母分析了起来："不管是谁，进了厕所就尿，要么尿到桶里，日后拎出来浇地，要么尿到粪坑里，哪有专门拿来卖的。偏偏有人去买，在各家看来，无疑是新生事物，一天两天接受不了，实属人之常情。再说，你见了人家，直接就说要买尿，尤其是那些年轻的小媳妇，怎么好意思跟你聊上几句。"

许问渠一听，觉得母亲分析得很有道理，自然要问如何才能买来。渠母稍事思考，顿时就有了主意。转过天来，许问渠按照母亲的吩咐，去镇上的批发站买来了很多洗衣粉。谢佩樱便拎着桶出了家门，桶里放有一袋洗衣粉，走进了一户人家，只说想让人家帮忙，几天后来取，免不了要提原因，只说儿子的朋友家开有养殖场，想要拿尿喂猪，促进母猪多排卵，以便生下更多猪仔。孕妇见有中年妇女来家里说事，终究不好推辞，但又免不了依然有些难为情。谢佩樱干脆就把桶交给了孕妇的婆婆或者母亲。

许问渠当天晚上就总结，类似事情，比较适合让女人们交接，而且最好是跟孕妇的婆婆或者母亲交接。不宜张扬，悄悄来做，以物换物，有时会比金钱买卖更方便行事。如此一来，家有孕妇的人家就会应承下来。几天后，谢佩樱前往各家取桶，自然还会再次带上空桶，桶里放有一块肥皂。到了各家，先是道谢，放下空桶，随即就拎着满桶尿往回走。

许问渠走到自家后院的阴凉处，望着眼前一桶一桶的尿在增多，那可真是高兴地连蹦带跳，等积攒到可以摆满一车斗的时候，就找人帮忙往外运，车斗上蒙着篷布，早已打听到哪里有养殖场，直接奔去即可。

有的养殖场早已听说过孕妇前溲的功效，自然就会购买。有的养殖场此前并没有听说过，许问渠倒是不妨推销一番。前后一合计，卖价减去成本，那可真是所获颇丰。

许问渠再次去买桶，同时又买来了一些毛巾，让母亲继续扩大收集范围，由周围村庄直至邻镇村庄。各村的孕妇原本就是出了一批又一批。天长日久，各村皆知有人收集孕妇前溲，无须再以物换物，直接改成了金钱买卖。家有孕妇的人家，即便不让孕妇亲自出门来卖，婆婆或者母亲则会主动送货出门。

　　若要扩大经营，除了继续开拓货源，还要寻找更多买家。许问渠琢磨了一番，既然母猪吃了孕妇前溲能提高受孕率，想必是因为尿中含有某些特定的成分。到底是什么成分？只能助益于母猪受孕吗？能不能作用于人体？免不了要去制药厂问问。那些成分若是同样能作用于人体，制药厂会不会购买孕妇前溲？会不会用来制药？许问渠果然去了制药厂，在门口遇到了一位工作人员，确知制药厂可以收购孕妇前溲，赶紧回了家，继续采购。

　　几次三番，出入制药厂，自然而然就跟里面的工作人员交上了朋友。许问渠时常琢磨，并且经常打听，不知道我们农村还有什么东西可以用来制药。工作人员告诉他，各家各户最常见的旧锅旧烟筒上存有一种中药，说白了就是锅底灰和筒中灰，在医学上称为釜底墨，就是大家常说的百草霜，可以用来清毒散火和止血消积，但要注意，两种灰必须是经由燃烧草木而留下的。若是燃烧煤炭或者其他燃料留下的，那就没有任何药用价值了。

　　许问渠一听，又想到了一条发财的门路，直奔五金用品制造厂，购买了一些新锅新烟筒，回头叫上书曼，让她去各家以新换旧。终因无须额外花钱，各家无不答应，全然不曾经历此前收集孕妇前溲时所遇到的麻烦。每当晚上，望着自家院子里堆积如山的旧锅旧烟筒，许问渠高兴地要爬到天上去，眼前所见，简直就是一座金山。哪里还能睡得着觉，跟黄书曼一起把旧锅旧烟筒上的黑灰用扫帚扫下来，不免要敲击几下，于是院子里响起了叮叮当当的乐声。别看眼前的布袋里只是装着纤细如尘的黑灰，若是拎起来掂量掂量，似乎果真掂量不出分量，绝不是因为黑灰太轻，反倒是因为所值价格太重。

家中各有分工，都是出了一村又进了一村，许问渠依然只负责外运外卖，同时继续琢磨生金路数，没过多久，赚得盆满钵满。尽管有人悄悄模仿，却不如许问渠玩得那么灵，以至于他时常宣称，始终被模仿，从未被超越。日复一日，长此以往，手里积攒下了资财，就想要码出更大的盘子，悄然盯上了一块地皮，正在加紧建设加油站，只可惜眼下似是放下了一切。

渠母精心照顾，直到中午时分，许问渠才咳嗽了一声，又大喘了一阵，苏醒了过来，流着泪念叨了起来："年年岁岁风风雨雨句句生生死死，花花草草坛坛罐罐处处历历在目。来来往往寒寒暖暖朝朝卿卿念念，南南北北桩桩件件事事寻寻觅觅！"

第二章

婚与恋

第二天早晨，抱犊崮的村长赵元礼来至集吉园，直奔许庆生家，开门见山说道："黄家丧女，没有心思出门，让我帮忙跑来问问，许问渠打算如何给黄书曼办丧事，是不是需要今天就把尸体搬来。据我推测，眼下许问渠同样极难受，所以我不方便直接去找他，莫不如由你替我去问问。你是集吉园的村长，各家的大事小情，想来全都了解。由你替我去问，无论怎么说，都能避免唐突。"

许庆生直接说道："不用去问，我是许问渠的大伯。许家的事，我能做主。你转告黄家，让他们自行办理黄书曼的丧事，跟我们许家无关。"赵元礼一听，左思右想，断不能苟同，反驳道："黄书曼和许问渠哪怕没有举办婚礼，依然算是夫妻。黄书曼生是你们许家的人，死是你们许家的鬼，你怎么能说她的丧事跟你们许家无关。"

许庆生却说："只要没举办婚礼，那就不能算是夫妻。"赵元礼劝道："你还是帮我去问问许问渠吧，说不准他愿意给黄书曼办丧事。"许庆生回复道："哪怕我侄子想要接手，我都不能同意，无须去问。"赵元礼没再接话，抬起屁股就要走人，打听着路向去找许问渠。谁知许问渠家正有烦心事，缘由似乎与加油站有关。

说起来，加油站的建设耗时耗力。无论是埋在地面以下的输油管道，还是地面以上的停车位，甚至包括油桶顶上的顶棚、日后用于日常办公的几间房子，还有周围的围墙，许问渠此前全都找不出丁点瑕疵。眼瞅着就到了施工队交工的那天，许问渠突然发现竟然忘了在院内盖厕所，念叨了起来："加油站里哪有不盖厕所的！各路司机客户前来给车加油，通常都会顺便上厕所。若是发现院内没有厕所，恐怕日后就不来加油了。都怨我没有经营加油站的经验，一时疏忽了。"

他拍着脑门又想，盖厕所至少需要十几平方米的空地，但院内已经没有空地可用。思来想去，与其在院子里再拆出一块空地来，倒不如在院外靠墙的位置延伸出一块。把刚盖好的院子拆开，无异于未曾聚财，倒先破财，着实不吉利。

最终打定主意，先把施工队留下，让他们在院外靠墙的位置盖厕所。院外空地不同于原来路边的，若要占用，必须征得附近村集体的同意。诸事繁杂，莫不如走一步看一步吧。购买建材并非难事，让人上火的事情恰恰发生在盖厕所的过程中。

就在昨天下午，刚刚盖好顶棚，有一队人匆匆赶来，扑到施工队面前，二话不说，就要把已经垒好的墙拆掉。带头者指着施工队呵斥："我是眉眼山的村长徐步宽，我倒要看看，谁敢占用我们村的地！"施工队队长走到他的跟前，慢声细语说道："我们并不是有意占用，按照老板的安排，只是想要赶工期。"

徐步宽看了队长几眼，一时没再说话，扭头进了厕所。其他人在院内四散溜达。片刻工夫，厕所那边传来了某种声音，但又毕竟只是轻微的扑哧一声，不足以引起其他人注意。时间长了，就有人冲着厕所喊叫村长，谁知厕所里并没有传来任何回应声，而且迟迟没有传来。有人径直走到厕所门口，稍稍往里面探了一下头，竟发现徐步宽躺在地上，赶紧扑去，发现他早已没了气息。寻找死因，只见他的头顶上稍有血迹，厕所的顶棚上出现了如同鸡蛋大小的窟窿。

有人说道："或许是顶棚上掉下来了一块石头，偏偏砸到了徐村长的头上，把他砸死了。"施工队队长则说："顶棚上明明只有泥和瓦，并没有石头。泥和瓦掉下来，还不至于把人砸死吧。若能把人砸死，那得需要多么大的力道。或许徐村长的身上本来就出现了什么症状，可巧又有泥瓦砸下来，内因和外因一起发力，才要了他的命。"

不多时，又有诸多村民赶来现场，又是拖抬，又是背扛，终于把徐步宽的尸首搬走了。最终留下了一人，说是要守着现场，避免被破坏。施工队队长隐隐约约感觉到了事情的严重性，感慨了一番，人啊人，竖着来的，横着走的，只要胸腔和鼻息间没了那口气，就只剩下一具沉重的身躯。竖着来的时候，自己要喘匀了那口气，一旦横着走了，恐怕会引来别人要借机大喘气。

队长想了想，把许问渠的家庭住址告知留守人员，随即带着施工队伍暂时撤退。时至今天早晨，徐家人赶到集吉园，且不管许问渠是否已经完全苏醒，都要将他带走，宣称赔偿问题日后再谈，今天先让他去给徐步宽送葬致歉。

院子里吵吵嚷嚷，赵元礼站在院门口，稍加思索，集吉园的事，自己不方便贸然插手，索性没有吭声。许问渠被人从床上拽了下来，推搡着上了车，随即被带走，岂是渠母能拦住的，哪怕她拼死阻拦。徐家人声称，直奔齐都火葬场。

许问渠坐在车上，一声不吭，悄然想起了他和黄书曼谈恋爱的起点。那时他们还在上高一，秋高气爽的一天，许问渠跟几名同学在操场上闲聊，一时灵光闪现，念叨了起来，据《西游记》第一回交代，孙悟空前去拜师学艺的目的就是想要学到长生之法，后来又是偷吃仙界蟠桃，又是偷吃仙丹。到了赶赴西天取经的路上，师徒几人行至五庄观，还是去偷吃人参果，而且告诉猪八戒，人参果又叫草还丹。此举哪怕只是肇因于好奇心作怪，那又何尝不是针对人参果何以能让人长生而又具有何种味道的好奇心在作怪。始于第二十七回，各地妖魔都知道吃唐僧身上的一块肉就能长生，构成了擒获唐僧的理由。既然孙悟空一直在寻求长生，而且一再搭救唐僧，怎么可能不知道食用唐僧肉的意义。唐僧就在眼前，缘何不食之？若是食之，哪里还会再有后面的故事。

周围同学纷纷陷入了沉思，许问渠又说道："若要寻求解答，首先需要关注到，猿类在本性上不食血腥，但孙悟空并非普通猿类，而是还具有人乃至妖的属性。见于第二十七回，他曾说自己以前吃过人·熟稔各种吃法。若是认为此说难保不是自吹自擂，不足以为凭，那么很多原本不食血腥的动物一旦化身为妖，就都食血腥。比如说，犀牛精，还有红孩儿，甚至想要邀请父亲牛魔王共同品尝唐僧肉，都难以抵抗长生的诱惑。孙悟空若食血腥，完全在情理中。其次还需要关注到他和唐僧的伦理关系，徒弟怎能吃掉师父，而且害怕师父念紧箍咒，不敢下手或者没有机会，但在真假猴王玄幻闹事时，假悟空就把唐僧打倒。书中有言，真假同象同音，真即是假，假即是真，假悟空能做到的，真悟空同样能做到，说明他并不怕唐僧，是可以不顾伦理，有机会下手的。假悟空的出现具有极强的颠覆性，能把真悟空原本能否如何的各种设想全都打破。"

黄书曼接住话茬说道："真正的答案，书中其实早有交代。据我的记忆，见于第八十五回，孙悟空已经具备佛识，甚至曾坦言，佛在灵山莫远求，灵山只在汝心头。见于第十四回，他还曾念叨，佛即心兮心即佛。佛是你的心，又何尝不是别人的心。既然是所有人的心，又何尝不是孙悟空的心，而且佛并不单单只是心的本体，心还可以外化。既能外化为人造佛像，又能外化为人，于是人人皆可以互视对方为佛和自己的心。如此一来，唐僧又何尝不是孙悟空之心的外化。孙悟空不吃掉他，意味着不吃掉自己的心。各地妖魔尽管想要吃掉自己的心，却从未得逞。"话到此处，许问渠冲着黄书曼竖起了大拇指，眼神中流露出了爱慕，脱口而出，说了一句："你赏百花我赏你，一起走在春风里！"

来到火葬场，许问渠被推搡到了火化炉前。眼瞅着徐步宽的尸首被送到了炉里，有人照准许问渠的腿膝部位使劲踹了一脚，许问渠趔趄着跪在了地上。他想要挣扎着站起来，没等他彻底挺直腰杆，火化炉里突然传来一声巨响，只听见哐嗤一声。周围的人立即相互打量了一番，随即拔腿就跑，就连火葬场的工作人员都跑得无影无踪了。谁都不知道火化炉里发生了什么，许问渠依然站在炉前。正是那声巨响，彻底震醒了他。他抖擞了一下，思来想去，借机跑出了火葬场，隐隐约约感知到加油站出了事，便搭上出租车直奔那里。

许问渠前脚到达，后脚就有人赶来，自报家门说是气象局的，还说要找加油站的负责人。许问渠表明了身份。眉眼山留守在加油站的人员悄悄凑了过来。气象局的工作人员说起了此番前来的原委。昨天下午，青阳山村长请气象局在附近大搞人工降雨，明明发射出去了十枚催雨弹，但只响了九枚。有人看见，那一枚没响的哑弹飞到了加油站附近，想必落在了什么地方，于是便赶来寻找，并且带走，以免发生意外。眉眼山留守人员一听，随即就问："催雨弹是什么样的？若是砸在房顶上，能留下多大的窟窿？"

据介绍，催雨弹像极了子弹，前端尖尖的，底端同样是圆柱平面，弹身长度约有 20 厘米，底部直径大概 2.5 厘米。若是横着落下来，窟窿会稍稍大些，若是竖着落下来，窟窿就不会很大。留守人员恍然大悟，边跟许问渠交谈，边梳理前后诸事之间的内在联系。

昨天下午，徐步宽在厕所里迟迟不出来，可巧有一枚催雨弹飞了过来，竖着降落，穿透了厕所顶棚，砸中了他，使他的头上出现了一块不大的伤疤，甚至穿过了他的头颅，进入了他的前胸或者腹部。更巧的是，当时没有爆炸，直到今天，把他的尸首送入火化炉之后，才发生了爆炸。

事情已经明了，徐步宽的死亡概由气象局负责。许问渠还是有些不放心，干脆就近找了一家律所。律师告之："你并没有介入对徐某的损害，除非能证明加油站的选址原本就位于催雨弹的发射危险范围，而你明知有危险即将发生，仍要营业，否则就无须承担任何责任。"

许问渠搭上出租车要回家，在路上想到的依然是他和黄书曼的那些往事。二人正是在切磋各种课业的过程中奠定了稳固的感情基础。记得有一回，黄书曼发问，据《三国演义》交代，刘备、关羽和张飞曾向天地盟誓，约好了不能同年同月同日生，但愿同年同月同日死。后来，关羽死了，刘备和张飞却没有马上追随而去，是不是违反了同生共死的约定？是不是在欺天？再后来，张飞又死了，刘备仍是没有马上去死，是不是违约了？是不是在欺地？所违反的约定到底属于什么性质？

许问渠想了想答道，刘备和张飞并没有违约，因为此前的约定并非契约。缘何要盟誓同生共死，其实只是为了表达相互间的深情厚谊。情谊何以深厚，深厚到了何种程度，甚至可以用同生共死来形容。即使同父同母的亲兄弟，都未必能同生共死，通常会在死亡的顺序上体现出先后。既不同父又不同母的人，如此盟誓，无非是想要表明相互间比亲兄弟还要亲。亲兄弟之间具有血缘关系，刘关张在血缘上并不是同出一脉，亲密关系一旦受到盟誓行为的加持，恰恰可以表达出盟誓的意义重于血缘关系。同时，在我们中国人的理解中，通常把天地分别视为父母，向天地盟誓的意义在于，搭接着天父地母的信仰，磕了头，就变成了同父同母的亲兄弟。磕头盟誓只具有象征意义，哪怕没有同生共死，都并非真正地欺骗天地。

许问渠的心里满是黄书曼，转眼告诉司机，前往抱犊崮。直奔黄家，见到了刘桂兰，表明来意，我要把书曼带去我家，明天就给她办丧事。刘桂兰一听，交代前后事，一并说道："赵村长回来告诉我，你们许家不愿意接手，你怎么又跑来想要接手？"

许问渠说道："我和书曼生生世世都要在一起，谁都不能阻拦。她既然是我的媳妇，我就理应办理她的丧事。"刘桂兰叹了口气，擦着眼泪说道："你的确有情有义，书曼没有看错你。依我看，眼下你还是回家跟你大伯商量商量吧，免得引起不必要的麻烦。"许问渠点了点头，只见黄书曼就躺在屋内地上，明明想要靠近仔细看上几眼，但心里终究顶着一根刺，所以捂着胸口转身走了。

回到集吉园，直接去找许庆生，坦陈自己的想法。许庆生说道："你摆明了是要跟我唱对台戏啊！"许问渠则说："举办婚礼只是结婚的一项环节，是不是夫妻，并不能只取决于是否举办过婚礼！"

许庆生说道："我问你，假设我同意你给黄书曼办丧事，你随后会把她葬在哪里？"许问渠答道："毫无疑问，我们许家人死了都要被葬入祖坟。"许庆生又说："既然你还认可许家祖坟是我们许家人共同的归宿，那我就告诉你。谁有资格被葬入我们许家祖坟，谁想要往里面安葬死者，全都不是何人自己就能说了算的。"

许嘉恒和许嘉奇正好都在家里。许问渠便冲着他们说道："大哥、二哥，你们同意我把书曼葬入我们家祖坟吗？你们总不能像我大伯一样顽固吧。"许嘉恒说道："你跟书曼毕竟还没办婚礼，你们不是夫妻，你何必非要把她葬入

— 023 —

我们许家的坟！退一万步来说，哪怕你跟她是真正的夫妻，年纪轻轻的媳妇先于丈夫死亡，埋坟仍是有讲究的。"

许嘉奇没有回应。

许问渠结结巴巴又说："真是奇了怪了，难道你们之前从来没有认为书曼就是我的媳妇？若是果真如此，你们之前为什么还那么积极帮我张罗婚礼？"许嘉恒回应道："帮你张罗婚礼的意义，就是要正式认可书曼是你的媳妇。既然婚礼没办成，还谈何认可不认可。"

许庆生冲着许问渠说道："既然你非要认为书曼是我们许家的人，那我不妨就跟你好好盘盘道儿。我问你，今年是哪一年？"

许问渠答："1995年啊。"

许庆生又问："你是哪一年出生的？"

许问渠答："1974年啊。"

许庆生冷笑着又问："按周岁来算，你今年多大？"

许问渠答："21啊。"

许庆生说道："你之前跟她去民政部门办理结婚登记，是不是没办成？原因是不是你离着法定结婚年龄还差一岁！"

许问渠甩手说道："我离着法定结婚年龄还差一岁，你早就知道啊。那你之前为什么还曾明确同意我结婚？"

许庆生说道："那是因为你母亲曾告诉我，等你建好了加油站，你和黄书曼就要搬到那里去住。你们迟迟不结婚的话，出来进去不方便，怕别人传闲话，索性就让你们先按照我们乡下的俗礼结婚，等到明年再去补办登记。类似情况，在我们乡下并不少见。关键问题在于，你和书曼一没有登记，二没有办理婚礼。你让我如何认可你们是夫妻？"

许问渠反驳道："在我们乡下，只要订了婚，就可以算是夫妻。以前我娘还告诉过我，且不论结婚是否要登记，只要男方家向女方家送了书，就算是正式夫妻了。送书就是把结婚的日子写在红纸上，送到女方家里。我跟书曼只差婚礼没办，凭什么不能算是正式夫妻！"

许庆生又说："你有你的说法，我有我的章程，既然我们达不成一致意见，那就不妨按照国家颁布的法律来裁断。依据法律规定，只要没有办理结婚登记，你跟书曼就不涉及婚姻，顶多只能算是婚恋。"

许问渠强硬回复道："既然你要跟我论法律，那我同样跟你好好盘盘道儿！我且问你，我清如姐姐是怎么死的？"

此言一出，无异于往许庆生的伤口上撒盐，因为许清如是他的女儿，同时还伤害到了许嘉奇。

许清如死亡的事发生在前年秋末。许嘉恒买了一辆车，刚刚开回家，放在院门口。许嘉奇手痒痒，明明不会开车，但想上去尝试一下，果然发动了起来，不知触碰了哪里，致使大车只是倒行。许嘉恒前往屋里喝水，全然不知院门口正在发生何事。许庆生当时并不在家。许嘉奇难以兼顾车前和车后，当大车行至街上拐角路口时，许清如恰巧拎着菜篮子拐过了拐角，哐啷一声，被车撞倒了。许是许嘉奇有所慌神，一阵乱操作，竟让车从妹妹的身上碾压了过去。许清如当场毙命。

许问渠紧接着拐过了拐角，就看到了车祸现场。许庆生紧随其后，看到了许问渠。直到车撞到了墙上，许嘉奇才蹦了下来，喊来了大哥。兄弟二人顿时都慌了，自然想要搭救妹妹，抱起来直奔院里屋里，怎会不知早已无法挽回。许问渠有意无意念叨了一句："哥哥撞死了妹妹，哪怕是亲人，仍能算是一桩命案。"话音刚落，扭脸看见了大伯。

许庆生终究老练，强作镇静，跟许问渠说道："你是不是都看见了？不可外传！更不能让警察把你二哥带走，我们可是一家人！"许问渠当即点了点头。许嘉奇在家里又怕又哭。许庆生和许嘉恒又何尝不曾痛哭。

转过天来，大办丧事。许庆生只是对外宣称，昨晚下半夜，闺女突发旧疾，还没来得及送往医院，就咽了气。前几年，她早就患上了心脏病，一直在吃药，怎奈效果不好。因为担心婚嫁，始终保密。前来奔丧的亲众，还有村民，都不曾起疑。

事到如今，许问渠提起旧事，眼前便冷了场。许嘉奇立即回了屋，许嘉恒跟了去。许庆生同样有回屋闭门的意思，刚刚走出几步，又转身回来，冲着许问渠说道："你要想清楚，如何才能算是顶天立地的人！"仅此

— 026 —

一句，扭头直奔屋里。许问渠看了看紧闭的屋门，自知今天的对话只能结束，索性回了自己家，仍是颇感愤懑，跟母亲说了起来："实在不行，就只能逼迫我大伯听我的！"

谢佩樱还在为儿子早晨被人带走的事哭泣，转眼又开始为儿子在许庆生那里遇糗哭泣，倒是没忘了叮嘱两句："多少年来，你大伯对待我们孤儿寡母还是不错的。你不能跟他硬顶。"许问渠问母亲："那你说，我们应不应该给黄书曼办丧事？应不应该把她葬入我们许家的祖坟？"谢佩樱答道："依我看，应该！"许问渠又说："既然你认为我的想法是正确的，那就应该劝我跟我大伯硬顶！"谢佩樱只是摇头哀叹，没再说话。

到了下午，许嘉奇来找许问渠，低着头轻声说道："从法律上论，我的确是罪犯，千不该万不该一直逍遥法外。自从清如死后，我经常自责，不知有多少回，真想去投案自首。但是，回头想想，家里少了一口人，如果我再去坐牢，我父母肯定接受不了。更何况，我父母一直都以我为骄傲，且不论别人怎么想。我并非不舍得自己的初中生物课教师身份，关键问题在于，我能舍弃的东西，在父母看来，却是他们骄傲的资本。如果我被判刑，何止丢了工作、失了身份，简直无异于杀害父母。"许问渠没有接话。

许嘉奇从口袋里掏出来了一张纸，倒手递给了许问渠，又说道："命案一出，我曾经想过逃往外地，但我最终并没有那样做。纸上内容，就是我当时的想法。"说完了话，许嘉奇转身就走了。

许问渠看着他的背影，思前想后，我们许家毕竟只有二哥上过大学。一家人以他为骄傲，在所难免。都骄傲到什么程度了，我都要结婚了，我二哥却迟迟不曾谈婚论嫁，我大伯大娘还总劝他要挑挑拣拣，拨拉拨拉选选。打开那张纸，只见上面写着如下内容：

我愿意选择默默无闻，就像山上地头的石块那样，常年接受阳光的照射，雨水的冲刷，冽风的吹打，冰雪的覆盖，不卑不亢，甚至具有了最干净的外表和内涵。只要轻轻摸一把，留在手上的肯定是白色粉末。那何止是石头内心的外在表达，更是带有了岁月的积淀和对世间酸甜的冷静倾诉。

它们一排一排地矗立在山腰，上上下下，层层叠叠，守护着丘陵梯田，可有谁理解它们的付出，但它们一直义无反顾。更重要的是，它们一块一块挤靠在一起，表面上看去坚硬至极，实际上却具有一副副柔软的心肠，就像家人似的相互守望。只要能彼此看到每日里平安如常，安然无恙，何须言说，哪来的感伤，心里只有满满的爱，总要强于飞沙走石，两地奔忙。

第三章

顶　枝

　　谢佩樱独自躲在后院的角落里又哭了一场，没有发出任何声音，只是默默流泪，在心里念叨："我命运不济就罢了，怎能让我儿子像我一样命苦。老故事和老黄历一再重演，可让我们怎么活？"说起来，此话自有来由。想当年，谢佩樱嫁入许家同样经历过波折。

　　起初她要嫁的人其实是老二许庆丰。双方不曾谈恋爱，全由媒人介绍。许庆丰当时可是十里八村颇有名气的木工和纸扎匠，逢有谁家要办婚事，常被请去打制家具，尤其擅长在橱子和柜子的木板上雕琢花鸟鱼兽图案。普普通通的几张纸和几根秫秸，一经他的手，就能变成一挂绚丽的灯笼。让人备感惋惜的是，他为别人的婚事操忙了一辈子，自己却没能经历一桩完整的婚事。离着他和谢佩樱结婚只差半月，在一次出工回家的路上，突然遇到了暴风骤雨，曾躲在路边的屋子里避雨，没想到山洪扑来推倒了屋子，他被砸死了。

未婚夫亡故，谢佩樱怎可避免会作难。只因父母认老理，媒人早已替许家送过书，再加上许庆生还曾去谢家做过工作，谢佩樱终究还是嫁到了许家。结婚当天，老三许庆慰代为迎亲，接下来就由一只公鸡替代许庆丰。

按照当地风俗，结婚第三天，新娘要带着新郎和小叔子回娘家，俗称回门。谢佩樱便带着那只鸡和许庆慰完成了回门礼。把鸡夹在腋下或者抱在怀里，总让人觉得不舒服，索性就放在篮子里拎着。生怕鸡会跑掉，甚至还用红绳绑住了它的腿。

走在路上，谢佩樱没精打采，竟被一枚石子绊了一脚，直挺挺躺在地上，迟迟不想起身，还冲着辽阔的苍天说了一句："摔死我算了！"任凭许庆慰怎么喊她拉她，谢佩樱都不想起身。若不是有一辆拖拉机路过鸣笛，她当真想要一直躺在那里。

结婚第四天，许庆生抱着年幼的许嘉奇来到谢佩樱面前，直接说道："鉴于老二没有自己的子女，此前办理丧事时，由嘉奇顶的枝。你一入门就守寡，按理说，日后不会有子女，所以你没得挑，只能随着老二把嘉奇视为你的子女。眼下嘉奇还小，又是我的亲生子，我就先替你养着。"谢佩樱没有接话，等许庆生走后，她才轻声念叨了一句："就连孩子，你们都替我选好了，看来你们打算让我在许家守一辈子寡。"

在当地，所谓顶枝，就是指过继。血脉传承最是讲求开枝散叶，若有枝干断裂，无法再生出新枝，便由彼枝顶替此枝，简称顶枝。天长日久，谢佩樱的确做好了要守一辈子寡的准备，跟其他人一样，农忙时节，亦不会闲着。无论走到哪里，只以活死人自居，甚至曾言，且不论谁能拯救世界，我只敢确保自己不会逐流随波，做好坚守本分的自我，如此一生便可。

谁能说得清楚世上的事到底有没有固定的推衍模式，偏偏不遇偏偏遇，人生历程那么长，说不准何时就会出现转机。那时年月，家家户户都不富裕，许家又能强到哪里去。老大老二结了婚，老三的婚事却迟迟没有眉目，许庆慰怎能不着急。他恰恰有自己的一番盘算，时常去找谢佩樱，总喜欢倚在门框上，边嗑南瓜子，边欣赏嫂子洗衣裳。流言蜚语四起，嫂子跟小叔子怎能胡来。

许庆生曾警告谢佩樱："若是再勾引老三，就打断你的腿！"谢佩樱只是委屈流泪，却不敢反驳，自然要拒许庆慰于千里之外，谁知许庆慰仍是往上凑。谢佩樱颇感无奈，便以许庆生的警告告之，希望彼此保持距离。一人为私，二人为公，若无第三人在场，嫂子跟小叔子最好不要私自见面。

许庆慰怎能听得进去，反而去找许庆生算账，开门见山就说："我二嫂从来没有勾引过我，是我一直在勾引我二嫂。"许庆生怒斥一声："不要脸！"许庆慰反驳了一句："你若要脸，就不该拿勾引二字来描述我和我二嫂的交往。"

许庆生抬手点划了几下许庆慰，迟迟没有再作回应。

许庆慰又说："你怎么不想想，我们家若是只花了一份钱，就给俩儿子解决了婚事，岂不是好事？如此简单的账，难道你算不过来？更何况，我二嫂一直守寡，实际上还属于清清白白的大姑娘。她的品性怎么样，难道你还没看出来？我若能跟她走到一起，那可真是捡了大便宜。"

许庆生一听，稍作思考，发觉老三说的不无道理，便又回应了一句："嫂子跟小叔子走到一起，只是名分上不好听！"许庆慰说道："我不否认名分非常重要！如果人人不讲名分，全世界可就乱了套。但是，维护名分总需要消耗资本。在资本不够充足的情况下，名分的重要性难免会被削弱。况且名分问题并非不能解决，只需时机。"许庆生没再接话。

时隔不久，谢佩樱因夜里着凉生了病。许庆慰献了两天殷勤，怎奈谢佩樱的病情并没有好转。许庆慰就提议不妨去外地看看能不能找到医术高明的郎中，谢佩樱默认答应了。许庆慰拉出驴车，除了把被褥铺在车斗里，以便于让谢佩樱躺卧，还刻意用细绳拴住锅耳，把铁锅挂到了驴背上。

走出集吉园，边走边打听哪里有好的郎中，接连走了四五里地，才走进了一位郎中的家里。经诊断，谢佩樱除了患有重感冒，还因平时忧虑过甚，伤了心神，于是心神疾患便借着感冒一并发作，终究难治。

因病人远道而来，到了晚上，郎中索性就安排许庆慰和谢佩樱住在自己的家里。见驴车上挂着锅，甚至认为他们二人是夫妻。细细想来，若非夫妻，一男一女平时怎会用同一口锅一起吃饭。如果是一对男女想要私奔，哪里会有带着锅私奔的。

　　许庆慰当时缘何要把铁锅挂在驴背上，其实就是想让别人一看就认为他和谢佩樱是夫妻。郎中的确只提供了一间住房，里面只有一张床。那是许庆慰和谢佩樱第一次同屋过夜。许庆慰并没有图谋不轨，一直坐在椅子上。

　　谢佩樱服了药，躺在床上闭着眼念叨："人海茫茫，天宽地广，谁会知道，在一处小小的角落里，有人怀揣着一肚子不安，在痴痴等待明早的旭日东升。我的到来就像是大风吹起尘埃，偌大的人世间怎会感知到我的存在。我不属于眼前的世界，尽管我已经身在其中。诱人无垠的滚滚红尘，岂是我想参与就能参与进去的，只要能容我稍作停留便可。我们老百姓想要活一生，是多么不容易。早晨一醒，就要开始费尽心思琢磨清楚一天的事情。中间一歇，还来不及说清已经走过的路径，就要继续忙着讨生计。晚上一躺，明明盼着有好梦，却又时常从噩梦中惊醒，何时才能散尽昨天的满身疲惫。既然睁开了眼睛，索性就筹划一番日复一日、年复一年的苦营生吧。"

　　就那样一躺一坐，两人过了一夜。第二天早晨，许庆慰把谢佩樱扶到驴车上继续赶路，并没有直奔集吉园，而是冲着相反的方向。显而易见,许庆慰有自己的打算。悄然又是大半天,傍晚时分,赶到了另一位郎中的家里。只可惜没有现成的药,倒是可以去山上采些草药,拿回来捣成汁液服用。

许庆慰按照郎中的吩咐,拿着手电筒直奔山上。此郎中跟上一位一样,原本想要把谢佩樱和许庆慰安排在同一间屋里。谢佩樱打起精神说了一句:"我们俩并不是夫妻!"话到此处,突然想到,若是说多了,难免会引起误解,就没再多说。郎中紧接着又拾掇出了一间房。许庆慰采药回来时,谢佩樱早已昏昏沉沉睡着。

许庆慰果然住进了另一间房里,迟迟没睡着,仔细揣摩事情的发展走势,怎会不知有些话从自己的嘴里说出来或许没有力度,若是借由别人的嘴说出来,往往会事半功倍。转过天来,一大早就出了门,继续采集草药,并不急着下山。

日上三竿,郎中前来探看病情,就跟谢佩樱聊了起来:"你们俩既然还不是夫妻,依我看,莫不如你就嫁给许庆慰吧。我只说三件事,你就可以摸清楚他的人品。第一,他昨晚给你喂药的时候,竟跟我要了一支注射器。据我猜测,他可能觉得你们俩还不是夫妻,不方便在你的身上动手动脚,于是就想到了用注射器往你的嘴里送药汁的办法,足以说明他很细心,而且非常有头脑。第二,他昨晚一直在你住的屋里进进出出,探查病情,却始终开着房

— 034 —

门，无非是想让我有意无意进出院子时顺便见证一下，他不会乘人之危，你依然完好无损，足以说明他非常尊重你，没有歹心。若是换作别人，趁着你昏迷不醒，关紧房门，说不准早就做出兽行了。第三，我昨晚给了他半拉窝头，让他充饥，但他并没有吃独食，而是一掰为二，只吃了那块小的，分明是要把那块大的留给你，足以说明他能为你奉献。你若嫁给他，足可确保一生幸福。据我观察，他似是本来就有想要娶你的意思。"

谢佩樱听了听，叹了一口气，倒又悄悄笑了。许庆慰采药回来，发现郎中竟冲着他直笑，而且笑得别有一番意味，推测事情已经像他预料的那样发生了，服侍谢佩樱吃了药，赶紧再赶往下一站。许庆慰走着走着，就试探着说了两句："我们出门在外，时隔六七天再回集吉园，应该算是妥当的吧？村里人迟迟见不到我们俩，说不准又会说些什么闲话。"

谢佩樱一听，鼓足勇气回应了一句："且不管别人说什么闲话，何时回集吉园，我全听你的。"许庆慰扑哧一笑，自知此时无声胜有声。谢佩樱又说："你的鬼点子当真不少！"许庆慰笑道："世上的事无非只是借力打力，我有真心，全无恶意，不怕引起是非。"

他们二人果真在外面转了七天，后面几天，简直就是游山玩水，谢佩樱早已痊愈。回到集吉园时，果真有人冲着他们指指点点，要拿唾沫星子淹死他们。任由流言在街头巷尾沸腾了三天，许庆慰找来了民兵，当着众人说道："大家总是污蔑我跟我二嫂，希望民兵治大家的罪。我二嫂病了，我二哥早就不在了，我带着我二嫂四处求医，有什么不妥吗？我们并没有发生其他的事，大家若是不信，可以去找那些郎中打听。"话到此处，就要把郎中的家庭住址告诉大家。

村民们只盯着民兵。民兵冲着许庆慰说道："大家议论纷纷，是要监督你避免犯错，并无恶意。"许庆慰再次借力打力说道："既然大家总是传言我跟我二嫂如何如何，看来我若是不把我二嫂娶了，事情反倒不好收场了。"民兵回应道："男女双方只要你情我愿，不涉嫌违法，就可以结婚。"

许庆慰没再说话，送走了民兵，就去找谢佩樱谈婚论嫁。乡亲们没再非议。谢佩樱经历过她跟许庆丰婚事的中途变故，简直像是惊弓之鸟，哪里还敢再拖延，只求速办，甚至不求排场。仅隔了三天，许庆慰和谢佩樱就去民政部门办了登记，没有操办婚礼。和和美美，第二年就有了许问渠。

幸福生活持续了三年，甜如蜜的日子便再次遭遇了变故。某天晚上，家内家外静悄悄。谢佩樱正躺在床上，搂着许问渠睡觉。睡梦中，听见院子里的狗叫了起来，紧接着梦见自己走到了西屋门口，打开门看了看外面，并没有看到有人入院。怎奈狗一直叫，甚至叫得越来越凶，赶紧喊了一句："别叫了!"谁知竟无济于事,顿时觉得后背上稍稍有些发凉。

跺了跺脚,壮了壮胆,走到了院子里,依然没发现周围有何异常。转身又走到了北屋门口,隔着门上的窗纸,看到许庆慰正在床上熟睡,床头桌角上的马灯还亮着,因不想打扰,便没有进去关灯。刚要往回走,却发现院门口似有亮光,而且拴在院门口的狗正冲着亮光猛叫。

谢佩樱大声问了一句:"谁呀?"怎奈并没有人应声,细细看去,院门口的亮光似是一盏灯笼,红通通的,昏昏暗暗。抬脚走了过去,只见院门口真真像是有人影,黑乎乎的,倒又看得不太真切。那人竟说了一声:"快跟我走,找你有事。"谢佩樱听见有人说话,便不再害怕,于是打开院门,跟着人影走了出去。

人影拎着灯笼在前面走着,既不转身,又不回头。尽管谢佩樱一再询问,你是谁,要带我去哪里,找我有什么事,但那人始终不回答。四周昏暗,根本看不清到底走到了哪里,只是隐隐约约觉得出了村,走着走着,甚至觉得已经走出了人世间。当谢佩樱不想继续跟着向前走的时候,突然发现前方出现了亮光,似有一盏红灯笼正在远处的半空中随风悠荡,倒又只是无序摇摆,简直跟眼前人影所拎的一模一样。

谢佩樱大喘了一口气,跟着人影向前方奔去,累得上气不接下气,终于走到了灯笼悠荡的地方,只见眼前是一座庭院。所谓院门，只不过是几根粗细树枝横竖穿插在一起。院门口有一根高高的竹竿，那一盏红灯笼显然被挂在了竹竿的顶端。哪有什么院墙，只有一些篱笆。

随着人影走到了院内，沿着小路向前拐了两次弯，发现前面有几间屋，还没等走到屋前，就听见屋内传出了锣鼓声。谢佩樱跟着人影进了屋，只见屋内极宽敞，靠北的位置搭有戏台，台上正有人唱戏，一时听不清唱些什么，只是听清了一句念白："晴空枯树，可视为深秋肃杀，亦可见初春新生，端看此心。"

发现眼前有桌有椅，谢佩樱坐了下来，有意无意扭头看了看周围，只见台下再无其他人，不免自问，我到底在哪里？终究难以想清，索性安心看戏。桌上有茶壶茶碗，于是拿起壶倒了一碗茶水，端到了自己的嘴前。台上的戏迟迟唱不完，怎奈几碗水入了肚，想要解手，奔着舞台后面去了。

走着走着，走到了后院，转来转去，并没有找到厕所，便走到了墙根。解完了手，提起裤子，刚一转身，只见不远处的树上似乎有人，谢佩樱走到了跟前，发现许庆慰竟被绑在树干上，胸前插着一根木橛子。谢佩樱怎能不惊讶。

许庆慰低着头，吞吞吐吐念念有词："活人羡慕死人，只因死人在坟里不会被打扰，无须再去思考人世间的各种功利追求和对错，而且不用再把生命放在匆匆的时光轨道中。若是可以，每天只是赏月赏花，听鸟叫，听泉鸣，任由人世间的万事皆像一出一出的戏，在天地间的大幕上粉墨开演。无须说话，只需静观。无须借着他人的故事再激活自己的激情，只需看看他人的一生会不会比故去的人更加精彩纷呈。尤其是在发现了大篇幅雷同的时候，是不是可以感慨一句，人生只如人生，哪有显著不同。既已如此，倒又不用再感慨，何止省下了口舌之劳。在漫长的岁月里，只是静观静待，就足够美好。"

谢佩樱赶紧问道："你怎么来了？我出门的时候，明明看见你在北屋的床上呼呼睡觉，你什么时候来的？你的胸前怎么插着一根木橛子？是谁要害你？"许庆慰只是哀叹了几声，并没有答话，似乎马上就要死了。谢佩樱以最快速度解开了树上绑着他的绳子，搀扶着许庆慰，顷刻间背起来就要往外走。

摸索着来时的路向，又走到了前院，发现屋内的戏台上早已没了人，四下里静悄悄，拔腿就要跑，跑出了那座庭院。跑着跑着，终究觉得心里存有疑惑，回头看了一眼，只见依然有一盏红灯笼在半空中悠荡摇摆。

来的时候，有人提灯带路，虽曾觉得四周昏暗，倒还不至于黑得无际，眼下无人提灯带路，就难以再看清什么。一路上尽量快跑，哪里还能弄得清到底跑出了多少路，只是一味向前飞奔。马不停蹄，隐隐约约看到前方似有村庄，方才感觉到似是又回到了人世间。谢佩樱感慨道："当初你带着我外出求医，如今我背着你回家，咱们俩的账难道就此扯平了？接下来总不至于一拍两散吧。"

拐了几次弯，摸索着钻到了胡同里，跑着跑着，跑到了自家院门口，直奔北屋，想把许庆慰放到床上。突然听见身后传来了一声鸡叫，自知是自家鸡窝里的鸡正在赶早打鸣，当即觉得自己的后背上一下子轻了不少，甚至已经感觉不到后背上有人，谢佩樱赶紧停下脚步，一时不知发生了什么事。只见自己早已扑到了北屋门口，隔着窗纸，发现许庆慰正在里面的床上打滚，床头桌角上的马灯依然亮着。

谢佩樱打开门走了进去，扑到床前问了一声："你怎么了？"许庆慰哎哎哟哟着答了一句："心口疼！"谢佩樱迷迷瞪瞪又问了一句："你昨晚去哪里了？"许庆慰又哎哎哟哟地答道："除了睡觉，我还能去哪里。"谢佩樱晃了晃头，让自己清醒一些，认认真真地又问了一句："你的胸前是不是插着一根木橛子？"许庆慰哎哎哟哟地又答了一句："疼是疼，但我的胸前什么都没有，跟平常一样。"谢佩樱越是琢磨，就越是琢磨不明白昨晚到底发生了什么事，自己费力背回来的到底是不是许庆慰。

梦到此处，谢佩樱一下子就醒了，赶紧穿衣，出了西屋，直奔北屋，发现许庆慰正在床上翻腾，想来他是生了病。谢佩樱马上出门，去找许庆生帮忙，可巧大哥已经起床。二人把许庆慰扶到了驴车的车斗里。许庆生拿主意说道："我看老三病得不轻，我们直接去齐都的大医院吧。"直到九点钟左右，许庆慰才被送进了抢救室。

谢佩樱在门口等着，琢磨起了昨晚梦中所见，真真觉得心里像是长满了草，眼巴巴地盯着抢救室的大门，一时半刻难以知晓里面的情况，着急万分，于是长在心里的草又着了火。总算看到一位医生从抢救室里走了出来，许庆生扑了上去。医生摇了摇头，说了一句："送来得太晚了。"

谢佩樱一听，就愣住了，转眼便开始落泪，呜呜哭道："都怨我，都怨我，最近几天没跟他睡在同一间屋里，昨晚还一直在做梦，没有及时发现他得病。"至于许庆慰的死因，医生说是突发性心脏病。

自那以后，谢佩樱仍以活死人自居。每当夜幕降临，总能想起往事，心底免不了就会滋生出一股股寻找光明的剧烈渴盼，推动和刺激着她想撕碎夜幕。尽管心里早已蓄满了由千重万重的积郁而凝聚成的力量，让她感到绝望的反倒是，当她把双手伸向浩渺而且厚重的夜幕时，却始终找不到可以插进去撕开的缝隙。漫漫长夜，揉碎心肠，有时便会写诗，聊以自慰。其中有一首题为《错把命运当美丽》的，许问渠四岁那年就能背诵。内容如下：

> 西山落日，苍苍发丝，桌上五色笔。
>
> 一页日记，字字珠玑，写不尽的希望和回忆。
>
> 东方泛白未有期，
>
> 在长长的岁月中寻绎，恰是午夜梦回时。
>
> 星月无迹，夜幕无隙，全把五指伸向天际。

哪里寻得佳人依依，

哪里寻得展翅逃离的双翼，

哪里寻得撕夜的技艺。

漆漆黑黑且沉寂，烛头纤细，

依旧把光明只安放在梦里。

岁月流逝，母亲已是姻缘不幸，事到如今，儿子似在重蹈覆辙，怎能让人接受。谢佩樱躲在角落里哭罢，决定要为儿子抗争一次。走出自家院门，前去找许庆生，省却了寒暄，直奔主题："在我看来，你作为问渠的大伯，理应让孩子按照自己的心意去做事！"

许庆生却说："他年纪轻轻，做事不知轻重，我岂能由着他。"谢佩樱又说："我至今都还清晰记得，当年许庆丰离着结婚只差半月突然去世，你为了让我不改初衷，嫁入你们许家，就去给我做工作。当时你一再强调，死亡不破婚姻！我倒要问问你，当年你自己说过的话，现在你是不是还认账？"许庆生没有立即接话。

谢佩樱又说："事情全都发生在你们许家，以前是男方死了，你让女方该怎么结婚还怎么结婚。现在是女方死了，你竟要阻止男方给女方办丧事。同样是面对婚姻和死亡，你为什么要以两种态度对待？"许庆生瞪着眼说道："于我们许家有利的，我自然会答应；于我们许家不利的，我怎会答应。"

谢佩樱又问:"既然死亡到底能否破除婚姻,全看是否对许家有利,那我倒要问问你,如何算是有利?如何算是不利?"许庆生回复道:"当年老二死了,你若是不嫁过来,难保老二不会独躺一墓,于许家就是不利。现在黄书曼死了,若是再把她接来,还有什么意义?难道她还能为我们许家生孩子?"

谢佩樱说道:"我总算是弄明白了,你当年劝我嫁入许家,真正的想法原来是要给死人做姻缘配对。"许庆生回复道:"倒又并非只是如此!你好好揣摩揣摩,老二死了,让你依然嫁入许家,是不是保全了你们谢家属于诚信人家的名声?既然订了婚,那就要诚信许配,且不论发生什么情况。再说,你嫁入我们许家吃亏了吗?你又做了老三的媳妇,还有了自己的孩子,跟其他女人没什么两样。"

谢佩樱又说:"把黄书曼接来,是不是能保全许家同样讲求诚信的名声?"许庆生立即反驳:"接死人过门,于许家不利,我宁可抛弃诚信的名声。"谢佩樱极力回顶:"一则你不以同样的标准看待相隔二十几年的两件婚事,二则你还口口声声只为许家谋利,充分说明你太自私。"许庆生驳斥道:"如果我只是为了自己,你说我自私,我没意见,可我事事都为许家着想,我自私吗?"谢佩樱一时竟接不上话。

第四章

姻　缘

许庆生又说："问渠年轻不知事，还情有可原。你怎能不知事！难道是老糊涂了？黄书曼死了，问渠日后还能另娶。如果把黄书曼葬入我们许家的祖坟，等问渠百年之后再合葬，会不会影响他另娶？按照如今一夫一妻的做法，谁家的姑娘愿意接受自己百年之后，跟丈夫合葬的坟里，还躺着丈夫的另一位妻子？综合考量，如今只有让问渠彻底撇清跟黄书曼的关系，方能确保他日后再以单身的身份顺利另娶。"

谢佩樱想了想则说："我们若是不善待黄书曼，是不是会表明我们许家就连最基本的诚信都不讲？那就更没有人敢嫁入我们家！且不说问渠，恐怕就连嘉奇的婚事都会受影响。"许庆生一时语塞。

谢佩樱加紧又说："如果我们不把黄书曼葬入许家祖坟，说不准月老又会通过何种方式逼迫我们葬入。前些年，许庆丰和杜家女的事，难道你忘了？"许庆生提醒道：

"不要宣扬迷信！事情的发生未必不是巧合。"谢佩樱反倒认为："我们没有必要宣扬迷信，哪怕只是故事，依然属于先例。昭昭在前，岂能罔顾！"

说起来，又是一段往事。想当初，谢佩樱刚嫁入许家不久，许嘉奇就得了重病，高烧不退，半月有余，打针吃药，迟迟不见效。许庆生和杨柳絮夫妻昼夜守着。尽管杨柳絮平时对待任何人都比较冷淡，但作为母亲还算合格。她明明一直抱着许嘉奇，谁知许嘉奇动辄就要抬手冲着门外，要找自己的娘。

许庆生想了想，既然早已让嘉奇给老二顶了枝，照此说来，老二就是嘉奇的爹，谢佩樱就是嘉奇的娘。眼下嘉奇要找的娘，若不是杨柳絮，那就是谢佩樱。片刻工夫，许庆生就把谢佩樱找了来，怎奈许嘉奇依然冲着门外要找娘，可真是愁坏了许庆生。

当天晚上，哪有睡意，悄然间许庆生打起了盹，迷迷糊糊竟梦见了月老。月老告之："你好好想想，许庆丰的头上是不是还顶着另一桩姻缘？孩子的娘另有所指。很多年以前，你们许家和梭北岭的杜家还曾订过娃娃亲，只可惜杜家女隔年早亡。我且告诉你，不是一家人，不进一家门，只要经我牵了线，一对男女定死了要进一家门，杜家女就算是你们许家的人了，而且同样算是你家孩子的娘。眼下若要治好孩子的病，需让孩子去给杜家女上坟。"

许庆生说道："自从杜家女死后，双方父母各有命途，

— 045 —

我们两家逐渐失去了联系，只是听说原本就是独门独户的杜家早已没了人。时间长了，杜家女的坟在哪里，想必早就没有人能弄得清了。更何况，既然没有后代，哪里还会有人能在每年的清明节往坟上填土。坟再大，都经不住雨水冲刷，恐怕早就被冲刷成平地了。"月老又说："你带着孩子去吧，以杜家旧址为起点，一直往前走，迟早会见到一根长达两米的茅草，有人有四只耳朵，还有鲤鱼上树。三景合一之地，便是杜家女的藏身之处。"

梦境至此，许庆生一下子就醒了。抚今追昔，思绪纷纷。因许庆丰当时年幼，还不懂得婚姻之事，杜家女早亡并没有对他日后的生活产生影响。若不是因为许嘉奇生了病，许庆生梦见了月老，许家人甚至早已忘了那段姻缘。跟谢家结亲时，不曾提起。

杜家女的坟到底在哪里，的确早已无人知晓。许庆生背着许嘉奇，赶往梭北岭，在村里打听了一圈。20世纪70年代初期，怎能随意谈论跟坟堆相关的话题。许庆生逢人打听时，只说要探亲和寻找故人，没有引起麻烦。接下来又在梭北岭村外的茫茫原野上找来找去，倒是见到了不少坟头，哪敢随便指认，边找边祈求月老开示，从早晨一直蹚摸到了傍晚。

大风骤至，越刮越冽，差点把父子二人卷走，当务之急便是找地方避风，只见远处有一棵大树，想来可以躲在树干周围，就急急忙忙跑去。越是靠近，越是发现大树的枝杈并不多，皆随着狂风甩向了北面，好在树干极粗，全然不会受到狂风的影响。到了跟前，才发现树干竟是空的。老槐树腹空，原本就是常见现象。

许庆生便让许嘉奇钻到树洞里，自己则堵在树洞口上。说来真巧，那树洞不大不小，正好可以容人藏身。片刻后，儿子说了一声："爹，快看，树洞里有一根茅草，比我都高。"许庆生转身看了一眼，发现那根茅草足足有两米多，便说了起来："它长在树洞里，若是长得矮了，自然难以见到阳光，于是为了见到阳光，就拼命拔高，至少要长得比树洞更高。"

说着说着，当即有所悟，死盯那根茅草。突然间听见树枝上传来了嗒嗒嗒的声响，抬头看去，只见随风向北甩去的一根树枝上挂着一条鱼，同样被风吹了起来，以至于飘飘摇摇屡屡碰到树枝，马上问了一句："谁的鱼?"身后又传来了哎哎哟哟的声音，转身看去，只见地垄沟里似乎有人。

周围的地里长满了地瓜，种地瓜的地方原本就是一道道的垄沟。若是有人趴在垄沟里被瓜秧盖住，的确不易被别人发现。谁知那人自己爬了起来，见眼前有人，就念叨了起来："风实在是太大了，我趴在沟里避风，却弄了满嘴土。"那人的头上恰恰顶着一口双耳锅，锅的耳朵正好擦在那人的耳朵上。

见眼前人瞪大了眼睛，那人又说道："见我顶着锅，是不是很好玩？孙子要吃鱼，我本来是去河里钓鱼的，在路口遇见有人清理炊具，见铁锅很好，就要了一口。顶在头上，倒是可以挡风。"说着话，风渐渐小了，那人走到了树前，踮起脚要把挂在树上的鱼拿下来，发现树洞里有人，呵呵笑道："还是瘦了好，瘦了能钻树洞。我原本想钻树洞避风的，但我太胖了，实在是钻不进去。"那人临走前又说道："原本只是想去试试的，没想到那河里果真有大鲤鱼。"

月老所说的三景合一，确实发生了。许家父子随即就在老槐树的周围转起了圈，想要找找看看有没有坟头，果然在离着槐树五六米远的靠南位置，发现了一座低矮的土包。周围全是荒草，若不仔细观察，已是极难发现，好在还有坟的模样。

许庆生从许嘉奇背在背上的包里拿出了一些祭品，先是观望四周，立即焚香烧纸，以最快的速度祭奠了一番。许庆生让儿子在坟前磕了头。回到家里，当天晚上，许嘉奇睡得极安稳，第二天早晨就不再发烧。许庆生何尝不曾琢磨，病情原本就到了该退却的时候，前后一折腾，去得更快。谁知好景不长，半月后，许嘉奇再次出现高烧不退症状。

许庆生又梦见了月老。月老有言："既然杜家女早已是你们许家的人，莫不如就把她搬迁到你们家的坟林里。况且许庆丰现在还是独躺一墓，让杜家女跟他合葬，方能成全一对夫妻生则同房、死则同坟。日后只需让孩子去上坟便可。若是不知道杜家女的祭日，每年不妨只在清明节、七月十五、冬至和春节的时候去上坟。"月老给出的破解之法，是否果真灵验，没必要深究，但又不妨照做。杜家女自从进了许家的坟林，许嘉奇的病就彻底痊愈了。

回首往事，不得不让人感慨，婚姻并非只是关涉人事，还涉及人在天地间的生命安顿，而且天地间似是原本就隐藏着一套系统，总能把眼前的事和往事连接到一起。月老早就用红绳把某男和某女牵连住了，任凭发生何种意外，那根绳都不会断开。按照谢佩樱的说法，若是不把黄书曼葬入许家的坟林，说不准何时她就会像杜家女那样，在月老的帮助下寻亲，最终促使许家人迟早都要把她葬入许家坟林。

只见许庆生陷入了沉思，谢佩樱望着他琢磨了起来，难道他的态度出现了游移？莫不如再往前推进一步。如此想来，便又冲着许庆生说道："嘉恒去年经历的事，同样说明我们理应尊重月老的裁决。"

说起来，自从许嘉恒买了车，跑运输，的确颇能发财。他常去市里的一家饭馆就餐，饭馆老板是一位俏丽的女子，名字叫沈有情，应是看上了许嘉恒。哪怕许嘉恒并没有告之家庭住址，沈有情都想方设法四处打听，来过一次集吉园。许嘉恒当时没在家，他的妻子李琼碧正陪着孩子玩耍。两位女性一见面，各自的脸上都没有好脸色。沈有情并没有就此打住，李琼碧又怎会放手。许嘉恒一时没有明确表示自己的态度，家里难免乌烟瘴气。

李琼碧曾找公爹帮忙，许庆生倒是告诫过儿子，不要惹是生非，既然已经成家立业，就该守好自己的摊子。许嘉恒答应得极其响亮，但晚上总要出门，有时还会彻夜不归。许庆生总不能用绳子拴住儿子的腿。

问题的解决，仍是需要李琼碧花心思，她想了又想，一定要理智对待！闷头琢磨，记得结婚以前，曾听朋友说过，若要化解婚内出轨，不妨找一座坟头，无论是谁家的，都可以，爬到上面拿下一些纸来，回家写上谁与谁分开，到了晚上，找一处十字路口烧掉，接连三天，保管见效。若是不敢爬坟拿纸，还可以去打听打听谁家正在办丧事，捡一些主家抬棺入坟时撒在路上的买路钱，回家写上烧掉。所谓买路钱，是用火纸剪出来的，状如铜钱，圆形的，中间有方孔，只是比铜钱大，大如巴掌。抬棺入坟时，抛撒的寓意在于打点沿途的各种卡设，避免出现路障。

李琼碧左思右想，此等策略，当年只是女孩间的笑言，现在想来，倒是不妨试试。没听说谁家正在办丧事，莫不如去坟上拿纸。若是爬到别人家的坟上，怪吓人的，索性就去许家的坟林里拿，让祖宗们去通知月老，设法阻止许嘉恒出轨。打定了主意，连上几座坟头，拿了一些早已泛白的火纸，装在了口袋里。

当天晚上，许嘉恒拿上手电筒，再次急匆匆出了门。

李琼碧在家里找出了钢笔，拿出了几张坟头纸，在上面写了一句，许嘉恒和沈有情分开！紧接着，找出了一些纸香，走进了夜幕中，来至一处空荡荡的十字路口，趁眼下无人路过，焚纸烧香，拜了拜，就要往回走。

许嘉恒跟沈有情约会，早已不是一次两次，在老地方见了面。沈有情再次提醒："我可不想只是跟你玩玩，你最好能娶我。"许嘉恒反倒说道："你明知我有家有业，还要跟我谈情说爱，那我们就只能玩玩作罢。"沈有情扭头就走，许嘉恒赶忙去追，谁知沈有情始终没回头。许嘉恒只好说道："你总要给我时间，让我好好想想，明晚再来。"沈有情没有接话。

许嘉恒转身就要回家，刚走出了几十米，发现前方夜幕中似有人影晃动，看上去极熟悉，无论是高矮胖瘦，还是走路的姿势，都像极了父亲，追了几步，喊了几声爹。那人并未停下，简直像是前来带路的。许嘉恒又喊道："等等我，大晚上的，咱俩一起赶路，聊聊天，解解闷。"那人还是没停下，更没回过头。

许嘉恒追着追着，发现那人竟然直奔前方田地侧旁，知道那里有些窨井，是各家冬天用来储存地瓜和萝卜的，当下还用不上，想来里面都空着，冲着人影喊道："你若是再往前走，不小心就会掉进窨井里。看窨井能不能把你保鲜得一直年轻。"喊着喊着，甚至笑了起来。一团夜雾从眼前飘过，再看前方，见那人似是掉进了井里，喊着爹跑去，知道窨井通常只有三四米深，就直接跳了下去。满心里想着把父亲扶到井上，用手电照了照，谁知并没有见到井内有任何人。

窨井里本来就很狭窄，仅能容得下一二人转身。许嘉恒看了看身前身后，无意中抬头，只见有人正站在井上，冲着井下观望。尽管近在眼前，但看不清那人的脸，用手电照去，却照不见任何人，一时觉得心里发凉，后背上发麻。那人说道："你现在已经到了地下，若是再折腾，就让你无法回到地上。"此话落地，井上人影消失了。

许嘉恒捂着头，蹲在井下，不敢再动，直到天色放亮，才爬到了地上。回到家里，睡了整整一天，还如何出车，醒来已是傍晚时分，潦潦草草吃喝了一阵，仍要出门。李琼碧又拿出了几张坟头纸，在上面写好，许嘉恒和沈有情分开！转念心想，此举是否略显幼稚？摇了摇头，再次摸黑去了十字路口，像上次一样焚烧跪拜。

许嘉恒在街上走着，轻声默念："非要嫁给我，我该怎么办？"一时觉得头脑发胀，索性倚靠在了街墙上，竟有了睡意，转眼就进入了梦境。梦见一位白胡子老头正坐在前方的凉亭下，拿着一本账册翻来翻去，勾勾画画，念念有词："许庆生和杨柳絮是一对，许问渠和黄书曼是一对。"

许嘉恒走到跟前，轻声问道："我跟谁是一对？"老头反问了一句："你跟谁是一对，难道你至今都还不知道吗？"许嘉恒嘿嘿笑道："我感觉我跟沈有情是一对！"老头冷笑道："跟你一对的人，现在其实还在襁褓中。"许嘉恒一听，颇感诧异。老头又说道："你继续向前走，即可在前方路口遇见。"

许嘉恒稍作思考，赶紧前往，在路口看见了一头猪趴在地上，猪的旁边有一堆被褥，扒拉开一看，里面果然包着女婴。思来想去，我现在明明想跟沈有情配成一对，哪来的女婴，瞎凑什么热闹？况且我多大年纪了，怎么可能会跟女婴配成一对。一时觉得白胡子老头是在胡说八道，发现身旁有些石头，搬起一块，倒手砸向女婴，扭头就跑，身后传来了哇的一声，并未回头。

跑着跑着，像是穿过了皑皑雪季，进入了繁花似锦时节。仿佛每跑一步，就能穿越一次季节变换。直到跑累了，才停下了脚步。擦汗时，竟摸到了下巴上长长的胡须，发觉自己已经老了，真真是要感慨，岁月匆匆，带走了多少人的年轻锦时。

转眼听见有人喊救命，一位年轻女子跑到了跟前，身后跟来了一匹狼。许嘉恒挺身护住了女子，从地上拿起了一块石头，跟狼对峙。狼龇了龇牙，转身就跑了。女子说道："感谢你救了我，我可以嫁给你。"许嘉恒呵呵冷笑道："你才多大，我多大年纪了，你嫁我娶，不合适。"女子却说："深山老林里，除了你我再没别人，我们不妨结为夫妻，相依为命。"许嘉恒看了看周围，不知自己为何身在林间，见前方山顶上有一间茅屋，就直奔那里。女子跟了去。

许嘉恒问道："你姓什么？叫什么？从哪里来？是人？是鬼？还是妖？"女子答道："我现在只能告诉你，我若不是人，又怎么可能会怕狼！至于其他的，你若是娶我，我便告诉你。你若是不娶我，我告诉你，有什么用。"许嘉恒想了想，既然已经身在深山，周围恐怕再无人烟，不妨男耕女织，就说了一句："那我们结婚吧。"说着话，拜了天地。

新婚夜，在屋内床上缠绵时，许嘉恒摸着女子的头上有疤，是此前隔着头发看不出来的，不免要问："你的头上怎么会有一块大疤？"女子答道："听我母亲说，我当年刚出生不久，就被人用石头砸了一下，好在没把我砸死。"许嘉恒一听，心下大惊，立即从床上坐了起来，结结巴巴又问："你到底是谁？"女子答道："我叫李琼碧！"许嘉恒急急火火穿衣下床，扑向屋外。

李琼碧坐在床上喊道："月老给我们牵线，任凭你跑到哪里，我们都是一对夫妻。"一阵风吹来，许嘉恒颤抖了几下，感觉尘埃入了眼，揉了一下，睁开眼，发觉刚才是在梦中，想了想，回了家。

李琼碧早已在家里躺在床上，但还没睡着，一直在念叨："祖宗快显灵，月老快显灵。"许嘉恒看了看她，便上了床，并排躺下。李琼碧转身冲向里侧，悄悄笑了。片刻工夫，许嘉恒就睡着了，又是一梦。梦见自己正在就地转圈，突然听见屋内四周有些动静，起先极微弱，谁知竟越来越响，像是地面以下有东西要冒出来，窸窸窣窣的。

许嘉恒没吱声，转眼间，听到了说话声。似有人言，大家做好准备，许嘉恒若是跟李琼碧离婚，李琼碧要去哪里，我们就跟着去哪里。许嘉恒蹑手蹑脚闻声探源，扶着墙，往墙后看去，竟模模糊糊看见了四名孩童，两男两女，腰间皆系着红丝带，都只有三岁左右。孩童再无其他话要说，分别奔向屋内四角，似乎全都没看见许嘉恒。

他想了想，前一阵子为了能招财，我听信朋友的说法，曾在屋内四角埋下了四根翡翠。难道翡翠成了精？隔了一会儿，突然又听见桌旁锅碗堆里有动静，就走了过去，只见一只黄鼠狼正在推锅，简直像是伐木工人推木头，用上力气向前推挪。

许嘉恒跺了跺脚，黄鼠狼顿时消失了。紧接着，只觉得眼前的世界像是一摞纸，前一页刚刚被翻过去，只等着探看下一页又会写有什么内容。肚子里咕噜噜叫了几声，要去找饭吃，直奔桌旁，发现锅没了。可巧院外传来了声音，许嘉奇大喊大叫："哥，你家门口有一口锅，是不是你家的？"许嘉恒立即跑去。

许嘉奇说道："我无事闲溜，走到路口时，就看见像是有一只黄鼠狼在你家门口鼓捣什么东西，便跑了过来。黄鼠狼被吓跑了，眼前只剩下了一口锅。"许嘉恒望了望周围，捏着锅耳朵拎起了锅，当即发现锅底竟有四根翡翠，每一根上都系着红丝带，赶紧拿起来装在口袋里。许嘉奇转身就走了。

许嘉恒回屋放下锅，扑至东北角，挖开了地面，只见此前自己埋下的翡翠早就没了，扑至东南角，亦是如此，想来在门口捡到的就是自己曾埋下的。颇感纳闷，到底是怎么回事？埋在屋里的翡翠怎么跑到院门口去了？若是被黄鼠狼扑出来带走的，但地面上并没有留下黄鼠狼扒窝的痕迹。

思来想去，哪里能想明白，就醒了，方知刚才在梦中。许嘉恒再无睡意，在心里默念了起来，难道李琼碧的身上自带财气，能给我带来财运？看来绝不能跟她离婚！隔了三天，沈有情找来，站在院子里，没有进屋，许嘉恒则躲在屋子里没出去。李琼碧径直走到了沈有情的面前，俩女人半天没说话。

沈有情生了一肚子气，脸上憋得通红，紧接着去墙根拿了一把镐头，抡圆了就砸，砸毁了不少器物。李琼碧没有阻拦。沈有情散尽了力气，扔掉镐头就走。李琼碧冲着她的背影喊道："你可以去法院状告许嘉恒欺骗了你的感情，我会去告你故意到我家搞破坏。"

自那以后，许嘉恒不再胡闹。时间长了，有意无意就把自己当时梦里梦外的各种经历告诉了家里人。李琼碧反倒时常颂扬月老守护着天下人的婚姻。尤其需要强调，在许嘉恒的梦境中，月老曾明确言表许问渠和黄书曼是一对，最入谢佩樱的心。拿来说与许庆生，看他还如何违背月老的意思。

谢佩樱隐隐约约感觉自己似是打赢了眼前的一仗。谁知许庆生却说："故事终究是故事，真真假假、虚虚实实，顶替不了完完全全的真切实际！"谢佩樱又说道："算不得真，难道能算得了假吗？"许庆生只说："容我再好好想想。"

第五章

坟与婚

　　谢佩樱回到家中，告诉儿子："你大伯的态度终于不再那么强硬了。"许问渠闻听此言，长舒了一口气。谢佩樱又说："你赶紧去一趟抱犊崮，把黄书曼接来吧。"许问渠即刻赶往。许庆生刚送走谢佩樱，就觉得心里着实不安，背着手出了村，直奔山上，来至祖坟所在地。

　　且看那一座座坟，顶部各放有一块石头，石头下面都压着一些发黄泛白的火纸，把那些坟装扮得皆像是包着头巾的老人。坟圈子周围的八九棵柏树就像是卫兵，尽职守护着坟堆。每座坟上都长满了杂草，似乎意味着坟内蕴藏着强盛的生命力。尽管那些杂草和坟堆眼下看上去很安宁，但它们的下面何尝不曾潜藏着故事，而且眼前越是安宁，反倒越能勾起藏在人心深处的往事波澜。若是仔细看去，影影绰绰，似乎可以看到每座坟上都趴着先祖，而且先祖们都瞪着大大的眼睛，直勾勾地盯着坟前的后代子孙。

　　许庆生想来想去，轻声念叨了起来："每次上坟，就在跪下来叩拜的那一刹那，一下子就能接通过去、现在与未来。坟里埋着先人，后人跪拜的意义就在于锁定自己的来由，无形中告诉自己是何身份，在一代一代血脉传承的纵向延伸轴上居于怎样的位置。因此，各家哪怕能忍受家里的房屋被拆除，都难以忍受自家的祖坟被破坏。古语有言，慎终追远，民德归厚。由追念到跪拜，或者始于情感推动，或者引发出情感，投身于过去与未来的广阔时空，既在家族血脉中谋求定位，又在天地间探寻归属。长此以往，民德怎会不厚。若是把黄书曼葬入我们家的祖坟，着实突兀。一没办成婚礼，二没办成结婚登记，如何在我们家血脉传承的纵向轴上确立她的位置。把不属于许家的人埋入许家的坟，无论怎么说，都不合规矩。"

念叨至此，许庆生转身往回走，前去找谢佩樱，直接告之："我还是不能认可黄书曼是我们家的人！"谢佩樱一听，便叹了一口气，免不了要问原因。许庆生坦言，我说说，你听听，只当是故事！按照你的说法，算不得真，难道能算得了假吗？前些年，我们集吉园的王续柴一直在寻找他父亲。战争年月，老太爷离开了家，自那以后，始终没回来。按年龄推算，应该早就死了。只可惜没人知道死在了哪里。王续柴日有所思，夜有所梦，竟然梦见他父亲说自己在一片玉兰树林子里安寝，近前还有一块状如狮子的大石头。在咱们齐都，哪里盛产玉兰树，肯定是鹅湖。王续柴就去了那里，果然找到了一块狮子石，发现近前有座土包，开坟取出尸骨，拿回来安葬。时隔不久，天天晚上做梦，梦见先人呜呜哭诉，我们家的坟地里怎么住进了一位说书人，天天摆弄呱嗒板，动辄还要练习绕口令，真是吵死了。没有办法，王续柴只好把说书人的尸骨送回了鹅湖。关键问题是，自家祖坟中已经有了坟坑，迟早都要埋人。既然找不到父亲的尸骨，王续柴就打制了一口棺材，把父亲的牌位放在了里面，埋在了祖坟里。后来又梦见不少先人赞叹，即使牌位在棺材里吱吱叫，那都是自家的血脉，叫声简直犹如唱歌，煞是好听。本故事说明各家人应入各家坟，因有亲情，彼此包容。不是一家人非入一家坟，难免会滋生麻烦。若是贸然把黄书曼葬入我们许家的祖坟，说不准先人们会把她踢出来，致使坟圈子爆炸。

谢佩樱听了听，怎能听不明白，许庆生所言无非是强调一片坟里容不下一桩婚，摇头叹气，真不知该如何回话。谢佩樱刚想要说点什么，许庆生又念叨了起来："黄书曼纵然不是我们许家的人，哪怕她曾为我们家生过孩子，我都会允许把她葬入我们家祖坟。"

谢佩樱提醒道："你可不要胡思乱想，俩年轻人在结婚之前怎么能怀孕生孩子。"许庆生言之凿凿："不是我胡思乱想，李家的事，还有刘李两家的事，全都昭昭在前。哪怕被传言得有鼻子有眼，梦里如何，梦外如何，乱讲一气，听上去不像真事，但是，依然可以作为参考。"

说起来，刘李两家的故事同样发生在前些年。某月某日，老刘无事闲溜，走进了自家坟林，发现角落里长出了一片麦苗，而且长势良好，起先不曾多想，谁知当晚就梦到了一些事情，发觉自己潜到了深水里，摆动着双臂奔向前方的光亮处。游至近前，看到了偌大的龙头，龙眼和龙须都极其清亮，额头部位镶嵌着一枚拳头大小的夜明珠，左侧龙角上挂着陶罐，罐上写着"刘"字，龙嘴里同样放有陶罐，只是罐上无字。

老刘一看便知那些罐子有何用途，想了想，既然龙角罐子上写着"刘"字，想来应是装着我家先人的骨灰。按理说，我家先人都在北山上埋着，而且坟林里并不曾埋入其他姓氏的人，北山若为龙头，我家的骨灰罐子应该在龙嘴里放着。眼前的情形却是龙嘴里的罐子上没有标注姓氏，难道不是我家的？龙嘴为主为君，龙角为辅为臣。难道有人想要抢占龙嘴位置？梦到此处便醒了，说不清梦里梦外有何关联，但心里难免会犯嘀咕。

隔了几天，老刘又走进了自家坟林，盯着那片麦苗，咋看都觉得别扭，闷头琢磨，我没跑来撒麦种，更没听说我儿子跑来撒种，怎会有麦苗？事出反常必有妖，索性拔掉。他蹲在那里，拔了一把又一把，细细想来，说不准会有人想在我们家的坟林里偷偷埋人，不想让我知道，便撒了麦种，要借麦苗作伪装。

老刘拔着拔着，就扒拉了几下地面，越是扒拉，越是上劲，扒拉来扒拉去，便看到了案石。掀开石板，发现了两口棺材，一时不知如何处理，起身奔向村里，在路上遇见了儿子，说了起来："不知是谁家，竟然把棺材偷偷埋到了我们家的坟林里，被我发现了，可怎么办？"儿子说道："既然不知是谁家，索性就把棺材搬出来放在路边上，日后总会有人来认领。"说着话，父子二人急速去办理。

路上放棺，路人怎会看不见，街上闲人议论纷纷。无须多时，消息就传到了老李的耳朵里。他匆匆回了家，好一番长吁短叹，何尝不知，不能不去搬走！关键问题是，若要避免与刘家人闹矛盾，又不可公然去认领。连日来，老李总是睡不着，好不容易有了些许睡意，倒又进入了梦境。梦见自己的父母坐在一块地头上。父亲说道："莫不如趁夜搬着棺材直奔北山以西，那里多少还清净些。一直向前走，无论棺材上发生什么事，都要摁住棺材盖，迟早会找到落脚地。"

突然听见哪里传来了一声鸡叫，老李一下子就醒了，整天无事，却是心绪不宁，只等着天色擦黑。傍晚时分，叫上儿子李明轩，推着农用车出了门，把两口棺材分列左右搬到了车上，推车前行。走着走着，只见圆月升到了中天，八九点钟，就赶到了北山以西。走乏了，停下来休息。二人刚刚坐到路边，谁知两口棺材的盖竟同时砰砰作响。

周围无风，棺材上怎会有响动？李明轩吓得直打寒颤。老李仔细看了看，发现两口棺材内似乎各有一股大风要刮出来，跟儿子说道："快去摁住棺材盖!"李明轩不敢去。老李说道："棺材里装着你的爷爷奶奶，无须害怕。"父子二人果然分别摁住了一口棺材。

只见棺材盖仍是砰砰作响，俨然会把车子掀翻，他们索性把棺材搬到了地上，并排放着。可巧一股旋风从南面刮来，因风势太大，父子二人哪里还能趴在棺材上，都趴到了地上。旋风来了一股又一股，卷来的尘沙扑向了棺材。

那些风迟迟未停，父子二人就一直趴在地上，悄然已是第二天早晨，风停沙歇，地面上赫然出现了一座大坟头。老李和李明轩起身看了看，笑了笑，从周围搬了些石头，垒到了坟上，以免坟堆日后被风摧毁。

父子二人回了家，总算是了却了一桩心事，原本一直高高兴兴，谁知刘家跑来大闹。想来李家父子搬棺时，早已被谁看见，告诉了刘家。老刘一再强调，不是一家人不入一家门，同样的道理，不是一家人不入一家坟。偷偷埋入，弄巧成拙，意图无异于盗窃。

李家全然不敢反驳，免不了要赔礼道歉。刘家不再闹，仅仅过了半月，老李又开始惴惴不安。起因在于他又做了一场梦，梦见自己正站在父母的坟前，听见地面以下有声音传来。似是有人在说，旋风过境，聚沙成坟，岂是任何人都能赊受的! 快把李家人的尸骨扔出去!

仅此两句，老李顿时从梦中乍醒，扭头看了看窗台，只见早有阳光射来，立即起身穿衣，直奔北山以西。到了那里，发现两口棺材在地面上摆着，想来昨晚风大，早就把原来棺材上的尘沙吹走了，免不了还是需要垒砌起来，甚至去买来了水泥，定要垒砌牢固。

悄然又是半月有余，有天晚上，老李再次进入梦境，梦见的事情与上一次一模一样，转过天来，仍是赶往北山以西，果不其然，只见父母的坟又被大风摧毁了。细细想来，在地面以上聚沙成坟，总不如在地面以下挖坑打矿更牢靠。除了再次用水泥垒砌，似是别无其他办法。莫不如今天先暂且修缮修缮，择吉日再赶来就地挖坑打矿。

修缮完了，老李回了家。还没等择好吉日，仅隔了两天，又入了梦境，梦见自己还是站在父母的坟前，地面以下似是仍有人说话，亡者的儿子和孙子都属于命软的人，怎奈亡者的重孙可是天上的星宿下凡，何止命硬，我们哪里还敢再把亡者的尸骨扔出去！话音刚落，老李就睁开了眼，自言自语："亡者的重孙就是我的孙子。我的孙子在哪里？我儿明明还没结婚！不妨去问问。"

赶紧穿衣起身，走到儿子的房间，张嘴就问："你是不是正在跟谁家的姑娘搞对象？女方现在还怀孕了！"李明轩问了一句："你是怎么知道的?"老李责怪道："天下没有不透风的墙，你胡作非为，我岂能不知。"话到此处，转身就走，脸上满是笑意，说道："喜从天降，赶紧去找人择吉日。"

刘李两家的故事显示，占用别人家的坟林埋葬自家的人，哪怕此前再怎么不被人发现，迟早都会露馅。更重要的是，占用别人家的坟林，终究立不住。再至李家的故事，既然有人怀了他家的孩子，哪怕还没结婚，除了孩子，连带着大人，都可以算是李家的人。缘何如此？据许庆生所说，有了孩子，至少能说明李家血脉的纵向传承又往下推进了一步，孩子的母亲可以在李家血脉的纵向传承轴上获得位置。以此作为参考标准，如果黄书曼曾怀过许家的孩子，的确可以算是许家的人。既然她没有如此，那就当真不好再拿许家的纵向血脉传承考量她的位置。除非日后许问渠再娶，有了孩子，让其认黄书曼为娘。关键问题是，许问渠执意把黄书曼视为妻子，日后还有没有人愿意嫁给许问渠，难免是疑问。

面对许庆生给出的说法，谢佩樱只是强调："你不能出尔反尔！明明已经答应的事，怎么能反悔。"许庆生则言："我此前只是说，容我再好好想想，并没有直接答应。"话音刚落，许问渠就赶了回来，还跟来了一辆车，停在了院门外。车上除了摆着黄书曼的嫁妆，还放着她的尸首。

刘桂兰下了车，急忙扑到了谢佩樱的面前。四目相对，似有说不完的话，但彼此真不知从哪里说起。刘桂兰哽咽了片刻，方才说了起来："亲家母，你深明大义，我要谢谢你。我家闺女若是没死，摊上的可是一位好婆婆。她眼下已经死了，无论如何，都不能入驻黄家的祖坟。自古以来，一家女，两家疼。爹娘爱，是出于血缘；公婆爱，是因为通过姻缘造就血缘。姑娘哪有不出嫁的道理，迟早都要埋在婆家。你非但没有借机斩断她跟问渠的姻缘，反而还同意把她接来安葬，可真是解决了我们黄家的大难题。按照婚姻的常规流程，我同时把我家闺女的嫁妆带了来。既然书曼是你们家的人，她的嫁妆就是你们家的财产。"

许庆生在旁边却说道："不把黄书曼葬入我们许家的祖坟，难道就没有地方安葬她了？"刘桂兰看了一眼许庆生，又看了一眼谢佩樱，一时觉得发懵。谢佩樱解释道："孩子的大伯还是有意见。"刘桂兰原本就曾担心事情还会有变，于是临来时叫上了赵元礼。

赵村长喊了一声许村长，紧接着说道："许问渠和黄书曼原是订了亲的！何谓订亲，就是定死了不能反悔！彼此要讲诚信。诚实不欺，相互遵循和信守约定。无论婚前发生什么事，都不能悔婚！除非男女双方故意做出了毁坏婚约的事。黄书曼婚前死亡，难道出自故意？许家怎能私自毁坏婚约！黄书曼生是你们家的人，死是你们家的鬼，你若是不认，还有何脸面面对父老乡亲？"

许庆生却说："你我都是村长，不妨拿法律说话。"赵元礼反驳道："按照法律，订亲并不是婚姻缔结的必经程序，但在习俗的层面上，谁家子女结婚没有经历订亲环节？难道你家子女结婚时没有？"

不等许庆生回复，刘桂兰就冲着他呜呜哭道："我家闺女死了，我求求你不要再让我经受打击。你们家的祖坟若是占地面积颇大，埋葬我家闺女，只需一块地头而已。"

许庆生说道："眼下并不是缺少地头，我不是吝啬鬼。要害在于，我们不能随随便便往祖坟里埋人。你的心情，我完全能理解。我的闺女清如跟黄书曼一样，年纪轻轻就死了。我们都是做父母的人，难道我不知道心疼吗？平心而论，心不心疼，难不难受，是一回事，怎么安葬死者，是另一回事。就像我的闺女清如，直到前不久，才跟分水岭的白家结了亲。同样的道理，能接纳黄书曼的并非只有我们许家。让她跟某位未婚先亡的男性结亲，并非不可以。在我的理解中，让死人跟死人结亲，更妥当。"

谢佩樱说道："将心比心，如果清如生前就跟谁订了亲，你还会把她埋到白家老二的坟里吗？"不等许庆生回话，刘桂兰喊了一声赵村长，又喊了一声许问渠，紧接着便擦着眼泪说道："既然许村长固执己见，那我可就什么都顾不上了。我们把书曼的尸首从车上抬下来吧，抬到许村长的家里游尸。"许庆生叹了口气。

刘桂兰冲着他又说："想必你是知道的，只要我们抬着尸首在你家院子里转上一圈，再在东西南北四角停一停脚，是为拜四方，你家的院子里就不能再住人了。若要继续住人，势必会遭遇不测。"

许庆生哀叹说道："我知道你的心里很难受，你可知道我的心里同样难受？我们差一点就成了亲戚，你不能把我想象得那么刻毒，又何苦来非要以毒攻毒对付我。你们若是游尸拜四方，我肯定需要另外找地方选址盖房，所需费用，自是颇大，莫不如由我负责给黄书曼寻找结亲对象，我再给你两千块钱，求求你就饶了我吧。不为别的，只为我们的心里装着同一份悲伤。"

听许庆生如此说，刘桂兰终究还是心软了，一屁股坐在地上，呜呜痛哭了起来。许问渠拍了拍脑门，闷头直奔墙根，拿起镐头，就往院外跑。许庆生稍作思考，并没有直接去追，而是奔向儿子家，看到了许嘉恒，吩咐了一声："你赶紧去祖坟那里，无论如何，都要拦住问渠，不能让他在坟圈子里乱刨乱挖！"

许嘉恒说道："你自己去吧，我还要擦车。"许庆生说道："我若去追问渠，弄不好他会跟我干仗。我是他的大伯，无论我们俩怎么拉扯，别人看见了都会说问渠忤逆犯上，传扬出去，名声不好。你去拦他，你们俩再怎么拉扯，别人都会说哥俩闹着玩。"许嘉恒不再推辞，立即直奔。

许问渠两步并作一步，一口气跑到了山上，匆匆拐过了路口，刚要靠近祖坟那片地，眼前一晃，顿时发觉似有东西从头顶上飞了过去，头发刷得一下立了起来，浑身打起了寒颤，迅速扫视了一圈，最终看见一匹狼坐在某座坟前。那匹狼瞪着眼，死死盯着许问渠。

他完全没有胆怯，举着镐头往前扑，想要奋力一搏。狼躲闪了一下，转眼间还是坐在原来的位置。许问渠怎会不知自己绝非狼的对手，颇感无奈，跪在了地上，仰面冲天，两行泪珠坠地。许嘉恒追了来，一看眼前的情形，吓了一大跳。好在狼没有往前扑。许嘉恒扛起许问渠转身就要往回跑。狼没有追赶。

回到家里，许问渠只是瘫在地上。许嘉恒说了一遍坟前遇到的情形。刘桂兰呆呆地看了看苍天，跟赵元礼说了一句："人意难改，天意难违，我们还是回抱犊崮吧。"望着那辆车拉着黄书曼走了，许问渠干脆躺在了地上，念叨了起来："坟圈子里怎会有狼？难道它想要住进我家的祖坟里？如若不然，缘何堵在坟前？若要把狼赶走，只怕会得罪它，说不准它会报仇。怎么办？既要让它消失，还要彻底断了它的报仇念想，恐怕只能把它杀掉！"

到了晚上，许问渠哪有心思吃饭，只是呆呆地坐在桌前。渠母真不知该怎么安慰儿子，有意无意说道："坟前有狼，是好事，我们应说那是状元郎，可以保佑我们家日后出状元。"许问渠则说："埋坟的时候，坟前有狼出现，才是好事，才可以唤作状元郎，眼下还没挖坟坑，有狼未必是好事，看我怎么把它杀掉。"

渠母一听，怎能不害怕，赶紧劝道："祖祖辈辈传言，狼是武状元转世，再厉害的猎人，都不是它的对手。依我看，还是算了吧。"许问渠信誓旦旦说道："莫不如做好两手准备，等等看看狼会不会自行离开，同时准备好器具。它一旦不想离开，就只能奋力一搏。"

接连几天，许问渠动辄就要去山上观望，隔远发现那匹狼迟迟没离开，便埋头思索怎么杀狼，苦于没有店家卖猎枪。直到三天以后，方才想出了自我理解中的妙计，不妨做一杆古代战场上常用的那种长枪，跟狼打一架。狼固然善于跳跃，但它恐怕难以跳出长枪的挑刺范围。找出一根竹竿，拿着走出了家门，直奔铁匠铺，想让铁匠做一柄枪头。铁匠铺里有现成的厚铁片，只需放在煤火中烧得通红，取出来弯成尖锥形即可，最后固定到竹竿上。

　　夜幕降临时分，许问渠扛着长枪去了山上，来到了坟圈子。片刻工夫，那匹狼现了身，张着大嘴，冲着地面吼吼叫。许问渠终究有些害怕，后退了几步，端着长枪比划了几下。那匹狼全无怕意，直接蹦跳着扑到了他的面前，双方对峙了起来。

　　许问渠每每向前抬脚，狼都弓着前肢，做好迎战准备，丝毫不示弱。许问渠挥舞着长枪向前挑刺，狼则蹦跳着躲闪，双方对视着转起了圈。没等许问渠主动发起进攻，狼就开始挑衅，看上去极善于掌控战局，弓着后肢，退到了一棵大树的跟前，立即就要跳起来向前扑。

　　许问渠迅速举枪挑刺，谁知竟把长枪插到了树干上，狼早已躲到了旁边。趁着许问渠想要拔枪的工夫，狼又发起了进攻，张着大嘴扑了过去。许问渠扭头一看，赶紧躲避，发现狼又扑来，扭头就跑，简直像是一只野兔，狼没有追去。许问渠跑到了前方的树林里，静下心来琢磨，枪头冲前，向前挑刺，难免就会把枪插到树上，狼可以趁着拔枪的时机绕到身后发起进攻，枪头若是冲后，只用枪的屁股向前挑刺，虚张声势，冲后发力，等狼绕到身后的时候，正好可以把枪插到它的身上。

想好了主意，许问渠又跑了回去，越是向前，越是谨慎，放慢脚步，直奔树下，把枪拔了出来。狼弓着身窜了过来。许问渠死死盯着它，双方转来转去，狼又张开了血盆大嘴，后退到了树前。许问渠挥舞着枪的屁股向前比划了几下，狼的确蹿到了他的身后，正要向前扑，许问渠眼疾手快，使劲向后刺去，果然把枪的铁头插到了狼的身上，穿透了它的身体。

狼自是无法再躲闪，许问渠大喘了一口气，放下长枪，擦了擦额头上的冷汗。见狼还在垂死挣扎，想了想，需要把狼带到山沟子里，千万不要让它死在我们家的祖坟跟前，因为狼死地绝。死过狼的地方不能再住人，阴阳同理，狼若是死在我们家的祖坟跟前，同样不是好事。许问渠立即拖拉着长枪直奔前方的山沟子。除掉了狼，接下来仍是想要把黄书曼葬入许家祖坟。

第六章

痴　人

　　许问渠再次前往抱犊崮，见到了刘桂兰，直言想要接走黄书曼。刘桂兰叹着气说道："你纵然痴情，但你家的事总让你为难。我于心不忍，看不下去。再说，我们总不能让书曼一直挺尸在家，于是昨天下午已经让她入土为安。"许问渠一听，眼泪哗哗直流。刘桂兰赶紧说道："我们表面上已经让书曼入土，实际上只是把她囚了起来。"

　　在当地，区别于普通坟墓，的确还有一种囚子坟，是专门用来安置未婚先亡女性的。普通坟墓的修建需要在地面以下挖掘，囚子坟的搭建则是在地面以上。只需用一些石块或者砖块，铺在地面上，分左右垒砌，让中间空着，放上木头，再放入棺材，围着垒好石块或者砖块即可。弄完了，看上去俨然就是在地面以上造了一座坟。

　　缘何如此？既然人已死，不能不入土。若是埋入常规坟墓，可就彻底坐实了入土为安，日后不方便再动。若要再动，不敢保证是否会触犯某些忌讳。只以囚子坟安置未婚先亡的女性，那就是让死者暂时入土，方便来日搬迁尸骨。有的人家会把囡子坟建在自家院门口，一旦出现损毁，可以及时补救，还能时时寄托哀思。若有乡邻怕见坟棺，就只能绕行。有的人家则会把囡子坟建在山上。

闻听黄家已经把黄书曼的尸首安置起来，许问渠哭道："看来你们已经做好了各方面准备，让我如何接受她日后极有可能会跟其他男人同躺一墓，顺理成章成为他人的妻子！"刘桂兰解释道："我有我的苦衷，希望你不要埋怨我。你大伯那么强硬，断不肯提供一块地头。就连我们的赵村长，都毫无办法。我们怎能不为书曼的日后做准备。"许问渠擦了擦眼泪问道："囡子坟在哪里？"刘桂兰答说："出了村往南走，就能看到山上有一棵大大的柿子树，状如一把伞，就在那棵树下。"

许问渠走出了黄家，直奔村外，隔远看见山上只有一棵柿子树，便急匆匆往那里跑去。越是向前，越要摁住心口，反倒越能感受到胸中鼓荡着锥心难忍的疼痛。明明已经看见了那座囡子坟，但又放慢了脚步，任凭心里急切，腿却不听使唤。使劲迈了几步，扑哧一声，跌在了地上，奋力爬了起来。咬了咬牙，下定决心，若不能再挪步，干脆就趴在地上蠕动。当真用尽了全力，瘸瘸哒哒，方才站到了跟前。

许问渠感慨万千：只是一座坟而已，竟能让你我极近又极远。我明明还能看见你，却已经无法再触摸到你。生与死就像是隔着一层透光的窗户纸，我纵有冲动想要捅破，但无论如何都捅不破。一座坟恰恰是对生死两隔的强力宣示。

许问渠擦着眼泪自言自语了起来："眼前的坟堆可真好看！左看好看，右看好看，上面尖，下面圆，稳稳地坐在山上，等着暖风徐徐吹来，轻轻地抚摸上半天。若是再有各种花瓣飘过来，打扮一番，准保今天会像昨日一样美丽动人。加之生来就是花容月貌，沉鱼落雁，赛过西施，不让貂蝉。躺在里面，想必冬暖夏凉，只与蜂蝶为伴，肯定很自在。"

因许问渠迟迟没回家，渠母终究不放心，站在院门口瞅望，恰巧遇见了许嘉奇，便让他去把许问渠找回来。许嘉奇直奔抱犊崮，见了刘桂兰，紧接着便找到了柿子树下。许问渠还在那里迷迷瞪瞪，好在许嘉奇硬是把他拖了回去。

晚上睡觉前，许问渠呆呆地又念叨了一句："那座坟怎么那么好看，咋看都看不够！"转过天来，渠母去敲儿子房间的房门，原本想要叫许问渠起床吃饭，谁知怎么敲都没用，里面没有任何回应，顿时想起了昨天发生的事，心下大惊，直接把门撞开了，扑到床前，发现许问渠好像早已没了气息。

渠母当即大哭，以最快速度叫来许嘉恒等人，赶紧把许问渠送往医院。不多时，他被送进了急救室。在手术台上，医生又是按压他的前胸，又是用电击。许问渠咳嗽了一声，但没有彻底醒来，反倒进入了梦境。

眼前尽是一片白茫茫，明明看不到任何人，但又分明觉得耳畔似有人言，黄书曼就在五里桥，赶紧去找她。五里桥在哪里？到底是村名，还是距离集吉园五里？记忆中只是听老人们讲起，几百年以前，曾有十几户人家住在集吉园最北面的后坡上，一说是为了躲避战乱，一说是为了守墓。究竟如何，当年就无人能说清，更不知那些人家的后来去向。五里桥好像就在后坡附近。

许问渠有意无意抖动了几下，悄悄然赶到了后坡，眼前所见只有石堆和荒草，在草石中转来转去，一心想要找到些蛛丝马迹。想来以前若有人居，自然需要避开乱石。走到了半腰的平地上，哪里能算得清眼前离集吉园几里，直线距离许是只有二三里，加上蜿蜒的山路，少说得有十几里。

转念又想，既然如今不见人居，原来的一切到底去了哪里，难道是被泥石流盖住了？不妨到山坳里掀翻石头查找。掀来掀去，发现了玄机，看到了一块平整的石头上竟雕刻着牡丹花，顺藤摸瓜，继续往下掀翻，真真觉得眼前面对着说不尽的苍凉。那些曾经鲜活的生命，丝丝弦歌，还有灯火，过之难寻，寻之难现，简直就像是从来没有存在过。不得不让人追问，人世间的一切，是不是迟早都会进入石堆中或者土里。任凭一抹杂草，就遮盖住了，何其轻微，断不像心头的阵阵疼痛那般沉重，鲠在喉间的还有丝丝无辜感。

挪开几块大石头，出现在眼前的是深坑，有一张石板区隔开了坑上坑下，石板中间写有五里桥三字。许问渠当即明白了，五里桥原来是桥名。环顾四周，并没有看到黄书曼。耳畔又有声音响起："你可真是因痴情算痴人，我说什么就信什么。所谓五里桥，我只是随口一说，你竟然找了来，只为找到黄书曼。"

许问渠哼了一声，紧接着说道："我是痴人，你能奈我何？"耳畔再无声音响起。转眼间，眼前再无任何事物，只是一片白茫茫，许问渠一时不知该去哪里，即使想要原路返回，就连原路都消失不见了。

许庆生同样在急救室门口等着，想了想说道："若要根除问渠的病症，当有必要分两步走。其一便是尽快让黄书曼跟某位未婚先亡的男性结亲，避免问渠再在黄书曼的身上存念想。"许嘉恒说道："可让我们去哪里寻找未婚先亡的男性？哪里会有那么凑巧的？"

到了傍晚，许问渠被送到了普通病房，随即猛咳了一阵，彻底醒了，瞪大眼睛轻声念叨：

> 你一面，我一面，从来不相见，
>
> 似是隔着万水千山，却又彼此在跟前。
>
> 怨只怨当年，有窝有屋檐，

窝内双燕，窝外两双湿脚尖，

还有那溜溜的雨帘。

我对你的想，我对你的念，

全都在血管里化作了轻轻默言，

出自我的心间，汇入你的心田。

我想爬上拇指前缘，只为看你一眼，

可叹可叹，数年来的风雨变幻。

在那静静的夜晚，我去擦泪，你去擦汗，

且让爱的箴言，在脸上布满。

念叨完了，还不忘交代，要给诗命名为《手心和手背》。既然能作诗，想来身上已无大碍，转眼却又说："无论是谁，若是打算给黄书曼结亲，我马上就自杀，要么割腕，要么跳楼。"许庆生只好冲着众人打手势，意在让大家点头附和。许问渠没再说话。

许庆生把许嘉恒拉到楼道里轻声嘀咕："你认不认识问渠以前的同学？不妨去打听打听，问渠上学的时候，除了黄书曼，还有没有人曾对问渠有好感。若是有，可以叫来撮合撮合，让问渠再在情感上有所追求，慢慢就会忘了黄书曼。"许嘉恒说道："我倒是认识姜翎羽，她好像在服装城卖服装。"

既然有人物，有地点，事情就好办了，许嘉恒果真去打听。姜翎羽告之，上高中的时候，还真有一人，超喜欢许问渠，那人叫蓝慧欣，只是许问渠当年不喜欢人家。许嘉恒劝说："黄书曼不在了，恰恰给蓝慧欣腾出了地方，撮合撮合又有何妨，说不准能撮合成功。"姜翎羽果然提前关了店门，前去找蓝慧欣，说好了争取明天早晨能带到医院去。许嘉恒办完了事，就回了医院。

第二天早晨，姜翎羽便带着蓝慧欣来了。谢佩樱和许庆生等人纷纷躲到了楼道里，意在给年轻人腾地方。片刻工夫，姜翎羽走出了病房，屋里只剩下了许问渠和蓝慧欣。许问渠问了一句："好久不见，你怎么来了？"蓝慧欣说道："听说你病了，难道还不允许我来探望探望？"许问渠没有接话，他对蓝慧欣的记忆还停留在高二。

记得那一年，中秋后的一天晚上，月明星稀，许问渠独自来到操场，坐在看台上，举头望着夜空，听着风吹树摇的声音。悄然间，蓝慧欣走了过来，似摇似晃，略带羞涩。许问渠看了一眼，明明想要说些什么，但不知从何说起。蓝慧欣的相貌神态，其实同样让人惊叹，人世间竟有如此标致的姑娘，翩若惊鸿，婉若游龙，罗袜生尘，天上飞琼，吾非多情，若得卿，生无二色。

只可惜许问渠此前并没有关注过她，更不知她的身边有多少追求者。蓝慧欣轻声说道："我平时就喜欢守望星空，更喜欢观看星空下的高山，总感觉山上暗藏着能让人怦然心动的秘密。"说着话，便坐到了许问渠的旁边。许问渠扭头看了看她，面对如此近距离的接触，似乎有些不适应，却又觉得不宜马上拉开距离，以免伤害到她的自尊。

蓝慧欣扭头看了一眼许问渠，反倒露出了满脸的笑意，轻声说道："大家都传言，你跟黄书曼喜欢借着文学故事探讨问题。我敢保证，我并不比你俩逊色。话到此处，就要展示自己的才学。

"在《水浒传》中，西门庆和武大郎的妻子潘金莲勾搭通奸，后来竟合伙谋害了武大郎。武松得知后，给哥哥报了仇。西门庆和潘金莲杀害武大郎，属于二杀一；武松杀害西门庆和潘金莲，属于一杀二。从死亡人数的角度来看，一杀二明明重于二杀一，但前者所引起的后果竟轻于后者，武松并没有被判处死刑，甚至还获得了同情，为什么？

"一杀二，内含着两条逻辑：其一，杀不杀；其二，杀到什么程度。一杀二肇始于二杀一，意味着二杀一实为起始罪恶，复仇的意义在于以恶制恶，潜含着有恶必惩的正义观念。如此一来，武松杀人属于情有可原，在杀不杀的问题上不会被诟病，至于一杀二，则只是必然杀人所带来的结果。结果的严重程度并不能遮蔽掉杀人的必要性，两者相比，后者更为紧要。加之潘西二杀一暗含着杀人的意识同谋，能表达出更加严重的主观恶性，而且通奸之事历来就被人们所不齿，于是武松获得同情实属必然。"

许问渠听了听，大肆赞叹："你的确不比我和黄书曼逊色！"倒又仅此一句。接下来，蓝慧欣又说道："有一天，我在自己的课本上写下了一句话——英语课，位置在最后，无事，看窗外花。仅此寥寥几笔，同桌看了，却觉得很美。仔细想一想，落英缤纷总有时，唯愿笔下留真情，不过几字几言，的确美得像诗。于我而言，终究对课堂或者教室产生了厌倦乃至疏离感，原本就想要逃离出去，恰巧又赶上了教室外的花草正忙着争奇斗艳，似是在召唤。或许窗外花本身并不美，美只美在它可以隐于窗外，并不曾积极主动地参与窗内，只是让窗内人感觉到了窗外有一种力量妙不可言。"

许问渠听后没有任何回应。蓝慧欣不知哪句话说得不合适，就迟迟没有再说话，哪怕许问渠起身要走的时候，都没再说什么。转过天来，要集体上课，黄书曼和蓝慧欣早早地坐在了阶梯教室里，隔着好几排座位。许问渠走了进来，坐在了黄书曼身后的座位上。稍稍片刻，老师开始在讲台上滔滔不绝，同学们则静静地听着，看上去风平浪静，但又只是看上去而已。蓝慧欣发现许问渠一直盯着黄书曼，摸起自己的课本，朝黄书曼扔了过去，正好砸在了她的头上。老师发现教室里出现了异常，使劲咳嗽了一声。

许问渠和黄书曼扭头回头张望了一番。直到下课后，老师前脚走出教室，许问渠后脚就扑到了蓝慧欣的面前，探究原因。蓝慧欣直言不讳。许问渠怒吼着问了一句：

"我看不看黄书曼，跟你有什么关系？"蓝慧欣不再说话，全班同学一片哗然，纷纷盯着许问渠。他不知所措，以最快速度离开了教室。

当天晚上，女生宿舍人仰马翻，始于蓝慧欣问了一句："我哪里不如你？"黄书曼答了一句："在许问渠看来，你哪里都不如我。"俩女生并不住在同一间宿舍，经打闹，整条楼道的所有女生全都无法安然睡觉。

男生宿舍的情况同样不容乐观，曾有同学向许问渠发出了严厉警告："你以后不要再靠近黄书曼！免得蓝慧欣发飙！"许问渠认为同学想要追求黄书曼，岂会接受警告。那同学又言："一家有女百家求，你顶多只能算是守门员！有了守门员的把守，难道其他人就不可以再进球了吗？"许问渠和同学好在只是发生了轻微的推搡。

无须多久，许问渠、黄书曼和蓝慧欣的事情，就成了学校里的公共谈资。老师们何以得知，肇因于后来许问渠上课总是帮黄书曼打着伞。教室里出现了一道奇特的景观，老师怎能不问原因。

班主任曾把蓝慧欣找去，劝她应当把所有心思放在学习上，不宜早恋，一定要通过恰当的方式妥善处理同学关系，不能发生争执，更不要出现过激行为。蓝慧欣却一直强调："我长大了，我去追求我所爱，难道有错吗？"班主任难以再说什么。许问渠同样曾被班主任找去，只以仰头看房顶的姿态应对。时隔几天，班主任把蓝慧欣调到了其他班。再往后，便断了联系。

如今再见面，许问渠当真没有什么话想要说。蓝慧欣稍作思考，索性从自己的包里拿出来了一张纸，递到了许问渠的手里。许问渠一看，发现上面写着一首题为《巷底老铺》的诗，便轻声读了起来：

等我白发苍苍的时候，归隐在一条巷子的最深处，寻一间老屋，开一家老铺，扎得住，守得住，坐得住，手中不离的只需一本书。

每年的晴耕雨读，每天的起居，只与日月为伍，雕琢着人世间的美好如初，静静地看着旧年的墙皮上飘飘洒洒落下细细的黄土。

出出入入，陪伴着屋外的参天桐树，一起经历茫茫无际的一番番凄雨，再迎接一阵阵暖风，轻拂着我的衣服，吹开万物。

哪有什么衰落的枯木，更不曾感叹美人迟暮，只有一排向上拔节的绿绿翠竹。

历历在目的往事，无不带有温度，早已裹满腹，装满肚，只等着有心人赶来和我煮酒温故。

满眼满心的竞渡，总不如提前赶赴栖居，我若是还没有老去，倒又跟我的意愿完全相符。

只要不曾让生命中带有丁点泥污，眼前的光阴且明且清楚，那便是可以揽我入怀的最终归属。

等许问渠读完，蓝慧欣爽朗笑道："我还是原来的我，依旧是文学青年，你还是原来的你吗？但愿你早已今非昔比。"许问渠思索了片刻才说道："曾经相遇的那些人，如今在哪里？想来日后不会再遇见。曾经的一夜缠绵或者半天闲谈，注定不会在生命中受到阳光的照射，只能深埋在心底的一间暗房里。好在里面还藏着一幅画，弯弯的月亮像往常那样出现在夜空上，远处的高山依旧举头守望着明月。山与月的对话从来都是分分秒秒，长长久久，不曾间断。"

蓝慧欣又说："你近来遭遇的事，姜翎羽都跟我说了。我倒要劝你，人的一生免不了会经受不少自己想象不到的磨难，就像生长在田间的花草，如何能想象到什么时候会经历怎样的风吹雨打，但只要足够坚强，就能看到雨后的太阳。那些留在花草间的颗颗晶莹，正是熬过艰辛以后动情的泪花。"

许问渠感叹道："人世间的困顿，迎面而来，简直就像雨中溅到裤管鞋边的泥点，甩都甩不掉，擦都擦不及。自从书曼出了事，我在惨淡的光景里过日子，每时每刻都能感觉到仿佛有两堵墙正在慢慢靠拢，而我就被夹在两堵墙的中间，明明已经感觉到了自己眼看就要被挤死了，但又难以逃离出去，只因脚下被锁上了一条沉重的镣铐。"

蓝慧欣继续劝道："且把一切交给时间吧。时间是一剂良药，更是拂去沙子的布条。过上一段时间，等其他事涌到了眼前，此前发生的事便会被冲淡，慢慢地就烟消云散了。"

　　许问渠想了又想，干脆问道："你来找我，难道是想要跟我再续前缘？"蓝慧欣低头不语。许问渠又说："假设我们俩能结婚，你会认可书曼是我的前妻吗？你能容忍我们俩将来死后，坟里还躺着书曼吗？"蓝慧欣一听，立即从座位上站了起来，说了一句道别的话："我还有事，等有空了，再来看你。"

第七章

修路风波

　　许问渠在医院里仅仅住了三天，拿了些调理心神的药，回家服用即可。前脚出院，后脚就去了抱犊崮，告诉刘桂兰："我发誓，我和黄书曼生则同室，死则同穴。"刘桂兰怎能不感动。许问渠又说："如果可以，我愿意用一生等待！迟早都会把书曼搬迁到我们许家的祖坟里。"刘桂兰提醒道："你的那些生意，难道不做了？听我一言，你是有为的青年，接下来应该把心思用在做生意上。"许问渠却说："做生意事小，安顿书曼事大！"

　　时隔几天，频频有人扛着各种测量仪器出现在集吉园村外的山上，而且竖起了上百杆路灯。许问渠去找许庆生打听情况，获知那些人是来修路的，免不了要问，修路会不会占用我们家祖坟那块地？许庆生答道："说不准就会占用，全看怎么规划。"

　　许问渠一听，当即觉得心头拔凉，自忖起来，若是占用了那块地，还怎么安葬书曼。扭脸就跟许庆生说道：

"你能不能想想办法，不让修路占用我们家的祖坟所在地？"许庆生却说："修路是好事，我们理应积极配合！如果不可避免要占用，我们把坟迁走就是了。"

许问渠又问："能迁到哪里去？"许庆生回答："到时候再说。"许问渠没再问什么，但心里还在琢磨，未等下葬，谁知原本瞄准的地方反倒有可能会出现变动，怎么办？若能避免迁坟，岂不是更好！

静观且思索了几天，总觉得心里塞着一把乱蓬蓬的茅草，虽不曾让人产生疼痛感，但会让人觉得心乱如麻，甚至心焦如焚，真希望能有一束亮光投来，照亮眼前和未来。无巧不成书，夜空上果然出现了一束奇异的光亮。诗云，小时不识月，呼作白玉盘。如果天上出现了两轮，其中一轮是明月，另一轮又是什么？恐怕只能呼作白玉盘。

每当月亮升起来的时候，它就会升至半空，大小和亮度都跟月亮一模一样。无论月亮怎么在天上滑动，它都一直在山顶上，要么与月亮垂直相对，要么侧向对应，把周围的山体照得亮如白昼。

集吉园出现了奇景，势必会引来众人观望。两轮玉盘皆是水盈盈的样子，一起播撒光芒，群山周围就像是有绵绵细雨落下。前来观望的人越来越多，许问渠气定神闲站在人群中，不疾不徐说道："昨天傍晚，我从我们家坟林附近路过，眼睁睁看着坟圈子里似有球状物在跳跃，同样亮澄澄的，在一座一座的坟堆之间窜来窜去。根本弄不清到底是什么，哪里敢跑到跟前去看看，我只是略微站了站就走了。"仅做如此宣扬，能否吓退众人，其实只可存疑。宣扬者不曾害怕，其他人又何尝会害怕。

几天时间，越来越多的外地人赶了来。许问渠站在人群中说道："莫不如把雁荡山南翼叫明山，多么贴切。"有的人看一看就走了，有的人则不会马上离开，那些人正是前来修路的工人，并不曾害怕发生意外，每日里只是白天测绘架线，晚上看风景。

有一天晚上发生的情形，出乎所有人的预料，许问渠同样颇感惊异。当时大家正在欣赏天上的两轮玉盘，谁知半空中竟落下了许多石子，简直就像冰雹那样，噼里啪啦，一时谁都弄不清到底发生了什么事。片刻工夫，甚至能听到原野上总会传来一阵阵巨响，让人觉得周围的山似乎马上就要崩塌。

第二天一大早，谢佩樱出现在了街上，看见外来人员便说，许家坟林附近现在出现的飞石乱舞，恐怕只是当年事况的再度上演，奉劝大家不要靠近那里。想当年，刘家的某位先人就曾被石头砸中。他当即大骂，是谁不长眼睛，竟拿着石头砸你爷爷我。跟他同行的人，皆不敢说脏话，而且都曾劝言，切不可再骂，只当是什么事都没发生，赶紧跑过去就行了，但刘家的先人何止不听，甚至想要追查到底是谁在扔石头。他刚要扑向黑洞洞，谁知黑洞洞里飞出来了几块颇大的石头，直接把他砸成了肉饼。有人曾问谢佩樱："你是不是还要告诉我们，飞石乱舞是许家的祖宗在闹事？"谢佩樱不愿接话，只当没听见。

连日来，修路工人不曾停工，山上和村里貌似依旧如常，悄悄发生的事情还在悄悄酝酿的过程中。修路部门最终给出了说法，石头之所以会自己飞起来，是因为地热。就像是在热锅里炒豆子那样，锅底一热，豆子就会向锅外乱蹦。缘何发生在晚上，是因为那块地在白天接受了阳光的照射，到了晚上就聚集起了满满的热量。若是有人从附近路过，哪怕不说话，都有可能会被飞石砸伤，因为人体带有热量和磁场，一旦靠近，势必会刺激着那块地发热。若是有人说话，人体的热量和磁力更是会通过声音传递到那块地上，因而越是说话，就越是会被飞石砸伤。最佳的应对策略正是，路过时以最快的速度跑过去，坚决不要说话。

集吉园怎会出现两轮明月，倒是迟迟没有人能给出合理的天文学解释。后来的一天夜里，南翼山上突然没再升起一轮白玉盘，致使天上的明月落了单，原本自成一体的水墨画上缺了一只眼。恰恰就是那天晚上的下半夜，山上传来了呜呜嘤嘤的哭声，像极了老黄牛的声音，村里的狗一起狂吠不止，一直折腾到了鸡叫时分。

刚一开始，修路工人和村里人都没太在意，原以为两轮交辉的景致哪能天天都会显现，一两天不出现不能算是意外，谁知每天晚上雁荡山南翼那边都会传来哭声。长此以往，免不了会引起猜测，而且人人皆怕发生邪事，修路工人甚至想要丢下摊子回家躲避。

许庆生悄悄爬到了南翼的顶端，发现原本一直比较平整的一块石头上出现了足有一米深的凿坑，周围满是红色的液体，像极了鲜血，并未久站久看，回到村里，没有声张。

直到有一天，巷首出现了一位白发苍苍的外来人员，坐在街石上讲起了故事：我隔着十几里就听见了哭声，那其实是一条幼龙发出的声音。山上出现的白玉盘原本是幼龙的两只眼，你们在山的北面，固然只看到了其中的一只，在山的南面，一直往南，还可以看到另一只。那条幼龙原本就喜欢戏珠，故曾拿着月亮嬉戏。南翼东侧的沟，穿过了你们村，直接通向村后，其实那是一条铜梆铁壁滚龙沟。你们想一想，那条沟无论经过了多少年，是不是依旧如故，从来不曾变过样，任凭多么湍急的水流，都带不走沟里的丁点土壤，所以叫铜梆铁壁，原本就是龙来龙往的必经之地。只要有龙曾在那里走过一遭，地面就会变得极硬，但又不妨碍长草，只因龙来龙往留下了灵气生机。既是滚龙沟，那条幼龙何尝不想在其中戏要戏要，于是曾顺着沟从山上去过村里。如果我猜测得没错的话，肯定会有人在你们村的后面看见过球状亮物，那是幼龙的眼睛。它之所以要哭，无非是因为被人偷偷挖了龙眼，并且取了龙脑。龙眼和龙脑是宝物，懂行的人怎会放过。若是不想再次听到哭声，唯一的办法，便是取一桶豆腐脑，灌在凿坑里当龙脑。只要那条幼龙又有了脑子，日后就不会再哭。

许问渠在人群中站了站，随即直奔豆腐坊，拎着一桶豆腐脑大摇大摆去了南翼顶端。白发老人临走前曾言："你们仔细看看，单单只是南翼，像不像一条卧龙，左右两座山是不是像极了两只虎。那样的构设，堪舆名称叫二虎勤龙。明山已去，黑山即来。二虎勤龙中的龙，若不曾遭到破坏，可确保村里充满生机。既然眼下已经被破坏，集吉园日后不免会沉沦。好在二虎还在，而且虎虎生威，需要大家好好爱护。据我猜测，盗取龙脑龙眼的人，大概想要带走卖给识货的人。"

许久以来，许问渠动辄就站在街上，逢人便说："属于我们村的东西，被别人偷走了。盗窃犯到底是谁？肯定是修路部门找来的人，要么就是修路工人。"许问渠万万没想到，村里竟无人附和他。他去找许庆生，直言不讳，修路工人在村里作乱，难道你不想出面协调协调吗？许庆生没有吭声。许问渠干脆去了镇上派出所。

警察问道："盗取龙脑龙眼的人，采取了什么办法才成功盗取的？被盗走的龙脑到底什么样？是不是只在想象中觉得像极了人脑？被盗走的龙眼为什么像是明月？是不是因为凡是眼睛皆像月亮？"许问渠答不上，又去了齐都公安局。工作人员问道："如果集吉园山上此前的确藏有龙眼龙脑，你凭什么认为那是你们村的？凭什么不认为是国家的?"许问渠仍然答不上,思考再三,不想继续报案,转投法院,状告修路部门。

立案大厅的法官见他精神上似有问题,好言相劝,莫把故事当真事!许问渠又说:"我原本有自己的打算,修路部门凭什么要打乱我的生活节奏。恳请法院做出判决,让修路工人从集吉园撤出。"法官最终劝他去医院就诊。许问渠站在街上念念叨叨:"我就是一枚一直被砸的爆竹,被砸得越结实,哪天一旦被点燃,必会炸开一片。"

半月有余,集吉园爆出大新闻。雁荡山藏有古墓,墓主是唐代一位妃子。有些身穿工作服的人员天天在群山之间出出入入,像是要发掘古墓。许问渠闲来无事,总爱在街上宣扬,他说:"考古人员早已根据地形和地貌做了推断。我转述一遍他们的说法,大家不妨在脑子里构图。雁荡山是不是立于中间位置?东西南北各有一翼,借助于弯度呈现出顺时针形态,以至于五座山形成了以雁荡山为轴心的涡轮形状,四翼恰似轮上的四柄翅膀。四翼周围固然各有不少不算高的山,但在东西南北整体构图中可以忽略不计。雁荡山的顶部目前极其平整,有明显的开凿痕迹。基于象形推测,原本是尖顶的,但尖顶不能拢住四翼。四翼一旦随着风吹而转动,涡轮的翅膀必然会被吹落。唯有涡轮的中轴前端是平面的,才有可能拢住四翼。

"四翼中海拔最高的原本是西翼。据推测,雁荡山和它的四翼所形成的涡轮意象,在最初极有可能只是隐约可见，若想造设出清晰的涡轮状，不仅需要开凿雁荡山顶部，其实还需要开凿四翼山顶，至少要让四翼全都不能高于雁荡山。若是其中的哪一翼高于雁荡山，势必需要凿低，正是西翼山顶上同样有人工开凿痕迹的原因。

"站在西翼山顶向南观望，可以发现南翼和西翼组合起来非常像太师椅的模样。站在东翼山顶向西观望，可以发现南翼和北翼隐隐约约像一条正在游泳的大鱼。东翼和北翼之间的山沟里有一片坟头，前方有储水洼地，全是清代富商穆家修造的，只可惜目前村里已经没有姓穆的，想来穆家曾遭遇变故。据推测，他家当年有能人，修造储水洼地的目的是想要意象性地养住那条大鱼。

"考古人员曾去考察过，确认树林里的那片墓碑正是穆家的龙堂碑。主碑的顶端刻着可以追溯到的穆家第一代先祖的名字，下面刻有六七代人的名字。因往下的后代子孙的名字难以被刻在同一块碑上，于是再排上一块石碑，逢有一代生有二子的情况，可以一分为二，把再往后的子孙的名字分别刻在左右的碑上。总体算下来左右各有六七块大石，皆刻满了人名，而且把各代人之间的开枝散叶情况描述得清清楚楚，说明穆家在清代曾繁盛一时。

"关键问题是，当年为什么要在那里安顿死者，肯定是同样看上了周围的山水。层层意象叠加在一起，原本就极易让人产生联想。雁荡山周围恰恰还有另外三方面人工开凿的痕迹，更是加强了考古人员对那里藏有古墓的确信。

"其一，墓葬建造通常是一项浩大的土木工程。若是异地采石和搬运，不仅需要耗费更大的人力和物力，还需要更长的时间，于是最佳策略便是就地取材。站在雁荡山上自西向南，再向东观望，正巧可以看到半山腰上有一条隐约可见的输送带，而且西翼半腰有片采石场，说明山底古墓的建造曾就近使用西翼石料。近处观察可以发现，采石场已蒙尘，采石痕迹绝非近一两百年留下的。若是单看石头表面上的青苔，断然看不出那里曾有采石场，但那里的石头无论是已被开采下来的，还是依旧与山体连在一起的，皆是棱角分明，有模有样，有的上面甚至还带有模糊的字迹。若不是经过一番人工开凿，断不会如此。那条输送带是用平整的石块铺出来的，上面依然有些沙土。墓葬的入口若是不在西翼，势必就需要想方设法运送石料，正是输送带出现的原因。输送带一直延伸到南翼和东翼之间的山坳里，想必那里才是墓葬的入口。采石场为何还有一些形状规则的石块，想必是用剩的弃置物。

"其二，南翼和东翼之间的山坳里长满古柏，偏偏就有一块区域寸草不生。近处观察可以发现，那里有些白色土壤，其实那是类似于石灰的建筑材料。想必原本同样长满了古柏，但遭到了砍伐，以便于建墓人员开出一条能够进入山底的通道，而且曾在那里出入运送各种物料，以至于墓葬建成之后，即使重新栽植上柏树，但柏树难以在白色土壤中生存。

— 093 —

"其三，雁荡山的半腰有一处山洞，洞内墙壁呈现为烟熏黑色，而且石壁上存有油脂。缘何如此，只能是因为洞内有烟气向外钻冒而熏染的，全无可能是因为洞外有烟气向洞内逆向钻冒，而人世间的烟气并没有逆行的品性。洞内的燃烧物如果正是古柏的话，势必会蒸发出古柏所特有的油脂。若是燃烧杨槐等其他木料，则难以蒸发出油脂。洞内之所以有烟气，正是因为那处洞口实为墓葬的天窗。入口一旦被堵死，势必需要让墓内保持真空状态，通过燃烧柏树的方式恰恰可以把里面的空气燃尽。等里面的人通过天窗爬出来，还需要再把洞口堵死，于是原本极其深邃的洞口就会变得很浅。洞口外缘上，原本有一处不算太窄的工作台，古墓建完之后，建墓人员就把工作台凿断了。那些石块向下滑动，悬挂在了洞口正下方，于是呈现出了现在的状态。

"墓葬的规格足以表明墓主的身份极其高贵。雁荡山实为一座牝山，说明墓主是一位女性。牝山不同于牡山，不仅可以从山间林中繁多鸟窝的孕育景象上显现出来，更是可以看到它本身就状如怀孕的女性。据村里传言，前些年曾有放羊的男性在那里无故死亡。更重要的是，大家都说，三十里的直河出娘娘，六十里的直河出圣人。齐都河流经集吉园，恰恰有三十里的直河道，而齐都在历史上的确出过一位皇妃。尽管古代的皇帝可以有很多妃子，但并非所有妃子都会与皇帝合葬。

"缘何断定墓主是唐代的，则可以借据齐都河的流向。它自西向东，虽与雁荡山隔着一段不近的距离，但在山顶上眺望，就在山前。据丧葬习俗，通常会把墓主安葬在山前水后，并且让墓主的卧躺方向与水流保持一致。由此推测，古墓正是坐北朝南的格局，墓主的躺卧姿势应是头朝西，脚朝东。躺卧姿势同时还需要跟她原来的居所和生活空间保持一致，具有遥相呼应和回望过去的意味。能够与墓主的头向保持一致的古代繁华之地，正是唐代的帝都。"

悄然几天，齐都爆出大新闻，有人涉嫌贩卖古代女尸，在文玩市场被警察抓获。报案人是一名考古专业的在读大学生，不愿透露姓名，他在前往文玩市场游玩时，无意中发觉侧旁陌生人行迹可疑，便紧跟不舍，过了几分钟，窥听到那人跟别人轻声嘀咕女尸价格，出于公心，最终报了案。

犯罪嫌疑人名叫郑凯。他早有犯罪记录，曾因盗窃，入狱服刑三年。面对警察，供认不讳。据他交代，此前是沈有情提供了一条集吉园有古墓的线索，二人就去了雁荡山，偷偷挖掘，再行销赃。

警察顺藤摸瓜，到集吉园一打听，谁人不知，是许问渠一直在街上散布消息。经警察追问，他只能如实交代，缘何宣称雁荡山有古墓：一则是想引来考古部门，借机促使修路部门更改规划图，避免占用自家坟林所在的地段；

二则是想引诱修路工人都去探墓，最好还能跑路，引起慌乱，促使修路事宜搁浅。

警察又问："你是如何知晓雁荡山有古墓的?"许问渠答说："我并非专业考古人员，怎会知晓哪里有古墓。雁荡山上如何，纯粹只是猜的！前些年曾听老人们讲过一些故事，就拿来自圆其说。"

警察再问："那些身穿工作服的人员是怎么回事?"许问渠答说："是我从齐都市里雇来的。他们原本就是一些务工人员，在桥头上等着揽活。我去那里招工，还给他们提供工作服，他们就来了。"

警察经过认真商量，依法对许问渠做出罚款处罚，金额五千。许问渠第二天上午就去公安局交了罚款，在回家的路上，还在念叨："不曾一日看尽长安花，唯愿今生今世不负韶华。世事纷繁，我依旧是原来的白衣少年。谁又能给我带来光亮?"

第八章

困龙井

许久以来，修路工人照旧施工。原本就无须挖隧道，更不需要放炮，只需搭设桥梁，所用建材只是钢筋和水泥，把水泥浇灌到钢筋架上，再在水泥墩上铺设水泥板即可，故此工程进度并不慢。许问渠却总觉得哪里还有可能会发生预料不到的事。某天晚上，好不容易有了睡意，就听见院外传来了咚咚咚的鼓声，猛然睁开眼，仔细听了听，似乎还能听到女人们的咯咯笑声和歌唱声，倒是听不清歌唱的内容，原本不打算刻意关注，只等着过后继续睡觉，怎奈那声音迟迟没有结束。

思来想去，穿衣下床，走到了屋门后，透过门缝向外观瞧，只见外面夜色澄澈，月光正明，星空辽阔。隐隐约约发觉院外有人跳舞，悄悄打开了屋门，走到了院子里。蹑手蹑脚来到院门后，趴在门缝上看见一群女人正在街上扭秧歌，步调一致，挥舞着红绸，而且每人的腰间皆系着花鼓，仔细数去，竟有七人，转眼工夫，队伍向远处开去。

许问渠转身回了屋，脱衣上床，继续睡觉，突然听见屋外墙根传来了呜呜嘤嘤的哭声，纳闷极了，前脚有人在唱，后脚有人在哭，到底是怎么回事？

谁知窗外人竟哭诉了起来："朗月夜，书桌旁，谁人在思量，我只念我的好儿郎。想只想，叹只叹，莺飞草长，只落得空欢喜一场，你我还要各奔他乡。江湖路险，一株花树好像整夜未眠！就像我黄书曼，独自闲转，无人肯陪伴。一阵碎风，树下满是花瓣。捡回去，让它们再美上一会儿。或许花树从来都不在乎，但感动了看花的人。"

声音就在耳畔，许问渠一下子就醒了，方知刚才是在梦中，心里不停地揪紧念叨，黄书曼独自闲转，扭秧歌的那群人，难道是在刻意排斥她？转念又想，毕竟是梦！倒头再睡，却听见院外又传来了咚咚的鼓声，哪里还会再有睡意，索性起床去看看那群扭秧歌的人。

出了屋门和院门，一直闻声向前，走着走着，就走到了山上，只见前方似有一团白气，走到跟前时，白气已散尽，发现正是自家的坟林所在地。张望周围，无事可做，念叨了一句，干脆拾掇拾掇我和黄书曼日后的死葬地吧。

跟前有些石头，何不搬走，一块一块放到坟林外围上。起先不曾堆起来，搬得越来越多，不免就要摞在一起。抱起一块刚刚扔下，就在两块石头发生碰撞的时候，听到了异样的声音，噗通声中夹带着一声脆响，既像极了有人敲鼓，又像极了敲锣，真真让人怀疑，那些石头里面是不是空的，外表却又如同金属。

许问渠想了想，不妨砸砸听听。抱起一块，照准另一块砸去，果然发现有些异常，一心想要砸开，探看里面究竟如何。砸来砸去，砸了几十下，那块石头由原来的箩筐那么大变成了南瓜那么大。继续砸去，奇妙的一幕发生了，石头一分为二，宛若被掰开的桃杏，借着月光可发现，杏仁位置有水，四周晶莹晃动，犹如水晶。免不了有所疑惑，石头里怎会藏着水？天长日久，怎么没有被太阳烤干？只能感佩天公造物。

用手指蘸了蘸石中的水，放到嘴前，伸舌头舔了舔，发觉竟带有咸味，念念有词，水乃万物所必需，若是假以时日，说不准就会滋生出何种生物。如此神奇的石头，是仅此一块，还是周围尽是？莫不如再砸开一块看看。紧接着又随意挑了一块，照准砸去，同样听到了些微的锣鼓声，石头由大变小，紧接着分成了两半，中间杏仁位置与前一块相同。当他砸开第三块的时候，发现杏仁位置甚至有些黑红色液体，像极了鲜血，想来血液肯定比水更加有助于生物孕育。

站起身来，隔远望见一束束钢筋矗立在了地面上。许问渠似乎看到了日后大桥的模样，悄悄感叹，一座桥，简直就像是一把利剑，说不准就会从大山的胸前穿插过去，怎么可能会让看见的人觉得心里舒服。想想日后，桥上必定是车水马龙，单单只是车来车往的声音，就足以让我和黄书曼躺在坟里不得安宁。原来的山无法再沉睡，一草一木一石免不了会觉得心痛。恐怕难以再有飞鸟敢在山上驻足，即使仍会来往于雁荡山，肯定要以极快的速度飞过去。山上的生灵草木一旦无法自由自在地繁育生长，哪里还会再有灵气，更遑论满山生机伴我死葬。想到此处，捶胸顿足，默默落泪。

摇摇晃晃往回走，一时觉得头重脚轻，被石头绊了一下，倒在了路上，简直不想站起来，莫不如就此沉睡，恍恍惚惚又听到了些许声响。乍一听，那声音像是母鸡刚刚下完蛋，咕咕嗒，咕咕嗒，随即又听见似有人求助，许问渠，求求你跟他们说一声，再给我几天时间，容我们搬家后再动土。

许问渠不想睁眼，没有搭话。周围归于寂静。直到天色大亮，他才睡醒，揉着眼念叨，以前听老人们讲故事，蛇一旦长到了一定程度，头顶上就会长出鸡冠子，而且能发出如同母鸡下蛋一般的声音，甚至能叫出人的姓名，但听见后千万不要答应。若是答应，只怕会毙命。我是不是梦见那种蛇了？

溜达来溜达去，竟走到了施工现场。那里非常宽阔，铲土车再推倒两座无名山，就会靠近南翼。在雁荡山四翼的映衬下，两座无名山小得简直不像山。山体早已被铲土车啃破，断崖上的石壁和周围的土壤皆为红色。远远望去，真真像是原本的山体被砍下了脑袋，以至于鲜血洒地，染红了一片。几棵柏树歪歪扭扭挺立在断崖上，似是在求饶，只要风一吹，必会倒下，且等着被扔到路边晒干。许问渠看在眼里，疼在心里。无名山的正东方向有一座小土包，圆润得就像是一枚围棋的棋子，坐落在那里，极其安详。

铲土车嗡嗡隆隆直响，以至于车上的人未必能听到周围还有其他声音。许问渠却早已觉察到，听上去像是有婴儿在哭泣，倒又不是号啕大哭那种，只是较为细微的嗡嗡嘤嘤，闻声探源，瞅了一圈四周，最终把目光锁定在了小土包上，免不了会感到惊讶，细听细看，发现声音的确是从土包里传出来的。许问渠摸着后脑勺琢磨了起来，难道是我出现了幻听，但又明明能听到。

见周围的其他人都在各干各的，似乎全然不曾听见，他自问了一句："难道只有我听到了？"紧接着又自言自语了起来："孩子在孕妇的肚子里，怎么可能会发出哭声。土包内难道埋着谁家的早已出生的孩子？谁家生了孩子，若是相不中，就会丢弃，原本就是时有发生的事。是不是因为孩子生来就有些毛病，家长误以为死了，就埋掉了，但孩子其实并没有死。或者谁家的孩子想要捉迷藏玩耍，调起皮来，自己就在土包上挖了坑，藏到了里面，等着别人来找。不管是什么情况，免不了要到近前去看看，土包上是否动过土，但周围尘土飞扬，土包上难免会落上几层新土，还如何能判断清楚新土到底是土包上原有土层被人用镐锹掀翻出来的，还是尘土飞落上去的。"

许问渠思来想去，心头直抖，一时不知所措。土包里仍有声音传来，音量并未增大，还断断续续的，真像是孩子要吃奶，却迟迟吃不上，好不容易把母亲的乳头含到了嘴里，却又吸不出奶水，于是就闹起了情绪。

转眼工夫，婴儿的哭泣声戛然而止，随即竟又传来了一声咳嗽，音量稍大，真像是母亲出于着急而发出的。许问渠觉得天旋地转，继续在心里反复琢磨："是不是我自作多情？土包里应该没有孩子，难道是大蛇发出的声音？"

只见有辆铲土车直奔那座小土包，急忙跨着大步蹦到了铲土车的正前方。铲土工人鸣笛，示意许问渠赶紧离开。他绕到了离工人最近的位置，大声说道："据我猜测，周围极有可能住着一对大蛇，建议你们暂停三四天。"铲土工人却说："上面给我规定好了工期，让我如何停工？一旦耽搁了工期，我若是不能按合同交工，可就违约了，违约是要交违约金的。你若是能替我交违约金，我就暂停施工。再说，我干一天活，就可以领到一天的工钱，不像你似的，可以无事闲溜达。我可玩不起，家里有父有母有妻有子，全都等着我赚钱养活。我今天若是赚不到钱，你能给我补上吗？想必你肯定不会。你若是再无其他事，我劝你到其他地方玩去，不要影响我赚钱。"

不等许问渠再说什么，那人操控着铲土车，高高举起了车上的大铁嘴，随即让大铁嘴以迅猛之势杵到了地面上，只见那座小土包似是颤抖了一下。就在那人再次举起大铁嘴的瞬间，小土包上如同涌出了喷泉一般，一股红色的液体腾空而起，腾起的高度至少六七米，并且腾起的力道十分强劲，久久没有喷涌完毕，哪怕前面喷出的早已落地，后面喷出的又源源不断地继续腾起，还散发着浓烈的腥味。

那人看得很清楚，就在他刚刚落下大铁嘴的坑里，有一条水桶粗的大青蛇在垂死挣扎，腾起的液体正是它的鲜血。不远处的其他人惊讶不已，有的甚至吓得哇哇大叫。铲土工人直眉瞪眼盯着坑里，迟迟没有继续操作铲土车，许是吓傻了，已经不知如何是好。

直到坑里不再向外喷冒血液，周围众人方才慢慢围到了近前。发现铲土工人坐在车上呆若木鸡，包工头跑来喊他，让他把铲土车从坑前挪开，怎奈他没有任何反应。包工头爬到了车上，拽了几下铲土工人，才发现他早已没了气息，已经没有送去医院抢救的必要。包工头当即大喊："你怎么能死了呢？是你胆子太小，还是你没有按照正确的方式操作铲土车？算不算是工伤？需不需要让上面赔一笔钱？"

那条蛇尽管没有被拦腰斩成两截，却早已不再动弹，像是已经死了。周围众人有的为蛇感到惋惜，有的为铲土工人感到痛心，有的更关心该如何处理事故现场。就在大家七嘴八舌议论的时候，坑里的那条蛇突然飞了起来，瞬间又重重地落到了地上，只听见扑哧一声。直到此时，大家才看到了蛇的长度足有十几米，头顶上长有如同鸡冠子的东西，而且是红色的。

许问渠被飞起的尾巴稍抽了一下，趔趄了几步。没等他站稳脚跟，身后突然传来了一阵如同母鸡刚刚下完蛋的声音，咕咕嗒，咕咕嗒，紧接着又有一条水桶粗的大青蛇出现在了坑里，直立身子站着，头顶上同样长有红色鸡冠。

前一条死蛇之所以能从坑里飞了出来，想必是因为后一条想要站起身来，才把前一条高高地顶了起来，并且从坑里甩了出去。后一条蛇张着大嘴，吐着红色的舌信子，迅速挪移着身躯，眨眼工夫，就从坑里挪到了坑外地面上。周围众人吓得纷纷逃跑，四散而去。

包工头看到不远处的地上有一杆铁锹，急速扑去，握在手里，想要防身。大蛇盘卷了几下身躯，来到了他的跟前，见他举起了铁锹，探下脖子用身躯卷住了他，稍一扭动，就把他扔出了八丈远。许问渠站在那里，始终没有动弹，只是静静地看着，听见大蛇又发出了如同母鸡刚刚下完蛋的声音，故作镇静，自言自语了起来："以前倒是听说过一种办法，能制服鸡冠蛇，避免它会害人，只是不知道管不管用。"

或许是大蛇听到了许问渠的嘀咕声，随即盘卷着身躯站到了他的跟前。没等许问渠实施制服策略，蛇就冲着他弯下了腰，张开了大嘴。许问渠闭上了眼睛，根本不敢看，能感觉到蛇的嘴里似有一股向里面刮卷的龙卷风，马上就要把他吸食到肚子里。万万没想到，那条蛇不想吃他，看了他几眼，就高高抬起了自己的脑袋，转身盘卷着身躯冲着其他人奔去。

许问渠感觉到头顶上早已无风，便睁开了眼睛，马上弯腰脱下了自己的鞋，拿在手里跑到了蛇的面前。只见蛇又看了他一眼，赶紧向上空扔鞋，用上了最大力气，意在让鞋飞起的高度远远高于蛇腾空而起的高度。

那条蛇抬头看着高高飞起的鞋，立即向上腾起，怎奈腾起的高度的确赶不上飞起的鞋，自上而下又看了一眼许问渠，开始收缩自己的腰身。许问渠又扔出了自己的另一只鞋，同样让鞋飞起的高度远远高于蛇腾空而起。那条蛇再次追着鞋腾起，怎奈高度依然赶不上飞起的鞋，又自上而下看了一眼许问渠。随着鞋落地，蛇蜷缩着身躯趴在了地上，让脑袋紧紧贴着地面。

早已躲到远处的其他人发现那条蛇似是被降服了，就冲着许问渠大喊：“快拿起铁锹来铲住它的七寸，别让它跑了。”许问渠并无此意，只见那条蛇贴着地面扭动身躯，不再冲着人群方向。当爬到两座无名山所夹地带的中心位置时，不再往前爬，而是高高地抬起了身躯，随即重重地落下，地面上硬是被它震开了一道裂缝。众人皆不知它意欲何为，都不敢向前凑。

那条蛇几次三番抬起身躯又落下，直到地面上被震出大坑，方才不再抬身落身。环顾四周，钻到了坑里。接连几分钟，迟迟没再看到那条蛇，几名修路工人方才谨慎聚到坑前。许问渠同样走了过去，只见那坑足有五六米深，坑下有一口开嘴井，想必那条蛇钻到井里去了。

井口上竟有一条如同成人胳膊那么粗的锁链，锁链的上端露在井口，至于延伸到了何处，则不得而知，因为井口外缘全是厚厚的土层，肯定延伸到了土层的下面。锁链的下端一直延伸到了井下，至于向下延伸了多少米，同样不得而知，因为一时无法判断那口井到底有多深。

许问渠稍作思考，念叨了起来："自幼就听老人们念叨，南翼附近，三山夹一井。我曾打听，三山是哪三山，那井又在哪里，始终没有人能告诉我答案。人世间的事，无非是沧海桑田，几经轮回，地上事物一旦折返到了地下，而且不再被大家所用，自是没有多少人还能记得住它。留在人世间的恐怕只剩下关于它的传说了，而且那些传说必须足够精彩，否则难以被一代一代的老百姓口口相传。倒是一条蛇给我揭开了谜底，想来它肯定已经活了几百年，生于斯，长于斯，自然而然就会把周围的一应地理环境摸得门清儿。人所经历的沧海桑田，终究抵不过它眼中的人间世事轮回。现在看来，三山就是南翼和近前的两座无名山，那井想必就是眼前的井。它即使今天不现身，迟早都会现身，除非修路不在它的上方架桥，或者架桥的时候，挖土挖不到它的正上方。"

见其他人听得入迷，许问渠又言："那条蛇的出现，的确是揭开谜底的一种奇特方式，倒是付出了沉重的代价，至少它的同伴已经送了命，怎能不让人觉得痛心。尽管它眼下消失得无影无踪，但只要还活着，日后若是再有什么事危及它的生命安全，恐怕它还会再次出现。倒是眼前的井，据说是神井，只因它当年从来不会干涸。尤其到了干旱年份，其他井都干得滴水不存，只有它依旧存满了水，周围的老百姓皆靠它活命。至于它为什么从来都不干涸，老人们曾说，是因为井下住着一条龙，而且此井是困龙井，致使水龙王一直被困在井里。只要龙王一直在，井下势必就会一直有水。关于此井为何是困龙井，那要从它的来历说起。

　　"传说洪武年间，集吉园曾发生过一件怪事。有些孩子在树下玩耍的时候，总能飞起来，虽不曾飞得极高，倒能飞得离地面三四米。飞起落下，飞起落下，一时觉得有趣。大人赶来，发现了缘由，只见树上密密麻麻的枝叶间藏着一条大龙。正是那条大龙张着大嘴，想要把孩子们吸到肚子里，只是还没有立即吸进去而已。大人喊了一声，让孩子们赶紧躲避。还没等孩子们躲开，那条大龙就把他们吃了。此后一年，不知多少孩子遭了难。任凭各家把孩子藏到哪里，总能被那条大龙找到。此事传到了皇宫朝堂上，洪武大帝知道刘伯温有一把七星剑，而且会念降龙语，就让他赶来除掉恶龙。

"刘伯温花费了诸多银两，请了一群青壮年劳力，让他们打井，但从来不曾交代要把井打到多深，只是不让停工。直到仨月以后，方才遣散了民工。谁都说不清，那口井此时已经有多深。光是从井下挖出来的土，一堆一堆摆在那里，就像极了周围的那几排营帐。

"就在劳力全都回了家的那天晚上，刘伯温爬到了雁荡山上，站在了最高处，望着天上的星辰，突然觉得有些雨点落到了脸上，赶紧拔出了七星剑，只等着恶龙现身。正东方向刮来了一阵大风，飘来了一阵雨。风雨已来，天上的星辰却依然清晰可见，由此断定雨水并不是从天上落下来的。微风细雨渐渐变成了狂风暴雨，山上的树木疯狂地摇摆了起来，紧随着狂风暴雨而来的正是那条恶龙。

"在夜色中，倒是看不出它的身躯明显区别于夜色，只是比夜色更黑。它在三山之间的空地上腾空而起，奔着星空张牙舞爪飞了起来，似是想要用头顶撞破夜空，矗立在那里，显然是接天接地的庞然大物。刘伯温闭着眼，口里念起了降龙语，倒手把七星剑扔了出去，直奔星空。剑身上的七颗星大放异彩，着实比夜空上的北斗七星还要明亮。七星剑一直飞到了恶龙的头顶上，便不再往上飞。恶龙张着大嘴，嘶吼了几声，随即就有倾盆大雨砸向地面，地面晃动了几下。

"片刻工夫，恶龙收起阵仗，向地面探下了脑袋，摆动着身躯，紧接着就钻到了那口井里。七星剑缓缓落下，随着龙尾进入井内，同样落到了井里。风雨不再来，山林归于寂静，静得就像刚才并不曾发生过任何事一样。那一夜，刘伯温一直站在山上念念叨叨，直到天色放亮，才走到了井前，冲着井下念叨了起来："你日后还能不能腾空而起，大展宏图，就看你的造化了。"那把七星剑转眼变成了铁链。"

曾经的悲喜交集，早已是黄土遮面。谁又能说得清，几百年前的先人是否曾预料到，困龙井会在几百年后再次现世，世上竟还有人记得住那些故事。无须多长时间，工地上又是一片繁忙景象。

工人们有的继续开着铲土车抓挠地面，有的挥舞着铁锹往铁皮车里铲土，有的只负责把铁皮车推出工地，有的则要把铁皮车里的土堆积在工地的外沿上。许问渠大喊了起来："周围有大型动物出没，你们怎能不管不顾，竟然还要继续修路。难道死的人不够多？还是死的动物不够多？"工人们纷纷瞅向包工头，随即继续干活。

许问渠愣在那里，思来想去："难道是我错了？历史早已无数次证明，滚滚前进的车轮并不会因为任何人而停下，反倒只会越滚越快。与其担忧梦想破碎，倒不如提前变革自己。别在等待以后，方才看懂人生。转眼却又琢磨，我不维护我的梦想，难道还会有人来替我维护？"站在工地上，许问渠逐渐觉得自己是多余的存在，干脆回家，随意吃了几口饭，就躺在了床上。

转过天来，工地上没再响起轰隆声。直到三天后工人们才继续开工干活。许问渠跑去打听情况，获知修路部门用了三天时间对原来的路线规划做了改动，由南向北迁移五十米，尽量避免修路伤害到沿线山体附近的各种动物。许问渠一听，高兴不已，盖因路线往北挪，无论再怎么架桥，都不会再占用许家祖坟那块地。回头想想，两条蛇一死一跑，可真是帮了大忙。

长舒一口气，心中确有感慨想要抒发，念叨了起来："世世代代的人依然生活在故土旧地，我的婚姻遭遇或许只是历史的再度上演，先人们未必不曾经历。历史裹挟着一辈一辈的人对生与死的考量，你我的人生何去何从，说不准就会走进历史经验中。谁敢拍着胸脯言说自己的人生具有完全不同于先人的全盘新意？世上哪有真正的新新人类！尤其是那些难题，到底要如何解决？依循你我作为普通人都能做出的朴素判断，想来应该不会有错。你我似先人，先人似你我，世世代代的人在天地间坐卧行立走，原本就是对历史的一种活生生的动态书写。婚恋只如往昔，往昔就在眼前。"

第九章

镇　狼

　　困龙井现世，若是不做任何使用，无论如何，都能算是资源浪费。许庆生思来想去，相较于邻近其他村，有的早在几年前就用上自来水了，我们集吉园反倒落后了，只因一直没找到合适的打井点。既然困龙井是现成的，莫不如就带领大家搞一搞自来水工程。无非只是在井上盖一间屋，把抽水泵放在里面，再在旁边建一座蓄水塔，然后挖坑铺设输水管道，从那里铺到村里，最后接入各家。自始至终，即便需要挖坑，但那些坑无须太深，一米左右足矣，不用放炮，只用镐锹就能挖出来。

　　经过反复思考，许庆生便通过村里的高音大喇叭，把自己的想法告诉了村民们。半数人欢呼雀跃，半数人颇有疑虑。老李在街上遇见了许庆生，直接问了两句："困龙井里的水能喝吗？是不是只能用来浇地灌溉庄稼？"许庆生答说："我去弄出一点来，送到卫生部门和防疫部门化验化验，一验便知。"老李点了点头。转过天来，不少村民赶到了山上。许庆生把绳子系在水桶的提把儿上，倒手就把水桶扔到了井里。老李念念叨叨，那条蛇是不是还在里面？会不会冲上来？

青天白日，井下数米，清晰可见，再往下，只能看到漆黑一片。无人知晓井有多深，只知道绳子足有两百多米。随着水桶向下降落，转眼工夫，就觉得碰到了井下的水面，许庆生晃了一下绳子，便把水桶拽了上来，只见桶里的水非常清澈，并无异物，舒了一口气，转身就走。其他人议论纷纷，想来井下必有非常大的空间，说不准还连通着东海。井里的蛇怎么可能一直泡在水里，恐怕早就通过井下通道跑到哪里去了。时隔一周，据检验报告显示，水质甚好，完全可供饮用。

购买了水泵，紧接着就要把两百多米的管道杵入井内，好在安装工人是外地水泵厂派来的，不知周围曾发生过何事，没有那么多顾虑，只管放心大胆地安装即可。接下来还要在上面盖屋子，许庆生何尝不曾念叨，谢天谢地，千万不要发生意外。

再接下来便是建造水塔，用来储水。至于它的模样，总不能像是房子。设计师曾言，要么方形，要么圆形。若是方形的，不管从什么角度看，都会是方形的。若是圆形的，从侧面远看，恰恰又是三角形的。人世间的建筑物，除了方形的、圆形的和三角形的，哪里还会有其他形状。即便是椭圆形的，其实仍是圆形的。哪怕只是在建筑物上

— 112 —

凸显出一定的弧度，但那弧度仍与圆形有关，至少取材于圆形，或者以圆形作为典型样本。

设计师最终给出了两张图纸。许庆生看了看，念叨了起来："若是把水塔建成棺材模样的，既不美观，还不吉利。莫不如建成金字塔形状的，但金字塔的圆锥形状只怕又跟坟堆似的。到底该怎么办？索性让水塔的外形结构分成两层，下面是方形的，作为底座，上面则要建成圆锥形的。"

敲定了样貌，接下来就是选址建造。水塔的占地面积不能太小，而且最好能找一块现成的平地。许庆生在山上转来转去，就近来看，怎会不知，除了自家祖坟占用的那块地段比较平坦，其他地方全是高低不平的坡面。

许问渠赫然出现在了面前。许庆生目不转睛瞪着他。许问渠说道："我倒要看看，你为了建水塔，会不会让祖宗们给你腾出地方？难道你还要把祖宗们踢蹬出来?"许庆生耷拉着脸，只是一直瞪着许问渠，迟迟没有说话。许问渠转眼间不敢再看许庆生的脸，只因他的目光如刀。

许庆生还是迟迟没有说话。许问渠自讨没趣，转身便要离开那里，刚刚走出几米，终究觉得心里有一股异样的感受在涌动，又回头看了一眼，喊了一句："你的祖宗就是我的祖宗，如果就连你都不守护那块地，我还有什么可在意的!"

许庆生依然没有说话。许问渠转身就走，没再回头，终因心里还是有一股异样的感受，攥起拳头挥舞了几下，甚至冲着空气念叨了一句："你若行不义，我必反抗到底！"时至第二天早晨，许庆生做出决定，要在离着坟地一百米的地方建水塔，哪怕需要耗时耗力清理坡面，都在所不惜。理由很简单，如果把水塔建在坟地里，难保各家日后用水不会觉得别扭。

许问渠没有再去那里围观，倒是去了几次自己的加油站。除了扫尾修建，还要招聘业务经理和员工，紧锣密鼓就要开始营业。得了空闲，再回集吉园。心里装着事，夜里难免会入梦。

悄悄然，梦见自己站在路边，突然看见似有什么东西从眼前跑了过去，终因天色太黑，根本看不清，只觉得嗖的一下，紧接着听到了求救声，救救我！救救我！仅此两句。探着头向前看去，顿时觉得又有什么东西擦了一下自己的耳朵，跑了过去，随即听到了嗒嗒的两声，只觉得像是马蹄子敲击地面时发出的声响。

眼前一晃，近处远处一下子亮了起来，只见一头黑驴正在追一只灰兔。俗话说，人老奸，驴老滑，兔子老了不好拿。兔子和驴一前一后都跑得非常快，许问渠跟了过去。兔子边跑边找地方躲藏，怎奈躲无所躲，藏无所藏。驴则跨着大步，地面上腾起了团团尘埃。

兔子跑来跑去，最终跑到了许问渠的面前，蹲坐在地上，抬起了头，前爪作揖，竟能口吐人言，声如老翁，气喘吁吁说道："救救我！那头该死的驴，非要骑着我不可。它那么大，三四百斤重，我怎能驮得动。"

许问渠问道："它为什么非要骑着你？"兔子答道："大家都说，无驴不蠢，它听了不服，非要拿我作法，证明自己不蠢。再说，别看它长得高大威猛，戳在地上比狮子还要高，两只耳朵比我的还要大，但它其实软弱无能，既怕虎，又怕狼。就连狗，都会时常欺负它。它没有能力欺负虎狼狮狗，就只能拿我们兔子撒气，可我并没有招惹它。"

转眼间，驴跑到了许问渠的面前，兔子则躲到了他的身后。许问渠顿时计上心头，跟驴说道："大家都说你蠢，你骑上了兔子，难道就能证明你不蠢吗？我告诉你，你若要证明自己不蠢，为什么不去骑乌龟？难道你没有听说过龟兔赛跑的故事？我说说，你听听，再好好揣摩揣摩。话说很久以前，有一只兔子想跟一只乌龟赛跑，认为自己比乌龟跑得快，就跑上一阵，休息一阵，拖拖拉拉，谁知先跑到终点的竟是乌龟。"那头驴听了听，转身就走。兔子一再道谢。

梦到此处，许问渠就醒了。吃早饭的时候，跟母亲说起自己做的梦，并且说道："我的命运犹如兔子，我的蠢劲儿却又像是那头驴，关键问题在于，谁来救救我？在有些事情上，我的智慧赶不上我大伯。他当时看我的那眼神，恐怕我终生都不会忘记。他作为我的大伯，我不怕

— 115 —

他，他作为村长，我难免还是会打怵。"谢佩樱只是劝了一句："你可要记住，无论什么事，都不要急于发声，说不准有意无意就会达成默契。"

相较于安装抽水设备和修建水塔，铺设输水管道，原本就轻而易举。村上只负责把管道铺设到村口，其余部分则可以交由村民自己完成。凡是日后想要使用自来水的，都要出门挖坑，直接把管道接入自家即可。住在同一条街巷的各家各户，还可以协力共同劳动。许庆生省了好些心力。

接连数日，村里颇显忙碌，自来水工程便逐渐接近尾声。那天下午，许庆生念叨了起来："从早晨直到现在，我的右眼皮怎么一直在跳？难道又要发生什么事？不管怎样，按照此前跟村民们约定好的，今日就要开闸。"

诸多村民，尤其是孩子，成群结队直奔困龙井。许庆生在那里先是放了一挂鞭炮，噼里啪啦的声音，在群山之间久久回荡。他随即走入屋子，拉开了抽水阀门，只听见屋内的设备里和管道里丝丝有声，心里自是高兴。有些心急的村民直接爬到了水塔上，巴巴等着水管里流出清水，但等来等去却发现从水管里流出的并不是水，而是某种气体。

其他村民和孩子们纷纷爬了上去，只为探看到底发生了什么事。许庆生特意仰头看了看青天白日。塔上人群中难免会有人问，难道困龙井里没有水吗？为什么抽上来的不是水? 谁都不知道该如何回答。片刻工夫, 孩子们先后晕倒了, 塔上一阵恐慌。大人纷纷背起孩子, 走下水塔, 拔腿就跑, 直奔镇上医院, 哪里还有闲心观看塔内。

许庆生擦了擦额头上的汗珠子, 有意无意念叨了一句:"幸好我孙子敬宾没有跟来!" 谁知此话被旁边的人听见了, 那人当即斥责:"你家的孩子是孩子, 别人家的就不是孩子吗? 你孙子没来, 自是无事, 你无须担惊受怕。看到别人家的孩子晕倒了, 难道你就没有丝毫怜悯之心吗? 只会说些风凉话。" 许庆生白白地挨了一通数落, 何尝不知自己言语不当。

说来又是一件怪事, 那些孩子趴在大人的肩膀上原本一直在抽搐, 甚至口吐白沫。当大人背着他们跑到了前方的桥上, 立即就会见好。那座桥呈现为东西走势, 是前往镇上医院必须经过的, 只是一座普通的石桥而已。大人早已吓破了胆, 仍是要把孩子送往医院。经过各种检查, 并没有查出他们的身上存在什么病症。

大人不免要问医生:"流入水塔的会不会是有毒气体? 大人吸了没事, 是因为身上的抵抗力比孩子的更强。从山上跑到桥上, 需要一些时间, 恰恰就是在那段时间里, 孩子身上的毒气, 被抵抗力破解了。" 医生答说:"如果是有毒气体, 怎会在孩子的体内检测不出。即便曾经中毒, 在较短的时间内, 身上至少还会留下某些痕迹, 但孩子们的身上并没有曾经中过毒的痕迹。" 一时真真说不清孩子们

— 117 —

到底怎么了。只好留在医院继续观察。

许庆生迈着方步要回家，在路上遇见了许嘉恒和李琼碧，问了一句："你们不在家里看孩子，跑出来干什么？"许嘉恒答道："听说各家孩子出了事，我们出来打听打听情况。"再无其他话，一起往回走。

谁能想到，竟有一匹狼正趴在许家的院墙上，见院内只有孩子，就扑了进去。各家的院墙本来就只是一些土墙头，再无别的防御设施。年幼的许敬宾当时正在玩泥巴，哪能斗得过狼。狼扑上去就咬住了他，拖着便跑，正巧被赶回来的许庆生、许嘉恒和李琼碧撞见。三人许是吓傻了，等回过神来，狼早已从他们的跟前跑远，当即追去。

许敬宾怎能不哭。那匹狼为了加快步伐，停下脚步摇了一下头，就把孩子甩到了背上，紧接着越跑越快。它的摇头动作极其利落，一看便知，是它的常用技术，但它终究背着孩子，哪能想跑多快就跑多快。尤其是出了村，就跑到了原野上，难免需要越过沟沟坎坎。追来的大人自然想要拼命救人，怎会放慢脚步，一口气便追出了十几里路。李琼碧跑得慢，被甩在了后面。许是那匹狼累得跑不动了，干脆把孩子丢在了山坡上。

许嘉恒和许庆生先后扑到了跟前，只见许敬宾的肚子上被狼咬出了窟窿。许嘉恒抱起他，直奔大夫家。跑到半路上的时候，许敬宾喊了一声："我要喝水！"正巧侧旁就是溪流，边上有清泉。许嘉恒把许敬宾抱到了泉边，用手捧了一些水递到了嘴边，让他喝了两口。

谁知许敬宾还是喊渴，许庆生发现，刚才喂到他嘴里的水早就通过肚子上窟窿流了出来，而且伴着鲜血。俩大人轮番抱着孩子一路狂奔，终于跑到了大夫的家里。大夫看了看，随即走出了堂屋。听见许敬宾再次喊渴，许嘉恒立即扑到门后的水缸前，用瓢舀出了一些水，转身就送到了孩子的嘴边。

大夫进了门，大喊一声："不要给他喝凉水！"怎奈半瓢凉水早已进了孩子的肚子，并且从肚子上的窟窿里流了出来，孩子的身体越来越凉。大夫端着碗，走到了孩子的面前，跟许嘉恒轻声交代了两句："碗里的水是温的，我在里面放了一点盐。我刚才出去，就是去弄盐水了。"

谁知许敬宾无心再喝，只是闭着眼抽搐，顷刻便已昏厥。大夫问了一句："临来之前，你们是不是已经给他喝过凉水了？"许嘉恒如实回答。大夫当即叹着气说了一句："赶紧送往齐都市里的大医院，兴许还有救！"许嘉恒和许庆生马不停蹄就要前往。

许敬宾始终昏迷不醒，医生仔细包扎，没少用药。时隔三天，揭开纱布，发现伤口开始溃烂，甚至看到了一些卵虫在血水中搅脓，取虫做了化验，方知那是苍蝇蛆虫，但不知晓伤口里缘何会有蛆虫。只能猜测，当时狼的嘴里或许有苍蝇卵。紧接着给出了治疗方案，必须尽快取出所有蛆虫，避免深度感染，否则就有可能危及生命。

许庆生、许嘉恒和李琼碧都吓得脸色煞白。手术时，医生用刀划破了伤口，让里面的血水脓液全都流了出来，又用碘酒冲洗了几遍，最终包扎了起来。术后又言，苍蝇卵太小，难以保证能冲洗干净，就怕有的已经钻到更深的肉里去了。若是已经钻到了骨缝里，那就更加麻烦了，说不准需要截肢。

让人感到不解的是，经体表和纱布的层层覆盖，苍蝇卵如何能进入体内更深位置，竟然还可以在里面孵化生长。医生的策略只是动刀冲洗，再无其他更好的办法。

谢佩樱早已赶来，听了听医生的说法，转身就要往回走。许庆生、许嘉恒和李琼碧愁眉不展，只等着再过上几天，看看卵虫会不会继续搅脓，以便于医生再次冲洗。第二天早晨，谢佩樱又赶到了病房里，特意带来了一瓶水，送到了许敬宾的嘴里。

光是用眼看，根本看不出那瓶水有何异样，至少在颜色上，并没有不同于普通的水。许庆生等人都想知道水里有什么，谢佩樱却没有告之，观察了半天，就离开了医院。接连三天，每早必到，总是带来一瓶水。第四天早晨，谢佩樱让医生拆开纱布。神奇的一幕，在大家的眼前发生了，有些蛆虫正在从许敬宾的伤口处往外钻，医生取下了一坨又一坨。接下来的三四天，谢佩樱仍是每早必到，直至许敬宾的伤口处再无蛆虫。

终于到了要揭开谜底的时候，谢佩樱说道："水是普通的水，我只是在里面放了一些蛇皮，放在水壶里烧开了，把水装到了瓶子里。此前没告诉你们，是因为担心你们怕蛇，更担心你们不让我给敬宾服用。我老早就听说，蛇皮可是一种良药，煮水服用，能去除体内百毒。用医院的消毒液清洗伤口，其实只是由外向内解决问题，想来难以除根，莫不如就由内向外。把蛇皮水喝到肚子里，借助于蛇的毒性，以毒攻毒，能把体内蛆虫驱赶出来。有的哪怕已经钻到骨头里，都能被逼赶出来。你们日后若是见了蛇皮，不要只是躲开，要像我一样拿回家里，即使不用来治病，放到闲置的衣物被褥里，还可以用来驱赶百虫。"

只可惜许敬宾还是迟迟没有醒来。据医生诊断，除了咬伤，他还曾受到过度惊吓。更麻烦的地方就在于，惊吓病症不易治疗。许嘉恒和李琼碧直眉瞪眼盯着谢佩樱。她二话没说，扭头就走，回到集吉园，直奔山上寻找各种药材。第二天早晨，把荆芥草、娃娃拳、牡荆根和君迁子放到了大锅里，煮炖了起来。熬干了满满一锅水，又添续了满满一锅，一直熬到了中午。捞出药材，用纱布过滤掉了残渣，继续熬炖，药水最终浓缩成了黏稠的汤汁，状如黑色的油漆，只在锅底取出了一茶碗。她以最快速度赶往医院，用筷子挑出了一些药汁，塞到了许敬宾的嘴里。许嘉恒和李琼碧守着孩子，盼着云开雾散。

谢佩樱把许嘉恒叫到了楼道里，轻声问道："你觉得我对待你好不好？对待孩子好不好？"许嘉恒答道："你实心实意待我，简直无可挑剔！你对待孩子，更是远胜他的亲奶奶。"谢佩樱又说："从今往后，你能不能跟问渠站成一队？"许嘉恒反问道："什么意思？"

谢佩樱说道："问渠一心想要把书曼葬入许家祖坟，不达目的誓不罢休。我非常希望你能支持他。至于你爹那里，我回头再去做工作。"许嘉恒一听，脸色骤变，当即说道："三婶，你实心实意待我，实心实意待孩子，原本是有条件的？"

没等谢佩樱再张嘴，许嘉恒又说："我们本来就是一家人，敬宾以前每次见了你，都会喊你三奶奶。你手里握有偏方，拿来救孩子，难道不是理所应当？眼下看来，你帮忙救孩子，竟然是想要跟我作交换。你怎么不想想，你现在跟我谈条件，是不是有乘人之危的嫌疑？问渠出事住院的时候，我和我爹难道没有冲到前面跑东跑西？我们有没有跟你谈条件？就你刚才的做法，我真得重新考虑考虑你有没有把我和我爹当家人。"

谢佩樱哪里还好意思再说什么，只怕事情越描越黑，干脆扭头往回走，坐在车上，一再念叨："嘉恒说得对，我实心实意待孩子是理所应当的，怎么能谈条件！今天做事的蠢劲儿当真犹如那头驴。"

许敬宾服用了谢佩樱熬制的药，果然醒了过来，但身上并未大好，时而想抱着妈妈，时而想抱着爸爸，时而想抱着爷爷，一直喊怕。仁大人轮番半趴在床上抱着孩子。

到了半夜，许敬宾开始不停地颤抖，浑身冒汗，衣服全湿。仁大人还是轮番抱着他，哪有心思睡觉。天色即将放亮时，许嘉恒发现许敬宾竟然没了气息，病房里传出一声哀号。李琼碧怎肯放手，还是把孩子紧紧抱在怀里。许庆生直接瘫在了地上。据医生诊断，谢佩樱熬制的药并非无效，只是许敬宾受到的惊吓太过严重。

仁大人带着孩子回了集吉园，没办丧事，只是打制了一口棺材。许敬宾虽年幼，但他属于许家的血脉，将其敛尸葬入祖坟，任凭是谁，都不会有异议。

其他人家的孩子在镇上医院并未查出何种病症，早已各回各家。许庆生打起精神，重新拉阀放水，无须多时，各家的水龙头里皆有清水流出，村里一片欢腾。

见有孩子在街上蹦跳，许庆生抬手摁住了心口，扭头又返回到了祖坟那里，坐在许敬宾的坟前默默流泪。细细想来，野狼怎会无缘无故入村入院拖孩子，必有缘由。前一段时间，祖坟上闹狼的时候，问渠把那匹狼杀了。听说狼都是成双成对的，难道是另一匹要报仇？只怕早已盯上我们家，难以对大人下手，就瞄准了孩子。若非如此，倒又想不出其他答案。

时隔几天，老张告诉许庆生："我昨天去山上放羊的时候，隔远望见你们家的坟林里似有畜生出没，你快去看看吧。"许庆生即刻赶往，只见许庆慰的坟头上出现了颇大的窟窿，弯腰看向窟窿里面，赫然看到了一双狼眼，登

— 123 —

时满腔悲愤，破口怒问："害死我孙子的是不是你？"紧接着又说："狼往坟里钻，历来并不稀奇，谁知你竟然还敢在我们家的坟林里做窝！"

那匹狼迟迟没有跑出来。许庆生搬来一块大石头，先把窟窿堵死，转身回家，前去找许嘉恒和李琼碧，想要按照传言，让他们夫妻在坟前演一出戏，镇压恶狼。许嘉恒和李琼碧一听，岂会不答应。

半天工夫，坟林里聚集了不少人。许庆生挥舞铁锹要挖开许庆慰的坟。谢佩樱和许问渠匆匆赶来，怎能不阻拦。见许庆生执意要挖，许问渠喊了一声："我爹躺在坟里，没有招惹你，你凭什么要让我爹受惊扰！"许庆生说道："我要找的分明是狼，暂且不考虑会不会打扰到你爹。"

谢佩樱看了一眼儿子。许问渠只是连连叹气，自知大伯和哥嫂想要报仇，阻拦不住。许庆生挖着挖着，土里突然飞出了一只蜜蜂，随即又有许多蜜蜂飞出，全然不曾扑向人脸，直接飞向高空。眼瞅着马上就要打开许庆慰的坟，蜜蜂才飞尽散尽。许庆生在土层上捅出了钱币大小的窟窿，以便让坟里的狼观看到坟外接下来要发生的事情。

李琼碧把早已准备好的石灰涂到了许嘉恒的鼻梁上，让他扮成戏里丑角的模样。许嘉恒把一张八仙桌搬到了坟前，又在桌上放了红布，把桌子完全遮掩了起来，随即钻到了桌子底下，藏到了红布里。李琼碧拿起一根鞭子，甩起来狠狠地抽了一下桌子，大声喊道："那匹狼，你给我

— 124 —

出来!"

许嘉恒躲在布里,怯声怯语喊道:"我可不敢出去!我怕你们把我打死。"李琼碧又甩起鞭子抽了一下桌子,喊着问了一句:"你给我露露头,看看世界上还有没有你能为非作歹的地方。"许嘉恒先是抖搂了几下红布,紧接着就把脑袋探了出来。乡亲们见他那副模样,鼻子周围涂满了白石灰,想要发笑,但又不好意思笑,毕竟人家的心里满是痛。许嘉恒继续表演,又怯声怯语说道:"我向各位赔罪,保证日后不再害人。"

迟迟没有听到坟里的狼有何回应,许庆生铲掉一层土,彻底打开了坟,一时没见到狼,就打开了棺材盖,展现在眼前的竟是一具不曾腐烂的尸体。许庆慰静静地躺着,俨然像是睡着了。那匹狼蜷缩在角落里,旁边的棺材板上有窟窿。许庆生发了狠,像是投射标枪那样把铁锹抛了过去,正中狼的脖子。看着它挣扎待亡,念叨了起来,早知道你在坟里很老实,逃不出我的手心,就没必要让我儿子和儿媳演戏了。

许问渠走到许嘉恒的面前,板着脸问道:"你扮演的到底是狼,还是我爹?"许嘉恒没有接话。许问渠又说道:"我爹老实得像只死兔子,就连那些蜜蜂,都还知道飞走,死兔子却只会白白遭受践踏。"再无热闹可瞧,乡亲们纷纷转身往回走。许庆生收拾了一番许庆慰的棺材,重新揉好了土馒头。

第十章

乱点鸳鸯谱

　　谢佩樱怎会不知许庆生开坟镇狼，许问渠颇为恼火，但仔细想想，事出有因，许庆生对准的矛头毕竟不是许庆慰，故此全家人还是理应和睦相处。李琼碧因思念许敬宾而颇感难受时，恰恰不愿意去找自己的亲婆婆倾诉，谢佩樱作为她的婶婆婆，便极其愿意聆听，以此维系全家人的亲情。有一回，李琼碧曾跟谢佩樱说起来："敬宾为什么会死于非命？夜里睡不着的时候，我就琢磨，许是什么地方我们做错了？思来想去，大错特错的事，头一件，极有可能就是不该给敬宾编锁子。"

　　所谓编锁子，是一项民俗活动，具体是指孩子出生乃至在胎包里时，若曾出现脐带绕颈，出生以后，亲人要去刘家等各户，攒集七根红、白、黑、蓝等各种颜色的细线，就是用来缝补衣服的那种，编成一缕，比附长命锁，迄至百天、一周岁和两周岁，摆出送子娘娘和锁关娘娘的牌位，焚上香，把线缕挂在孩子的脖子上，再用扫帚在孩子的身上分左右各扫三遍，寓意在于扫除灾患，最后给两位娘娘焚烧各种金银纸扎，祈求保佑平安。去刘家攒线的原因在于，刘字的读音与留住的留相同。

李琼碧所疑虑的正是，当初自从怀了许敬宾，直到许敬宾出生，都未曾出现脐带绕颈。许嘉恒当时何止一次两次问过医生，医生说得非常明确。许敬宾出生以后，李琼碧一心想要保孩子平安，甚至觉得，即便不曾脐带绕颈，扫扫灾，总不能算错，于是操作过三次，细细想来，真是做了不该做的事，最终送走了不该送走的人。

话说另有一日，时至深夜，许问渠熟睡进入梦乡，发现自己正在悬崖峭壁上砍柴，许嘉恒就在旁边，突然发觉似有什么东西从天而降。兄弟俩抬头望去，只见有人背着一位姑娘从他们的身后飞了过去，扭头再看，发现那人背着姑娘直奔悬崖底。

许问渠赶紧问了一句："那是什么东西？"许嘉恒吓得结结巴巴说道："许是妖精吧！不长翅膀的人，怎么可能会飞。"许问渠提议，一起下去看看。许嘉恒却说："我可不敢去。"许问渠伸缩着腰间的绳索，慢慢向崖底降落。许嘉恒依然待在原处，前后几分钟，早已看不见许问渠的影子，于是向上拽着绳索，爬到了悬崖上面，回了家。

许问渠落到了一块方方正正、极其平整的青石板上，在上面走来走去，并没有发现任何缝隙，跳到了石板的下方，发现果然别有洞天。眼前是一条窄窄的小路，通向前方深不见底的山洞，使劲挥舞着砍柴刀，缓步前行，步步为营，做好了随时迎敌的准备。

走着走着，听见前方传来了一些声音，便站住了脚跟。仔细听去，似是有人正在发牢骚，说什么"二郎神昨晚给我下达命令，让我今天出门迎接白龙爷"，但没说清怎么迎。是抬着轿，还是步行？去哪里迎？是在洞口，还是去洞外？若是出了差错，可怎么办？

许问渠观察了一番周围，只见高高的头顶上有一道细长的缝隙，大有一线天的架势，洞内光亮正是阳光通过缝隙投射下来的。洞底离洞上足有上千米，洞内的墙壁上长满了青苔和藤蔓。走着走着，发现前方似有一道石门，门口两侧各有一尊石狮子，左侧的旁边似乎还有一尊泥胎神像。两步并作一步，迅速跑到了门前，东张西望，算定门后想必有人，即便不是人，恐怕就是某种类似于人的生命体，关键问题是怎么打开门。

许问渠不敢轻易伸手触碰任何地方，就用砍柴刀去触碰，先是在石狮子上碰了一番，石狮子没有任何反应，便又去碰泥胎神像，刚刚碰到，就看见神像的腿部竟然流出了很多鲜血，紧接着摇晃了几下，消失得无影无踪，前前后后悄无声息。

石门依然紧闭，许问渠继续寻找开门的机关，怎奈饥肠辘辘，摸了摸肩上的褡裢，发现里面早已没有吃食，稍稍片刻，就晕倒在了门前。在他迷迷糊糊的时候，石门被打开了，一位姑娘端着炉子走了出来，发现有人倒在地上，赶紧扑过去，从口袋里掏出了一块石头状的物件，放到了许问渠的口鼻前。他当即发觉那物件上有一股粮食的味道，猛吸了几口，转眼便苏醒了，只见跟前的姑娘面目模糊，全然看不清到底是谁。

姑娘立即说道："快回去告诉我爹，妖精想要跟我成亲，想办法来救我。"许问渠免不了要问："你家在哪里？"姑娘反问道："沿着镇集那条路往南走，你知不知道三四里地以外有一棵大槐树？"许问渠答道："就是下面围满了认干亲的石碑的那棵吗？"姑娘答是，一并交代，我家就在那棵大树的北面。

说着话，便把那物件塞到了许问渠的手里，又叮嘱了几句："我刚从妖精的床头上偷来了一块吸饱石，你拿上。来时路短，去时路长，等你饿了的时候，只要吸上几下，马上就不饿了。无论怎么吸，它都不会萎缩。"

许问渠劝道："咱们一起走吧。"姑娘摇着头说道："妖精受了伤，想要用热水清洗伤口，但又怕我在洞内生火，弄得烟熏火燎，就让我出来烧水，等着我赶紧把水烧开。我若是跟你一起走，妖精见我迟迟不回去，势必会出门来找。我们的腿脚怎么能赶得上妖精，只怕没等我们跑出多远，就被抓了回来。所以，还是你自己赶紧走吧。"

姑娘又从口袋里掏出了一块手帕交给了许问渠，叮嘱道："你没见过我爹，去找他的时候，只要把手帕交给他，他自然就会相信你说的话。"许问渠站了起来，转身就走，果然是来时路短，去时路长，走了半天都没有走出去，便又站住脚跟琢磨了起来："我自己回去报信，算什么英雄好汉。若是在我去报信的时候，姑娘遭遇了不测，可怎么办？"

他转眼却又想："大树北面？怎么那么熟悉？我以前去过那里，现在都还记得，石碑围着树，里三层外三层，密密麻麻。碑上所写，无非是谁与谁互认干爹干娘干儿干女，或者干兄干弟干姐干妹之类。人们以碑文为证，在长长久久的槐树下盟誓，可以借助于干亲关系，确保孩子长命百岁。树枝上还挂满了红色的飘带。大树北面是谁的家？怎么一时想不起来了。"想来想去，眼下何必深究，索性又转身往洞底走去。

当他再次来到石门前的时候，发现那里早已没人，左侧石狮子的跟前倒是留有一些炉灰，抬头观察石门，发现门上有一道缝，最下端夹着一块小石子，想必是姑娘故意放在那里的，以便于前来救人时能打开石门。

许问渠握紧砍柴刀，竖着插进了门缝中，用上全身力气想把刀横过来，让缝变得越来越宽。当宽到可以放下一只脚的时候，便把脚伸到了缝中，继而横着身体想把肩膀塞到缝里。上身用手去推，下身用屁股去顶，再往里面稍一侧身，就进到了门内。眨眼间，石门又自动关上了，前前后后悄无声息。

　　许问渠向前走了几步，躲到了犄角旮旯，只见里面极其明亮，虽然见不到阳光，却可以看到四周的石柱上各挂着一枚亮闪闪的珠子。西北角有一张石床，床上躺着人。姑娘正在床前忙活，先是把一块白布放到铜盆里洗了洗，随即拿了出来，要给床上那人擦拭伤口，而床上那人则把腿伸到了床沿上，腿上依然滋滋流血。

　　床的对面有一根极粗的石柱，柱上有一条奇大的蛇虫子，四只脚和尾巴上皆钉有铁钉，鲜血直流，看那伤势，像是刚刚被钉上去的。床上那人指着大骂："我养着你有什么用，废物！饭桶！草包！让你去找二郎神，帮我打听打听，你却找不着路。我之所以被贬到了悬崖底洞，整天活得不人不鬼，难以再有出头之日，都怪你办事不力。老龙王让我负责集水降雨，我再把任务分配给你，你却只会搬运石子。老龙王前脚接到了天庭下达的命令，后脚就让我负责落实，我把你攒集起来的水洒向人间，谁知却是雨石俱下。"

　　蛇虫子竟能口吐人言，呜呜嘤嘤哭诉道："出了问题，你就只会找我算账，让我顶包，你怎么不责怪自己不亲力亲为，你怎么不责怪老龙王不亲力亲为。层层分包下来，生出事端，势在必然。更重要的是，你怎么不责怪自己不懂得知人善任。我原本就不是水里的活物，你竟让我集水。"

— 131 —

床上那人一生气，直接扔出了一把鱼刺刀，正中蛇虫子的脑门。蛇虫子挣扎了几下，便不再动弹。床上那人把手伸到了床头上，摸了一番，什么都没摸到，扭脸冲着姑娘问道："我的吸饱石呢？是不是被你偷走了？"姑娘愣住了。

床上那人坐了起来，指着姑娘说道："你若是不交出来，你的下场，就跟蛇虫子的一样!"姑娘吓得浑身打战。说时迟，那时快，许问渠箭步跑到了床前，使劲挥了一刀，竟砍下了一条腿，只见那人打了几下滚，就现了原形，原来是一条八爪鱼。

许问渠拉起姑娘就跑。八爪鱼只顾着打滚，一时没有追来。许问渠又用砍柴刀打开了石门，带着姑娘跑了出去，一直不曾停，不知跑了多久、跑出了多远，幸好有一块吸饱石，可以确保他们始终都有充足的力气。

当他们跑出了底洞，来至悬崖下面的方石板上，八爪鱼追了过来，挥舞起了七条腿，其中一条直接抽向姑娘，把姑娘抽得半死不活，躺在了地上。许问渠稍作思考，若是再往底洞里跑去，想必会引开水怪，于是转身开始往回跑。水怪果然追了去。

许问渠蹭蹭蹭又跑回到了石门后面。水怪追来，冲着他说道："旧账未算，又添新债。我化身为泥胎神像，在门口等着迎接白龙爷，见有人来，原本不打算伤害你，谁知你竟砍了我一刀，我依然不跟你计较，但你眼下明显是蹬鼻子上脸，非要与我为敌，那就不要怪我手下不留情了。"

八爪鱼甩起一条腿，抽打了一下墙壁，墙上裂开了一条缝。紧接着，一条一条的八爪鱼从缝中钻了出来，一口气竟钻出来了十六七条。原来的那条冲着许问渠说道："你的刀纵然锋利无比，但我们有无数条腿，看你能不能砍得过来。"许问渠有些害怕，向后退了几步。一群八爪鱼冲了过去，团团围住了他。

许嘉恒闲来无事，出门赶集，走到半路上，发现有人在街头的墙壁上张贴告示，走到跟前一看，原来是张榜寻女。据告示所言，黄家小女书曼已经失踪三天，谁若能帮忙寻回，即可婚配。

许嘉恒琢磨了一番："三天前，我明明看见有人背着一位姑娘钻到悬崖底部去了，难道那姑娘就是黄书曼？前脚寻回，后脚迎娶，可真是人生的一大快事。问渠去了崖底，迟迟没回来，想必早就摔死了。崖底即便有妖精，仍是不妨一试。妖精纵有百般能耐，想来是斗不过人的。若能斗得过人，眼前的世界岂不是到处都有妖精了。"

许嘉恒揭下告示，去了黄家。黄松柏高兴得跟什么似的，打量着他说道："街上那么多人，谁都不敢揭，顶数你胆量最大，想必你胸有成竹。小女的事，就拜托你了。我说到做到，小女归来之日，便是你俩成亲之时。"许嘉恒却说："我救人并不是为了自己迎娶，而是想为我儿子娶亲。"

黄松柏哈哈笑道:"亦可!亦可!"二人齐心协力,准备了一根粗绳子和一只铃铛。不多时,来至悬崖边。另有不少人跟来围观,还可帮忙。许嘉恒把绳子系在周围的柏树上,把铃铛交给了黄松柏,并且叮嘱:"等你向下看却又看不到我的时候,就把铃铛绑在绳子上。我一旦找到了黄书曼,就拽一下绳子,让铃铛发出声响。你们马上就要往上拽,把我和黄书曼以最快速度拉上来。"

做好了准备,许嘉恒就要下崖,拽着绳子溜索。悬崖虽高,但壁上有些粗壮的树枝,可以踏上去稍作休息。前后大约一小时便来至底部。许嘉恒此前不认识黄书曼,但崖下的方石板上只躺着一人,想必就是她,怎奈她一直昏迷不醒。

许嘉恒便把她捆到自己的背上,拽了一下绳索,紧接着就要开始向上爬。上面的人听见铃铛响,使劲向上拽绳子。上行不比下行,需要花费更多气力,到底是众人拾柴火焰高,用了不到俩小时,就把许嘉恒和黄书曼拉了上去。黄松柏让人帮忙去请大夫,回头就向许嘉恒道谢,并且约定:"只要小女醒来,即可让你儿我女拜堂成亲。"许嘉恒怎能不高兴。

崖底光阴不同于崖上人间。许问渠依然在跟水怪周旋。八爪鱼用腿裹住了他的手臂,致使他无法挥舞砍柴刀。十几条一起用力捆住了他,随即向外甩去。他若是被甩到墙壁上,即使不被摔死,恐怕仍会被摔得半死。当他感到绝望时，竟发现自己并没有被甩到墙壁上，而是被甩进了什么怀抱里，扭头一看，只见的确有人抱住了他，那人像极了姥姥。他前脚刚刚落下，后脚便扭动了一下身躯，变成了一条六七米长的白龙，把尾巴搭在了一根如同房梁般的石柱上。

那群水怪纷纷直眉瞪眼盯着看，紧接着收回了各自的腿脚，开始退却。白龙摆动了一下腰身，飞了起来，眨眼就飞到了石门前，谁知石门竟自动打开了，于是径直飞了出去，以极快的速度飞到了悬崖下面的方石板上，盘旋了几下，抬头就要向上飞，一直飞到了悬崖上面。前脚刚刚落地，后脚又变幻了一番，躺在地上的正是许问渠。咳嗽了几声，马上爬了起来，往山下跑去。当跑到镇集附近的街上时，突然看见了姥姥。她正站在路边向远处张望。

许问渠凑到跟前问了一句："你在看什么？"姥姥答道："你们许家不是要迎娶黄家小女书曼姑娘吗？难道你不知道？接亲队伍浩浩荡荡的，刚刚走过去。"许问渠又问道："我们许家谁要迎娶黄书曼？"姥姥说道："听说黄书曼原本失踪了，是许嘉恒帮忙救回来的，倒是成就了许敬宾和黄书曼的一段好姻缘。"许问渠一听，恍然大悟，谁家住在大槐树北面，正是黄家，赶紧去追迎亲队伍。任凭姥姥怎么喊他回来，他都没有回头。

许嘉恒带着队伍，敲锣打鼓，领着许敬宾，一路前行。许问渠赶在队伍的前面，扑到了黄家院门口，只见那里早已站满了人，认不清谁是谁，拿出了黄书曼此前交给他的那块手帕，并且说道："救黄书曼的不是许嘉恒，而是我!"门口众人似乎不信，只是盯着他打量，什么话都没说。

院内闺房里，黄松柏把鲜红的盖头蒙到了黄书曼的头上。黄书曼问道："你确定在悬崖下面救我的是许家人吗?"黄松柏说道："再没别人!"黄书曼埋怨道："你从来都是急脾气，容不得我再考验考验许家人。在悬崖下面的时候，我曾给过一块手帕和一块吸饱石，难道不需要看看许家人能不能拿来?"黄松柏责怪道："你当时昏迷不醒，怎会知道谁去救的你。我说是谁就是谁。"黄书曼又说道："总感觉哪里对不上!"

许嘉恒带着队伍来到了黄家院门外，放了一串鞭炮。黄松柏亲自把女儿送到了院门口，看着女儿上了花轿。许问渠冲着花轿大喊道："救你的明明是我!"怎奈锣鼓喧天，贺喜声鼎沸，热闹非常，无人能听见喊声。许嘉恒和许敬宾只顾着迎亲，根本没看到许问渠。

望着队伍渐行渐远，黄松柏抬手擦了一把眼泪，许问渠则备感失落。人群渐渐散开，眼前最后只剩下了他们俩。许问渠盯着黄松柏打量了一番，见他频频踮起脚来望向远方，便推测此人大概就是黄书曼的父亲，若是换作其他人，断不会对新娘如此不舍。走到跟前，把一块手帕和一块石头状物件举到了他的眼前，说了一句："我才是救黄书曼的人!"

　　黄松柏看了看许问渠,顿时向前跑,不停地喊着:"快把我的女儿送回来。"许问渠跟着一起追去。他们跑着跑着,跑出了几百米。黄松柏突然停下了脚步,扭头冲着许问渠说道:"许嘉恒的确曾救过小女,毕竟是他把小女从悬崖下面背上来的。"许问渠一听,当即觉得自己心里刚刚燃起的希望之火,转眼就被黄松柏扑灭了。若是从来不曾有过希望,怎会感到带有痛感的绝望。

　　黄松柏又说道:"你自己去追吧!若能追回来,我就把小女嫁给你。"许问渠又感受到,若要在一堆刚刚被扑灭的灰烬中再次点燃希望,不是不可以,但难免会担心再次与绝望相撞。想了想,还是追了过去,边跑边念叨:"有一块吸饱石做后盾,我们俩若能走到一起,想必就会像是神仙眷侣一般,能过上衣食无忧和恩恩爱爱的美满生活。"

　　许问渠原本打定主意一直追下去,跑着跑着,竟睁开了眼,发现原来只是做了一场幻梦,思索了起来,梦里梦外,心绪难平,不觉间早已是窗外泛白。简简单单洗漱了几下,随意吃了几口早饭,跑出了加油站,见车就拦,坐上了出租车,直奔医院。

　　李琼碧当真找过几次谢佩樱,在家里没有找到,并未赶往加油站再找,反倒独自去了抱犊崮,打听到了黄家的住址。刘桂兰好生接待。李琼碧慢声细语做了前提交代:

"按理说，我不该自己来，但是，给活人撮合亲事的媒婆不给亡人撮合亲事，我又找不到其他人帮忙，就只能自己跑来了。"紧接着便说了一番赶来的目的。

刘桂兰一听，直接说道："你刚才一进我家家门，就喊了我一声婶子，毫无疑问，肯定是按照我家闺女此前跟你们许家的关系论定的称呼。转眼片刻，你就想要跟我论亲家，转变得实在是太快，让我如何接受？再说，我家闺女原本是要嫁给许问渠的，哪怕许问渠到最终无法把我家闺女接去，我总不能再让闺女嫁给许敬宾吧。许问渠和许敬宾毕竟是叔侄，切不可胡来。"

李琼碧又说："我刚才一进门，想来是搞错了辈分，现在就可以改叫你一声亲家。"刘桂兰则说："先不要急着改称呼！你说的事，我无法接受，还有一条重要原因。许庆生不讲诚信，但我们黄家不能不讲诚信。按照婚约，既然我家闺女原本是要嫁给许问渠的，那就要遵守约定。若非许问渠前来接人，我不会把我家闺女交给你们许家的任何人。"李琼碧一听，当即抹泪。刘桂兰劝道："未婚先亡的姑娘并非只有我家书曼，你不妨再去其他村里打听打听。"李琼碧难以再说什么，哭着离开了黄家。

第十一章

心散家不散

接连数日，陪着李琼碧前往雏鸾村任家的，始终都是谢佩樱。许嘉恒一直不愿意一同前往。谢佩樱何尝不知，丧子之痛，终难化解，无论许嘉恒近来如何反常，都没有必要责怪他。他哪里还有心思再开车跑生意，每日只是在家里卧躺，简直不想活了。

那天中午，许嘉恒悄然入了梦境，发觉自己明明站在床前，却又看见自己躺在床上，不免自问："难道我已经死了？"摇了摇头又说："早死早好，何必再遭受世间的苦楚。"转身就要向前走，只见天上昏昏无日，周围一片混沌，无意停歇，就继续走着，一时不知到底要走向何方，好在前方依旧在前方，走着走着，就走到了河边，若要继续向前，势必需要过河，许是心里急于向前，竟没有脱鞋袜，直接走到了水里。

河水并不深，起先只是没到脚踝，后来则没到了腰间。当许嘉恒走到河中央的时候，突然发现眼前出现了俩人。其中一人是许庆丰，另一人是许庆慰。前者冲着后者滔滔不绝说道："据神话故事讲述，曾有人专门在庙里供奉神仙，按照规矩，每次人神交接都隔着一定距离，起先并不详知神仙们的每日饮食。突然有一天，不知是何原因，神仙们急着回了天庭。那人开始琢磨，各仙家恐怕并不能把所有东西全都带走，肯定会落下一两样，于是就跑到了神仙们以前居住的屋子里搜找，搜来搜去，并没有找到什么东西，只发现神仙们曾用过的锅里似乎还有吃食，倒又只是在锅沿上剩下了那么一点点。那人把锅举到了嘴边，伸着舌头舔了舔，断定神仙们的吃食中有蜂蜜和高粱米。虽然只是吃了一点点，倒是换来了死后不腐。"

许嘉恒凑近听了听，插话问道："你们不是早就已经死了吗？怎么还在河里站着？难道没有去投胎吗？"许庆丰答道："若要去投胎，就必须走到河岸上。若要走到河岸上，就必须满足把守着河岸的人提出的条件。"许庆慰接着说："我们满足不了条件，正琢磨着，要回到人世间，去做不腐的仙。"许嘉恒叹着气说道："何必留恋人世间！"随即就看了看对岸，隐隐约约看到了俩人，皆穿着跟河水的颜色一样的衣服，河水本来就像是黄泥汤，而且各自抱着一把大刀，扭脸就问："他们提出了什么样的条件？"

许庆丰答道："他们让我们唱歌，而且要唱他们喜欢听的。且不论我们哪里知道他们喜欢听什么歌，我们本来就不会唱。他们说了，让我们必须拜师学唱。"许嘉恒说道："我自幼就听说过该怎么应对，正巧我还记得儿时学过的歌，不妨教给你们。"紧接着便吟唱了起来："弥陀佛，弥陀佛，一把豆粒圆又圆，碾上推，磨上研，出的豆腐雪白莲，拌的馅子鲜又鲜，包的饺子两头弯，下到锅里溜溜转，铜勺舀，金碗端，先敬老子后敬天。"

教了片刻，许嘉恒吩咐道："你们赶紧去把《豆粒歌》唱给他们听吧。"许庆丰和许庆慰奔向岸边，在那二人的面前唱了一遍，谁知那二人直皱眉头，显然不喜欢。许庆丰和许庆慰又回到了河中央。

许嘉恒想了想，又教了一首："弥陀佛，弥陀佛，叫一声善人，听我把话言，牢牢记心间。千万别犯愁，把命交给天，愁坏了身子，自己受熬煎，千万别往牛角尖里钻。别走狭窄路，又臭又无钱，切莫当贼去偷盗，人家喊一声，吓得心胆寒。常想把人害，不如在家享清闲，免得出门蒙着脸。头上有青天，太阳落下去，两手摸不着边。烧香叩头许空愿，罪过堆成山。知足心常乐，病灾永不谈。生来是一世，有苦就有甜，有的皇上去要饭。吃亏要忍耐，忠厚传家远，没有过不去的火焰山。"

许庆丰和许庆慰学了一遍又一遍，随即就要去唱。岸上人问了一句："是谁教给你们的？"许庆丰答说："是我们的侄子。"岸上人叹着气说道："我明明是让你们去找老师，没让你们去找后代。岂不知俗语有言，一日为师，终身为父。难道你们要认你们的后代为父吗？"

许庆丰和许庆慰又回到了河中央。只见他们俩的脸色极其凝重，许嘉恒自是要问："为什么又被拒绝了？"谁知二叔和三叔却闭口不言，真真像是犯了错的孩子。许嘉恒纳闷不已，念叨了起来："唱《豆粒歌》不行，唱《劝人方》总该可以吧，莫不如我去试试。"朝向河岸走去，走到了岸上人的面前，唱了一遍《劝人方》，只见岸上人频频点头。

许嘉恒被拽到了岸上，免不了要问一问："为什么要让过河的人唱歌？"岸上人答道："且不管你以前有没有做过坏事，只看你以后会不会做好事。日后若是能行善，眼下必有善心。眼下有无善心，总要检验检验。"许嘉恒又问："我二叔和三叔早已学会了《劝人方》，为什么还是不让他们上岸？"岸上人答说："有无善心，岂是一时就能开悟的。原本若是不曾开窍，倒是可以向佛祖求教，让佛祖点化。正所谓，出了家门入佛门。且让那二人继续在水里打那闷葫芦，啥时候能明白过来要拜佛祖为师，再让他们上岸不迟。"

许嘉恒扭头冲着河里喊了一声："要拜佛祖为师！"谁知河里的人似是完全听不见。转眼间，只觉得似是被谁推了一把，许嘉恒简直就像炮仗似的飞了起来，随即就要降落，前脚落地，后脚就从梦中醒了过来，继续躺在床上，望着房顶，琢磨了起来，谁不曾寻找生命中的繁星，点亮每晚有梦的夜空，怎奈到头来终是一梦。敬宾带走了我的命，带走了我的梦，眼下已是无命无梦，可让我怎么面对未来，难道只能去投奔佛祖？

谢佩樱几次三番劝说许嘉恒和李琼碧，安顿好了敬宾，再无何事不放心，你们夫妻赶紧趁着年轻再生一胎吧。难道要一直寻死觅活的？敬宾不在了，你们俩的心散了，好在我们的家还没散。

许嘉恒盯着谢佩樱问道："你是不是又要跟我谈条件？又要拿问渠和黄书曼说事？"谢佩樱真想驳斥一句，但还是压制住了自己的冲动，心平气和地说道："人在做，天在看，我就那么无良？我只真心待你，你如何待我，如何待问渠和黄书曼，全看你的心。"许嘉恒没再接话。谢佩樱转身要回自己的家。许嘉恒冲着李琼碧念叨了一句："生来一世，有苦有甜，哪有过不去的火焰山。"

隔了几天，谢佩樱去了一趟齐都城郊的慈恩禅院，祈求佛祖保佑，赶紧让侄子和侄媳再生一胎。在给佛祖磕头的时候，恍恍惚惚看见半空中飘着一些红色的字迹，仔细看去，发现所有的字都是子嗣的嗣，于是心下大喜。当谢佩樱走出佛殿时，又发现天边布满了彩云，更是欢喜，只盼着李琼碧赶快怀孕。

许庆生又何尝不曾因为悲痛而打乱了生活节奏。某天晚上，雨点飘洒，睡前要去关院门，没开院灯，直接走到了夜幕中，越是向前，越是发觉院门口似有亮光，倒又不是十分明亮，走到跟前，竟看见了一对虎头虎脑的娃娃，

— 143 —

只有两岁左右，正伸着舌头接雨点。那番童趣，怎能不叫人喜爱。

许庆生念叨了一句："谁家的？"真是心生羡慕，关好门，回了屋，就睡下了。第二天，日子照旧，又到了晚上，许庆生还是要去关院门，发现一对娃娃手拉手出现在了夜雾中，接下来却是彻夜未眠，甚至接连半月都不得安生，频频赶往山上坟林，在那里静坐。

几场大雨冲坏了坟林路口的路基，一片片石头裸露在路面上。许庆生突然想起，前一阵子赶集时曾听人念叨，南北两头水泥筑，地块才永固，子孙兴旺久久富。接下来，果然好一番折腾，又是买水泥，又是浇筑那路口。完工后还曾闷头念叨，任凭大雨倾盆，想来都不会再冲坏，方便孙子回家。

天长日久，如何排遣内心的烦闷，索性去赶集。人群中有人说："两头水泥筑，地面被封住，子孙富贵永不固。"许庆生一听，赶紧回家，拿上镐锹直奔坟林路口，扒掉了水泥路，在路面上铺了一层厚厚的土。忙活完了，自言自语："水泥路硬邦邦，撒上种子，都不发芽，还硌脚，不方便孙子回家。土路再硬，无须多久，难免还会长出杂草。草民，草民，我等普通民众便如同是草。改为土路，应是妥帖的。"

谢佩樱即使没有亲眼见到许庆生那番折腾，又何尝不曾听乡亲们说起，便去劝许庆生："日后的路还长着，总不能一直胡闹，莫不如打起精神展望未来。"许庆生却耷拉着脸斥责道："我的事，容不得你插嘴!"谢佩樱顿时备感委屈，叹气说道："我好心好意劝劝你，竟遭遇你的嫌弃，我可真是自作多情。"转眼又说道："有些事，原本应该由你去做，我都替你做了。比方说，求佛赐子。就眼前的态势来看，只怕你未必会领情。"

果不其然，许庆生斥责道："我让你替我去求佛了吗?你可知晓，佛祖给的孩子终生都不能去最初的来源地。万一去了，说不准就会被佛祖留下，只让家长白白养一回。简而言之，求来的孩子要不得!"谢佩樱当即反驳："若要避免被佛祖留下，不让孩子去禅院就是了。"

许庆生又说："你能整天把孩子拴在裤腰带上吗?任凭怎么防备，万一防备不住孩子自己要往那里跑，可怎么办?"谢佩樱真不知该怎么接话。许庆生又说："我的事，还有我儿的事，你少插手!"谢佩樱最终只是无奈说道："我的一片好心，竟被你当成了驴肝肺。"二人不欢而散。

某天下午，蓝慧欣突然来找许问渠，开门见山，直接说道："你家的事，我几经打听，基本都已了解。我有一条重要信息，可助你完成心中所愿。"许问渠怎能不问："你有何目的?"蓝慧欣反问了一句："难道非要挑明吗?"许问渠没有接话。蓝慧欣又说："你很深情，我又岂能寡义!"许问渠仍是没有接话。蓝慧欣凑在他的耳边嘀咕了几句。

许问渠一听，特意强调："阻力并非只是来自我大伯，还来自我哥!"蓝慧欣又说:"所以需要等待时机。只要时机显现,你就可以去市里城隍庙图书文具市场找我,我再通知潘金凤,让她马上行动起来。"许问渠直眉瞪眼盯着蓝慧欣。蓝慧欣又说:"潘金凤的事,早一天捅破,晚一天捅破,并不存在本质上的差别。择机捅破,若能给你帮上忙,作为我的好朋友,她岂能不乐意。"

再无其他事,蓝慧欣离开了集吉园。到了晚上,许问渠把蓝慧欣透露的消息和提供的策略告诉了母亲。谢佩樱说道:"果真那么做,是不是不厚道?"许问渠却说:"是我大伯不厚道在先,潘金凤迟早都会捅破。只是因为她和蓝慧欣想要给我帮忙,方才考虑可以择机捅破。"

谢佩樱还是强调:"亲不亲,一家人,打断骨头连着筋,做事不能不讲情义。"许问渠又说:"原是一家人,只可惜彼此的心早就散了,还怎么说是一家人。且不说别的事,我哥我嫂听从我大伯的安排,在我爹的坟前演戏,早已让我忍无可忍。"

许久以来,谢佩樱何尝不曾揣摩,如何才能算是一家人?某天中午,她远远地看见许嘉恒和李琼碧结伴出了门,终究没有走向前探问二人最近心情怎样。许嘉恒去河边捞鱼,拿着一张网挥来挥去,并非不用心用力,却一无所获。当他想要拉出网回家的时候,突然感觉到网底很沉,似有千斤重,用上全身力气,使劲往上拉,好一番折腾,终于把网拉了上来,发现网内有一条金色鲤鱼,足有三十厘米那么长。

心里美滋滋的，想要用手抓住扔到河岸上，却怎么都抓不住。越是抓不住，就越是想要抓住。怎奈那条鱼总能从他的手掌间逃脱，在网子里蹦跳，一次比一次高，甚至能蹦到他的头顶上，再从高处重重地砸落下来。片刻后，眼睁睁地看着那条鱼明明已经没有了弹跳的力气，落在网子上不再动弹，眨眼间，却溜走了。

让许嘉恒感到奇怪的是，那张网既然能把那条鱼网上来，通体网眼自然没有鱼身那么粗，那条鱼是怎么逃脱的？难道是网子突然裂开了？翻看渔网，还没查清原因，稍一抬头，看见李琼碧去了前方，就喊了两句："千万不要去那里！历来传言，三角汪里很凶险！"

李琼碧缘何要朝那里走去，只因她的头上原本蒙着一层薄纱巾，用于防止尘土扑面，可巧刮来了一阵风，把纱巾刮走了，飘飘悠悠，正好落在了三角汪上。汪内积水并不深，眼瞅着只有二三十厘米，至清见底，底下尽是黑色的淤泥。李琼碧正要弯腰捡纱巾，只见竟有东西在眼前的水面上转圈，而且转动速度极快，打眼一瞅，像是秤砣，心里不免有些疑惑，秤砣怎会浮在水面上？难道不会沉底吗？

捡起纱巾，又想要捡起秤砣，刚要把手伸去，不知怎的，就扎进了水里。转圈之物哪里是秤砣，其实是一群抱成团的螃蟹，只只皆如指甲盖大小。天气越来越冷，按理

— 147 —

说，汪里不会再有螃蟹出现，眼前倒有，谁能说得清原因？前后只是片刻工夫，许嘉恒跑到跟前的时候，只见妻子全身早已陷入水中泥里，赶紧拖拽，貌似没有出现任何危险，实际上却未必。

转过天来，李琼碧便感觉腹部不适。此前她早已怀孕，只是为时尚短，她和许嘉恒还不曾告诉任何人。既然不适，就赶往医院。经诊断，昨天跌扎入水与拖拽出水，难免会对孕身造成损伤。李琼碧和许嘉恒都后悔极了，昨天千不该万不该去河边。二人又害怕极了，无可避免想起了过去。李琼碧当年怀上许敬宾，其实是第三次怀孕，前面两次都未曾成功。

回想第一次，受孕胚胎发育至四十一天的时候，李琼碧像往常一样，早晨起了床，要上厕所，从体内排出的东西却有别于以往。前去医院做各种检查。医生曾言，李琼碧的体内湿气太重，还有些寒气，都不利于胚胎发育。若要排出湿气和寒气，最好每天都能吃些薏米、赤小豆、芡实、羊肉和附子等物，不妨坚持半年。

时隔一年半，李琼碧再次怀孕。胚胎发育至三十天，为了避免发生意外，许嘉恒干脆带着妻子住进了医院。万万没想到，从第三十五天开始，又有异样。医院拿出的应对策略，无非是给孕妇注射保胎药物。胚胎发育至四十天，许嘉恒和李琼碧都紧张极了，巴巴盼着能逃过一劫。到了下半夜，李琼碧开始喊腹痛。许嘉恒一直守着她，不停地劝慰，许是心理作用，身上并没有什么不好，只是过于紧张了，才会感觉到有疼痛感。

李琼碧安静了下来，甚至觉得身上似乎的确没有疼痛感。到了四五点钟，许嘉恒趴在病床上打盹，突然发现床单上出现了大片血迹，当即吓得不知所措。正巧赶上护士交接班的时候查房，许嘉恒才被唤醒，否则他就一直傻傻地发呆。李琼碧随即醒来，当即号啕大哭。

她听从护士的建议，为了日后能顺利怀孕，第二天就接受了刮宫手术。许嘉恒悄悄问了妇科专家。专家曾言，连续两次流产，就怕会形成习惯性流产。一旦形成，日后恐怕就难以再怀孕。许嘉恒简直不敢相信自己的耳朵。李琼碧在医院又住了半月有余，心里自然有了郁结。

接下来一年，夫妻二人谁都不敢再提生孩子的事。许嘉恒在家里总是寡言少语。李琼碧则时常以泪洗面，有苦难言，尽管一再提醒自己，女人并不是生孩子的机器，但仔细想想，结婚生孩子是绝大多数人的一致选择，于是始终不敢把自我提醒的内容告诉丈夫，不免要回娘家，只当是暂且躲避冷遇，有的时候一住就是半月。

没有孩子，生活似无奔头，内心里每天都兜着苦水。李琼碧曾提议，不妨去谁家领养孩子，怎奈许嘉恒既没说不同意，也没说同意，想来应是不情愿，只怕还有不甘心。李琼碧曾说，一辈子没孩子，两口子安心过日子，何尝不是一种生活方式，怎奈许嘉恒干脆不予理睬。

那样的日子一过就是半年。某天晚上，李琼碧说道："咱们分手吧，快刀斩乱麻，不争不吵，日后还能谋面问候。若是一直僵持着，难免会发生摩擦，谁还能记得住谁的好。"许嘉恒仍是既没说不同意，也没说同意。

许庆生虽不愿意看到儿子和儿媳离婚，但又始终想要得到属于自己的亲生孙辈，动辄奔赴山上，跪在坟林里哭诉："我没有勇气再去面对困顿的人生，莫不如做一次最终的抉择，反正跟死了相比，活着实在是太难。"细细想来，真真切切可以一了百了，免得再去遭受一波又一波的烦难。何尝不知哭诉无用，转眼就发起了牢骚，咬着牙念叨："既然眼下我还死不了，我倒要看看我还会经历哪些波折。"

到底要不要离婚，许嘉恒和李琼碧难以做出最终的选择。就在举步维艰的那段日子里，李琼碧时常感到身体不适，终于有一天在家里晕倒了。许嘉恒把她送到了医院。做完了各种检查，医生告之："你老婆怀孕了，已经俩月有余。你怎么那么粗心大意，竟然等她晕倒了，才送到医院来。"喜从天降，喜出望外，所喜的除了李琼碧怀孕，更是在于她已经远远避开了胚胎发育四十一天的魔咒。

许嘉恒精心照顾。李琼碧何尝不曾感叹自己简直像是获得了新生。过了厌食阶段，胃口大开，看见任何食物都想吃。随着月份增大，让许嘉恒欣喜的是，只要他一说话，腹中的胎儿就会动几下，其他人说话，则不会有任何反应。只要胎儿一动，马上抚触一下孕肚的胎动部位，胎儿就会再动几下。那段时间，许嘉恒每天晚上都会与胎儿互动一番。那孩子便是后来的许敬宾。

往事历历在目，不敢确保不会重蹈覆辙，许嘉恒匆匆忙忙去给李琼碧办了住院手续。谢佩樱和许问渠接连几日没在村里见到许嘉恒和李琼碧，几经揣摩，就来到了医院。谢佩樱忙着嘘寒问暖，许问渠只是站在侧旁看着。并没有其他事要办，母子二人未打算久留。临走前，谢佩樱还不忘叮嘱李琼碧："一入腊月门，离着过年越来越近了，要配合医生积极调养，养好了快回家。"

坐在往回返的车上，许问渠思考再三，念叨了一句："看样子我一直在等的时机要来了。"谢佩樱还是力劝："心散家不散，切不可蛮干。你怎会了解你哥你嫂遭遇了何等程度的痛苦，若不能帮忙分担，至少要确保自己不会借着他们的痛苦做文章，就算是最基本的有情有义了。"许问渠却说："因为书曼的事，我遭受了何等痛苦，谁来理解我？"

回到家里，谢佩樱仍时时提醒许问渠不可蛮干，谁知许问渠竟不做任何回应。时隔三天，母子二人再次去了医院，走进了病房，得知李琼碧刚刚经历了流产，马上就要做刮宫手术。谢佩樱颇感痛心，仰头回想了起来，此前求佛时，明明看见半空飘着一些红色的嗣字，现在看来，那些字迹何尝不是云影。或者孩子太贵重，并不是我们普普

— 151 —

通通的庄户人家就能接得住的。

许问渠走出了病房，走出了医院，暗暗自忖："估计我哥我嫂要在医院住一阵子。如果可以，我只是想要借用外力，让我大伯离开集吉园一段时间。趁他们全都不在家，我正好可以把书曼葬入我们家祖坟。等他们日后回到家中，见我早已办完大事，看他们还能拿我怎样！"许问渠越是如此想，越是加紧了步伐，直奔城隍庙。

第十二章

添　乱

　　若不是潘金凤提起，许问渠以前从未获知，离雁荡山不远的一块不易引人注意的三角形的地，并不属于集吉园。追索原因，它曾属于集吉园贾家，当年贾家女儿出嫁时，老太爷把它作为嫁妆送给了女儿，而贾家女儿嫁到了十几里外马兰村的潘家。在后来的土改中，那块地并没有再次发生归属变动，至今一直由潘家耕种。当年的贾家女儿正是潘金凤的太奶奶。

　　架桥修路，正好占用了那块地，修路部门按照各村附近的地属于各村的常见逻辑，直接把它视为了集吉园所有，计算占地面积时，把它连同集吉园的诸多被占土地统计在了一起。在拨付下来的补偿和安置补助等一系列费用中，就包括属于那块地的一份，但潘家并未收到任何款项。家里只有一女，因父母体弱，无力讨要，潘金凤便冲到了一线。

　　她曾去集吉园，找村长询问，怎奈许庆生告诉她，无论集吉园的村务账户上收到了多少钱，都是修路部门给的。其间若存在计算错误，自然要由修路部门承担责任。潘金凤曾去找修路部门，怎奈修路部门告诉她，我们已经把钱拨付到集吉园，你应该去集吉园讨要。

潘金凤曾去法院。法官告诉她，修路部门和集吉园的村长，原本应该查清各地块的归属。既然出现了差错，就更应该去查清。很显然，后者需要把多领到的资金退还给前者。前者一则应该向后者追回，二则需要把资金拨付到你们马兰村的村务账户上，最后由你们村的村长交给你家。目前的困局在于各方踢皮球。因案情并不复杂，希望能自行协商解决。

潘金凤又去了集吉园附近的其他村庄，原本只是想要打听打听有没有类似案例，却在无意中获知，其他村被占地的各家都领到了几千元补偿款，最多的高达五千，而集吉园被占地的各家却只领到了千元左右，最多的只有一千五。若非路遇蓝慧欣，潘金凤早已发作。许问渠在蓝慧欣的带领下，去了一趟潘家，极力鼓励继续维权。

转过天来，潘金凤直奔集吉园，把自己此前打听到的情况告诉了村民们，紧接着凡是被占地的各家一起扑进了许庆生家，纷纷讨要说法。许庆生只是说各村情况不一样，任由村民们闹来闹去。潘金凤一时反倒没了主意，直接去找许问渠商讨。许问渠提议，莫不如你去上访，让信访部门协调各方。

潘金凤果然去了市里信访部门。工作人员告之，你先回家等着，给我们几天时间，我们先去调查一下情况，再给你答复。潘金凤回了家，一等就是七天，迟迟没等到任何结果，怎能不琢磨，时常听说，越是上层的官员，越好说话，难道需要奔赴省城？不妨找许问渠商量商量。二人见了面，许问渠当真鼓励潘金凤去省城。

仅隔了一日，潘金凤做好各项准备，便动身出发，当天下午就到达了目的地。工作人员热情接待，但仍是让她回家等着。潘金凤思前想后，并没有马上回返。在一家旅店住了一夜，第二天早晨便开始按照自己的计划行动。前往商场买了一块白布和一些笔墨，在白布上写了一行字——有冤难诉，望请帮助。

写好了装在包里，直奔公交车站点，要去齐都日报社。报社门口左右两侧有些泡桐，潘金凤把条幅挂到了两棵树中间，随即坐在了条幅下面。街上行人如织，前后不过十几分钟，众人就把她围在了圈中央。

她用双臂抱着双膝，低着头默默坐着，终究不好意思抬头看看周围。人群中有人说，若要维权，就要舍得出脸面，否则责任方只会视而不见。还有人说，既然责任方都不要脸了，何必再跟他们客气。

潘金凤悄悄念叨："到底有没有人来帮我，我倒是舍得出脸面了，但我简直就像是光杆司令，还是觉得自己孤立无援。尽管心里的委屈会转化为不竭的动力，但我没有十足的把握，更没有充足的自信。若能有人挺身而出，为我扛起一切，那该多好。坐在街上，明明被大家包围着，貌似坐在众人的温暖怀抱里，但我觉得心里凉凉的，就像是被眼前的世界抛弃了，说不准哪里就会刮来一阵大风，把我卷起来，扔到全无人烟的荒漠尽头。"

围观的人越来越多，怎奈报社并没有来人。潘金凤起身拍了拍屁股，转身就要闯入报社大院，却被门口的门卫拦住了。她硬是要闯，一再努力，但始终摆脱不了门卫的阻拦，思来想去，此地不行，那就再去电视台，好在还有后路，否则就真真只能感觉到绝望了。

扭头解下了条幅，拿着直奔公交站点，坐上了公交车。在车上，何尝不曾反复琢磨，既然要闹大维权，莫不如孤注一掷，采取更极端的策略。潘金凤赶到了电视台门口，把条幅挂到了左侧的树上，转身就趴在了门口的地上，任凭门卫跑来想要拉起她，她死活都不起来。片刻工夫，又围满了人。人群中有人说，若不是走投无路了，谁会出此下策。

潘金凤死死盯着路面，只用胳膊垫着前胸，看着近在眼前的一粒粒尘埃，于心底感慨了起来："心中的委屈终究太重，以至于我无法像尘埃似的飞起来，但我真真又像是一粒卑微的尘埃，非但不会被人重视，反而始终被人踩在脚下。眼前的尘埃一层层、一片片、一团团，难以数清，它们彼此相望，抱团取暖，相互打气，肯定不会感觉到无

— 156 —

助和无奈。哪里像我，从人群中走来，偏偏又难以入群入队。围着我的人皆是站立，唯独我匍匐在地。大家皆用正脸望向前方，唯独我只能用后脑勺与人相对。凡此种种，我固然是在自我放逐，但我的后背上却明明被人狠狠地踹了一脚。或许我原本不该独自跑来，若是叫上许问渠陪着我，肯定能缓解我心头的孤独感。"

周围响起了鸣笛声，潘金凤何尝不知自己阻碍了正常交通，但她并没有打算站起来，谁知电视台竟派出了一支门卫队伍，愣是把她抬了起来。潘金凤挣扎了几下，就站到了地上。望着大小车辆出入电视台，一丝伤感涌上心头，自言自语："我并不是无理取闹，但我的确太过于卑微，甚至赶不上一块石子。若是一块石子出现在了地面上，人们至少还要稍稍低头看上一眼，避免硌了脚。有谁知道，一粒小小的尘埃里装满了难诉的委屈，哪怕气破了肚子，都不会有人听到爆炸声。"

围观的路人早已散尽，潘金凤左思右想，莫不如回家吧，尽管心里装满了愤懑，见到父母，免不了还是泪眼望泪眼，但可以马上寻回现在最想要获取的丝丝温暖。扭头回头看了看四周，真真没有看到值得留恋的地方，汇入人海，恰如来时那样，把带来的委屈再原封不动地带回去。若说有所收获，那便是又获得了一份未来不可期。

下了公交车，走进车站，坐上大巴车，就告别了身后的城市，卸下了来时原本装在心里的那份希望，一再告诉自己，只怕此生与正义无缘，且看日后能不能自我消化掉层层恨意和负累。

时隔两天，许问渠赶到了潘家，打探情况。潘金凤如实相告。许问渠劝了一句："力尽时不可勉强，有余力则不可懈怠！"潘金凤只是摇头。许问渠又说："实在不行，我陪着你再去。"潘金凤终于点了点头。二人约定好了三天后出发。

潘金凤万万没想到，许问渠刚走，市里信访部门和修路部门的人员就赶了来。其中一人告之，我专门派人去丈量了你家的那块地，你家应获得两千九百元补偿款。我回头再让许庆生把集吉园账户上多收到的钱退还给我们单位。

那些人办完了事，便离开了潘家。潘金凤骑上自行车去了一趟集吉园，跟许问渠说了一声："我家已经拿到该得的补偿款，没有必要再去省城上访了。"许问渠一听，脸上虽有笑意，心里却别有一番感受。

潘金凤除了在家务农，原本一直在镇上的一家服装制造厂打工。当她回去上班的时候，老板告诉她："你被解雇了！"紧接着交代了一下原因："你太厉害，我可惹不起。若是哪一天，我手里的资金周转不开了，欠了你的工资，你再去省里闹访，我可吃罪不起。"潘金凤回家后，她的母亲同样表达了一番担忧："乡邻纷纷传言你是小辣椒，传来传去，只怕日后没有人敢娶你。"潘金凤无奈道："我明明是去拿回原本就属于我们的东西，坐得端，行得正，竟吓到大家了，真是可笑。"

　　许问渠在家里揣摩了许久，再次去了潘家，先是听潘金凤倾诉了一遍自己的近日遭遇，随即劝言："因为维权，你误了不少工，少拿了不少工资，是不是该找人赔偿？又丢了工作，是不是该为未来考虑考虑？各种问题，依然可以通过上访的方式解决。"潘金凤怎能不问："修路部门已经给了款项，还如何去上访？"许问渠便提供了一条计策。

　　几天后，潘金凤去了集吉园，走遍土地被占的各家，总是说："修路部门拨给各家的钱，远远多于许庆生发给你们的那些。许村长明显截留了很多，犯了贪污罪。你们若是不知道该怎么办，莫不如就跟着我和许问渠一起去上访。"

　　见各家似乎没有要去上访的意思，潘金凤干脆准备了一张雪白的大纸，走进各家，总是说："你们若是不想去，就签下自己的名字，日后我和许问渠会带着大家的万言书去省里。"奇怪的是，尽管各家都想要拿到属于自己的款项，却始终没有人愿意在纸上签下名字，更没有人想要一起去上访。潘金凤不免有些着急，总是质问各家："难道你们不想解决问题吗？"无论她怎么着急，怎么质问，仍是没有人签名。

　　许庆生得到了消息，直接去找许问渠，瞪着眼说道："我是你的大伯，我倒要问问你，你到底跟我亲，还是跟潘金凤亲?"许问渠却说:"我跟法律亲!"许庆生抬手点划着许问渠,恶狠狠说道:"我警告你,你可不要�过了头。"许问渠高昂着头,摆明了绝不会服软。何止如此,时隔两日,他和潘金凤结伴去了省城。

转眼又是一周,修路部门的工作人员几次三番前往许庆生家。没等那些人离开,反贪部门的人又来了。许庆生一再强调:"我并非有意贪污,只是因为孙子去世,情绪一直不稳,还没有来得及妥善处理各种事务。"反贪人员告之:"任凭你原是无意,终究难逃贪污的嫌疑。"

许庆生只好答应立即清算各种款项,若需还给村民,绝不敢私自截留,并且答应再给潘金凤两千元补偿。清算事宜耗时耗力,直到腊月二十八,集吉园凡是被占了地的各家,纷纷又获得了几百乃至上千元的款额。

腊月二十九的早晨,许问渠还没起床,许庆生就扑了来,直奔床前,一顿暴揍。谢佩樱明明想要去阻拦,但又只是站在旁边呆呆看着。许庆生迟迟没有撒完气,转身拿起什么就摔什么。谢佩樱哪里还会再发呆,扑上去要阻拦,谁知却拦不住。

许庆生拿起了一把椅子挥舞着横扫了一圈,屋里的各种器物皆被砸碎。临了临了,又拎起了水桶,把里面的满桶水,浇到了谢佩樱为过年备下的各种饭食上。许问渠只是趴在床上看着。许庆生发泄完了,扬长而去。许问渠家被砸的消息不胫而走。

夜幕降临时分，潘金凤想要去送一些年货，走到巷子口时，突然发现前方似有人影晃动，那人的手里像是拎着篮子，似乎还左顾右盼了一番。只见那人想要回头张望，潘金凤赶紧躲闪到了墙角处。等她再次瞅向前方时，只见那里早已空空荡荡，想来那人已经离开了，于是抬脚迈步，就走到了许问渠家的院门口，发现跟前竟放着几排篮子。有的篮子里放满了鸡蛋，有的放满了馒头，有的放满了白菜等各种蔬菜，有的放着一桶食用油，有的放满了蜜三刀等各种点心，各式各样的篮子里放着各式各样的物品。

　　潘金凤疑惑不已，自问了一句："前来送东西的到底是谁？"紧接着便分析了起来，肯定是那些再次得到了补偿款的村民。大家都念着许问渠的好，听说他家被砸了，没法过年了，于是就送来一些年货。想到此处，仍有些疑惑，那些人明明来送年货，为什么只是放在院门口而不进院？

　　潘金凤又分析了起来，放在院门口就走，想必是一种极其妥当的策略。一旦进了院，难免还要说上几句话，就延长了时间。许庆生若是恰巧再次赶来，一眼就能看得出，是谁在维护许问渠，于是来送东西的人就会被许庆生视为仇人。为了避免被许庆生发现，便只能放在院门口就走，而且要趁着夜幕降临的时候赶来。

　　潘金凤还是在闷头琢磨，此前我和许问渠想拉着各家去上访，谁知大家都不去，甚至不愿意签下万言书，貌似是对自己的利益和村政不关心，但眼下纷纷跑来给许问渠送东西，足以说明大家明明一直在关心着自己的利益和村政，各家到底是怎么想的？或许从一开始就并非不关心，只是都不想出头而已，生怕枪打出头鸟。

潘金凤走进了院门，并且有言："我可不怕许庆生，要进就光明正大地进。"见到了许问渠，直接说道："等到年后，我想开一家饭店。且不管到了何年何月，只要还有我一口吃的，就绝不会让你们全家饿着。"许问渠则说："我陪你去，并不是毫无所图，你不用立誓。我愿意承担一切负面后果。"潘金凤没有久留，放下东西就走了。

大年三十中午，谢佩樱拽着许问渠去了一趟医院，探望许嘉恒和李琼碧，带去了不少吃食。许庆生紧随其后，出现在了病房门口，手里同样拎着东西，想了又想，大过年的，不宜再生事端，索性没有进入病房，转身就走了。李琼碧的身上早已没有大碍，但心中还满是悲伤，难保日后不会再影响到身上，短时间内恐怕还出不了院。许问渠只是闻听母亲和嫂子聊天，未发一声。想来许庆生此前并没有把家里发生的事告诉许嘉恒和李琼碧。如若不然，说不准眼下又会发生什么事。

大年初一，蓝慧欣来至集吉园，找到了许问渠，提议出去玩。许问渠原本不打算去，怎奈蓝慧欣一再强调："不管眼下你的心愿是不是已经达成，你总归还欠着我的人情。"许问渠想了想，反正在家里闲着无事，莫不如出去溜达溜达，但又不想跟蓝慧欣独处，便提议叫上潘金凤。蓝慧欣开着车直奔马兰村，三人就去了城隍庙图书文具市场。蓝慧欣租赁的店面带有后院，他们便在那里喝起了酒。许问渠连喝几杯，借着酒劲，用筷子敲着酒杯，作起了诗，轻声吟诵：

> 半夜一瓢雨，半空一阵风，
>
> 吹散点点星，寻月登山顶。
>
> 眼前全无灯，吓跑萤火虫，
>
> 草木睡不醒，林中猫头鹰。
>
> 脚下无路且泥泞，
>
> 沟沟坎坎满是坑，石上或许青。
>
> 似是无人境，坡上无老农，哪有地可耕，
>
> 声声啼鸣，叫给谁听，坡下有坟茔。
>
> 一片黑洞洞，透着森森冷，
>
> 谁又说得清，何处要人命。
>
> 江湖无旧梦，人间终难逢，
>
> 只为光明，勇上峻岭，执着的苦行僧，
>
> 夜空迟早眨眼睛，何须曾经。

吟到结尾，给诗命名《我为我的梦》。蓝慧欣和潘金凤奉上掌声。许问渠倒是叹了一口气。蓝慧欣提议再作一首。许问渠又喝了两杯酒。蓝慧欣冲着潘金凤使眼色。许问渠又吟诵了起来：

在大风中狂舞，从来不曾屈服，

哪怕折断了铮铮铁骨，又怎会认输，

甩起了头颅，要把邪恶的风向堵住，

只是怒吼，绝不哭。

在高山上，孤零零仅此一株，

却舍不出工夫，倾诉孤独，

只需对望着夜空，跟那星月双飞双宿。

在徐徐的岁月中且摇且伫，

心头泛起的并非苦，

只有阳光给出的眷顾和爱抚，

枝叶上早已储满了抚伤的暖暖温度，

挺过了冬来秋去，耐得住严寒酷暑，

一年又一年，照旧是绿了又绿。

来了细雨，何止润物，免不了自我鼓舞，

偌大的火炉，又有何惧，

脚下就是故乡的路，牢牢抓住故乡的土，

且看来日的铁骨和新绿。

　　吟到结尾，给诗命名《铁骨绿树》。蓝慧欣再次奉上掌声，特意强调："据我初步判断，咱们俩的作诗技法完全一样。每首诗必须叙事完整，而且里面必须带有画面，要给读者留下充足的想象空间，落笔时只需点到为止，便已足矣。"许问渠吟完前几句的时候，潘金凤起身出了门，再没回来。许问渠突然发现蓝慧欣直眉瞪眼盯着自己，就说了一声要去解手，起身便走到了厕所里。

见眼前有镜子，许问渠就盯住了镜子里的自己，借着频频上涌的酒劲，想要抒发此时此刻的感受，念叨了起来："我一直都不敢喝太多酒，因为半醉半醒之间，容易流露真情，一发而不可收。平日里极其珍贵的眼泪，就会伴随着阵阵头痛，夹杂着情感拼命往外涌，像极了脱缰的马。我扭过头去，拼命强压着泪水在眼眶里打转，怕被别人看见，赶忙去洗手间，关上门，看着镜子里眼圈红红的那个人，就连自己都觉得陌生了。"

许问渠迟迟没有从厕所里走出去。蓝慧欣敲了敲厕所门，未曾听到任何回应声，稍稍推门，透过缝隙，只见许问渠竟坐在地上，赶紧把他扶起来，谁知他两腿直打晃。无论怎么喊他，他都不吭声。蓝慧欣把许问渠架到了卧室里，扶到了床上。过了十几分钟，卧室房门响了一声。许问渠一下子从床上坐了起来，赫然发现黄书曼站在面前，身上只裹着一条浴巾，头发上还有些湿，想来应是刚刚洗过澡。

转眼间，黄书曼关上了卧室门，倒手就把身上的浴巾扔到了旁边，低着头站着。许问渠呆呆望去，只见黄书曼通体洁白，那一寸一寸的肌肤简直就像是剥了壳的鸡蛋。由线条勾勒出来的各部位，总是那么恰到好处，无不散发着滋滋的美感。自上到下找不出丁点瑕疵，不得不让人感叹，究竟是哪一路神仙，才会具有如此高超的造人技艺，根本找不出任何精雕细琢的打磨痕迹，浑然天成，就足以算得上是一件可以行走的艺术品。

直到第二天早晨，许问渠一觉醒来，发现躺在自己身边的并不是黄书曼，而是蓝慧欣，赶忙下了床，穿上了自己的衣服，见窗台上除了有一盒烟，还有一盒火柴，就拿出了一支烟，随即点燃，吞吐了起来。蓝慧欣翻了翻身，便醒了，抬头冲着许问渠直笑，欣赏他抽烟的样子。

许问渠想了又想，张嘴说道："我原是无意，你可不要给我添乱。"蓝慧欣却问道："我哪里不如黄书曼？"许问渠说道："我刚才拿起火柴点烟的时候，真想顺手把眼前的世界点燃，好在心中的不快随着一团团的烟雾，被我吐出来了不少。"蓝慧欣又问道："有了我，你还会想着念着黄书曼吗？"许问渠没有回答，走到门口，打开门，以最快速度冲到了街上，原本还想回去再跟蓝慧欣说点什么，思来想去，便没有再回去，直奔集吉园。

有一辆警车停在了街头，许庆生和两名警察正迈步走来。许问渠问警察："若能查明我们村的村长实质上并没有贪污，还需要给他判刑吗？"其中一名警察答道："许村长的事若是果真那么严重，春节前，反贪部门恐怕早就把他带走了。我们现在来找他，只是想让他去跟我们核对一些情况。用不了多久，我们就会把他送回来。"

许庆生似是早已琢磨明白了许问渠的内心思考，便冲

— 166 —

着他说道："你若是趁我不在家而胡作非为，日后我再跟你算账。"许问渠赶紧冲着警察说道："既然要把我们村的村长带走，那就好好查一查各种事项。不必求快，直到查得清清楚楚，再把他送回来不迟。"警察没有再接话。望着警车走远，许问渠念叨了起来："加紧！加紧！"回到家中，推出了自行车，骑上直奔抱犊崮。

第十三章

偷　井

　　按照当地风俗，大年初二，是女婿拜望岳父岳母的日子，亦可说是外嫁女儿回娘家拜年的日子。许问渠一路上见到的，无不是一对对夫妻结伴前行，有的还带着孩子，真是心生羡慕，又念叨了起来："无数夫妻一起出现在马路上，奔向四面八方，原本就属于人世间最美好的景致。脚下的每一步，都会在马路上留下丝丝爱意。我想要的并不是超凡脱俗，而是能和黄书曼一同混入人群，只可惜其他人轻而易举都能得到的事物，我却得不到。唯有爱人回眸的那一瞬间，我的世界才会变成开满鲜花的春天。"

　　来至黄家，见到了刘桂兰，许问渠自然要拜年。刘桂兰含泪说道："我前几天早已预料到你今天肯定会来，就准备好了各种吃食，但我真不敢琢磨你日后还会不会再来。"许问渠说道："日后为什么不来？难道有人想要拦住我？"

　　刘桂兰则言："别把话说满！你今天能来，是因为你还念着书曼。关键问题是，有些事情说不准会影响到你和书曼的关系。哪怕你马上就跟黄家一刀两断，我都毫无怨言。"许问渠怎能不问："最近又发生了什么事？"刘桂兰叹着气说道："老黄精神上出了问题，干了一件丢脸的事，且不知他日后还会不会再次丢人现眼。"

说起来，黄松柏一直以杀猪杀牛卖肉为业，颇能赚钱，春节前，趁各家置备年货，又岂能放过大赚一笔的机会。某天早晨，他像往常一样开着三轮车出了门，要去打探着买牛，中午时分，同时运回来了两头牛，一大一小，小的总是依偎在大的身旁，一看便知，那是一对母子。

刘桂兰照旧帮忙赶牛，随口问道："你怎么买回来了一头小的？难道你想养着？"黄松柏答道："哪有工夫养着，杀了大的再杀小的。母牛肉老，牛犊肉嫩，百货迎百客，我本来就经常遇到想买嫩牛肉的顾客。再者说，我原本并没有打算要买那头牛犊。它体小肉少，却需要跟大的一样走一遍屠宰程序，难免会白白搭上许多力气，谁知它非要跟着那头大的，形影不离，赶都赶不走，摆明了要寻死，于是我就一块儿买了回来。"刘桂兰想了想，老黄要做什么事，岂是谁能拦得住的，便没再接话。

黄松柏蹲在磨刀石的跟前，磨起了宰牛刀。嚯啦嚯啦的声音，早已传到牛的耳朵里。大牛扭头看了看黄松柏，似乎明白了自己接下来的遭遇，眼角顿时有泪珠涌出，又扭头看了看牛犊，摇晃脑袋扯了扯脖子下面的缰绳，无论怎么用力，都扯不断，绳子的另一端毕竟被黄松柏拴在了树上，泪珠哗哗滚落。

好在牛犊的脖子没有被系上缰绳，眼下还可以在周围自由自在地撒欢转圈，但它不曾走远，扭头看了看黄松柏和大牛，若有所思，蹦跳着回到了大牛的身旁，抬头蹭了蹭母亲的肚腹。母子对望，眼神中传递着依依不舍的浓情，想来应是最痛最难离。大牛哞叫了一声，用嘴鼻部位轻轻地顶了一下牛犊，像是要让它赶快逃跑，怎奈牛犊不想离开，越发要在大牛的肚腹上蹭来蹭去，还甩着蹄子撒娇。

黄松柏磨好了刀，起身走到了灶台前，见刘桂兰早已往大锅里灌满了水，就开始在灶底生火。牛犊扭头看了一眼黄松柏，发现他背对着磨刀石，立即蹦跳了起来，像是在玩耍，蹦来跳去，蹦到了磨刀石的跟前，以最快速度低头用嘴衔住了刀，蹦蹦跳跳，回到了大牛的身旁，把刀吐到了地上，随即扑下身子，趴在了那里。

黄松柏烧开了水，回头要去拿刀杀牛，谁知原处早已无刀，难免有些纳闷，记得刚才明明把刀放在了磨刀石的旁边，转眼工夫竟不知所踪，于是就扭头回头找了起来。既然跟前没有，又走到了灶台周围，找来找去，仍是没找到。甚至怀疑自己是不是随着柴木，把刀塞到了灶台底下，用木棍扒拉了一下灶底的炭火，还是没找到。拍着脑门琢磨着是不是让自己扔到柴堆里去了，又扒拉开了柴堆，仍是查找无果。

喊了一声老婆子，刘桂兰走了过来，二人一起找刀。黄松柏一再念叨："奇了怪了，怎么就找不到了？难道长翅膀飞走了？"刘桂兰同样低着头，认认真真盯紧地面，找了一遍又一遍，不放过任何一处角落。黄松柏气急败坏嘟哝了一句："清理全场，我就不信还是找不到！"刘桂兰劝道："算了吧，过上几天，等我们不想再找的时候，它自己就跑出来了。"

黄松柏却不想就此作罢，转来转去，便转到了牛的身旁，从树上解开了拴牛绳，要把大牛赶到已经找过的地方。大牛看了一眼牛犊，哪里肯离开，低头撑着架子不肯走。黄松柏使劲拽着缰绳，死拖硬拽非要较劲，怎会不知自己的力气比不过牛，转身拿来了一根木棍，狠狠地抽打。大牛又哞叫了一声，方才往前挪动了几下。黄松柏继续抽打，终于把它牵到了灶前，又栓到了树上。

见牛犊依然趴在原处，不肯挪窝，黄松柏扑去直接踹了几脚，又用木棍抽打了几下，发现牛犊仍是不为之所动，就发了疯甩手抽打。牛犊惨叫了几声，眼角落了泪，抬头看了看大牛，站了起来。黄松柏方才看到地上的刀，迅速弯腰捡起。

刘桂兰看在眼里，稍作思考，拉住了黄松柏说道："原来是牛犊把刀藏在了自己的身子底下，看来它不想让你屠宰它的母亲。依我看，你就放过它们吧。"黄松柏却说："我放过它们，谁放过我们？身为畜生，它们的命运本来就是遭人屠杀。即使我不杀它们，自然还会有人要它们的命。死在谁的手里不是死，莫不如就死在我的手里。"

牛犊蹦跳几下，扑到了大牛的身旁，母子又是一番深情对望，各自的眼睛里都有泪花涌出。黄松柏扑到了大牛的跟前，挥刀三两下。大牛倒在了地上，一直瞪着眼，盯着自己的孩子。牛犊凑到了跟前，伸出舌头舔了舔大牛的嘴和鼻子，转身就蹦了起来，直接把头撞到了树干上。倒地后蹬了几下腿，用上全身力气，往前一顶，把头撞在了灶台上。躺在地上，扭头望着大牛，眼泪哗哗直流。过了十几分钟，两头牛一起闭上了眼睛。

刘桂兰眼睁睁地看着眼前发生的一切，连连叹息。黄松柏揭下了两张牛皮，搭在了树枝上。开膛破肚，分解牛肉，夫妻二人一直忙到了晚上，吃完了饭，就躺在了床上。屋内屋外安静极了，甚至能听见蚂蚁在床前地上爬行的声音。

刘桂兰左思右想，埋怨了起来："两头牛尚知母子爱意，我们岂能无视！径行屠宰，无异于冒然贬低了爱意！当杀不当杀，应该敬畏生命！"黄松柏没有接话。夜到深处，他辗转反侧，仍是毫无睡意。牛犊护母的画面，猛然间出现在了眼前，便一直闪晃，耳畔还总是伴有哀号声。一听便知，正是那些牛在临死前发出的那种。声音足够大，黄松柏即使捂住了耳朵，仍能听得到，何止入了耳，简直入了心，颇感聒噪。抬手使劲拍着胸前，甚至还需要猛拍脑袋，才不至于太难受。

折腾了整整一夜，白天哪怕想要补觉，却仍能看到牛犊护母的画面，而且哀号绕耳。一天两天，睡眠不佳，还可承受。三天四天，黄松柏的眼圈简直发了黑，眼窝深陷，便开始求医，接下来就要服药补觉。万万没想到，隔了一日，趁刘桂兰去饭棚里做饭的工夫，黄松柏竟脱光衣服跑到了街上，一蹦三跳。乡邻见了，赶紧通知家属。刘桂兰叫上侄子黄肇雄，立即搬出平时用来装猪装粪的长条状扁篓，以最快速度去寻人，最终把黄松柏摁入篓内，抬回了家中。

自那以后，便不敢再让他出门。黄肇雄请来了大夫，开药诊治。怎奈效果不佳，黄松柏的眼前一旦浮现出牛犊护母的画面，再次哀号绕耳，他就会发了疯喊叫。实在没办法，刘桂兰有时甚至会把他锁在侧房里。无论怎么说，黄松柏毕竟曾脱光衣服跑到街上，且不知乡邻如何议论，刘桂兰都觉得丢脸。

见到许问渠，怎能不提："你若是还想把书曼葬入你们家的祖坟，难道就不怕老黄的近来表现会殃及你们许家？事不宜迟，你应该当机立断，跟黄家撇清关系！"许问渠苦叹着说道："我家大后方的障碍，刚刚被我挪开，原想一路向前，谁知前方偏偏又起了火，可让我怎么办？我经受的波折难道还不够多吗？"刘桂兰陪着叹气。

许问渠回了家。接连几日，他吃不好，睡不香。某天晚上，好不容易睡着了，却发觉自己正在跟母亲围桌吃饭。听见有人在院外敲门，喊了一声，请进！迟迟不见有人进来，就出了屋，直奔院门口。打开门一看，见是一群陌生大汉，不免要问："你们是谁？找我何事？"领头的说道："天色将晚，我们兄弟八人想要在你家借宿，不知方不方便？"许问渠说道："进来吧。"

　　那八人跟着进了门。许问渠和母亲稍作商量，让他们住在北屋里。领头的又说道："我们走了一天路，能不能给我们做些饭食？我可以付钱。"许问渠客客气气说道："在我家吃顿饭，不算什么，不用付钱，只是不知你们想吃什么。"那人说道："给我们做点面条就行。"

　　许问渠刚要转身去备饭，那人却说："太感谢了，只是我们兄弟八人的饭量都非常大，一碗两碗吃不饱。"许问渠笑道："饭量再大，还能吃多少。"那人答道："给我们来上二百斤面就行。"许问渠一听，惊讶不已，又笑道："我家里倒是正好还有两袋子面，一袋一百斤，你们当真能吃得了吗？"

　　那人呵呵笑道："你只管做来，我们保证不浪费。"许问渠去侧房里把两袋子面搬到了饭棚里，跟母亲一起和面擀面条，直接用最大的锅去煮。那人走到了饭棚门口叮嘱道："直接用大盆或者水桶来盛就行！若是用碗的话，吃了一碗又盛一碗，怪费事的。"

— 174 —

许问渠点了点头，忙活了起来，果然把熟面条放到了大盆和水桶里，拎到了屋里。渠母端来了一些炸酱。那人随即就把许问渠和渠母推到屋门外，叮嘱了一句："我们吃饭的时候，你们可千万不要偷看。"

许问渠和渠母关上房门，转身去了侧房。许问渠轻声嘀咕道："到底是些什么人？朗朗乾坤，总不能是歹人吧。"渠母说道："他们的确像是歹人，五大三粗的，不修边幅，蓬头垢面，脸上还有一些横肉。"

许问渠说道："我们诚心诚意给他们做饭吃，他们总不能想要害我们吧？"说话间，有一道白光在屋外忽闪而过，直奔北屋，母子二人隔着窗户都已看到。还没等回过神来，又听见北屋的门吱呦响了一声，随即院子里传来了吧嗒一声响。

母子二人相互看了对方一眼，许问渠决定去院子里看看，便蹑手蹑脚走出了侧房。天色并不十分黑，只见院子里有一副白骨架，吓得倒吸了一口凉气，赶紧回到了侧房，跟谢佩樱描述了几句，并且说道："那副骨架怎么那么像是人的，不像是其他动物的。"

渠母轻声问道："从哪里来的？上面没有肉或者血吗？"许问渠答道："那八人极有可能杀人了，还把人肉吃了，最后把骨架扔到了屋外。"谢佩樱说道："骨架上竟没剩下丁点血肉，怎么会吃得那么干净？"话音刚落，又有一道白光忽闪而过，直奔北屋，转眼间，接连传来了两声响，跟前一次一模一样。许问渠再次潜到了院子里，又看到了一副白骨架，吓得浑身打战。

回到了侧房，他跟母亲说道："我必须去北屋那边打探打探，既然家里出了人命案，日后警察来查，总要知晓事情的原委才行。"谢佩樱点了点头，同时捏了一把汗。许问渠悄悄出了侧房，哪敢大步向前，只是慢慢挪步靠近北屋，生怕惊扰了屋内人，屏住呼吸，干脆朝窗户挪去。挪着挪着就挪到了窗外，踮着脚向屋内张望，只看了一眼，就吓了大跳，因为屋内全无一人，只有八只大鳖，每只都有八仙桌那么大，浑身上下皆是青褐色。它们有的把头拱进了大盆里，有的把头拱进了水桶里，正在嘘嘘啦啦吞食面条。

许问渠哪里还有胆量再看第二眼，顿时感到冷汗涔涔，蹑手蹑脚原路返回，把情况告诉了母亲。谢佩樱同样吓傻了。许问渠仔细想了想，看来难逃一劫，与其白白害怕，不如直接跑去问问，它们来我们家到底想要干什么。谢佩樱死死拉着他，哪敢让他去，怎奈许问渠执意想去。

屋外突然传来一声喊叫，紧接着就是一问："你们睡了吗？"许问渠和母亲听得真真的，但不敢应声。屋外又传来几句："看侧房里没有灯光，难道主家已经睡了？刚才有两只怪物来抢饭抢钱，已经被我们就地解决。我们把饭钱放在了北屋里，你们抽空仔细找找就能找到，想来应该不会再有怪物来抢。再无其他事，我们走了，谢谢你们的款待。"

许问渠和谢佩樱缩在地上，仍是不敢应声，只听见屋外呼呼响了一阵，犹如旋风扫地那般。直到屋外再无声响，母子二人方才从侧房里走到了院子里，谨慎地看了看周围，急速扑进了北屋，发现那些面条全被吃光了，地上只是摆着空空的大盆和水桶。

许问渠打开了院灯，又到院子里转了转，发现并没有白骨架，倒是有两具动物尸体，那动物像是貔狐。谢佩樱在屋里转了转，念念叨叨："谢天谢地，屋里什么都没少。"许问渠回到屋里问道："鳖精把钱放在了哪里？我们要不要找一找？"谢佩樱说道："算了吧，只要我们平平安安的就行，没有那些钱，照样过日子。"许问渠便不再寻找。

谢佩樱说道："你表姨春节前刚刚生了孩子，我一直想送两袋小米过去，莫不如现在先装好，明早拿起来就走，不至于太匆忙。"说着话，从抽屉里拿出了一条布袋，直奔米缸，打开盖，拿瓢舀了出来，装进了布袋里。转身又要去拿另一条布袋，再回到缸前的时候，只见缸里的米并不曾少，但缸前明明还放着一袋，大吃一惊，不免要问，怎么回事？扭头就喊儿子。许问渠走过来看了看，同样觉得诧异，轻声说道："据鳖精所言，它们留下的是饭钱，并不曾提米。难道是圣虫在作怪？"谢佩樱瞪大了眼睛。

说起来，每年除夕夜，她都会蒸一只圣虫，放在盘子上，再放到缸底，焚香烧纸祭拜，祈求全年缸里不缺米。正所谓，谷米满缸，过日子不慌。那圣虫实际上只是面团，先是揉成长条圆柱，在其中一端摁入两颗绿豆作为眼睛，再画上黑色眉毛、鼻子和嘴巴，即为头部。还要在另一端画上黑色尾巴，其余部分全都涂成红色，最终弯一下，让首尾相接。粗细长短可参考盘子，大盘盛大虫，小盘盛小虫，放在锅里蒸熟即可。

许问渠又言："难道圣虫真会显灵？"谢佩樱说道："或许真会！我前几天还听程家婶子说过，有一天晚上，她拿着手电筒，刚刚从她儿子家走出来，正要回自己的家，可巧遇到了一位红衣大汉。那大汉告诉她，鉴于你一直行善，若发现树上有鸟窝，甚至会把荆棘绑到树干上，以免孩子上树掏鸟窝。老天爷全都看在了眼里，作为对你的回报，就让我去你家，住在米缸里。程家婶子一听，当即就想，穿着红衣住在米缸里的不是圣虫嘛，圣虫怎么会在街上乱跑？难道是成了精，或者原本就是仙物。想来想去，凡人竟然眼睁睁地看到了精怪，甚至有点害怕。那大汉拔腿就跑，转眼就消失了。程家婶子频频抬脚，却又觉得难以向前迈步，悄悄琢磨，圣虫去谁家，谁家不缺粮，原本是我行善得来的，何必害怕，方才安安心心回了家。"

许问渠听了听，跟谢佩樱说道："你再装上一袋子米，我们躲到角落里，偷偷看看到底是怎么回事。"谢佩樱果然又装了一袋子，立即跟许问渠躲了起来。前后不到一分钟，再去看米缸，并未发现圣虫变成人跑出来，倒是看见有只黄鼠狼竟扛着一袋子米，走到了缸前，把米倒进了缸里，紧接着就钻到了缸后的墙角旮旯里。

许问渠念叨了一句："原来如此！"任凭你往外舀，它都会往里倒。无论舀出多少，它都会给补上多少，缸里的米自然是永远舀不完的。母子二人走到缸前，挪开了米缸，发现缸后有洞，就蹲下来，用手扒拉了几下地面，赫然发现土里埋有坛子。扒拉来扒拉去，把坛子取了出来，打开上面的盖子，只见坛子里竟装满了金银。

许问渠恍然大悟说道："原来鳖精把金银藏到了缸后，黄鼠狼是来送信的。"有意无意再去探看地上的土坑，发现坑里似乎还有一只坛子，又拿了出来，只见坑里像是还有，一口气竟接连取出了七八只，但眼前的坑俨然成了井。许问渠呵呵笑道："财便是水，水便是财，井里藏财，便是藏水。"

谢佩樱问了一句："咱们该怎么花销七八坛子金银？"许问渠答说："眼下倒是不必着急用来扩建加油站，容我好好想一想。"说着话，拍起了脑门，哪里就会立即想好，突然睁开了眼睛，愣怔了片刻，方才反应过来，此前种种原来全是梦，无心再睡，恰巧天色早已放亮，干脆起了床。

因感觉内急，便要开门去厕所，前脚刚刚迈出屋门，就被眼前的景象惊得目瞪口呆。谁能想到，屋门口当真出现了一口井，无论是直径，还是样貌，简直跟梦见的那口一模一样。许问渠解完了手，前去叫母亲。谢佩樱出屋看了看，惊讶道："咱们从来没在院子里打过井，眼前的是怎么出现的？"

许问渠说了一遍自己梦到的情形，并且说道："难道此井就是彼井？"谢佩樱提醒道："若是果真如此，那七八坛子金银现在在哪里？你是不是还在做梦？"许问渠稍作思考，拿主意说道："暂且不要声张，说不准接下来还会发生其他怪事，把前前后后的事串联起来，或许就能弄清原委。"谢佩樱点头称是，扭头回屋拿来了一块萝卜，扔到了井里，随即听到了入水声，确定井下有水。

因为黄家的事，许问渠总是坐立难安，索性去了自己的加油站，一来想要透透气，以便于想清楚到底应该怎么办，二来还想去看看那里的业务情况。时隔一天，方才赶回，刚刚走到自家院门口，就听见母亲正在跟别人争吵。

谢佩樱争辩道："井不同于井盖！若是井盖，自然可以拿起来就走，但谁家的水井不是地面上开口，井身在地里，怎能偷？你去偷一口，让我看看。无论你怎么调查，都不能违背常理吧。"对方是一名警察，强调道："正是因为我没有办法做到，我才想要调查清楚盗贼是如何做到的。你可知晓，有多少犯罪行为，都是犯罪分子通过违背常理的方式做到的。既然你说不清你家水井的来历，不是偷来的，又是怎么来的？"

许问渠赶紧凑过去说道："怎么说不清？梦是我做的，

— 180 —

井是我先发现的。"紧接着交代了一下自己的身份。警察又做了一遍自我介绍，说自己名叫唐天宇，是镇上派出所的，并且交代了一番来由："我最近几天一直在四处打探，谁家院子里或者哪块地里多出了一口井，刚刚走进你家，就发现了异常。"谢佩樱冲着许问渠道："我已经把你做的梦告诉他了，可他就是不信。"

唐天宇反驳道："让我如何相信？如果梦见了什么事情，眼前当真就能发生什么事情，那就请你们把那八只鳖精和那只黄鼠狼找来，让我看看。"谢佩樱哑口无言。许问渠问道："你为什么非要说我家的井是偷来的？"唐天宇说道："前脚有人报案，说自家的井被人偷走了，后脚你家就多出了一口井，难道其间没有因果联系吗？再说，谁家打井不需要搭起井架，在地面上往下挖，大兴土木，你家动过土木吗？谁家的井是靠做梦做出来的？"

许问渠说道："你能不能告诉我，到底是谁说自家的井被人偷走了？"唐天宇斥责道："你去谁家偷过井，难道你自己不知道吗？只怕其间还有其他隐情吧。"谢佩樱哀叹了一句："哪怕浑身是嘴，都说不清了。"唐天宇冲着许问渠说道："你必须跟我回派出所，配合我们调查。"

许问渠怎会答应。唐天宇当即掏出了一副手铐，要戴在许问渠的手腕上。许问渠挣扎了片刻，怎奈力不如人。唐天宇把他推到了院外，直奔路口的警车。谢佩樱抹着眼泪追去，但许问渠还是被带走了。

唐天宇缘何不依不饶，的确有缘由。三天前的早晨，他像往常一样赶到派出所上班，刚刚走到所门口，就有人扑通一下趴到了他跟前的地上。那是一位中年妇女，头发乱蓬蓬的，穿着破衣烂衫，身上散发着异味。唐天宇蹲下来打量了一番。那人仰头冲着他哭道："我家的井被人偷走了！"仅此一句，再无其他话，就一命呜呼了。

恰巧所长走到了跟前，唐天宇一看，赶紧站起来，报告了案情。所长说道："那就由你负责去查吧，好好干，前途无量！"同样仅此一句。唐天宇立即应承道："我一定不辜负所长的期望。"接下来，就开始琢磨怎么查案，既然报案人没留下姓名，莫不如先去追赃，于是就在各村里查找线索，费时又费力。

许问渠被警察带走的消息，迅速传遍了大街小巷。热心乡邻去找谢佩樱，想要探听究竟。谢佩樱哭诉了一番事情的前后经过，一再强调："我和问渠并没有做任何事情，井就无缘无故出现在了家里。"乡邻反倒劝言："身正不怕影子斜，莫不如就让警察查一查。与其你们自己向外界宣称是无辜的，终究不如让警察来宣布。"

许问渠被关进了审讯室，但他一再强调："该交代的，我都已经交代了。你们即使打死我，我都不会觉得自己哪里做错了。"唐天宇说道："我可以给你充足的时间，你自己再好好想一想。等我再来找你的时候，希望你能如实交代。"许问渠坐在凳子上，肩膀倚靠着墙壁。唐天宇走了出去。

许问渠琢磨了起来，既然已经身在审讯室，家里哪怕再有事，眼下都顾不上了，干脆好好想想自己和黄家的事吧。我倒是想要跟黄松柏撇清关系，但黄书曼又岂能跟黄松柏撇清关系。污水漫溢，我若是躲开，就对不住黄书曼。我若是不躲开，又不够理智。别人何止会指责黄松柏不正经，免不了还会顺带着嘲笑我傻。到底躲不躲？真是伤脑筋。

许问渠越是琢磨，就越是发觉脑子里比此前更乱。逐渐淡忘了时间，早已说不清具体是哪一天，突然间灵光乍现，拍着大腿念叨了起来，老黄毕竟有病在身！如果黄书曼还活着，只怕她未必会把黄松柏惹的事当回事。我何不像她一样，何须躲！

思考至此，许问渠方才想要走出审讯室，急于把自己的决定告诉刘桂兰。关键问题是，能否走出去，何时走出去，岂是自己说了算的。转过天来，上午八九点钟，又有几人被警察带来。就在审讯室的铁门被打开的那一瞬间，许问渠迅速窜了过去，夺门而出，直奔外面。警察无法两头兼顾，等回头出来追赶时，早已看不到他的踪影。唐天宇赶来，得知许问渠已经跑掉，只是念叨了一句，跑了就跑了吧。

谢佩樱此前在家里掰着指头过日子，实在不想继续空等，中午时分，赶到了派出所，进门便喊："赶紧放了许问渠!"谁知竟无人搭话。谢佩樱要见唐天宇,找来找去。两人一碰面,唐天宇就问:"许问渠没有回家吗?"谢佩樱哭道:"他若是回了家,我还会跑来要人吗?"唐天宇说道:"可他明明已经走了。"谢佩樱又哭道:"整整七天,想来你早已破了案,难道还要揪着我儿子不放吗?"唐天宇劝道:"少安毋躁,莫不如你先回家看看,万一他已经回了家。你来他回,走的有可能不是同一条路。"

谢佩樱急速往家奔,回到了家里,并没有看到许问渠,怎能不着急,怎能不紧张,怎能不担心,但又不知该去哪里找人,一屁股坐在了地上,念念叨叨:古有孟姜女寻夫,今有谢佩樱寻儿。孟姜女至少还知道自己的丈夫被征去修筑长城了,我的儿子到底去了哪里?是不是发生了意外?孟姜女的丈夫死了,被埋在了长城的石墙里。孟姜女哇哇一哭,哭倒了长城,夫妻二人终于见了面,能带回家的至少还有丈夫的尸骨。我儿若是果真发生了意外,可让我去哪里哭?我的遭遇简直比孟姜女的还要悲惨。

谢佩樱越琢磨就越是害怕,越是害怕就越是着急,片刻工夫,便晕倒了,恍恍惚惚看到了一些画面,不停地挣扎。许问渠似是就在前方,每每走出几步,便回头看上一眼。谢佩樱奋力去追,却怎么都追不上。转眼间,许问渠一下子消失了。

谢佩樱赶紧扑去,扭头回头,环顾四周,打起了转转,真真害怕自己眼力不济,找来找去,发现几米外是湖，湖面上波光粼粼，心里琢磨着，难道我儿被什么东西拖到湖水里去了？迈步到了湖边，放眼一望，隔着湖水，只见许问渠果然在湖底。

谢佩樱大声喊道："你是怎么下去的？还能不能上来？"许问渠仰头看了一眼母亲，随即就低下了头。谢佩樱又喊道："我该怎么把你救上来？"接连喊了几遍，怎奈许问渠全无任何回应。

谢佩樱想要找人帮忙，看了看四周，只见空无一人，不停地念叨，怎么办？心里急得简直长了草。仰头冲天哭诉，孟姜女仅凭自己的泪水怎能把长城哭倒，想来应是感动了神仙，神仙便要出手帮忙，推倒了长城。神仙在哪里？快来帮帮我吧！

就在谢佩樱感到绝望的时候，果然有神仙从天上降落到了她的面前。那神仙穿着白衣，头发和胡须尽呈白色，从背上取下大瓢，交给了她。谢佩樱挥瓢舀起了湖水，舀起一瓢便要往身后泼一瓢，前后左不过舀泼了七次，满湖的水就不见了。许问渠终于站在了她的面前。谢佩樱打心底里高兴，笑着笑着就睁开了眼睛，方知刚刚看到的种种皆是在梦中，看了看院子里，哪有许问渠的影子。

谢佩樱仍免不了伤心，昏昏沉沉又看到一些画面，只见许问渠正在向前奔逃，身后有一群人奋力追赶，怎能不着急害怕，紧跟着跑了去。越是向前，雾气越重，林木杂草越多，尤其到了山坡上，能见度越来越低。虽然有利于许问渠找地方躲藏，但谢佩樱真真害怕自己被彻底甩开，怎能不尽全力继续追。还要不停地大喊："你们把我抓走吧，无非就是搬石修墙，我同样能吃苦下大力，何苦来非要抓走我的儿子。"

追到了山顶上，直奔前方的破庙，来至大堂，谢佩樱实在跑不动了，一屁股坐在了什么物什上。可巧大堂东西南北各有一门，那群人同样不知许问渠走的是哪道门，便要分头去找。谢佩樱刚要站起来追去，突然觉得衣角被拽了一下，低头竟发现许问渠就躲在下方，自己则坐在冬瓜上。此时才发现大堂里原来堆满了冬瓜，大大小小摞在一起，难免就搭出了一些犄角旮旯。大堂外面传来了丝丝声音，似是有人在说：昨天晚上，我们的冬瓜就被偷走了不少，今天又会是谁来偷呢？不可饶恕，若是再来，我们就去拼命。

那群人四处找不到许问渠，又跑了回来，聚集在了一起。大堂外面突然传来了一声："切不可让那些窃贼得逞！"说时迟，那时快，一股大风刮来，紧接着扑入大堂的其实并不是何人，而是一群黄鼠狼。它们纷纷跳起来扑向那群人。那群人奋力抵抗，谁知大堂外面又有无数黄鼠狼扑来。堂内一时乱了套。

许问渠和谢佩樱藏在旮旯里一动不动，何尝不想借机逃走，但始终没找到合适的契机。那群人纷纷挥舞着棍棒，狠狠砸向黄鼠狼，难免就会砸到冬瓜上。许问渠和谢佩樱哪里还能找到藏身的地方。那群人不仅打退了黄鼠狼，还抓住了许问渠，非要把他带走。任凭谢佩樱怎么阻拦，全都无用。谢佩樱呜呜哭，哭着哭着便睁开了眼，回过神来，知晓刚才还是在梦中。

许问渠此时其实正在赶往镇派出所，跟他同行的是一位水利专家，是他去市里水利部门请来的。在客运站点下了车，便要去找唐天宇，一时没找到。唐天宇眼下正在会议室里汇报工作。

他说道："报案人临死前只是说了一句，'我家的井被人偷走了'。出于我们一贯的职业思维，井被偷，难免会注目于偷字，而忽略了井字。细细想来，井字上大有文章。其一，它并非只能被用来指涉水井，何尝不能出现在人名中，说不准报案人的孩子或者丈夫的名字中就带有井字。若是果真如此，就不能把本案定性为盗窃案。如果报案人的孩子叫什么井，恐怕需要定性为拐卖人口案。如果报案人的丈夫叫什么井，甚至不能定性为刑事案件，因为难保报案人不是在言说自己的婚姻出现了第三者插足的问题。在我们的日常用语中，第三者插足原本就可以被称为偷人。如此看来，报案人说自家的井被偷，实际上就是在说自己的丈夫被第三者抢走了。其二，井字何尝不能出现在猫、狗等宠物的名字中。报案人完全有可能把自己饲养的宠物唤作什么井。如此看来，井被偷，就有可能只是意指宠物被偷，或者自行走失，疑为被人偷走。更重要的是，我当时曾仔细观察报案人的着装体貌，据我判断，难保她的精神上是健康的。如果她原本就属于精神病患者，我们查案恐怕就会沦为无意义。综上所述，且等日后还会出现什么衍生事件，到时再考虑是否需要往下查，毕竟我们至今都还无法获知报案人的任何身份信息。"

唐天宇汇报完毕，走出了会议室。许问渠带着水利专家走到了他的面前。唐天宇倒先开了口，案件已结，你我两便。许问渠说道："我请来了水利专家，你我不妨一起听听专家如何解释我家缘何平白无故出现了一口井。"专家说道："极有可能是因为周围的地下深层出现了轻微的地壳运动，而且发力点较为集中，以至于直达地面的那些土壤陷到地下的某处空间里去了。"

许问渠把专家送到了客运站点，随即要回家。见到了儿子，谢佩樱终于不再抹泪。说起前后事，许问渠自责道："我去请专家之前，应该先告诉你一声。"谢佩樱念叨了两遍："平平安安地回来了就好。"许问渠曾问过专家，该怎么处置那口井。按照专家的说法，只需掘地两米，用一块大小合适的水泥板盖住井口，再把地面填平即可。

许问渠急速赶往抱犊崮，告诉刘桂兰："我不改初衷！会以最快速度把书曼葬入我们许家的祖坟。"刘桂兰一听，哀叹道："莫说孔子痴，更有痴似孔子者；莫言陶公醉，更有醉似陶公人。"许问渠回应道："仁者尽伦，王者尽制，宁折不弯，笑面大川。"刘桂兰没再说什么。

许问渠匆匆往回赶，盘算着，择日不如撞日，回家先去挖坟坑，明天就可以安葬书曼。争分夺秒，一定要赶在我大伯回到集吉园之前办完。当许问渠刚把自行车拐到前往集吉园的那条路上，发现前方一二百米出现了极其熟悉的身影，只需一眼，就知道那人正是许庆生。

第十四章

光　亮

接连数日，许问渠闷闷不乐，频频感叹，错失了一次良机。许嘉恒和李琼碧回到了集吉园。谢佩樱跑去帮忙收拾院落，洗刷衣物。许问渠并未往前凑，反倒出了村。潘金凤的饭店在镇街上开了业，许问渠便步行去了那里，埋头趴在一张桌子上，真真不想回到集吉园，暗暗苦叹："只要我大伯和我哥都在家，我想干的事，就别想干成。"恰巧身后桌上有人边吃饭边聊天，许问渠无意探听，但早已听见有人说了一句，眼下还在酝酿，接下来镇上要推行平坟运动，且不知各村村民是否会积极配合。

许问渠一听，当即觉得自己的头顶上像是有一盆凉水灌了下来，匆匆离开了金凤饭店，一时不知该如何应对，只想守护心中的那团光亮。迟迟没有想出妥帖的主意，在家里坐立不安，又跑到了街上，甚至跑到了山上。每时每刻都担心平坟的日子越来越近，折腾了六七天，在山上终于想到了主意，把目光瞄准了放马老汉韩避劣。

说起来，人们虽然早已不再骑马出行，但生物研究所、动物园和马戏团等各单位，仍需要马匹，因此就有人瞅准了商机，想要养马，日后出售。养马自是需要一定的宽阔场地，最好放在山上放养，商人就瞅准了雁荡山，随即便要找人代为照看。原本曾有许多人一起竞争揽活，最终被选中的却是韩避劣。只因他当时曾说："我历来喜欢在山上溜达，没有谁比我更了解雁荡山四翼的一草一木。"凡此种种，早已在村里传开，并非秘密。韩避劣每天赶着马群上山，的确总能感觉到自得其乐，悠然自在。

　　许问渠某天深夜悄悄去了一趟韩家，奉上礼品，跟老韩嘀咕了一阵，一再强调，一定要咬死！韩避劣说道："放心！放心！且不管你有何初衷，我同样不愿意看到各家坟头被夷为平地。坟内是祖宗，坟外是黄土，祖宗给了我们血脉，黄土给我们贡献了粮食。无论是缺少粮食，还是缺少血脉，都没有我们。我们不仅要感恩黄土，更要敬畏祖宗。何止不宜惊扰祖宗们安宁，哪怕只是坟头的那一堆黄土，哪能说是想要扒掉就能扒掉的。既然我们俩目标一致，我还有什么理由不咬死！"

　　仅隔了三天，一段故事便在村里流传开来。乍一听，不似真事。说是韩避劣在山上放马时，有意无意清点起了马匹的数量，数来数去，发现正好一百匹，颇感疑惑："此前明明只有九十九匹，眼下为何却是一百匹？怎么回事？难道是我清点错了？"

再次清点了起来，甚至一遍又一遍，最终确定的确是一百匹。心里嘀咕："暂且不要声张！等到天黑，像往常一样把马赶回家，在每一匹的耳朵上系上红绳。明天早晨，照旧把马赶来。多出的那一匹若是再次现身，它的耳朵上不会有红绳。到时候，只需瞅上一眼，就能看得出来。"既有如此打算，迄至天色擦黑，便赶着马群往回走。

到了家里，用了半宿工夫，忙着往每一匹马的耳朵上拴系红绳。第二天早晨，赶马出圈时，又清点了一遍，确认的确是九十九匹。到了山上，那些马像往常一样在山坡上静静地吃草，皆把头探向地面。韩避劣照旧拿着套马杆，站在山坡上，但在悄悄清点马匹，数着数着就发现突然间又多出了一匹。那匹马的耳朵上的确没有红绳，就混在马群中央，同样把头探向地面吃着草。仔细看去，那匹马浑身洁白，似乎比其他白马更白。

韩避劣赶紧从地上捡起了一块石头，扔了出去，正好打在了那匹马的肚子上。那匹马嘶鸣了一声，随即向前腾起，挣扎了两下蹄子，紧接着拔腿就跑，直奔坡顶方向，刚刚跑出了大概几十米，就化成了一团白气。恰巧遇上有风吹来，便把那团白气吹散了。

韩避劣仔细揣摩了一番，那团白气或者那匹马是从哪里来的？等我把马赶回了家，它在哪里栖身？或者说它现在去了哪里？转眼就想明白了，周围山连山，岂能少得了坟地。坟坑里除了有棺材，通常还会有些空档，那些空间里说不准就会藏有某种气体。既然有气体，怎知不会通过某种方式向坟外挥发。若是开坟寻找，恐有意外发生。

故事风传，越传越凶，当真有人跑到山上求证真假。韩避劣只说："你若不信，可以去清点马匹的数量，我敢保证现在只有九十九匹。"如此言表，大有欲擒故纵之意，简直坐实了故事的真实性，以至于无人再去验证。

村里一旦有些风吹草动，许庆生迟早都会知晓，起先只是认为村里传故事属于常态，不必大惊小怪，当他接到了平坟的通知，方才感觉事情有些蹊跷。揣摩良久，找到了许问渠，问了一句："你有没有听说村里近来传言的故事？"许问渠答道："我昨天傍晚刚从加油站回来，还没来得及打听村里又发生了什么事，你反倒跑来跟我打听。有何故事？你讲讲，我听听。"许庆生没再多说，转身就走，直奔村委会，通过高音大喇叭，宣读了平坟通知。

半月有余，村里全无响应。许庆生每次出现在街上，逢人便说："赶紧去把你家的坟头平掉。"有的村民难免会说："如果非要坚持平坟，首先平掉的理应是你们许家的。作为村长，难道你没有责任发挥带头作用？"有的村民则说："活人死人各有所居。没了祖坟，可让祖宗们住在哪里？阴宅阳宅皆是家，没了祖坟，等我们死了，可让我们住在哪里？难道一直住在骨灰盒里？"有的村民更是强调："那匹白马只是暂时消失了，并不是已经死了，说不准现在就藏在谁家的坟里，谁敢触碰那些坟堆？你敢不敢保证那匹白马不会跳出来作妖?"

悄然又是半月,村里仍是无人去平坟。许庆生一遍一遍通过高音喇叭催促各家。可巧韩避劣的老伴儿去世,山坡上反倒又多出了一座坟堆。某天深夜,许问渠又去了一趟韩家。时隔一周,街头巷尾又传起了另一段故事。

话说韩避劣某天傍晚下山回家,刚刚安顿好马群,就发现哪里不对劲,瞅了一圈,来至后院,只见那里原有的一畦香菜没有了。后院种菜,只为吃着方便,并无其他用意。思来想去,马圈在前院,从来不让那些马进后院,它们怎会吃香菜,况且此前都在山上。

朝院门口看去,只见地上有几片香菜叶,走到门口,发现院外每隔上几米就会有点。若不仔细看,极易被忽略,一旦仔细去看,却又清晰可见。韩避劣沿途走去,走着走着竟走到了土地庙,发现闲屋门口同样有点,就走到了屋内,赫然发现一匹纸马的嘴上叼着香菜,当即吓了大跳,连连自问,纸马怎么可能会吃东西?

土地庙是发送死人的特定场所,周围的常见配备便是一间闲屋,可以供各家用来储存不宜放在家中的一应物品,平日里极少有人光顾。里面缘何会有一匹纸马?按照当地风俗,若有人死亡,其家属需要前往纸扎店购买纸马,或者自己制作。等到丧事办理接近尾声,要把纸马从丧事现场扛到村外土地庙,再把写有死者名字的牌位放到马背上,一并焚烧,取其寓意,让亡灵骑着马奔赴西天。

韩避劣在为老伴儿办理丧事时，因无子女，乡邻倒是曾帮忙，前去购买纸马的却是韩避劣本人。年纪大了，难免会犯迷糊，竟先后买来了两匹。当时只用了一匹，就把另一匹放到了土地庙的闲屋里，时间一长，早已抛之脑后，于今才又想起。

如何处理纸马？难道要烧掉？无人去世，凭空烧掉，有何意义，倒是不妨继续存放在闲屋里，且等日后，看看谁家能用上。韩避劣回了家，饥肠辘辘，便端起锅去了饭棚，放到了炉子上，又去侧房里拿来了一些玉米面，倒入锅中，再倒入一些水，开始煮粥，又煮了一些鸡蛋，一心想着多做一点，除了今晚现吃，明天早晨还可以热一热再吃一顿，最后又准备了一些肉食，切了一些咸菜。忙来忙去，吃完了饭，就到了十点左右，便睡下了。

睡梦中，几次三番听见屋外有马蹄声，好在不是非常响，不至于搅了整夜睡眠。第二天早晨，起床洗脸去热饭，走到饭棚里，发现锅盖没有盖在锅上，整锅粥没了，其他吃食还在。想了想，扭头只见棚门口有几滴粥，向外看去，每隔上几米就会有点，沿途走去，又走到了土地庙，进了闲屋，发现那匹纸马的嘴上有些粥痕，不免要问，难道是纸马昨晚去家里把粥喝了？

思来想去，一匹纸马既然老是惹事，莫不如扛到屋外烧掉。掏出打火机，谁知竟没有点燃。按理说，纸马的肚腹和肢腿皆是用高粱秸撑起来的，外表上全是各色纸，怎

— 195 —

能遇火不着？韩避劣想了想，难道纸扎店的用料有问题？一不做二不休，去不远处抱来干草，放到纸马周围，再度掏火机点燃。一团大火果然烧了起来，过了三四分钟，火苗越来越弱，等干草燃尽，纸马依然挺立在眼前。

韩避劣又去抱干草，还有树枝。大火中似是传出了马的嘶鸣声。韩避劣念叨了起来："难道马活了？但明明只是纸马，怎么可能会活了？"更让人感到惊奇的是，火中传出了说话声，"我的背上没有人，可让我如何去西天？看来我只能藏到谁家的坟里去。"话音落地，火苗没再灭，一匹纸马终于化为灰烬。

用不了多久，故事就传到了许庆生的耳朵里。他仔细推敲，既然韩避劣起初早已忘了土地庙的闲屋里还有一匹纸马，想来应是有人闲来无事去过闲屋，紧接着便开始借机做文章。会是谁呢？不妨悄悄打听，暂且等待。

大半月以来，村里始终风平浪静。有人果然沉不住气了，竟大摇大摆主动去把自己父亲的坟头铲平了，那人正是许问渠。他平完坟刚回到家中，许庆生就找了来。二人对望了片刻，只用眼神较劲。许庆生想了想，张嘴说道："听说你去平坟了，看来全体村民中，数你最支持我的工作。"

许问渠说道："所谓平坟，其实只是把地面以上的坟头铲平，并非是要破坏各家的坟。只要没触碰地面以下坟坑里的东西，即便铲平了坟头，原来的坟依旧是原来的坟，并没有发生实质性变化。把坟头铲平之后，若是不担心犯忌讳，完全可以过上十天半月再到坟上揉出土馒头。若是担心犯忌讳，毕竟只能在清明节的时候才可以往坟上填土，那就等到清明节的时候再去做。若是错过了今年的，不妨等着明年的到来。平坟工作只是在于要不要把坟头铲平，至于日后会不会再去揉出土馒头，那是各村民的事。我完全支持你的工作，你总不能说我犯了错，我顶多只能算是没有让你的工作产生预期的效果而已。"

许庆生说道："不入一家坟，不算一家人！你心心念念，原本想为自己和黄书曼保住未来的栖身坟地，又何须我点破。只要你去平坟了，且不管你做到了何种程度，难道你不觉得你的举动有些反常吗？更何况，咱们家的坟林里，有那么多坟头，你怎么只把你爹的铲平了？怎么不动其他坟头？事出反常必有妖。我可要提醒你，切莫自作聪明，弄巧成拙。"

许问渠回顶了两句："我怎么弄巧成拙了？如果拿不出真凭实据，劝你不要血口喷人！"许庆生又说："我且问你，你是不是去找过韩避劣？你以为你深夜行动就不会引人注意，我明确告诉你，若要人不知，除非己莫为。"

许问渠稍作思考，爽利回应："我的确找过他，想要买马，有何疑问？"许庆生则说："劝你不要再跟韩避劣无事生非！平坟工作，势在必行，谁都拦不住。你以为你们编织和散布一些故事，就能阻挡住滚滚前行的车轮？任他燎原火，自有倒海水。"

许问渠却说："我倒是听说了一些故事，还曾在街上听人们念叨，谁敢保证自己一旦挖开坟坑，不会冲撞藏在里面的邪马？关键问题是，那些故事跟我有什么关系？各家各户本来就不愿意去平坟，甚至害怕发生意外，你总不能把平坟不力的责任全部追究到我的头上吧？"

许庆生说道："就你的那些把戏，无非只是借力打力，把一渲染成十，通过故事描摹，加剧人们的心理负担，再借力全体村民，阻碍平坟工作。不要以为我看不懂！我固然拿不出真凭实据，但你逃脱不了责任，劝你及时收手。"

交谈至此，既已挑明，还何须再多说，许庆生转身就走。许问渠望着他的背影又念叨了起来："任他倒海水，自有燎原火！水火不容，但天各一方。况且燎原火只在我的心里，我不惧倒海水。心中若无微微亮，眼里只怕再无光，怎能不让那团光亮照向前方！"过了一段时间，许问渠让谢佩樱去了一趟雏鸾村，按照事先说好的，一定不要让任家人发现。

隔了半月，任天鸿匆匆来到了集吉园，拜会亲家许嘉恒，说了起来："我们龙腾镇的能人老刘，最擅长把握地脉，平日里喜欢上山入林，把周围各镇各村的地脉情形打探得清清楚楚。一周以前，在你们村的山上闲转，天色擦黑，还没来得及下山，看见有人像是在你们家的坟林里做了手脚。说起来，都是七天前的事了，谁知老刘昨天才跟我说。"许嘉恒满脸惊异。任天鸿转述了一遍老刘看到的情形。

月圆夜，有人带着十八罗汉的碑刻塑像，来到了雁荡山南翼脚下，走着走着，就走到了许家坟林。眼前缭绕着氤氲气体，偶有飞鸟在上空盘旋，乱草堆里冷不丁地就会飞出一些野鸡或者跑出几只野兔，外围的柏树上更是有些猫头鹰在发出一些哭笑莫辩的声音。那人全无怕意，走到中间位置，爬到了跟前的坟头上，朝周围打量了一圈，只见跟前的坟正是整片坟圈子的圆心，其他坟头纷纷坐落在向外扩散的位置，像极了石头入水，以入水点为圆心，一圈圈的涟漪向外荡漾。

片刻后，又走到了坟圈子的外围上，沿着弧度，依次摆好了十八根简易的碑刻石柱，紧接着就在其中一根的前面点燃了香烛。不多时，那根石柱上的罗汉像便发出了金灿灿的光芒。尽管石柱只有胳膊那么粗，罗汉像只是在顶端，但可以在香火的缭绕下变大，眨眼就可以变得人脸那么大。时不过十分钟，左右两边的石柱上依次发出了金灿灿的光芒，同样显现出了脸大的罗汉像，把整片坟地照得通亮。又过了几分钟，坟圈子里似有响动，发出了嗤嗤啦啦的声音，起先越来越响，随即越来越弱。待到声音全无时，一座金灿灿的楼，赫然拔地而起。楼前出现了一片荷塘，几支含苞待放的荷花摇摇晃晃伸展到了那人的面前。

那人一直认认真真盯着看，只见金楼虽不至于高到几

— 199 —

百米，倒是足足有十米左右。一层一层的，极其清晰，每一层大概只有一搩高。整座楼的前面是人来人往的繁忙景象，那些人大概各只有四五厘米。楼内各层各间，皆有诸多人在忙碌着。有的人忙着在店内收拾货架，有些人忙着饮酒交谈，有的人演讲起来，大有指点江山的意味，有些人正在开会，有的人静静地趴在桌案上写作文书，有些人忙着读书学习，有的人则似是法官，正在审理案件。其中的某一层里还传出了丝竹声。

那人仔细打量了一番眼前的花苞，发现其中的一支正欲打开花瓣，眼瞅着马上就要绽放，赶紧从裤兜里拿出来了一块红布，盖到了那朵花的上面，把花包裹得严严实实，随即把左手伸到了花朵下面，把右手伸到了裤兜里，掏出来了某种物件，想来应是桃木剑，照准花柄割了一下。那朵花，就完完整整到了那人的手里。一开始，只是旁边的荷叶稍有晃动，但一叶抖动不免会引来所有荷叶一起抖动，动着动着，荷塘里竟着起了火。

火势虽不大，却引燃了荷塘边的金楼，只因金楼最底层的某扇窗户里，飘出了一条长长的窗帘，恰巧遇上大风刮来，又把火舌甩到了二楼上，致使一层一层皆着了火，最终致使整座楼变成了大火球，顷刻间，化成了灰烬。其间能听见燃烧的声音，似乎再无别的声响传来。随着火星渐渐消失，眼前的景致就像一幅画一样抖动了起来，抖来抖去，便消失得无影无踪了。

十八根石柱上的罗汉像逐渐收敛了光芒，眼前恢复到了平常状态，前前后后似乎并不曾发生过什么。那片坟头依旧是原来的那片坟头，茅草依旧是茅草，依然有些鸡兔出入坟林，身后依然传来猫头鹰发出的声音，头顶上依旧是光洁的月亮。那人把包着红布的花装进了裤兜里，随即围着坟圈子收拾起了那十八根石柱，再无其他事，抬脚就要往回走。

第二天早晨，老刘曾跑进坟林里观看，但什么都没发现。发生在一周以前的事，既已如此，那人肯定不会留下姓名。任天鸿曾问老刘："那人什么样?"老刘只是说："好在我一直悄悄尾随，只见那人竟是女的，戴着眼镜，文质彬彬的，像是饱读诗书的人。"

许嘉恒听后说道："许是有人想在那里造景，说不准日后还会做地质勘探。十八根碑刻石柱上极有可能安装着投影设备，工作人员正在调试，于是那些画面何尝不是出自投影。石柱上即便没有投影设备，那又何尝不能涂抹上某种特制的磷粉。坟圈子里恰巧藏有沼气，熏燃磷粉，难免引燃了沼气。金楼和荷塘等各种物形，说不准皆是幻象。"任天鸿默默听着，没有接话，并未久留。

送走了他，许嘉恒反倒开始惴惴不安，难道有人想要在我们家的坟林里搞破坏?想到此处，赶紧去找父亲。许庆生说道："我们家的祖坟可不是那么容易就能毁掉的。老祖宗留下了四句话，头戴白布顶，脚蹬雁荡山，许家待

— 201 —

要败，山倒河水干!"许嘉恒则说："细细揣摩，老祖宗留下的话，本来是说给别人听的，本意是告诉别人，休想破坏我们家的祖坟。世上的诸事诸物哪有只立不破的，能立就能破。"许庆生陷入了沉思。

许嘉恒又说："老祖宗还曾留下话，我们家一旦发迹，光是为官做宰的，就足足有一斤芝麻和一斤谷子那么多。一斤芝麻是多少粒，一斤谷子又是多少粒，谁能数得清。坟内坟外紧密相连，一条血脉牵连着前人和后人，坟内不得安，坟外又怎会得好？眼下只是被人偷走了一朵荷花，我们要及时止损！至少要保证自己不能触碰那些坟头。"

许庆生说道："老祖宗留下了什么话，只不过是些传言而已，岂能当真？我们家何时曾发过迹？除了嘉奇，世代为农，只宜把传言描述的事情理解为美好的愿望。"只见许嘉恒依然紧锁眉头，许庆生又说："周围各镇各村有数不尽的大山，龙腾镇的老刘怎会知晓我们家的祖坟在哪里？难道你不觉得事情颇有些蹊跷?"许嘉恒则说："你最近老是喊着要平坟，我看还是谨慎为好，当止则止。"

第十五章

梦依旧

接连几场暴雨，雁荡山四翼之间总能响起万马奔腾的声音，哗哗啦啦，哼哼嚓嚓。远在四翼外围西南方向的鹤伴山出现了异常，一片石块落到了地面上，平整的山体露于人前，真真像是用切割机切割下去的。半腰往上，恰又掉下了几块石头，上上下下三层古坟，暴露了出来。说来真是奇怪，三层坟的大小规格和方位，甚至就连坟内棺材的放置方向，全都一模一样。想来最底下的那一层，应是最先埋葬在那里的，上面两层完全就像复制出来的。

经考古部门和地探部门前来发掘，依据棺材上的些许差异，推定最底下的那层与中间那层，相隔三百年有余，中间那层与最上面的那层，同样相隔三百年左右。推断下去，鹤伴山最初只是一座不算高的山坡，有人在那里埋下了棺材，后来又有人在那里安葬先人，在上下同样的位置打矿，无疑需要前面的人埋下的坟早已历经风沙堆积化为平地，而且唯有风沙堆积得足够厚，才可以在上面再次施工，厚实地基的形成，少不得需要长达三百年的风沙积累。

再至后来，又有人在同样的位置打矿，照旧需要厚实的地基，恐怕仍然需要长达三百年的风沙积累。照此算来，三层古坟早已历经千年。加之三层棺材刚刚暴露出来时，都还具有红色的漆表，只是一经风吹，才变成了黑色。甚至有人宣称，曾钻入坟中，发现三层尸体皆完好无损，一概都是夫妻合葬，后来仍不曾腐烂，只是变成了木柴状。至于墓主是谁，后人在哪，还有待于查考。埋于地下上千年的物件始终保持旧貌，说明周围水土不同寻常。

许问渠在现场围观，频频念叨："诗云，山无棱，天地合，乃敢与君绝。如果山塌了，要不要与君绝?"没有人会告诉他答案，他只能自己去思索。许庆生出入现场，更是颇感头疼，眼下明明要平坟，却平白无故又多出了六具古尸，思来想去，平坟的意义无非是要节约利用土地资源，让坟堆腾出空间，以便于耕种。如何安顿六具古尸？它们若不现世，一直藏在山体中，原本是极其妥当的，偌大的山便是一座坟。任凭怎么平坟，都不会平掉一座山。眼下恐怕只能付之一炬，把骨灰填装入盒，再集中掩埋到某处远离耕地的荒坡上。

可巧考古人员告之，六具古尸无甚文物价值，可做焚烧处理。许庆生带着人准备了不少木柴，连尸带棺抬到了柴堆上，点了一把火。如此发送古人，难免会让人觉得太草率。

人字的前面添一古字，那人似乎就具有了千般万般的重量。上千年的历史时空，终究不如一把火。关键问题是，若不如此，又当如何？真真让人顿生无辜之感，难以面对历史长河中匆匆而来又迟早会去的芸芸生命。你我又何尝不是从历史中走来，作何思考，作何安排，难道能永世长存？任凭曾经怎么鲜活，终成一世，全都逃脱不掉化为尘埃的命运。

望着那股冲天直上的青烟，周围众人目不转睛，无不保持沉默，简直就像是要跟自己的灵魂道别。没有人流泪，但不敢保证大家丝毫没有感受到内心隐隐作痛，而且痛得别有一番意味。

许问渠捂着自己的心口念叨了起来："古人夫妻谋求合葬，斗转星移只在转眼之间。且不知他们当初有没有海誓山盟，同躺一墓的景致却在历史时空中定格了上千年。此山无棱，彼山有情，梦想依旧安如山，人间骤变任海平。"

时隔几日，考古人员在三层古坟周围的土层里找到了三块墓碑，挪移到了山下。又经雨水冲刷，碑上字迹渐显清晰。许问渠看了看碑文，扭头发现许庆生就站在侧旁，说了一句："看到了吧，六位古人明明是我们许家的祖先！"许庆生念念叨叨："集吉园姓许的人家再无第二家，六位古人不是我们家的祖先，又是谁家的祖先！看来我们许家在集吉园安居至少早已历经上千年。一代一代，祖先人数岂能数得清。家谱上记载的，还有安葬在南翼坟林里的那些，想来应该只是其中的一部分。"

许问渠又冲着许庆生表达意见："难道我们不需要好好安葬我们的祖先？你只用一把火，就发送了他们，何其随意，还把他们的骨灰集中安葬到了鸟都不拉屎的荒坡上，不肖子孙！"

许庆生没有做出任何回应，转身就走，边走边念叨："头戴白布顶，脚蹬雁荡山，许家待要败，山倒河水干！现在看来，并非只是脚蹬雁荡山。四句话到底是哪位祖先留下的？还如何查考？千百年来，我们家到底发生过多少事，谁又能说得清。但有一条，山倒河干，原本何其不易，眼下恰恰倒了一座山！想我许家代代传承，难道当真要败落了？谁能想到今天的子孙竟然还可以跟古代的祖先见面。一条血脉宛若一根竹签子，串联着先人和子孙，就像是一串糖葫芦。我的举止能否配得上祖先传承给我的血脉？"

许久以来，许庆生未曾在街上露面。许问渠还是时常上山，颇有感慨："我若早知道我们许家人死后并非只能被安葬在南翼的坟林里，此前何必跟我大伯纠缠不休。把黄书曼安葬在鹤伴山上，又何尝不是入了我们家的祖坟。只可惜六位祖先现身，为时已晚。就连他们，都被埋到了荒坡上。相比较而言，若能在南翼的坟林里安葬黄书曼，依然算是最佳选择。"

某天晚上，许问渠总想跟许庆生算算账，便去找他，走进屋门，见他坐在桌前。哪怕只是看到了他的背影，仍是说道："你敢不敢保证六位先人分为三组，同躺一墓，他们在生前全都经历过完完整整的婚礼？属于正式夫妻？"许庆生一动不动，更不曾搭话。

许问渠等了片刻，等不到回应，就走到了他的面前，当即被眼前的一幕吓了大跳。许庆生把一把刀插到了自己的左手臂上，还用左手臂摁着桌子。好在那把刀只是平时用来杀鸡宰羊的那种，并不很长。许庆生的左手臂上虽有鲜血，但血液并未哗哗直流。许问渠看了看没再说话，转身就走。

几日后的傍晚，天色昏沉，咔嚓咔嚓，传来了几声响雷，像是要下雨。许庆生恍恍惚惚似是听见门后传来了一声，我不想回去，有意无意问了一句："是谁在说话？"扭头盯紧门后，并未发现异常，但心里却有些发毛，怎能不琢磨，难道是某位先人？赶紧拿出簸箕，把一件衣服放到了上面，念念叨叨："趴着！趴着！送走！送走！送到山上！"许庆生端着簸箕便要出门。

可巧头顶上又有雷声传来，突然间听见簸箕里发出了笑声，哈哈哈哈的，登时觉得后背上发麻发凉，吓得差点把簸箕扔了出去，喊了起来："簸箕里有声，衣服上趴着何物？"好在那笑声瞬间就没了。许庆生自忖道，哪有笑声，只不过是天上的雷声。谁知簸箕里又传来了笑声。许庆生扔了簸箕，就吓晕了，随即传来一句，"黄书曼原是我家人，该入我家坟"。

前前后后哪有非人声，其实只是许问渠在捣鬼。他知晓许庆生近来的精神状态，就想要借机达成自己的心愿。门后有声，却是隔着墙。簸箕里有声，却由身后传来。许问渠拿着卡带录音机，半蹲着尾随在后。许庆生的注意力只投向簸箕里，就忽略了身后斜下方。眼下反倒吓晕了，许问渠扛起他，要送回家。许庆生便一直沉睡，甚至入了梦。

梦见眼前是一道门，像极了此前走进去的那道，拍着脑门想了想，是不是有人曾让我帮忙捎过信件？我是不是已经把信件送到了？说起来，的确曾有人让他捎过信件，但他并不知道那人到底是谁。当时，他推着一辆农用独轮车在街上走着，车上分列左右，放着两块用来盖房砌墙的石头。原本想要停下来歇歇脚，但有人走到他的跟前慌慌张张说道："帮帮忙吧！我腿脚不便，家里出了急事，想让儿子赶紧回来一趟。我儿子叫许郎，现在就在不远处的无有庄。你年轻力壮跑得快，帮我把信件捎去吧。"

许庆生接过了那人递来的信件，拔腿就跑，尽管早已筋疲力尽，但一心想要给那人帮忙，就忘记了疲劳。跑着跑着，周围竟起了浓雾，一时迷失了方向，想要回头，却发现早已找不到来时路，只能继续向前，匆匆跑了片刻，只见前方昏暗中渐渐有了亮色，倒又只是一片灯火昏黄。有人从前方迎面赶来，径直走到了许庆生的跟前，张嘴就说："若是看见前方有门，拿着我给你的钥匙，打开锁，推开门走进去就行。"

许庆生看了看，发现那人递来的并非钥匙，只是三根如同筷子那么长的高粱秸，原本不想伸手去接，怎奈那人硬是塞了过来。眨眼间，那人便消失了。许庆生继续推着独轮车向前走，既不知道走出了多么远，更不清楚走了多长时间。脑子里全无其他想法，唯一还能记得住的，只是一直向前走，终于看到了前方似有人家，土屋土墙四合院，扑到了门前。院门虽是木制的，但密不透风，门上挂着锁。

许庆生把独轮车放到了门口，随即就把那三根高粱秸插到了锁孔里，轻轻一拨，便打开了。刚刚推开院门，只见院内并不与院外相同，好一片光芒万丈的景象，前脚走了进去，关上了院门，后脚就发现光芒早已消失，院内长满了奇花异草，香味扑鼻，显然是与世隔绝的另一番清亮世界。几间茅草房，坐落在正北位置，房前有一条回廊，回廊的外围有一处亭台。

俩老头正坐在亭内的石凳上，围着石桌下棋，另一位老头在旁边观看。许庆生走到了他们的面前，轻声说了一句，请问，无有庄在哪里？其中一位笑道："远在天边，近在眼前。"许庆生又说道："许郎在哪里，我给他捎来了一封信。"仨老头没再吱声。院内一直静得出奇，全无任何嘈杂声。

许庆生一屁股坐在了眼前的石凳上，静静地看着他们下棋，看着看着，脖颈上有些酸，不免扭了一下头，只见亭台外的地面上放着一盆叫不出名字的鲜花绿植。微风一吹，片片花瓣和叶子纷纷滑落，细雨一淋，枝干上迅速长出了片片叶子，并且开出了几朵鲜花。老头下棋的速度着实太慢，总是下不完。又是一阵风吹来，盆栽上的花瓣和叶子再次滑落，随即又来了一场雨，枝干上又迅速长出了叶子，开出了鲜花。不知不觉，哪里还能感知到时光流淌，转眼无非又是一轮花开花落，既不曾感觉到饥饱，更不曾感觉到冷暖。

许庆生坐不住了，回头只见北面茅草房的西侧似有一条夹道，于是站起身来直奔那里。其中一位老头说道："你既然穿过了层层雾霭般的混沌，来到了我们的庭院里，又何必再去招惹是非。"许庆生回了两句："我总要把信交给许郎吧。既然你们不愿意把他的住处告诉我，那我就只能自己去找。"仨老头相互对望，顿时一起呵呵笑了，笑得别有一番韵味。

许庆生穿过了夹道，来到了后院，只见那里是一片瓦房，一眼看不到头，并不与前院相同，只与人世间的普通房舍一样。喊了一声许郎，竟无人应声，于是就走进了最靠前的一排瓦房里，怎奈里面空无一人，穿屋过檐继续向前，又走进了一排瓦房里，却发现里面依然空无一人。不妨继续向前，一时哪里还能数得清到底走过了多少房舍，只要大路通天，就可以边走边喊。

尽管早已有些不耐烦，却依然在喊许郎，刚想要放弃时，终于有人应了一声。许庆生寻声探源跑了过去，怎奈并没有看到人影，不免又要喊，谁知再次听到有人应声，只是依然不见人影。

随喊随应，跑着跑着，跑出了房舍，来到了一座山上，眼前是一片果园，终于看到有人站在一间山屋的门前。走到近处，发现那人竟与自己一模一样，惊讶不已，随即把信交给了他。许郎打开了信封，拿出了信纸，只见纸上空无一言，便丢在了一边。

转眼间，已是天色擦黑，许郎拉着许庆生走进了山屋里，关上了房门，一起趴在了门板上，透过缝隙向外看去，发现对面的山上似有人影晃动。哪怕只是目测，其实就可以看到眼前离着对面的山甚远，却偏偏可以把对面山上的人影看得清清楚楚。

那人浑身上下穿着一件洁白的外衣，而且天色越是黑，就越发衬显出那人身上的衣服何其洁白。似是可远可近，只需稍一摇晃，即可晃到偷窥者的眼前。若是静止不动，倒又像是挂在了一棵树上。头发稍长，直到肩下，显然是一名女子，极其貌美，即使把世上最美的词汇全都拿来用于形容她的样貌，恐怕都不足够。

她在山半腰上漂浮游荡时，想必是无声无响，以至于只能听到屋外传来风吹树摇哗啦啦的声音。许庆生有些害怕，问道："那是什么？"许郎说道："切不可惊扰了它！"许庆生结结巴巴地说道："我们快跑吧！"许郎又说道："只要咱们坚守，它就不会进咱们的屋！"整整一夜，许庆生吓出了一身冷汗，许郎却一直在饶有兴致地偷窥。直到天色放亮，白衣女才消失在了半空中。

　　许庆生打开屋门走了出去，沿着羊肠小道下了山。不知走出了多远，多长时间，走着走着，就倒在了路边，只觉得脑袋里昏昏沉沉的，于是闭上了眼。突然听见有人喊叫，许庆生，你在哪里？他当即醒来，发现自己躺在林间，马上回应了一声："我在树林里！"再次听见有人喊他，他再次回应，怎奈周围似是隔着一层膜，把眼前的世界区隔成了内外两层，外面的声音能传到里面，但里面的声音却无法传到外面。

　　抬头看了看天，只见艳阳高照，不只是想起了许郎还在山上，更担心山上发生意外，索性拔腿向山上跑去。等他回到山屋门口时，发现屋内静悄悄，原以为许郎在里面睡着了，推开门的瞬间，赫然发现有人躺在地上，扑到跟前，只见躺在地上的正是许郎，早已没了气息。

　　尽管看不出尸体上有何伤口，但全身早已瘦骨嶙峋，尤其是两条腿和两条胳膊，简直就像是干巴巴的筷子。显而易见，原本活生生的一具肉体，恐怕被什么东西吸走了体内的水分、血液和脂肪，以至于只剩下了一张皮紧紧包裹着一副骨头架子，终究干瘪了。

许庆生觉得头皮发麻，拔腿就跑，跑了几步，便又停了下来。思来想去，只怕邪祟日后还会害人，莫不如想办法把它除掉。跑回屋里，发现西面墙上挂着弓箭，拿下来，关上了房门，只等着天黑。天黑后，趴在门板上，透过缝隙再次看到了白衣女。白衣女虽不曾游荡到山屋门口，却依然摆动着可远可近的架势。隔着门板只听见近处有些响动，却不足以吸引许庆生的注意力。

他做好了随时射箭的准备，谁知白衣女并没有发起攻击。直到东方泛白，才收起了阵势。打开房门，只见不远处摆满了陶罐，开盖一看，里面装满了金银珠宝，想必是白衣女昨晚差遣什么邪祟送来的。若要数一数，光是那些陶罐，只怕费上半天工夫都难以数清，更不要说罐内的金银珠宝了。若要运送到山下，绝不是一两天就能办到的。只要还在山上过夜，恐怕就会丢了性命。许庆生冷冷笑道："任凭你想怎么收买我，我都不会轻易上钩。"

拿起弓，挺起腰身，直接把箭射了出去，直冲云霄，传回了丝丝嘶鸣。许庆生完全没有想到，自己的身上居然潜藏着极大的力量。过了足足十几分钟，那支箭才落了下来，带回来了一只白色的大鸟，箭柄从鸟身上穿了过去。随着白鸟落地，门前的陶罐里蹦出了无数青蛙，哪里还会再有金银。周围并非果园，其实只是一片丛林，山屋却不曾发生任何变化，依旧是原来的样子。

　　许庆生顿时感觉到自己俨然就是可以斩妖除魔的大英雄，随即把那支箭从死鸟的身上拔了下来，仔仔细细擦了擦，直到上面再无血迹，难以压制得住内心涌起的英雄情结，又把箭搭在了弓上，挺起腰身再次射了出去，巴巴地等着又有什么邪物落地，却只是空等了片刻。那支箭倒是独自落了地，仔细看去上面竟有些血迹，许庆生不免猜思了起来，把箭射出去，到底射中了什么东西？若不是射中了什么，箭上怎会有鲜血？想来想去，没有想出缘由。

　　突然间，狂风大作，吼吼直响，把许庆生卷了起来，扔到了远处，重重地摔在了地上，看那架势，像是要把他摔碎。他昏昏沉沉躺在地上，睁眼看时，只见眼前是一片坟，仔细打量，发现正是南翼山上的自家坟林所在地。爬了起来，转身就走，走着走着，走到了一座庭院的门前，觉得对眼前的院门似是不陌生，不免若有所思，刚想坐到门口的石头上歇脚，更是觉得两块石头颇为眼熟，仔细一想，好像正是自己曾放在独轮车上推着的那两块，倒是不妨查验查验。

　　记得当时两块石头皆是方方正正的，只是都缺了俩角，摸着眼前的石头，认真看了看，确定正是当时的那两块。今时不同于以往的地方，只是石头上的边边角角早已不再像原来那样锋利，摸上去圆润了不少，想必早已经历了多少年风雨的打磨。

此前虽不曾感觉到时光流逝，但时光是否流逝何曾会顾及谁的感受，只是以我行我素一己任性的姿态，悄悄地自主流淌，可真是唱足了独角戏。尤其是在无有庄的时候，花开花落就是一年，离开无有庄之后，哪里还能关注年月，至今恐怕早已是积年累月，年深日久。梦境到此，许庆生醒了，发现自己躺在家里的床上，一时说不清心头是何滋味，但攥紧了拳头。

平坟事项遭遇搁置。其他村的情形同样不容乐观。隔了将近两月镇上开会，商讨策略。许庆生发言，空有号召，终究难以具体操作。在浩浩荡荡的历史长河中，各村有多少曾有居民，很难计算出来，曾有居民在本村辖区内留下了多少坟，更是难以说清。有的坟会是一座大大的土馒头，一眼就能看出来，有的则经不住雨水冲刷，早已变得很小，甚至难以一眼就能辨认出来，总不能把山上坑坑洼洼的所有土包全都视为坟吧。若要具体操作，莫不如就给各村定下具体的任务量。如何计量，不妨以各村的现有居民数量作为参考。如果本村现有居民三千，那就让本村平掉三百座坟；如果本村现有居民五百，那就让本村平掉五十座坟。尽管有些村庄的现有居民可能不如以前多，以至于现有居民只有两百，但辖区内却有三百座坟，倒是可以依然按照十比一的比例平坟，自然就把各村的差异考虑了进去。如果有些村庄的现有居民比以前多很多，以至于

— 215 —

高达两千，但辖区内却只有三十座坟，那就把三十座坟全都平掉。总之，相比较而言，按量平坟易于操作。

历经商讨，各方无不认可许庆生提供的策略。集吉园现有居民五百余人，便需要平掉五十座坟。带人仔细统计，辖区内光是野坟，就远远超过五十座。所谓野坟，是指在村民们的记忆中，墓主已无后人的那些坟。以此作为平坟对象，还如何让墓主家属担任具体负责人？许庆生带着人亲力亲为，只把地面以上的土馒头铲平，无须触碰地面以下的部分，没再引起何人反对。

第十六章

庆生去世

　　世事纷扰，家内家外刚刚平静了没多久，似乎就在人们午睡翻翻身的工夫，又是一场风波拉开了序幕。难怪古诗有云，若无闲事挂心头，便是人间好时节。许嘉恒前往南方贩运蔬菜，迟迟未归。李琼碧回了娘家。许庆生刚刚吃了午饭，原本想睡一觉，却从床上滚到了地上，口吐白沫，浑身抽搐。

　　杨柳絮看了看，眼前再无其他人，立即出了门，叫来了谢佩樱和许问渠。三人都傻了眼，杨柳絮直呼："老头子不中用了，不中用了！"谢佩樱却说："赶紧送到医院，兴许还有救！"许问渠背起许庆生，急匆匆往外跑。不多时，就坐上了车。

　　经抢救，许庆生被送进了重症监护室。据医生诊断，患者差点中毒身亡，幸亏送来得还算及时。许问渠满脑袋问号，我大伯缘何再次中毒？据医生检查，许庆生的身上并未出现任何患有癌症的迹象，但他体内的毒素应是来自某种治疗癌症的违禁药物。尤其需要引起警惕的是，医院从来不曾出售过那种药物。它的流通渠道颇为隐蔽。医生未必不知，只是不具有查获的职责。

说起来，不管是得了癌症的，还是得了其他绝症的，只要到了晚期，谁愿意承受无限病痛，还白白消耗资财。俗语虽言，好死不如赖活着，但未必全能讲得通。街头巷尾原本就时常有人念叨，与其等着自己的身上被插满各种医疗器械，莫不如选择安乐死。家属与其花钱延长病号生命的长度，莫不如关切病号生命的质量。若能让人安乐死，那简直就是得了造化。当然，神秘药物总被吹嘘得神乎其神，说不准还能成为救命的良方。江湖传言，吃了那些神秘药，要么能消除病症，要么能加速死亡，且会保证让病号无声无息地直奔极乐世界。

既然许庆生中毒与违禁药物相关，若非他自己服用，恐怕就是他人投毒，而且投毒者曾去医院门诊楼后面的社区寻找线索，想法买药。时隔两天，许庆生才醒来。经医生询问，他说自己没有理由自杀，缘何要买违禁药物。如此看来，确系他人投毒！又隔了两天，许嘉恒匆匆赶到了医院，见到许问渠，照准他的前胸直接挥了一拳。

许问渠怎能不问："你为什么要打我？"许嘉恒怒道："我要打死你！"许问渠备感委屈，据理以争："你不在家，是我把我大伯送到医院里来的，还好心好意伺候了几天。你非但不感谢我，反而还要打我。"

追索原因，许嘉恒刚刚从南方回到家中，就被乡邻告知他家出了事，急速赶来。让他感到气愤的是，王芮轩告之，极有可能是许问渠投毒。一路上，许嘉恒都在揣摩，因为黄书曼的事，问渠跟我爹表面上虽不曾撕破脸皮，但早已不睦，问渠具有投毒的嫌疑。

兄弟二人争执起来，许嘉恒还要挥拳，幸亏谢佩樱拦着。许问渠强调："王芮轩说啥，你就信啥？你怎么不想想，前年秋天，我大伯同样中过毒。那时候，黄书曼还没出事。如果两次投毒事件系同一人所为，那么前年秋天我有什么理由要害我大伯？"许嘉恒一听，终于冷静了下来。

且不论眼前的事将会表现出怎样的走势，前年秋天倒是的确曾发生过一起投毒事件。某天下午，屋里桌子上明明摆着一盘子枣，是杨柳絮洗好了，放在那里的，谁吃谁拿。许庆生不感兴趣，偏偏走到了院子里，要去摘树上的吃。踮起脚尖就能摘到几颗，塞进了嘴里，当时还觉得奇怪，因为那几颗枣里没有枣核。嚼来嚼去没啥味道，吐到手里一看，一层枣皮竟包裹着一团棉球，再仔细看去，枣皮上原本似有一层蜡。

许庆生好在没有下咽，但还是中了毒，上吐下泻，在医院里住了三天。据后来推测，枣内棉球应是用农药浸泡过。如果粗心大意，吃枣不慎，吞咽入肚，岂能不死。只是不知系何人投毒，总不能树上长出的本来就是毒枣，更不知投毒者是什么时候在枣上做了手脚。许庆生在家在外

— 219 —

的时间一半一半，想来投毒者有充足的时间作案。因不想扩大事态，并没有深究，甚至不曾外传。

如今再次中毒，与上一次是否具有联系，其实还需商榷。许问渠冲着许嘉恒又说道："王芮轩凭什么认定我想要杀人？"许嘉恒说道："只怕是全体村民都认为你想杀人。王芮轩天天在家，岂能没有听说，他只是向我做了转述而已。"许问渠叹气说道："我可真是跳进黄河都洗不清了。据医生所言，既然违禁药物有其来源，我马上就去门诊楼后面的社区，顺藤摸瓜，迟早都要查出买药投毒者。"许嘉恒进了病房，许问渠出了门诊楼，说到做到，当真去找小广告。

许庆生不愿长期住在医院里，身上不再难受，就想要回家。再加上他一再强调，家丑不可外扬，不愿看到许嘉恒和许问渠总在医院里争执，因而更是坚持要回集吉园。拿了不少药，在家调养，并非不可以，医生未曾执意留人。

村里早已是风言风语，许问渠每次出门，都能发现远处近处有人冲着他指指点点。他想了想，干脆去了一趟镇上派出所，报了案。唐天宇告之，需要跟城关派出所联合破案，无法设定具体时长，让他回家等待。

许问渠等来等去，并没有闲着，动辄就要赶往市里医院门诊楼后面的那片社区，仍想顺藤摸瓜，怎奈颇有难度。半月有余，许庆生的身体逐渐康复，又开始忙于处理各种村务。许嘉恒再次去了南方，李琼碧还是回了娘家。

某日早晨，天刚蒙蒙亮，杨柳絮跑出了家门，前去寻找谢佩樱和许问渠。三人见了面，杨柳絮急急火火说道："老许不中用了！已经咽了气！我们赶紧给他办丧事吧。"谢佩樱问道："怎么不中用了？怎么就咽了气？"边问边跟着杨柳絮跑。

　　到了许庆生家，只见屋内冲门的位置摆着一具尸首，谢佩樱和许问渠一时都接受不了。昨天明明还曾在街上见过许庆生，并没有发现他有何异常，怎么突然就挺尸在地了？杨柳絮只是强调："当年许庆慰死于突发性心脏病，想来许庆生同样患有此病，只是以前没有表现出来而已，说不准许家人都患有此病。"谢佩樱强调："若要办丧事，总要等孩子们全都回来再说。"杨柳絮却言："何须再等！时间长了，尸体可就腐化了！臭气熏天，还怎么处理。依我看，应该以最快的速度送到火葬场火化。"

　　谢佩樱盯着杨柳絮看了看，于心底念叨："大嫂今天是怎么了？她平时就跟佛爷似的，年头到年尾，听不到她说几句话。今天似乎有些反常，言辞间总是透露着急切。即使夫妻感情不好，难道还不能平平稳稳办完丧事？何必非要盼着丈夫立即从世界上消失？怎能不让人起疑。"

　　许问渠说道："最好还是等我哥回来！我们匆匆发送我大伯，日后怎么向我哥交代？说不准又会产生误解。"杨柳絮强调："我把你们娘俩叫来，除了要让你们帮忙办理丧事，还想让你们俩做见证。等你哥回来，我自会跟他

— 221 —

说明一切，断不会闹出误会。"许问渠又说："总不能只由我们三人办丧事吧，我去通知亲戚们。"杨柳絮赶紧劝道："我们三人利利索索把丧事办完，岂不省事？要是铺开摊子大办，甚是麻烦！里里外外全由我做主，你只需按照我的安排忙活起来就是了，不用想东想西的。"

谢佩樱迟迟没有触碰尸体，直到要给死者净面时，掀开蒙脸纸，方才发现了异常，尸体头部有伤口。尽管许庆生的头上戴着寿帽，但那伤口并没有被帽子全都盖住。更让人感到奇怪的是，许问渠明显感觉到自己腰部生疼，有意无意就把手伸向了尸体腰部，摸出了两把血，怎能不追问大伯的真正死因，还如何继续办丧事。杨柳絮还是强调："你拽一拽整张箔，把尸体卷起来，再去找一辆车，就可以送去火化了。"许问渠似是没听见，盯着谢佩樱，只用眼神对话。母子二人当即决定不能继续办理丧事！杨柳絮慌了神。

院外传来了一声车响，几名医护人员抬着担架跑进了许家院。杨柳絮急切说道："人已经死了，你们跑来还有什么用。"医护人员看了看尸体，哪里还有抢救的必要，转身就走。杨柳絮问道："是谁叫你们来的？我家死了人，你们是怎么知道的？我并没有对外散布消息。"其中一名医护人员说道："一大早，就有人跑到了医院，只把地址留给了我们，并没有透露自己的姓名。"杨柳絮没再多问。

日上三竿，一辆警车停在了王芮轩的家门口。顾缘缘备感惊讶。唐天宇等人直言要找王芮轩。顾缘缘说道：
"他正在屋里睡觉，你们为什么要找他？"唐天宇答道："想
要调查清楚许庆生的死因！"顾缘缘问道："许庆生死了？"
紧接着又问："许庆生死了，跟王芮轩有什么关系？"唐天
宇没再回答。顾缘缘进屋叫醒了丈夫。王芮轩走到了警察
的面前。

唐天宇问道："你昨晚去了哪里？干了什么事？"王芮
轩故作镇静答道："昨晚在家里睡觉，我媳妇可以证明！"
顾缘缘点头如捣蒜，附和着答是。唐天宇又问王芮轩：
"你跟许庆生的妻子杨柳絮是什么关系？"此言一出，顾缘
缘哪能承受得住，立即扭头盯着丈夫。王芮轩只说没有关
系。顾缘缘冲着他问道："你明明是今早晨才回来，昨晚
到底去了哪里？"唐天宇一听，不再多问，要把王芮轩带
走。他没有反抗。顾缘缘一时懵了，追着警车直奔前方。

杨柳絮还在跟谢佩樱和许问渠争辩，一再强调："既
然人已经死了，当务之急难道不是发送死者？只在死因上
纠缠，难道就不需要发送死者了？我们与其吵吵嚷嚷，莫
不如先让死者入土为安。"许问渠立场坚定，义正词严说
道："举凡一应丧事，死因最重！若是说不清，那就有可能
涉嫌毁尸灭迹。"

警车停在了许庆生家的门口，杨柳絮愣住了。唐天宇
等人走到了面前。杨柳絮吞吞吐吐问道："你们来我家有
什么事吗？是谁让你们来的？"唐天宇答道："我们接到了

报案，就来了，怀疑你家出现了凶杀案。报案人并没有走进派出所，只是隔着墙喊了几声，所以我们并不知道报案人到底是谁。"

杨柳絮强调："我家没有发生凶杀案，你们快走吧，别耽搁我们办丧事。"唐天宇把王芮轩推到了杨柳絮的面前。杨柳絮一看，就懵了。王芮轩怎会不知，事情迟早会败露，急忙说道："昨晚我只是来帮忙的！我没有杀人！"众人纷纷把目光投向了杨柳絮。她一屁股坐到了地上。

两辆车先后入村，难免会引起乡邻们注意。大家跟着车，聚集到了许家院门口。早已有人开始冲着杨柳絮指指点点。有的乡邻甚至说道："别看杨柳絮平时不爱跟任何人打交道，她简直就是当代潘金莲！"有的乡邻说道："昨晚睡前关院门的时候，我看见王芮轩和杨柳絮鬼鬼祟祟从我的眼前跑了过去。"警察自然要让王芮轩交代案情。

据他讲述，昨天晚上，他正要睡觉，猛然听见院门口传来了猫叫信号，就走了过去。杨柳絮拉着王芮轩就跑。一到现场，就看见地上躺着尸体，还有一摊鲜血、一把平时用来砍柴的斧子、一把杀鸡宰羊的刀子，王芮轩岂能不惊，怎会不怕。用他自己的话来说，心脏突突直跳，简直要从胸腔里跳出来，一股莫名的寒气直顶天灵盖，脑袋似要爆炸。

杨柳絮似是很紧张，但又极其冷静，吩咐王芮轩，赶紧拿着斧子和刀子，扔到河沟里去。王芮轩本来就想逃离

— 224 —

现场，迅速去了河边。等他回去的时候，只见杨柳絮早已把地上的鲜血打扫干净，还用清水冲洗了几遍地面。毫无疑问，最难处理的肯定是尸体。杨柳絮边踱步边念叨，若是偷偷埋在何处，再择机对外宣称许庆生去了外地，日子久了，甚至还可以宣称失踪，怕只怕哪天会被人翻腾出来。莫不如办一场丧礼，只说老许是病死的。如此一来，虽然免不了要在丧礼现场接受审视，但只要小心翼翼不露馅，即可永绝后患。丧事怎么办？人数越少越好。

此番筹谋，在杨柳絮看来，周密妥当，接下来就和王芮轩联手，开始清理许庆生身上的鲜血，擦了一遍又一遍。发现王芮轩一直在打战，杨柳絮说道："有什么可害怕的？人死如灯灭！中学的《生物》教科书上写着，人就是动物！死人跟死狗没有任何区别！"到了下半夜，杨柳絮锁上门，拽着王芮轩，直奔镇上的寿衣寿材店，硬是叫醒了店家，买了全套的寿衣，拿回去给许庆生穿到了身上。忙来忙去，天色开始放亮，王芮轩回了家。

唐天宇问道："猫叫信号是怎么回事？"王芮轩答道："我是有妇之夫，杨柳絮是有夫之妇，我们俩怎么好意思当众一来二往。杨柳絮每一次想要找我，尤其是在晚上，都会跑到我家院门口学猫叫。我听到声音，就会出门。"

顾缘缘从人群中走到了王芮轩的面前，狠狠地扇了他一巴掌，嗷嗷怒吼："最近几年，我天天在家里吃斋诵经，一心想要给你生孩子，你却背着我跟其他女人相好。难道杨柳絮能给你生孩子？你怎么不瞅瞅；我和杨柳絮谁年轻、谁年老？可巧我已经怀孕了，此前我一直没告诉你。我要去打胎！我要跟你离婚！"

王芮轩看了看顾缘缘，又看了看面前众人，结结巴巴说道："别看杨柳絮早就不年轻了，可她每天都打扮得极其利便，原本就有主动勾引男人的意思，谁能经得住她的诱惑。跟她相好的并非只有我，我只是犯了凡属男人本来就容易犯的错误，并无大恶。"

顾缘缘回顶了起来："容易犯错，属于当真犯错的理由吗？你犯了错，难道只是因为你是男人？我且问你，犯了错的，到底是你，还是性别？如果是性别，你娘当年生下了你，一看你是男人，难道就会认为自己犯了错？我再问你，犯了错的，到底是你，还是你娘？"

王芮轩不知该怎么回答。顾缘缘扭头就走。王芮轩急忙追去，转身看到了院外墙根的那块石头，弯腰掀开，竟然拿出了一把杀鸡宰羊的刀子。冲着顾缘缘说道："昨晚杨柳絮让我去抛扔证物，我并没有完全听她的，当时就把刀子藏在了石头底下，只把斧子扔到了河沟里。我现在就断指明志，保证日后不再犯浑，只求你给我留住孩子。"说着话，王芮轩当即把刀挥向自己的左手食指，紧接着便是一声嚎叫，一股鲜血喷冒而出，半截断指落了地。顾缘缘稍加思考，以沉重的语气说道："我给你留下孩子，但我依然要跟你离婚！"

唐天宇冲着杨柳絮说道："根据种种迹象，认定你故意谋杀，你应该不会反驳吧？请你认真交代杀人的经过。另外，还请你说清杀人的动机！难道只是因为你想要跟王芮轩相好？"杨柳絮没有回答，反倒冲着王芮轩狠狠地喊了一句："没用的男人，竟然背着我留了一手！"话音落地，起身扑到了屋内，迅速推上了门闩。

　　任凭唐天宇怎么敲门，杨柳絮都不开，直奔墙角，拿起了一瓶农药，拧开盖就往肚子里灌。眼下屋内除了一具尸体，再无其他人。唐天宇还在敲门拍门，想要救下杨柳絮。她却又拿起了另一瓶农药，拧开盖就喝，想来她只求速死，何必等着法官给她判死刑。等唐天宇等人撞破了屋门，杨柳絮早已倒在了地上。

　　案件到此，还怎么继续往下查，警察只是带走了王芮轩。

　　许问渠表示："等我哥回来，再办丧事！"许嘉恒竟迟迟未归。时隔几天，城关派出所传来消息，前往市里医院后面社区寻找线索，购买神秘违禁药物的人员不少，据药贩子描述，其中一位的相貌特征跟杨柳絮高度吻合。天气越来越热，总不能一直停尸在家。许问渠找来了唐天宇，意在让他做见证，方才把两具尸体送去火化，只在许庆生的家里摆放骨灰盒。

　　悄然已是半月，许嘉恒终于回来了，此前他曾在南方甲乙两地奔波。痛失双亲，一时怎能接受。许问渠再次找来唐天宇。唐警官便代为告之近来诸事。许嘉恒没有向许问渠发难，倒是问了一句："嘉奇难道一直没有露面？"随即又说："我不在家，举凡各种事情，他完全可以做主！况且我娘历来最疼他，无论何事，不跟我说，但会跟老二说。"

许嘉奇近来又何尝不是饱受折磨。风言风语早已在全镇传遍，即使半月没有回过家，又怎会不知家里发生了何事，反倒越是不想回家面对。他满脸泪痕，双目肿胀，迈着沉重的步伐要去派出所，一路上连连哀叹，事到如今，还有什么可隐瞒的。

见了警察，边擦泪边说："我在镇上中学任教，是生物课教师，因为要带毕业班，经常住在学校里。说不清是何原因，那天晚上迟迟睡不着，总觉得浑身难受，猜测父母可能出了事。转过天来，一大早，就匆匆回了一趟家。一看家中情形，又惊又怕。我娘当时拉着我叨叨了一番，可让我如何接受我的亲娘杀了我的亲爹，让我如何参加我爹的丧礼？我扭头就跑了，回了学校，待在办公室里一直琢磨该怎么办。若是报案，就对不住我娘。若是不报案，就对不住我爹。思来想去，浑身的血气不停地翻涌，无论发生了什么事，毕竟跟我的父母有关。我先是去了一趟医院，又跑到派出所外面隔墙喊了一阵，随即回了学校。我迟迟不想去面对，怎奈半月以来脑海中动辄就会浮现出此前案发现场的景象，恨不能以我自己的死换来我父母的活。"

警察问道："你娘到底是怎么杀你爹的？"据许嘉奇交

代，那天晚上，杨柳絮曾说自己真后悔，想当年，千不该万不该接受父母的安排嫁到许家。许庆生不愿听，要去睡觉。过了片刻，他刚刚睡着，杨柳絮就拿着斧子走到了床前，试了又试，咬了咬牙，照准许庆生的头砸了一下。许庆生登时就醒了。杨柳絮一不做二不休，狠狠地砸了第二下。许庆生从床上滚到了地上。杨柳絮甚至又拿来了刀子，冲着许庆生的心口刺去。许庆生翻滚了起来，杨柳絮只是把刀子捅到了许庆生的腰上。

那天早晨，许嘉奇曾问杨柳絮："你怎么那么狠，哪里来的那股子狠劲？那可是活生生的人，你竟敢下手。"杨柳絮曾说："只要想起多年来的摩擦，愤懑和积郁悄然间就会在浑身上下翻腾，恨意一下子就会转换为狠劲。"警察又问许嘉奇："在你的记忆中，你爹你娘以前曾发生过什么样的摩擦？"

据许嘉奇讲述，许庆生一直都不喜欢杨柳絮的性格，时常指着嗷嚎一句，活着无声，死了填坟！深度追索，许庆生历来比较强势，喜欢别人要像服从命令那样听他的话。他让杨柳絮吃了早饭就去锄地拔草，怎奈杨柳絮却是慢性子，吃了饭还要消消食儿再出门，许庆生怎能不生气。前些年，夫妻二人经常去外地贩卖杂货。许庆生总喜欢提前几小时去火车站等车，杨柳絮却总是在火车出发前十几分钟赶到，他们的步调从来不一致。类似事端，一年四季，总是不断。杨家父母当年缘何要让女儿嫁到许家，主要是因为听说许庆生能干能为，年纪轻轻就担任队长，想来日后前途无量。

杨柳絮曾无数次提出要跟许庆生离婚，心心念念想要再嫁一次。娘家父母坚决反对。许庆生何止不同意，甚至强调，在许家人的观念中，婚姻解体的理由只有丧偶，没有离异！随着下一代慢慢长大，杨柳絮何尝不知，若是离婚，难免会传出一些不好的名声，恐怕还会影响到下一代未来的婚姻。几经盘算，就认定丧偶之后再嫁才是最佳选择。

前年许庆生食枣中毒，许嘉奇就曾怀疑是母亲起了杀心，方才投毒，只是杨柳絮未曾承认。许嘉奇何尝不曾苦苦相劝，就此打住，不可任性。俩月以前，杨柳絮悄悄告诉许嘉奇，自己看上了王芮轩，王芮轩承诺日后可以谈婚论嫁，不计较年龄差距。许嘉奇又劝母亲不要再折腾，谁能想到，杨柳絮此次对许庆生下手不再是投毒，竟采取了更惨烈的手段。

谋杀亲夫案的案情至此已经明了。警察决定拘押许嘉奇，因为他明知案件发生，却没有全盘报案，涉嫌包庇。许嘉奇思前想后，鼓足勇气，又把自己以前还曾驱车撞死了许清如的事告诉了警察。许嘉恒把父母安葬在了自家坟林里，且不论此前如何，仍让父母同躺一墓。许问渠始终在帮忙。时隔半月，许嘉恒和许问渠去了一趟看守所。许嘉奇面带微笑说道："我虽然丢了教师身份，现在却无比轻松。"

第十七章

拆解人生

接连数日，许问渠每晚都失眠，总在白天补觉，昼夜颠倒，一旦醒来，就会思考："既然我大伯已经去世了，接下来能不能把书曼葬入我们许家坟林？若说可以，好像不能算是光明正大。借着家人亡故的时机，了却我自己的心愿，任凭谁来评判，都会认为不够光彩。心愿达成，难道只能凭借家人亡故的时机？有人死亡，有人梦想开花，后者获益，其实就是要把自己的快乐建立在前者的痛苦之上，着实不道德！若说不可以，毕竟又牵连着自己的心愿，备受折磨。到底该怎么办？"

某天中午，许问渠躺在床上翻来翻去，入了梦境。麦子将熟时节，师父带着十八罗汉出门游历。走着走着，趁其他人不注意，许问渠偷偷从身旁的地里掐了三穗麦子，想要搓着吃。正搓时，被发现。师父斥责道："你不要再跟着我们继续前行了！前面有座山，山前有户人家，麦子就是他家的。他家有头母牛马上就要生牛犊，你去投胎吧，给他家做三年苦力，算是赔偿。"

眼前一晃，许问渠果然投胎成了牛。天天上山吃草，晚上在圈里趴着。有一天深夜，四名盗贼来至院外踩点。其中一名轻声告诉同伴："我早已打听清楚，院内人家的闺女即将出嫁，大家一定要摸清周围的路线，便于我们明晚来偷嫁妆。"四人便开始围着院子摸索。牛犊早已隔墙听见。

转过天来，牛犊走到了主人的面前，低头拱地，一副有话要说的样子。主人问道："有事吗？"牛犊张嘴告之昨晚听到的事，还交代了一遍自己的来历。主人起先震惊于牛能说话，大呼："成精了！成精了！"紧接着表达了一番谢意。牛犊又凑到主人的耳畔，告之如何应对。

待到天黑，院内全无灯光。盗贼果然来了，刚刚跳入院内，没想主家打开屋门迎了出来。盗贼纷纷从腰间掏出了刀。主家不慌不忙，呵呵笑道："白天的时候，我已经把院子打扫干净，备下了酒席，只等着你们到来。欢迎大家进屋，我要好好招待你们。家里虽不富裕，但还有些碎银子，不妨送给你们。"

四名盗贼无不感到惊讶，领头的不免要问："你是怎么知道我们要来的？"主家答道："是我家牛犊告诉我的。"那人又说道："能不能把你家的牛犊牵出来，让我们看看？"牛犊来至四人面前，又说了一遍自己的来历。四名盗贼窃窃私语："偷搓了三穗麦子，就要被罚至投胎成牛，做三

— 232 —

年苦力，我们常年偷东西，那该接受怎样的惩罚？"紧接着，都感到惭愧，皆表示日后定会改邪归正。

梦境至此，许问渠睁开了眼，思来想去，梦里梦外似是完全一样，借着家人去世，了却自己的心愿，无异于趁其他人不注意，偷掐了三穗麦子。更要命的是，借着家人去世做文章，无论怎么评定，罪恶都要大于偷掐三穗麦子，甚至不亚于盗贼常年偷东西。一团燃烧了上千年的火焰，依旧能烧穿我的思惑。

许问渠一叹再叹，总感觉自己说服不了自己，又念叨了起来："古人云，三年无改于父之道，是谓孝。此言至少具有三层内涵：第一，子女不能因为父母去世就要更改父母之道；第二，不改父母在时的自己之道；第三，随着种族繁衍，子女迟早同样会为人父母，前有上一代，后有下一代，以当年的父母作为参考，自己还应不改作为父母之道。尤其是第一层含义，于今简直就是劝我不要盲动！况且古人说的三年只是虚词，实际上是指很久很久，甚至可以说是一生。"

思考至此，许问渠自问了一句，难道我和黄书曼要永远两隔？转念又想，逝者已矣，日后诸事，理应全由生者做主！甚至可以说，前人去世，自然而然就会给后人腾出做主的位置！许问渠接连自问了两遍，是否果真如此？

任凭内心怎么挣扎，都没有贸然决断答案趋于肯定。

许问渠挥拳直捣墙壁，哐啷哐啷几声，随即又哀叹道：
"如果我大伯没有去世，为了黄书曼的最终栖息，我完全
可以再去争取，麻烦就麻烦在我大伯偏偏去世了，可让我
怎么办？"

捣墙无用，莫不如去听听别人的意见。能去找谁？许
问渠首先想到的便是许嘉恒。二人一见面，许问渠直接说
道："我要把黄书曼葬入我们家的祖坟！"许嘉恒瞪着眼说
道："果然不出我所料！你大伯不在了，你就要作妖。江山
易改，本性难移，说的就是你。以别人死亡换来自己得
意，难道双方是仇人吗？如果你非要一意孤行，我倒要劝
你好好想一想，你对得起你大伯吗？你做事，历来透露着
不知好歹的底色。作为家人，包括我，包括你大伯，我们
对你一直很宽容。现在可倒好，你大伯不在了，你就要无
法无天了，难道你拿我只当空气吗？"

许问渠哪里还敢再说什么，转身就走，闷头琢磨，说
我做事不知好歹的人并非只有我哥，难道我真的做事不知
好歹？相较于我以前的老师，我哥斥责我，其实还算轻
的。记得前几年，韩老师甚至说过，我最是喜欢挑战权
威，不愿意接受定论，属于我性格的一大瑕疵。琢磨至
此，一段往事，恍然到了眼前。

许问渠坐在教室里，趴在课桌上写作业。自习课，原
本没有老师值班。班主任却匆匆走进了教室，走到了许问
渠的身旁，轻轻敲了一下桌角。许问渠稍一抬头，韩老师

就说道："你是不是诋毁文学家鲁迅先生了？你们语文老师全都告诉我了。你能不能像其他同学一样，不要动不动就诋毁先贤！空发议论，难道是想要表明你比别人聪明吗？"

许问渠辩解了一番，我宣扬自己比别人聪明有什么意义吗？考试的时候能给我加分吗？我只不过是想要表达一下自己的想法而已，并且我坚信自己的想法是正确的。我可以再说一遍，让你听听，看看我是否说错了。当我们想要到达前方目的地，走大路难免需要绕远，眼前恰恰全是草坪，若想抄近路踏过草坪，内心不免会打鼓，总要考量一番，自己践踏草坪是否合适，还总是左右环顾。唯有自我假设，践踏草坪的行为不会被别人看见，才会迅速穿过去。眼前若是正好有一条小路，可以供我们抄近路，哪怕我们明确知道小路的出现并不是来自园林或者建设部门的修葺，我们为什么还能心安理得走小路，以至于内心里通常不会产生穿过草坪时所产生的那种忐忑。正如鲁迅先生所言，世界上本来没有路，走的人多了就有了路。正是因为前面曾有很多人走过去，便为我们选择走小路提供了合理性依据，但鲁迅所言其实只说对了一半。如果只说对了一半，不能算是对的话，那么鲁迅所言无疑就是错的。理由很简单，路的形成，未必只能依靠许多人的前后踩踏。一百人先后各走一次，能踏出一条路，同一人来来回回走上一百遍，同样会踏出一条路。显而易见，我们走小路的合理性依据，有时反倒只是同一人事先的多次踩踏。无论是一百人各踩踏一次，还是同一人来回踩踏了一百次，我们都把走小路的合理性完全搭建在了数字统计上。请问，我说的全无道理吗？我何曾诋毁过鲁迅先生？

韩老师听后反问道："在原本没有路的地方，让许多人去踩踏，是不是就会踏出一条路来？鲁迅先生并没有说错！你不要妄自曲解！"许问渠又说："难道我们不能跟鲁迅先生对话？在我看来，只要能自圆其说，就可以成就一家之言。"韩老师以不容置疑的口吻说道："任何人都可以自主思考，但是，无论何时，无论什么考试，举凡每一道题目，都有标准答案。只要跟标准答案不一致，就是错的！"

许问渠继续反驳，到底应该怎么过一生，请问，有没有标准答案？难道你我都需要活成鲁迅的样子？一旦跟鲁迅不一致，就是错的吗？每次走在大街上，满眼望去，鲁迅遍地走，是不是挺恐怖？且看我们学校的老师，有的二十几岁就结了婚，有的三十几岁都还单身。请问，何时结婚，有没有标准答案？有的老师一再强调，同学们最好能有自己的想法；有的老师反倒主张，同学们应该以死记硬背和刷题作为主要的学习方法；更有老师倡导，若要顺利通过各种考试，人人都应该磨炼自身，争取成为刷题的行家。请问，到底哪一种说法是正确的？我们应该听谁的？

韩老师板着脸又说："请你不要做放大发挥，更不要强词夺理！"许问渠索性起身走出了教室，漫步在校园里，仔细打量景致，清清楚楚看到的分明是，春光不负韶华，少年温润似春夏，又如午后的清茶。身上的运动衫怎能藏得住他们的万丈光芒，更难得眉宇间的蓬勃意气。少女情兮盼兮，马尾轻翘，阳光洒落，眼眸清亮灵动。一条蓝色裤和一双白色鞋组合搭配，无不衬托着可爱稚气。小小身影似可与风筝肆意狂奔，恰如欢脱跳跃的精灵。正义与青春若能在生命历程中相遇，该是多么美好的事情，谁又忍心在少年的心田里撒下不美好的种子，但青春偏偏与非正义发生了碰撞。

还有一回，许问渠上着课，一时心血来潮，竟公然要求韩老师不要再站在讲台上讲课。韩老师怎能不问："那我应该站在哪里？"许问渠答说："应该站在我们中间！"韩老师自然要问原因。

据许问渠所说，唐代韩愈在《师说》中曾言，古之学者必有师，师者，传道、授业、解惑。其间强调的恐怕是老师应该居于主导地位，以至于真理似乎只掌握在老师的手里。我们仔细想想，一旦过于强调以老师为主导，是不是需要筑坛供起来？我们教室里的讲台多么像是供奉老师的神坛！在韩愈的生命历程中，儒学复古运动，是浓墨重彩的一笔。请问，到底要复谁的古？是孔子的吗？孔子却认可，莫春者，春服既成，冠者五六人，童子六七人，浴乎沂，风乎舞雩，咏而归。孔子作为圣人和师者，都跟众人打成一片，更何况其他人。就此看来，韩愈所言纯属胡说八道。真理怎么可能只掌握在老师的手里！老师怎能站在教室的神坛上讲课！而是应该站在同学们中间，跟大家一起讨论，更要尊重学生的思考，并且在畅所欲言的讨论中挖掘学生的潜能。所谓师者，应该尽己所能，帮助学生成为自己想要成为的那种人，而不能让学生备受压抑。

韩老师一听，当即斥责："难道你是校长吗？每天操些没用的心！成绩好的同学，反倒都比较老实。你何时能把学习成绩提上去，再来给我提意见不迟。"满教室同学哈哈大笑。

许问渠最怕老师拿学习成绩说事，低下了头，怎奈地面上并没有一条可以钻进去的缝隙，要不然早就钻进去了，哪里还需要再忍受眼前的世界并非自己想要的安身立命之地。内心里悄然间滋生出了想要逃离于世外的念头，恍恍惚惚看到了一片竹柏杂散的树林和一条江河，似是有人恰恰行舟此逝，唤醒了自己怎能只是倚杖听江，不妨把余生寄于江海，难只难在沉重的肉身拖住了腿，否则早就飞去。

往事历历在目，许问渠反复思考：我该如何评价我自己？倒是有一句现成的话，放在我身上，最合适不过，那句话就是，狗肚子里装不了二两香油。心中一有想法，不吐不快，从来不顾他人的感受。我哥说得对，我的确做过一件不知好歹的事，现在想想，当真对不住我大伯。

说起来，那是大前年的夏天，村里要搞选举。许庆生干完了村长干会计，还曾做过书记，眼看又要干完一届村长，再三强调自己年龄大了，村里一有事，总感觉力不从心，想把机会让给年轻人。接连几天，村里热闹极了。正值暑假，许问渠在家赋闲，怎会不知村里的事。不少人都想成为被选举人，紧锣密鼓出入各家，询问有何困难，并且宣示，自己若能上任，日后必会帮忙解决。

许问渠若不是太过年轻，只怕同样想成为被选举人。到了正式选举那一日，镇长带着工作人员赶来主持工作。按照统一安排，需要各家派出一人去村委会投票。许问渠替代谢佩樱出现在了现场。工作人员把选票分发到各位手上。镇长交代了一句："为了避免有人怀疑我们暗箱操作，随后我会在现场找一位你们村的内部人员统计选票，我只做监督。"许问渠静静地坐在角落里，拿着选票看了看，迟迟没有动手填写，扭头只见其他选民都在忙活，倒是另有一人同样迟迟没有填写，那人正是王芮轩。

镇长朝周围扫了一眼，最终把目光锁定在了许庆生的身上，并且宣布："既然老村长不在被选举之列，莫不如就由他负责统计。"前后十几分钟，填完选票的村民纷纷把选票交给工作人员。那人稍作检查，就把选票放在了会议桌上，背面朝上，扣成一摞。许问渠又看了王芮轩一眼，悄悄琢磨："他会选谁？"许是王芮轩填写的速度太慢，或者其间多有思考，以至于他是最后一位交上去的。工作人员收齐，交给了许庆生。

在无记名投票中，若非最后上交选票，无论按照什么顺序去交，一旦摞在一起，再做洗牌般整理，就搞不清各位分别填写了哪一张。唯独隔了片刻最后上交的，可以例外。一摞选票背面朝上时最上面的一张，或者正面朝上时最下面的一张，无疑是王芮轩的。正是那张选票，让许庆生感到不解。因为其他选民都在选票上画了一些圈圈，唯独王芮轩没有如此，他在选票上端端正正留下了仨字——许庆生。

统计完毕，把结果呈给镇长，许庆生没有说话。镇长看了看，当即表示："三天后再向选民公布选举结果。"接下来的几日，村里更加热闹了。一旦有人公开宣称自己只是在选票上画了圈，难免就会有人附和，致使无记名选举无异于记名选举。此前的几位被选举人再次出入各家，无不询问，由我担任村长，难道不够格？为什么不选我？各家给出的理由比较一致，只是说，你还年轻，以后还有机会。许问渠大摇大摆走到了村委会门口，在黑板上写了一首打油诗，题为《半夜狗叫》：

> 每天晚上吃完饭，村里狗叫连成片。
> 有的叫得喉咙哑，有的叫得嗓子干。
> 吵得村民睡不着，接连起来好几遍。
> 恐怕坏人进了村，恐怕有贼来偷羊。
> 可能村中狗打仗，可能村中来了狼。
> 其实什么都不是，换届选举就这样。

镇长按时前来公布选举结果，大声说道："经开会研究，许庆生一票当选，合法有效！"现场选民立即议论纷纷，大家当时明明只是在选票上画了一些圈圈，许庆生获得的那一票是哪里来的？谁投的？

许问渠口无遮拦说道："王芮轩！"此言一出，众人纷纷把目光投向王芮轩。有的人嘀咕道："怪不得他最近几天没在街上露面，原来是做了一件跟大家步调不一致的事！"王芮轩坐在会场不做任何回应。紧接着就有人问道："他为什么要把票投给老村长？不是已经提前说好了吗？老村长不在被选举之列。"

许问渠似是刻意显摆自己何其聪明，张嘴就说："在无记名投票中，无论我们把票投给谁，原本是秘密，于公有益，于私未必马上就能产生效益。关键问题在于，既然老村长当时是统计人，莫不如就通过某种策略借机示好，谋求产生最切近的效益。且不论老村长最终能否获选，王芮轩已然送出了人情，老村长又怎会不知。如此一来，双方在日后极易结成利益共同体。更重要的是，当时的统计人哪怕并不是老村长，王芮轩依然会把自己的一票投给统计人。"话到此处，许问渠又把三天前最后上交选票的那套逻辑说了一遍。

大家一听，无不认为许问渠善于观察，简直可以说是体察入微，同时还说王芮轩可真有心计。许问渠听到了赞扬声，虚荣心获得了满足。王芮轩反倒瞪着他说道："你写的诗，还在黑板上，你跟大家说说，你为什么要写那首诗？难道不是想要维护你大伯？其他被选举人走街串巷，前往各家嘘寒问暖，就搞得村里乌烟瘴气。在你看来，是不是只有你大伯当选，方能确保村里安定团结？"许问渠辩解道："我写诗，只是想要调侃一下村里的情形而已！"

看那架势，双方摆明了都还有话要说。许庆生做着让他们不要再互揭互伤的手势。镇长稍作思考，随即说道："表面上看，最终结果是许庆生一票当选，若要深入追索，其实能反映出他担任村干部历来深得民心。大家为什么只在选票上画圈？是不是因为许庆生原本打算退出，一时便拿不定主意应该把票投给谁。既然大家高度认可许庆生，由他继续担任村长，定能获得拥护。只可惜选举工作中出现了不该出现的情形，王芮轩和许问渠都有借机谋私之嫌。现在对此二人做出口头批评，希望你们引以为戒，把投票视为一项庄严且神圣的使命。为了确保选举工作严肃公正，建议许庆生村长提交一份保证书，说明自己日后会谨慎对待跟王芮轩和许问渠相关的一应事务，绝不谋私，接受全体村民的监督。"

果不其然，时隔两天，许庆生把一份保证书贴到了村委会门口的黑板上，跟那首《半夜狗叫》一左一右。到了晚上，把许问渠堵在了家里，以严肃的语气说道："明明无事，你非要搞得跟有事似的，在黑板上瞎写，害得我在乡亲们面前丢了老脸。你以为当村长是那么容易的？稍有不慎，便会引来非议。村里谁人不知我做事向来谨慎清白，你何苦来非要给我添乱！"

许问渠哑口无言。许庆生继续说道："你给我牢牢记住，世间万般，最易惹事者，顶数人言。无须发声时，只当自己是哑巴。不得不发声时，仍要再三思考应该如何张嘴。看破别说破，给别人留余地，就是给自己留余地。自作聪明，通常只是聪明反被聪明误。"

谢佩樱在旁边帮衬着批评许问渠："你大伯当村长，于你，于我们家，难道没有好处？你只顾由着自己瞎胡闹。别人表面上夸你，背地里就会嘲笑你傻。你竟然还要把诗写在村委会门口，当真只会犯傻。"许庆生冲着谢佩樱提醒道："你可千万不要再说我当村长对你们有利的话。隔墙有耳，若是被别人听见了，又该作何理解。"

谢佩樱点头答好。许庆生又冲着许问渠说道："放了暑假，你应该把自己关在家里，好好补课学习。你二哥上高中的时候，暑期在家，从来都是大门不出，二门不迈，那么用功，好不容易才考上了师范学院。你可倒好，天天闲着，没事可干。关心村政村务，固然是好事，但不要过了头。由你娘去参加选举就行了，你跑去嗫瑟一圈，终究误人误己。难道你不想走出我们山沟沟？难道你不应该把时间和精力用在好好学习上？看你最近的表现，只怕你原本就没打算要离开我们山沟沟。你若是再把心思花在跟考试成绩无关的事情上，到时候，哪怕你想离开山沟沟，都没有能力离开，终生只做山里走不出的人。"

许庆生此言真真像是谶语，转眼几年，便已应验。许问渠何曾没有想走出山沟沟，甚至不得不承认，此前若是没有黄书曼陪着一起上高中，恐怕自己早就辍学了。他想："那时每次惹老师厌烦，能跟我站成一队表示支持的只有黄书曼。只需传递一下眼神，我瞬间就会感觉到温暖。倩兮盼兮，黄书曼穿梭在人群中，何须月老做工，何须雀鸟搭桥，我们彼此看向对方的眼神各像一条风筝线，她放飞了我，我放飞了她。天上蔚蓝，终因一条线，就牢牢牵连着地上的留恋，只是飞高，却不曾飞远。事到如今，站在眼前看未来，原来的那条线怎能断，难道不应该把我和黄书曼永远锁定在山上的同一座坟里？"

往事一幕幕涌来，一番回忆便是一番拆解。不由得让人真心感慨，为了一段爱，还有一份情，他拆解了自己的全部人生！看清了眼前的内在构成。所谓的眼前，其实只是种种往事随着时间在一步步接续推衍。眼前应该怎么安顿人生，现在又该如何应对残破的婚恋，岂能跟过往完全违背。

任凭怎么考量，把爱人和家人放在天平的两端，都难以保持平衡。爱人亡故在前，家人亡故在后，天平的家人一端的确在下沉，难道爱人不够重要？并非如此，天平上的升降，恐怕取决于爱人与家人亡故的先后，离眼前更近的显然具有更重的分量。许问渠拍着脑门念叨："当真需要记住我大伯待我不薄，我怎能违背他活着时的意愿。"

— 244 —

第十八章

拆无所拆

既然天平两端的升降取决于爱人与家人亡故的先后，那就不妨把事情放上一段时间。且等着岁月冲淡一切，再行考量天平上的升降。一天又一天，尽在等待中流逝。让人颇感无奈的是，那些往昔宛如异常顽劣的孩童，根本不受控制，何须刻意去追忆，有时甚至会潜入梦境，猛然来袭，防不胜防。

某天晚上深夜，许问渠呼呼大睡，却看到了自己上小学时的一些情景。校内开大会，校长坐在主席台上，向学生们宣布了一项决定，希望大家好好表现，我会在各班级挑选出一部分少先队员，等到六一儿童节的那一天，当众宣布获选名单，并且把获选的同学请到舞台上，亲自给他们佩戴红领巾。

当天傍晚，谢佩樱在街上遇见了许庆生，悄悄说道："今下午，学校里发生的事，你听说了吧？依我拙见，你能不能去跟校长说一声，无论如何，都要给问渠留一条红领巾。孩子成长，需要鼓励，没爹的孩子，最需要获得关切。在咱们村里，你面子最大，想来校长不会不答应。如果不答应，我就去塞上一些东西。"

许庆生却说："我不希望你给问渠灌输一些乌七八糟的思想，千万不要让孩子从小就学会了投机取巧，避免他长大了会犯各种错误。无论什么事，我都希望问渠自己去争取。"谢佩樱碰了壁，明明还想接话，却迟迟没再张嘴。许问渠此时正躲在拐角，靠在墙沿上，看着母亲和大伯，说不清自己的心里是何滋味。

眼前一晃，校园里颇热闹，同学们争先恐后抢着打扫卫生，扫地擦玻璃，涮拖把拖地。上课的时候，纷纷举手，抢着回答老师提出的问题。课间操时间，安安静静排好队列，在操场上做广播体操。其他课余时间，又争着去给花花草草浇水。既不会有人迟到，又不会有人早退，更没有人旷课，甚至无人请假。到了放学时间，大家都会主动排着队走出校园。即使远离了校门，住在同一条街巷的都要一直排着队，直至眼前只剩下一人独行。回到家里，都非常积极地完成老师布置的家庭作业。第二天早晨，纷纷把作业本放到教室里的讲台上，码得整整齐齐。

只有一人，依旧像以前一样，经常不来学校，即使要来，都是被大车小辆送来。大家都知道，那是镇长的儿子。不知是何原因，一直在集吉园就读。他从来不交作业，而且总是在上课的时候趴在桌子上睡觉，动不动就要把自己吃剩的果核扔到地上，免不了会惹来抱怨，但他只当没听见。老师们拿他没办法。

眼前又一晃，课间时分，眼瞅着许问渠同样没去做任何事，只是趴在桌子上闭眼小憩，扭头侧仰张着嘴，镇长儿子立即跑到了校园内的水池边，抓了一条金鱼，回到教室放到了许问渠的嘴里。他顿时睁开眼，吐出了金鱼，举起拳头，似要打架，见是镇长儿子在捣鬼，终究又放下了拳头。

镇长儿子还说了一句："听说你是没爹的孩子!"许问渠一听，瞬间就有泪珠在眼眶里打转，使劲攥了攥拳头，在内心里告诫自己，不要哭! 不要哭! 要坚强! 校长在校内各处转悠时，早已发现镇长儿子在调皮捣蛋，却始终不放一言。

六一那天，全校师生一起来到了镇上大礼堂。同学们各有分工，有的做起了主持人，有的独唱独舞或者合唱群舞，有的摆弄乐器，全无闲杂。即使像许问渠那样没有任何特殊才艺的学生，都被派上了用场，不妨站在队列中来一段集体诗歌朗诵。礼堂内外简直人满为患，孩子家长要么站在里面的走廊中，要么堵在门口，要么在外面趴在窗户上。尽管看不到里面的情形，却依然挤占着窗户。大家都知道，全程节目中最重要的一项，自然是校长宣布获选少先队员的名单。且不说孩子们盼着听到自己的名字，各家家长更是认为自己的孩子能获选。

到了最后，校长走到舞台中央，果然宣读了名单。孩子们不能接受的是，镇长儿子竟然名列其中。礼堂内外难免有些唏嘘声。其他获选人走上舞台，接受校长亲自给佩戴红领巾的时候，同学们非但没有意见，甚至报以热烈掌声。唯独镇长儿子走上舞台的时候，一下子成了众矢之的，甚至有学生喊着让他滚下去。许问渠没有获选，回了家，接连三天没有说话，可把谢佩樱吓坏了。

她一时不知该如何安慰许问渠，只是强调："你优秀不优秀，岂是校长就能说了算的。校长明明长了一双死鱼眼，你优秀不优秀，岂能以死鱼眼设定的判断标准来衡量。"许问渠仍是不说话。

谢佩樱以最快的速度找来了许庆生，二人便演起了戏。谢佩樱问道："难道我们家问渠还赶不上镇长的儿子吗？"许庆生答道："谁说的？问渠明明最优秀。"谢佩樱又问："校长凭什么要把红领巾发给镇长的儿子？"许庆生答道："那是成年人的事，跟孩子们无关。等问渠长大了，就明白了。"许问渠还是不吭声。

谢佩樱干脆拍着他的肩膀又说："那红领巾不就是一块红布嘛，我能给你做出来。"许问渠始终没有抬头。谢佩樱翻箱倒柜，找出来了一块不大不小的红布，拿着剪刀裁裁剪剪，转眼就裁掉了多余的部分，剪出了三角形，系到了许问渠的脖子上。万万没想到，他随即就解了下来，扔到了地上，低着头吞吞吐吐问道："我没有爹，是不是就要活该挨欺负？"谢佩樱和许庆生都愣住了。

许问渠抱住谢佩樱的腿，哇一声就哭了，边哭边说："我要找我爹，赶紧带我去吧。"谢佩樱真不知该怎么办，鼻子一酸，便落泪。许问渠的哭声越来越大，那份委屈就像拉开闸门的洪水，一旦翻涌而出，一时半刻怎能止住。越哭越凶，又诉道："其他同学都有爹，凭什么就我没有？难道是我哪里做错了，要惩罚我？我不挑吃，不挑穿，从来不要玩具，只想要我爹。没有戴上红领巾的，并不是只有我自己，但其他同学至少还有爹，我却什么都没有。"

谢佩樱一时哭得比许问渠还厉害。许庆生蹲下来，拉住许问渠，抬手给他擦了擦眼泪，轻声劝道："孩子没爹，怎么可能会是孩子的错！"转眼又劝："你有没有见过谁家办丧事？在我们十里八村，大伯或者叔叔死了，侄子侄女们是不是都要哭爹？可见大伯就是爹。谁说你是没爹的孩子，我就是你爹。"许问渠仍是止不住泪流。许庆生又说："你慢慢长大了，好几年，我都没有抱过你了，我现在就抱抱你。"许问渠愣了愣，反倒后退了几步。许庆生伸出双手，迟迟没有收起来。

梦境到此，许问渠醒了，发现枕巾上湿了大片，再无睡意，直挺挺躺着，一直在揣摩天平两端的升降，直到天色放亮，起了床。骑上自行车，直奔镇街，买了一瓶酒和一包花生米，回到集吉园，直奔许嘉恒家。

李琼碧刚刚打开院门，左手摸着腰部，右手拿着笤帚，略略弯着腰，侧身扫地。许问渠一看，喊了一声嫂子，紧接着就问："你怀孕了？"李琼碧答是。许问渠又问："我哥起床了吗？"李琼碧没有回答，见许问渠拿着酒，反问道："大早晨，你就想喝酒吗？"

许问渠答道："心里有事，堵得慌，想找我哥喝点酒。"李琼碧放下笤帚，转身就要回屋。许问渠又问了一遍："我哥起床了吗？"李琼碧还是没有回答，而且关紧了屋门。

许问渠一愣，感觉事情不对劲，跑出院门看了看，发现周围没有那辆大车，自问一句："难道我哥不在家？"紧接着又自忖了起来："以前我哥不在家，我嫂子通常要回娘家。她现在怀孕了，出来进去不方便，我哥不在家，更有必要回娘家。奇了怪了，怎么没回娘家？

"仔细想想，我嫂子在家，难道是想打掩护？我哥出发之前，肯定合计过，我路过他家院门口，一旦发现院门大开，就会以为他在家，于是我就不会折腾。他最担心的就是，我会趁着他不在家，把黄书曼葬入我们许家祖坟。但是，我哥有没有想过，如此安排，实在是太粗糙。他难道没有预料到我会进院探查？他的车没有停在周围，就已经露了馅！"

思考至此，许问渠冲着院内接连喊了几声哥，果真没有听到任何回应，转念又想："毫无疑问，在我哥的理解中，我只会折腾，于是对我百般不放心。留我嫂子在家，恐怕还有另一层寓意。一旦听说我要折腾，我嫂子即使阻拦不住，仍是可以见机行事，拖延时间，等我哥回来，再阻拦我。既然在我哥的理解中，我的头上戴着一顶爱折腾的帽子，我若是不折腾，反倒不符合他对我的理解。"

许问渠抬头仰望天空，念念叨叨："我原本就喜欢成为逆流而上的鱼，谁都不要激我！谁都不要激我！越是激我，我就越是想要逆流而上。"片刻工夫，一股倔劲儿直顶脑壳，许问渠抬起手一挥，那包花生米落在了几米开外的地上，那瓶酒直接撞到了远处的墙上，哐啷一声响，骑上自行车就要飞奔，要去哪里？莫不如先去抱犊崮黄家。

当他前行至村口的时候，有人骑着自行车迎面赶来，急火火喊了两声，停一下，停一下。许问渠赶紧停了下来，单看那人的着装，就知道是邮政人员。那人说道："我要去集吉园许家，问一下，他家具体在什么位置?"许问渠说道："我就是许家人，你去我家，有什么事吗?"

那人说道："你认识任天鸿吗?"许问渠答道："任天鸿是我哥的亲家。"那人说道："看来对上了。"说着话，就把一张纸递到了许问渠的手里。那人又说："任天鸿刚刚把电话打到了镇上邮政局，就是我接的。说是许嘉恒在南方出了车祸，让许家人赶紧去收尸。纸上写着具体地址。"

许问渠一听，当即觉得脑海中轰的一声。邮政人员转身就走。许问渠站在那里久久未动。一阵风刮来，差点把他扑倒。他晃了晃脑袋，甚至拍了拍自己的腮帮子，自问

— 251 —

一句："怎么办？"骑上自行车回了家，跟母亲念叨了几句。谢佩樱同样颇感震惊。许问渠说道："我嫂子怀孕了，要不要把我哥的事告诉她？"

谢佩樱说道："你嫂子什么时候怀孕的？我竟不知。"紧接着又说："她既然怀孕了，暂且瞒着吧。"许问渠说道："看来我需要放下手里的一切事，赶紧去一趟南方。"谢佩樱说道："事到如今，你就是许家的顶梁柱！你若不去，让谁去？嘉奇毕竟还在监狱里。"

许问渠收拾起了行囊。谢佩樱问道："异地死亡，该怎么收尸，你都知道吧？"许问渠答道："以前听说过，大概了解。"谢佩樱叹着气念叨了起来："故乡土埋故乡人，落叶岂能不归根？埋骨他乡，终究不宜。"叮嘱了两遍，可要把你哥好好带回来。

许问渠先是坐汽车，又去坐火车，幸亏买票没占用太长时间，在火车站只等了不到俩小时就上了车。坐在硬座上，扭头望着窗外，内心里一再感叹，前去迎回，难道不是道别？活着去，死了回，怎能让人接受。北方南方条条路，那可是我哥走惯了的。他又如何再走一次？时光荏苒，往事茫茫，眼前如常，士农工商在人群中并行，地面上依旧歌舞升平。车行故地，又听老歌，一时精神恍惚，真真让人起疑，难道灵魂在切换？思来想去，伴随着记忆深处的一声长鸣，远方开始变得像故乡，不让故乡褪色成远方，自此化作忠实的信仰。

耗时接近一天，下了火车，又坐汽车，终于在一条乡间小路上跟任天鸿见了面。说起许嘉恒怎么出了车祸，他此前开着车，拐弯时，突然感觉左侧有人影晃动，只是那么一瞬，人影就消失了，立即慌了神，难道撞到或者压到了何人？脚下踩刹车，因心里着急，早已探头至窗外，不知触碰到了车门上的什么部位，抑或哪里出了故障，车还没彻底停住，许嘉恒就往车外滑落。任天鸿坐在副驾驶位置，登时伸手拉他，却只是把他衣服上的口袋扯拽了下来。就在那顷刻间，许嘉恒落地扑倒，头部遭到了车轮碾压。车停稳，任天鸿下车一看，还如何抢救许嘉恒。看了看周围，全无人影，倒是发现几只黑色大鸟在低空飞行，想来许嘉恒拐弯时出现了误判。

任天鸿跟许问渠说道："我毕竟不是你们许家人，不方便独自收尸。你来得倒及时，我们赶紧办理办理吧。你在路上的那些时间，我一直忙着做各种准备，已经去周围的村里买来了一只大公鸡，还买来了剪刀和纸香。"许问渠盯着路旁的一堆草，知道底下就是许嘉恒的尸首，久久不忍心靠近。

任天鸿抻开一摞火纸，分左右横着上下剪了数刀，又拽着最上端抻了几下，就把那摞火纸抻成了纸挂，再用剪刀剪下一截高粱秸，在一端横截面的当中劈开一道缝，把纸挂夹到缝里，倒手交给了许问渠。

任天鸿紧接着点燃了一炷香，交给了许问渠，最后把

— 253 —

鸡抱到了尸首旁边。它的腿一直被绑着，无法乱动。许问渠迈着沉重的步伐走到了尸首跟前，蹲下来把香插到地上，把纸挂放在香前，摆弄了几下，以颤抖的声音念叨了一句："哥，我们带你回家！"话音落地，扒开草堆，把鸡和纸挂放到许嘉恒的身上，再把尸体抬到车上。任天鸿不会开车，但他早已找好了开车往回走的司机。

在路上，许问渠一直扭头看着车窗外，心里始终在泛酸。任天鸿说道："按照祖祖辈辈流传下来的规矩，不宜让死者进家门，最好是在村里的公共用房里办理丧事，或者直接去埋。若是进家门，就需要去门上摘下一扇门板来，放在上面抬着，并且还要让头部先进门。若是让脚部先进，就会导致家里变成阴宅。活人继续住在里面，难免不吉利。"

许问渠想了想说道："按照常规做法，理应先办丧事，再去火化，但是，我嫂子怀孕了，目前只宜瞒着她，还如何办丧事，莫不如直接去火葬场吧。"任天鸿点了点头。又是接近一天，司机把车拐到了前往齐都的方向，去了火葬场。许问渠抱着那只鸡，走到了火化炉旁。任天鸿说道："鸡一路上没叫，想来许嘉恒已经跟着回来了。"骨灰入了盒，许问渠抱在怀里，一行人要回村。

接下来分头行动，任天鸿带着司机前往许嘉恒家，放好了那辆车，告诉李琼碧："许嘉恒要在南方忙一阵子，等忙完了，就会回来。"好在李琼碧没有起疑，还谦让任

— 254 —

天鸿进院进屋休息喝茶。司机放好车，就走了。任天鸿只说想要回自己的家，李琼碧便不再谦让。

许问渠前往土地庙，把那只鸡和骨灰盒暂时放在了闲屋里，转身回家，拿上镐锹，前往自家坟林，择地挖坟。乡邻见了，怎能不问，你家里谁去世了？许问渠答说："无人去世，我只是想把黄书曼搬来安葬。"乡邻终于没再继续问啥。

直到夜幕降临时分，许问渠直奔镇上，先是去了一趟棺材铺，交代了一番缘由，并且留下了地址，让店家直接把棺材送到自家坟林。随即又去了纸扎店，买了一匹纸扎的大马和一名纸扎的童子，躲避着众人，不走大路，专拣小路，带至土地庙，点燃了纸马和纸童子。望着大火念叨了起来："一魂走，二魂留，三魂守尸首。哥，你骑上马，跟着童子前往西天极乐世界吧。三魂随尸，尸化骨灰，魂则飞升上天。我再把二魂带至祖坟。"

等纸马纸童燃尽，许问渠走进闲屋，左手拎起鸡，右手抱起骨灰盒，前往山上，好在棺材铺早已把棺材送来，而且里面有些寿衣被褥。只需打开骨灰盒，把骨灰撒入寿衣，即可把棺材埋葬到坟坑里。按照当地风俗，埋葬的当天，无须堆出土馒头，时隔三天再堆出，名为圆坟。

许问渠想了想，既然一切从简，还要瞒着我嫂子，哪怕三天以后都不宜堆出土馒头，眼下只能暂且掩埋好坟坑，不可让任何人看出跟前是一座坟来。最后一项，便是放开那只鸡，任由它去哪里。许嘉恒的一生，又何尝不是潦草收场。许问渠的内心久久不能平静，回到家里，躺在床上休息，一再感叹，哪有人生不无辜！

接连几天，他都没有出门，动辄就要追忆以前的兄弟情义。记得当年前脚刚参加完中考，后脚就去同学家玩耍。深夜时分，想要回家，走出同学家门，突然觉得眼前忽闪了一下，随即便有一道光，直接照到了脚前。许问渠看了看，不免要问，哪里来的光？手里虽然拿着手电筒，但明明还没来得及打开，不妨打开看看，手电筒发出的光亮着实有限，索性又关上了。那道光略显蓝色，足以把路照得通亮，莫不如借此向前迈步。

走着走着，许问渠频频探查周围，似乎没有不亮的地方，只觉得脚下尽是坦途。那道光竟能随走随在眼前。到了下半夜，因他迟迟没回家，谢佩樱便出门寻找。同学家早已闭灯睡觉，同学被叫醒，出屋出院告之，许问渠早就走了，怎么可能没回家？

渠母害了怕，想找人帮忙寻找。谁能帮忙？去叫许嘉恒试试。敲门片刻，二人就结伴找了起来，找遍了村里的所有街巷，直到天色放亮，仍是无果。谢佩樱开始落泪，许嘉恒不停地念叨："不会出事！不会出事！"

许问渠哪里还在村里，其实早已顺着光亮走到了山上。那道光似有魔力，一直牵引着他。不知走了多远多久，其间甚至跌倒了几次，爬起来继续向前走，许是走累了，于东方泛白时躺在了地上。谢佩樱和许嘉恒继续寻找，既然在村里找不到，就要去山上找。二人找了整整一天，谁知竟没有找到，于是顺着山梁继续向前，早已走到了其他村的山上，找来找去，又是整整一天，哪里肯放过每一处角落，尤其是林间和灌木丛里，更要仔细搜查。

直到转过天来的中午，二人终于在一块地头上发现了昏迷不醒的许问渠，回头望去，离家至少十几里。许嘉恒背起许问渠下了山，谢佩樱跟在后面，来时路长，去时路短，天色擦黑时，回到了家里。谢佩樱烧火熬粥，给儿子灌了一些汤水。

许问渠醒了过来，细细回想，那道光极有可能是某种凝结成团的气体燃烧时发出的，边燃烧边随风飘动，一旦吸入体内，足以使人产生幻觉。若非如此，真是难以说清当时到底发生了什么事，只知道一直在走路。

许嘉恒说道："当真是一直在走路，要不然你怎么可能会把鞋磨烂，你的裤子上不只是破了几处，还有一股草腥味。真不敢想象你当时走了多少乱石路和荆棘丛。"许问渠躺在床上不敢动弹，直言大腿上生疼。许嘉恒又以最快速度请来了医生。医生往许问渠腿上的伤口处擦了些碘酒，用纱布包扎了一番。谢佩樱当时曾言："血缘胜过一切，难怪老话说，长兄如父。"

记得还有一次，许问渠放假在家，怎么可能只会守望由院墙围起来的有限空间，总是跟同学去山上疯玩。那天下午，一群人纷纷想要烤地瓜吃。时下其实还远远没到地瓜长成的季节，怎奈他们调皮起来，谁都摁不住，而且想到了一种绝佳的烤地瓜方式。无须把地瓜从地垄沟上扒出来，只要把一些木柴放在左右垄沟里，点上一堆火，就能把土里的地瓜烤熟。伙伴们商量好了，便四散而去，来回跑着捡柴。

许问渠低头盯紧地面，悄悄然直奔山脊方向，捡了几根木棒夹在腋下。走着走着，看见前面的草丛里似有一只兔子，跺了跺脚，谁知竟没把兔子吓跑。心里琢磨，莫不如抓回去烤着吃，倒是一道美味。慢慢靠近，走到跟前弯下了腰，伸手刚要去抓，万万没想到，眼前猛然立起了一条大蛇，足有两三米，身子粗如大号饭碗。那里其实并没有野兔，只是大蛇的脑袋状如兔子而已。眨眼工夫，蛇冲着许问渠张开了嘴。他吓得愣住了，哪里还有心思逃跑躲避，摇晃了几下就倒在了地上。

大蛇并没有伤害他，趴到地上摆动身躯，渐行渐远。许嘉恒在远处的地里拔草，发现前方似有情况，立即跑去，看到了躺在地上的许问渠，背起来，送回了家，完全不知他此前经历了什么。几天几夜，许问渠一直处于昏迷状态，谢佩樱和许嘉恒把他送到了医院。据医生诊断，此前应该是受到了过度惊吓。免不了要打针吃药，终于醒了过来。据医生所言，回家吃药即可，无须长久住在医院。谢佩樱和许嘉恒带着他回了家。

许问渠刚刚走进院门，顿时发了疯，跑到了侧房里，拿出了一根绳子，搭到了门楼上，口口声声喊着要上吊。许嘉恒和谢佩樱拉着他，拖着他，抱着他，把他捆绑到了院子里的树上，又给他灌了一些药，他才不再闹腾。

接连三天，极其老实，到了第四天，再次发作，仍是把绳子搭在了门楼上。谢佩樱左思右想，只怕从医院里买回来的那些药，并非不管用，却又未必能根治病患，怎么办？紧接着跟许嘉恒说道："你在家里守着问渠，我去山上找药。"

许问渠背靠着树，迷迷瞪瞪盯着近前，心里念叨："长兄非父，但许嘉恒坐在凳子上，单看背影，倒是像极了大伯。"谢佩樱找来了荆芥草、娃娃拳、牡荆根和君迁子，放入锅中煮炖，最终用筷子挑出了一点状如黑漆的汤汁，塞到了许问渠的嘴里。转眼已是几天，直到他彻底康复，许嘉恒方才不再赶来照看陪伴。

抚今追昔，许问渠遍拆往事，人生见底，俨然成了碎片，拆无所拆，真真怀疑自己精神错乱，何止今时今日，想来应是始于以前。曾有一段时间，各种传言把许嘉恒描抹得形象不佳。街上时常有人扎堆说闲话，讨论他生产的酒到底好不好。其实所有的酒原本都是他找人从外地用大车拉来的，起初只是满满一大罐，随后就会被分装成一小瓶一小瓶的。尽管瓶子上会贴有不同的商标包装，但瓶里的酒实际上都一样，而且他并没有自己的品牌。逢年过节，就会雇人往瓶子上粘贴各种名酒的包装，原本一瓶酒只有三四块钱的成本，经打扮，即可卖到每瓶接近一百元。有的人则说，许嘉恒独有一本生意经，是别人想学却学不了去的，甚至是别人想学却不敢学的。

许问渠混在人堆里，如若不想维护自家人，其实可以保持沉默，但他反倒一再强调："我哥的致富方式并非出自他的原创，电视上曾播放类似案例，法律上更是早就对各种犯罪做了相关规定，我哥简直就是比照着法律发财致富。"且不论许问渠认不认可，正是那段时间，许嘉恒赚到了人生的第一桶金。难道全无一人认可他？怎么可能！李琼碧曾是他的雇工，二人经常见面，便互生好感，直至步入婚姻。

无论怎么说，许嘉恒如今不在了，曾经的对与错，全都汇入了往事，再做追究，还有何意义。许问渠思来想去，一旦以今时今日的心境回望以往，那就不得不承认，何为对，何为错，判断标准渐显模糊。"我哥曾如何待我，我又曾如何待他，哪有人生不错付！"

第十九章

重新组装

　　天气越来越热，许问渠却总是觉得自己的心里越来越凉，索性扔掉手里的扇子，瞬间便又汗流浃背。内外夹击，免不了就会焦虑，频频感叹："人生若能不困顿！"动辄就会盘算，我哥活着的时候，跟我大伯一样，他们都不同意我把黄书曼葬入我们家的祖坟。只可惜我哥已然追随我大伯而去，我能否借机背离他们的意愿？天平两端的爱人与家人，孰重孰轻？到底应该让天平如何升降？无论是我大伯，还是我哥，但凡其中一人还活着，为了黄书曼的最终栖息，我都可以继续争取。现在可让我怎么办？

　　谢佩樱又何尝不知难题不易解，跟儿子一起发愁。许问渠要么躺在床上，要么坐在桌前，心里翻江倒海，手底下胡乱开工，十几分钟就写出了一些文字：

　　　　细雨慢垂，顾不上半空飘絮的优美，

　　　　微风轻吹，猜不出叶落尘飞的原委，

　　　　打滚儿爬墙入院闱，何须轻脚奉承窗内的高贵。

开窗的偏偏是田间的老鬼，

后面跟着一位碎毛催，

捻笑舒眉，只等着暴风狂吹，骤雨猛垂，

扫尽各种阿谀恭维，砸碎阴暗中的财权聚堆，

免得掮客们继续勾肩搭背，

迎接那响晴天的太阳光辉。

却不料，风雨无悔，顾不上谁人伤悲，

且把带走的带回，更是前后相追。

尘和叶急着交杯，飘絮跟随带响的腿，

何曾换了人世间的旧规。

只留下了满窗的落泪，还有满院的心碎，

唯有田间的一株向日葵，陪伴着老鬼。

　　涂涂抹抹，一气呵成，写时甚至没有细细考究内心的一应杂碎，写罢方知诗中景色不与眼前相关。雕琢文字，或许只是想要追寻一种内心默认的理想世界图景，不妨题为《风雨临窗》，说不准能佐成人生的重新组装。无论未来怎样，日后又如何，未来毕竟还没来，只在日后，倒是那一轮旧年冷月，一如既往，要照亮旧事和旧梦，难道理想世界图景只在过往？深夜时分，许问渠全无睡意，久久趴在桌子上，忆起了旧事，甚至又经历了一番旧梦。

　　若干年前从街上传到院内的叫卖冰糕声，又在耳畔响起，真真让人想要再度体会，任由一块凉凉的冰糕进入肚

腹的那种爽劲。那时年少，自己没有钱，急得抓耳挠腮，可巧又听见远处传来了收酒瓶的吆喝声，顿时得了主意。若能找出一些酒瓶来，拿出去卖，可就有钱了，哪里有酒瓶？姥姥常年用来装酱油装醋的那些，想必卖不掉，只因上面积存着难以洗掉的斑痕。即使能洗掉，恐怕就来不及了，收酒瓶的人不会等待太长时间。

琢磨了片刻，依稀记得姥爷似乎还藏着两瓶酒，若把酒倒掉，就可以把酒瓶拿出去卖。翻箱倒柜，把柜子里的衣物全都折腾了出来，转眼间，在柜子底部找到了两瓶酒，拿着就跑，边跑边打开瓶盖，把里面的酒全都洒在了路上。扑到了收酒瓶的人的跟前，把瓶子卖掉，得了一毛钱，立即加足马力，向前追赶卖冰糕的人，好在那人还没走远。用那一毛钱，正好可以买一块冰糕。

拿在手里，边走边撕掉外面的包装纸，走一步，舔一口，根本舍不得狼吞虎咽几口吃完，定要品鉴品鉴，让舌头贴在冰糕上而舌头瞬间似乎被粘住了的那种感觉。走着走着，走到了家门口，一屁股坐在院门旁的平整石块上。眺望着头顶上的毒日头和远处近处白花花的路面，却可以在嘴里获得一份带着丝丝甜味的凉意。

那团凉意慢慢向下滑动，穿过嗓子，到了前胸，最终落入肚腹。不等前一团彻底落定，下一团又开始从嘴里慢慢向下滑动。一团接着一团，似乎打通了身上的所有血脉和关节，以至于可以体会到那种凉意悄然从体内向体外渗透，能产生松筋松骨的奇效，甭提有多高兴，简直就是幸福至极。

见姥姥和姥爷结伴而归，舔着冰糕问道："卖冰糕的人，为什么要把冰糕放在棉被里包着，还藏在白色的木箱里？把木箱捆在自行车的后座上，还在日头底下骑着车到处跑，难道不怕冰糕化了吗？"姥姥对此并不关心，只是说道："谁给你买的冰糕？我不是告诉过你嘛，不能让别人给你买东西。"

许问渠答道："是我自己买的。"说着话，露出了得意的表情。姥姥免不了要问："你怎么会有钱买冰糕？"姥爷似乎想到了什么，赶紧扑进院，嗅到了周围有些酒味，拔腿扑进屋，发现屋内一片狼藉，顿时想通了一切，转身又扑到了院门口。

许问渠呷着嘴，兴高采烈说道："真好吃，真好吃。"姥爷欲哭无泪，只是喊了两句："可惜了我的两瓶酒，每瓶都是八十八块钱。那可是我的好朋友从外地给我带来的。"姥姥却说："我原本就没打算让你自己留着喝，本来还想哪天有事的时候送人的。"二人并排站在许问渠的面前。

许问渠说道："反正你们都不喜欢吃凉的东西，我就不给你们留了。"见姥姥和姥爷一直盯着，许问渠又说道："你们老是看着我，我都不好意思吃了。"吃完了整块冰糕，还不够尽兴，又捏着原本插在冰糕中的那根木棍，认认真真舔了起来。

见他舔得差不多了，姥姥板起脸来问道："是不是吃完了？"许问渠把木棍扔到了地上，又把舌头伸了出来，扫了一圈上下嘴唇和左右嘴角。转眼间，姥姥摁住他，在屁股上扇了一巴掌。姥爷立即扑向前护住，并且劝道："责怪几句，点到为止就行，怎么能动手去打。"

姥姥指着许问渠说道："你知道自己犯了什么错吗？你若是想吃冰糕，可以让我或者你姥爷给你买，但你自己不能通过变卖家产的方式去买。好家伙，你竟敢趁着大人不在家的时候变卖家产，照此发展下去，有多少家产够你变卖解馋的。"姥爷赶紧躲到姥姥身后，冲着许问渠使眼色。许问渠会意后喊道："我知道了，以后不敢了。"

当天晚上，许问渠躺在床上要睡觉。姥姥守在旁边，摇着蒲扇念叨，你还记得吗？前年我带着你去市里办事的时候，正好遇见狱警拉着犯人游街。犯人都被捆在车斗里的栏杆上，站了一排。狱警在他们背后端着枪，只要谁不老实，说不准就会挨一枪。你有没有想过，那些犯人同样有爹有娘，何尝不是一家子亲人费时费力拉扯大的。路边上，不知是谁的母亲，一直在哭诉，说自己害了孩子。她的儿子临死前的愿望，就是想要再见一次母亲。母子二人见了面，在一间屋里独处。儿子口口声声想要再吃一次奶水。母亲嘴上说着，你都二十岁了，我哪里还有奶水让你吃，但还是掀开了自己的上衣。儿子哪里是要吃奶水，死死咬着母亲的奶头，甚至用上了最大的力气。母亲只是流泪，已经绝望了，哪里还顾得上喊疼。儿子咬来咬去，把母亲的奶头咬了下来，最后说道，都怨你一直惯着我，无论我想要干什么，你从来不拦着，由着我任性，致使我走上了犯罪的道路，才打家劫舍杀了人。

　　见许问渠听得认真，姥姥继续说道："白天我扇了你一巴掌，你可不要怪姥姥，姥姥都是为你好。谁不想宠着自家的孩子，但又不能老是惯着。"许问渠没有吱声。时隔多年，再去回想，生就的骨头，长就的肉，私自做主，只求自我满足，难道就是从那时开始养成的性格？姥姥虽好，但她当年的训诫和劝导恐怕未必能全盘改变外孙的心性。

　　那些年，姥姥拿出大把大把的时间陪伴外孙，原本不曾引起舅舅的反感，然而事情并非一成不变。在舅舅有了自己的孩子后，的确提出了异议，他当着外孙的面质问姥姥："你天天看着外孙，究竟图什么？他能给你养老，还是能跟着咱们家起名冠姓？难道他是孤儿吗？"

　　姥姥回应道："我明白你的心思，你无非是担心我不替你看孩子。你放心，我怎么可能会撇下自己的孙子。用不着让外孙给孙子腾出位置，无非就是俩孩子，我还有足够的力气，在抱着孙子的同时，领着外孙。"

　　舅母冲着许问渠抱怨了起来，你吃喝都在我们家，增加了我们的负担。我们早晨一睁眼，就带着饭往地里跑，每天若是不到天黑，肯定不回来。谁能理解我们的辛苦？你肩膀上扛着脑袋，是能担水浇园，还是能劈柴做饭？天天只是白白吃饭！尽管你娘从来不会空着俩爪子就来，但拿来的那点东西够干什么的？能抵消你在我们家的吃喝用度吗？更何况，我们从来没让你娘空着手回去过。你若算是我们家的人，白白养着就白白养着，可你终归只是外甥，是我们家的外人。村委会并没有多给我们分一块口粮地，你的口粮地毕竟在你们集吉园，在你爹你娘的名下。虽说娘亲舅为大，但你总不能老是逮着你的舅舅耗下去吧。

许问渠一句话都说不出来。那天晚上，见他迟迟睡不着，姥姥安慰道："都是我的孩子，只要我没有发话，谁都不能自作主张撵走谁。"直到深夜，许问渠才终于睡着了，但睡得始终不够安稳，恍恍然入了梦境。

只见舅母站在院子里，双手叉着腰，怒目以示，许问渠转身就跑，一口气跑到了菜园里，跺了跺脚，摇身一晃，竟变成了一条白色的龙。摇了几下尾巴，头部开始向上飞升，眨眼工夫，尾巴离开了地面，直直向着蓝天奔去。片刻后，又扭头转身向下，在半空中把身体卷成了圆圈，头部接着尾部，稍稍试了一把，发觉自己的法力尚可，马上打开了自己的身躯，摆成了一条直线，迅速下降到了菜园上方，正对着菜地，张开了大嘴，慢吞吞地向外呼了一口气，只见菜地上方有细雨落下。

直到菜苗得到了足够的雨露，才闭上了大嘴，随即转了一下龙身，直直向上飞去，飞到一定的高度后，再次把身体卷成了圆圈，转动了起来。当头部冲下的时候，便开始直线下降，马上就要触碰到地面，来了一次急转身，让尾巴冲下，摇身一晃，又变回了人，并且稳稳地站到了地面上。

许问渠急匆匆跑回了家，告诉舅母："我已经把菜园浇完了。"舅母质疑道："你小小年纪，哪来的力气浇园？你出去的时候，没带任何家什，是如何浇园的？"许问渠答道："你若是不信，可以跑去看看，反正离着不远，一会儿就能赶到。"

舅母果真要去看，来到菜园里，只见菜地上似用漏壶浇过，既可以让菜苗得到足够的水分，还没把菜苗冲歪，浇水的方法无疑是得当的，全然挑不出任何瑕疵。回到家中，吩咐许问渠："你马上跑到北岭上，再去浇一浇咱们家的那块庄稼地。"

许问渠立即出了家门，想来舅母一定会有所疑惑，于是便加快速度，不能让她追上。片刻工夫，就跑到了一片山坡上，用同样的方法，化身为龙，迅速干完了活。等舅母赶来时，早已站在了地面上。无论舅母怎么问，许问渠始终闭口不答。

接下来几日，舅母总是笑眯眯地看着他。心里有疑惑，势必非要搞清楚，否则就会心绪不宁，怎奈许问渠像往常一样，只顾着捕蝶捉鸟。有一天，在外面玩累了，拖着疲惫的身躯回了家，说了一句："我要睡觉，任何人都不要打扰。"走进屋，关上了门。过了一会儿，舅母悄悄走到了门前，轻轻推了一下，屋门就被推开了，想来许问渠进来时没有插上插销。

舅母刚把一只脚迈到屋里，发现床上竟没有人，稍一扭脸，只见房梁上盘着一条白龙。转眼间，白龙一扭身，冲着舅母奔了过去，张开了大嘴，发出了如同老牛嘶吼般的声音。舅母当即被吓死了，白龙缩回了身躯，在房梁上转了一圈，落到了地面上，摇身一晃又变回了人。

梦境终归是梦境，许问渠醒来时，已是第二天早晨，琢磨着梦中的经历，自问了一句："我真的是一条白龙吗？"想来想去，没有想出任何答案。起床后，吃了两块油炸馒头片，想要去找母亲。一路上，慢慢吞吞，到了下午，才回到家，把舅舅和舅母说过的那些话转述了一遍。

谢佩樱说道："你姥姥拉扯你，的确什么好处都得不到。等你长大了，能赚钱了，很难说到那时她还在不在世。她的养老问题，还是需要你舅舅和我来解决。她对你有百般好，无非只是想要减轻我的负担，根本不会盼着你能给她多少回报，但她给了你世界上最无私的爱，甚至比我更无私，至少我还需要你以后给我养老。"

许问渠说道："我不是孙悟空，不会大闹天宫。哪怕我只是一条白龙，难道就能少得了各种折腾？"谢佩樱告诫："不要胡说八道！"随即又说："我们孤儿寡母，家内家外全靠我去打理，哪有那么多时间管你。看来我需要时常去给你姥姥送一些粮食和现金，更重要的是，数量要充足，免得你舅舅和舅母再抱怨。"

姥姥在履行自己的承诺，出门时一只手抱着孙子，另一只手领着外孙。乡邻见了，无不感佩。外孙还时常替姥姥背着孙子。三人一起走在乡间小路上的景致，外孙怎么舍得忘记，甚至经常说起来，那可真是人世间最美的一幅画面。许问渠冥思苦想，两手兼得，当真不易！关键问题是，储存在记忆深处的那段化龙梦幻，似乎早已在我的生命历程中扎了根，以至于为我历来折腾不止奠定了牢固的根基。我若不再折腾，那便不再是我！

想到此处，许问渠猛然抬起了头，如果我大伯和我哥泉下有知，以他们对我的了解，他们难道预料不到我迟早都会把书曼葬入我们家祖坟？我若老老实实不再折腾，如同他们所愿，他们恐怕就不认识我了！再说，我姥姥给了我最无私的爱，同时还教会了我，既有承诺，便要履行。理想世界图景的确早已潜藏在往事旧梦中，只需耐心去翻检，就会翻出来。那些显老显旧的部件，并非不再有用。所谓人生的重新组装，通常就是对以往破碎的人生予以翻新，并不意味着非要以零为起点，重新打造各种部件，再去组装。我的婚恋哪怕早已像是一件破衣烂衫，但我经得住考验，因念旧而不曾厌烦，只需添上几针几线，缝缝补补，依然可以搭穿，能给我带来的仍旧是*丝丝温暖*。

整夜未睡，迄至天色放亮，许问渠仍是毫无困意，虽不曾高度兴奋，但欣然接受了窗外的缕缕曙光。骑上自行车，直奔抱犊崮，一路上不停不歇，赶到了黄家。刘桂兰刚刚打开院门，看见许问渠，愣了愣，直接说道："你又来了，我知道你一心想把书曼接走，但我家现在简直成了臭水沟，人人都躲着，你还愿意进门吗？"许问渠说道："我是奔着我的纯洁爱情来的，没有理由不进门。"说着话，就跟着刘桂兰进了门。

　　许问渠不免要问："最近又发生了什么事？"刘桂兰答道："我跟黄松柏早就离婚了，我现在还算不算黄家人，我自己都说不清了。或许迟早会有一天，黄家人就会跑来把我赶走。"许问渠盯着刘桂兰看了又看，只见她紧缩愁眉，满脸表情就像是板结的土地，心里揣摩，她若不主动说，好像不便于深问。

　　刘桂兰倒是主动讲述了一番。此前黄松柏曾去慈恩禅院拜佛，拿回了一本《地藏经》，天天抄写，安顿心神，精神状态终于恢复了正常，仍做屠宰生意。某天出门卖肉时，遇见了熟人冼冼兰。她像是没头的苍蝇，原本只是东奔西走，隔远看到了黄松柏，就跑到了肉摊前，并非想要卖肉，而是慌慌张张说道："求求你，帮我救救我哥！"黄松柏怎能不问缘由。

　　据冼冼兰交代，冼冼尘涉嫌盗窃。失窃方是张记柴木流转站。起因在于，冼冼尘曾去山上砍木头，卖给了老张，而老张把木头放到了自家没有围墙的院子里。冼洗尘趁下半夜，竟把自己卖给老张的那些木头又偷了出来，次日再次出售。老张起先并未发现，因为此木彼木并无太大差异，无非都是槐木、柏木或杨木，加之自家院里本来就堆放着数不清的木头，凭空少上几堆，哪里能看出来。此种情形，冼洗尘又何尝不知，更是考虑到了，上山砍木，甚是劳累，直接去偷，何其轻省。

前天晚上，老张外出谈生意，到了下半夜，才回到家里，无意中看见似是有人正在偷木头，就喊了一声，谁呀？冼洗尘闻声逃跑。老张并未去追。冼洗尘一心想着赶紧变现，昨天早晨便去卖木头。老张想了想，总感觉前天晚上看到的似乎就是冼洗尘，终因没有更加坚实的证据，一时没点破。等冼洗尘拿着钱走了，老张想到一计，买来了一些红色油漆，在自家的所有木头上悄悄做了标记。

冼洗尘粗心大意，昨晚再次去偷时，丝毫没察觉，今早再次去卖时，被老张点破。冼洗尘还曾争辩："你如何证明，我卖给你的木头就是我从你家里偷走的？"老张直言相告："我在我家每一根木头的两端都点上了红点，你敢不敢跟我对证？"冼洗尘自知事情败露了，哪敢对证。老张找了警察。冼洗尘坦白，同一堆木头，他倒手卖了五次。

警察已经找过冼洗兰，明确告之，要么就给冼洗尘办理拘留，要么就交五百元罚款。冼洗兰一心想让哥哥快回来，想交罚款，但没有钱可交，眼下就看黄松柏愿不愿意帮忙。冼洗兰倒是有言在先："我哥犯的事，不够光彩。邻居家都不愿意借钱给我，还一再强调，我哥理应接受惩罚，莫不如就让他在派出所待上一段时间，好好悔过。但是，据我想，我哥在派出所肯定是吃不好，睡不好，我怎能忍心让他受罪。"黄松柏拍起了脑门。

冼洗兰又说："两年前，我和我哥曾去集上卖菜，咱们紧挨着摊子，要说熟悉，的确算是熟人，但没有更多的交情。你若不愿意帮忙，我绝不会埋怨你。"黄松柏想了想，无非只是五百块钱，急人之所急，借出去又何妨，于是同意帮忙。甚至告诉冼洗兰："你回家等着吧，我马上收摊，替你去交罚款领人，再把你哥送回家。"冼洗兰一再道谢。

黄松柏去了一趟派出所，前脚交了钱，后脚领出了冼洗尘，送至宋官屯。兄妹二人表示日后定会还钱，随即挽留黄松柏共进晚餐，只可惜家里没有可以拿得出手的吃食。黄松柏去了一趟熟食店，买来了酒和肉。

巧的是，冼洗尘的酒量一般，冼洗兰的酒量却好得很，黄松柏更是宣称自己号称千杯不倒。推杯换盏，几轮下来，冼洗兰甚至借着酒劲吼了几嗓子，黄松柏本来就喜欢酒后尽情绽放。二人交换了一下眼神，索性对唱一首《纤夫的爱》，俨然就是一对情哥哥和情妹妹在互诉衷肠，哪里还分得清歌内歌外。一曲唱罢，冼洗兰举着酒瓶扬言："滴水之恩，当涌泉相报！我要嫁给你，你敢娶我吗？"

黄松柏哈哈笑道："按年龄来算，我能做你爹，可让我怎么跟你结婚？"冼冼尘插话说道："我和妹妹自幼就没了父母，缺少父爱，因而我妹妹一直都喜欢老一点的男人。你们若能结婚，你既当丈夫，又当爹，那可真是赚尽了便宜。"黄松柏没再说话，倒在了地上。冼冼兰似是还没醉，死死盯着黄松柏。

直到次日早晨，黄松柏才起身回了家。冼冼尘和冼冼兰紧跟着追到了抱犊崮。刘桂兰吓了大跳。冼冼尘撑着黄松柏不停地问："昨晚说好的，你应该还没忘吧？"冼冼兰跑到了街上，向全世界宣布，除了黄松柏，谁都不嫁，要么就寻死。前来围观的人七嘴八舌说什么貌似又看到了感天动地的爱情。黄松柏不知如何是好。

原以为只是一场闹剧，三人折腾完了，就该锣鼓收场。时隔两日，谁知冼冼尘再次找上门来，直接逼着刘桂兰赶紧腾出位置，甚至带来了一瓶农药。刘桂兰大骂："泼皮无赖，无法无天！"冼冼尘随即扑到了她的身上，想要羞辱她，见她举起了菜刀，方才作罢。无论她要去哪里，冼冼尘都一直跟着，简直就是一贴狗皮膏药。

刘桂兰百般思量，事情若闹到无法收场，恐怕只能跟黄松柏离婚。转念又想："要不要请赵村长出面帮忙？关键问题是，赵村长即使同意帮忙，在此类事情中，又能做什么？顶多只是劝诫黄松柏不要胡闹，维护村里安宁。黄松柏能听进去吗？何必再去劳烦赵村长。"冼冼兰和冼冼尘频频赶往抱犊崮，事情果然闹到了无法收场。

自从离婚以后，黄松柏早已搬到宋官屯，跟冼冼兰住在一起，而且结了婚。黄松柏不急着要孩子，冼冼兰却颇为着急，怎奈迟迟未孕。四处寻医问药，求神拜佛，始终不见效，难免还是要去医院做更加彻底的检查。黄松柏曾说："我的身体没病没灾，以前有过孩子。"冼冼兰却说："你的身体以前没问题，不意味着现在没问题。"如此一来，二人一起做了检查。查血时，医生发现了问题，直接提出了质疑："你们俩应该是父女关系吧！怎么可能会是夫妻关系？"

黄松柏和冼冼兰皆是满脸惊愕。冼冼兰请医生重新检查，黄松柏想了想，走出了医院。冼冼兰还在门诊等待检查结果。黄松柏回了宋官屯，见到冼冼尘，开门见山问道："冼冼兰是你的亲妹妹吗？"冼冼尘起先满口答是，黄松柏紧接着就把医院的检查结果告诉了他。

冼冼尘当即沉默了，片刻后才说不是，又过了片刻才说了实话："我妹妹是我和我爹当年从街上捡来的。我至今还记得，那是一天早晨，我爹像往常一样带着我遛弯，在街上发现了谁家丢失的孩子，一直等着有人来找，却始终没等来孩子的父母，于是就把孩子养在了家里。我妹妹当时大概只有一岁左右，哪里会知道那些事，但我当时已经五岁了。谁知过了不到三年，我爹娘先后去世了。自那以后，我和妹妹相依为命，我从来都没把当年的事告诉过

— 275 —

她。原以为，除了我，再不会有人提起，万万没想到，你今天会问我。"

黄松柏仰头望着苍天，结结巴巴说了起来："她其实是我的亲生女儿，原名叫作黄诗妍。想当年，我和刘桂兰都忙着在生产队干活，就把她交给了她姥姥，谁知她姥姥突然失踪了。过了足足大半年，老太太才回到家里，但早已疯得不像样了，说不清孩子的去向。我们带着老太太去检查，才知道她得了老年痴呆症。那几年，因为孩子失踪，我们痛苦万分，以泪洗面，直到有了后来的书曼，我们才又打起精神好好过日子。在我第一次跟你妹妹发生身体接触时，就发现她的屁股上有一块淡青色的胎记，就想到了我那失踪的女儿的屁股上同样有一块，但当时原以为只是巧合。人的屁股上有青色胎记，本来就是常见现象。"

冼冼尘一听，愣怔了片刻，随即哭着说了起来："我和妹妹从小到大吃了多少苦，才终于走到了今天。吃过别人丢弃的剩菜剩饭，睡过桥洞，挨过狗咬，受过太多人的欺负，得了病却只能硬抗着。我的一辈子算是废掉了，但我拼了命都想让妹妹过上好日子。原以为，她从今往后能衣食无忧，幸福度日，谁知竟又走进了死胡同。"

黄松柏擦了一把眼泪，又说道："你去医院把你妹妹接回来吧，我还怎么面对她。"冼冼尘点了点头，转身就走。黄松柏一屁股坐到了地上，思来想去，此前只求人生尽欢，原来是罪上加罪。我们俩的罪孽，由我自己去赎还，唯愿我的女儿日后能幸福度日。思考至此，见跟前有一块白石灰，捏起来，起身走到门前，在门板上留了一句话——我已去，不必追随。

等冼冼尘把冼冼兰接回家，黄松柏早已成了树上的吊死鬼。冼冼兰扑到树前嗷嗷痛哭，看到了门板上的那句话，怎能不问事情的前后缘由。冼冼尘至此还没点破妹妹和黄松柏的真实关系。冼冼兰摇了摇头，一下子明白过来了，医院给出的检查结果，两次竟然完全一样。若不是医生搞错了，那就只能说明自己的身世有问题，转身扑到冼冼尘面前一问再问。冼冼尘还如何隐瞒，只能如实相告。冼冼兰一听，顿时昏了过去。

冼冼尘急忙把妹妹又送回医院。半天工夫，冼冼兰就醒了，但她躺在病房里迟迟不愿睁开眼，眼角一直有泪珠滑落。冼冼尘琢磨了许久，家里有事要办，便委托医生和护士照看冼冼兰，自己匆匆走出了医院。总不能让黄松柏一直在树上吊着，冼冼尘把遗体扛到了一辆驴车上，即刻赶往抱犊崮。刘桂兰隔远看见了冼冼尘，急速回家关院门。冼冼尘走到跟前说道："我是来送尸首的，不是来跟你吵架的。另外还有一件事，你不能不让我进家门。"

刘桂兰踮脚瞅了瞅驴车的后车斗，只看见了一些秫秸，怎能不问："你来送谁的尸首？"冼冼尘只是强调："赶紧开门，我们进屋说。"刘桂兰开了门。冼冼尘直到进了屋，方才讲述了一番。刘桂兰听了听，若不是倚着屋门的门板，恐怕早就坐到了地上。冼冼尘并未打算久留，临走前说了一句："不管你认不认你的女儿，我都是她的哥哥。"

刘桂兰稍作思考，找来了黄肇雄，一应交代完毕。二人大眼瞪小眼，一时不知如何是好。刘桂兰倒是接连说了两遍："你三叔明明就是作死，现在死了，我一点都不心疼。"黄肇雄说道："无论我三叔前前后后犯了什么错，终究都是我们黄家的人，只能把他葬入我们家的祖坟。难题在于，要不要给他办丧事？"

刘桂兰又说道："前一阵子，你还问我，既然跟你三叔离了婚，要不要回娘家？话里话外，明显是在下逐客令。我现在倒要问问，在你看来，我啥时候回娘家合适？"黄肇雄没有急着回答。一天一夜，刘桂兰一直在琢磨，冼冼兰虽是我的亲生女儿，但我曾把她视为跟我抢男人的仇敌，事到如今，该不该相认？

冼冼尘始终在医院照看着妹妹。冼冼兰还是不愿意睁开眼，不吃不喝，只靠输液维持。解手事宜，全靠护士。下午三四点钟，冼冼尘坐在座位上，守望着病床上的冼冼兰，思来想去，自言自语："既然妹妹有自己的亲人，弄来弄去，恐怕我早已是多余的人了！"话到此处，当即站了起来，想要转身离开。冼冼兰睁开了眼，拉住了他，说了一声："别走！"

冼冼尘抹着眼泪轻声说道："我其实不想走，但不得不走。我之所以难受，是因为我一旦失去了你，就没有亲人了。"冼冼兰哭着表达了一番自己的想法："你永远都是我的哥哥！我们俩日后依然像以前一样，相依为命。至于我的亲娘，只要让她知道，她当年失踪的女儿依然还活着，就足够了，我不打算跟她相认。"

冼冼尘哪里控制得住自己的眼泪，结结巴巴又说："妹妹呀，你可要好好地活着！你若是再出现什么问题，我可就没法活了。"两人抱在一起呜呜痛哭。刘桂兰此时就站在病房门口，看着病房里发生的一切，思来想去，没有走进去。

黄肇雄前去跟叔伯和兄弟们商量，黄家人最终便决定，不能不给黄松柏办丧事，但又没必要大办。理由很简单，黄松柏死得不够光彩，不配享受一场风光的葬礼。黄肇雄强调："一旦办丧事，我三叔的死亡原因难免就会广为流传，能不能彻底不办?"长辈却说："即使不办，就能阻止住丑事流传吗?"

因黄肇雄还有同父同母的亲哥，在家排行老二，由他给黄松柏顶枝最合适。前些年，叔侄二人本来就相交甚好。黄松柏无儿子，早就盘算过自己未来的后事还要仰仗侄子，故此总喜欢把黄肇雄叫到身边吃喝。随着丧事办理，黄家当真被乡邻视为了臭水沟。哪怕村长赵元礼不让闲人在街上议论，都阻拦不住。知晓了此前事端，许问渠颇感心情沉重，接连念叨了两遍："可让我怎么接受别人弄脏我的爱情?"起身要回集吉园。

第二十章

缝　补

"我的那件破衣烂衫，难道还不够破吗？我不舍得扔弃，难道就只能等着看着别人毁坏它？甚至没法阻拦！谁能为了我，不再毁坏它？难道我正在做一件全世界都不认可的事？我倒要看看，那件破衣烂衫还能破损到什么程度！"连日来，许问渠一直在自问自叹。

他有时还会上山，念念叨叨："是不是需要找一架驴车或者牛车来，躺在后面的车板上，不驱不赶，任由驴或者牛把我带向何方。要么就一直跟着飞舞的蝴蝶前行，不管是平坦的大道，还是荆棘丛林，抑或悬崖深渊，全看苍天如何待我。"

某天早上，许问渠起了床，前去开院门，看到了熟悉的身影，但又不敢轻易相认。蓝慧欣领着孩子，出现在了他的面前。许问渠不停地揉眼。蓝慧欣摸着孩子的后脑勺吩咐道："亮亮，叫爸爸。"那孩子倒是不拘束，果然冲着许问渠喊了一声爸爸。许问渠愣住了，不知该怎么回应，摆了摆手，哪里敢贸然答应，随即就笑了。蓝慧欣又跟亮亮说道："现在叫爸爸，还有点早，暂且先叫叔叔吧。"亮亮马上改口叫叔叔。许问渠还是不知该怎么回应，再次上扬嘴角，略作微笑。

蓝慧欣领着孩子直接进了院。许问渠急忙跟去，刚刚靠近蓝慧欣，就感觉到她的身体像是磁铁，带有一定的吸附力，虽不是很强劲，却足以把许问渠的嘴唇撩起。谢佩樱出屋一看，猜思着儿子和蓝慧欣可能会说啥事，便冲着亮亮挥了挥手，带孩子去了饭棚。蓝慧欣进了屋，盯着许问渠，打开天窗说亮话："黄书曼迟早只会成为你曾经爱过的人，你该娶我进门了！"

许问渠愣愣地站在那里。蓝慧欣呵呵一笑，紧接着说道："你放心！我不会拉着亮亮，纠缠着让你娶我，我肚里的孩子才是你的。"许问渠把目光投向了蓝慧欣的腹部，满脸惊愕。

蓝慧欣又说道："大年初一那天晚上，你做了啥事，总不能忘了吧？"许问渠回答："怪不得刚才我一靠近你，我嘴唇上就有反应，想来应是血缘磁场在作怪，我怎么可能会抵赖。"话到此处，心里还有疑惑，难免要问："亮亮是你的孩子？你结过婚？"蓝慧欣回答："我没有结过婚，但亮亮的确是我的孩子。不是我生的，是我捡的。他两岁多了，我不知道他的亲生父母是谁。"

许问渠说道："如果亮亮是我的亲生子女，我给他当

— 281 —

爹，是应当应分，但他毕竟不是我的孩子，你让我如何给他当爹？我满打满算，不过22周岁，怎么给两岁多的孩子当爹？"蓝慧欣说道："我们俩同岁，但我已经给亮亮当娘两年多了。在以前，结婚年龄没有法律控制的时代，有多少人二十岁不到就当了爹、做了娘。"许问渠只是苦笑。

蓝慧欣又说道："我喜欢你，全凭一颗真心，丝毫不掺假。但是，请你不要把我想象成那种不知羞耻的人。大年初一那晚，我不否认我是故意的，可我全都是为了亮亮。他跟着我，有娘没爹，我不想让他的人生留下遗憾，于是我早就决定，无论我日后嫁到哪里，都会带着他。两年多以来，我的父母一直不接受亮亮，总是催促我把他送人或者送到孤儿院，以便于我出嫁。但是，在我的理解中，我当初能捡到他，那可是几生几世修来的缘分，于是就视如己出。平时一旦有事要忙，我便找人代为照看。说实话，并不是没有人喜欢我，遗憾的是，只要听说我还要带着亮亮，就没人想娶我了。上高中的时候，听同学们私底下议论过，你自幼没有父亲，想来应该最能理解缺失父爱的滋味，所以我始终都还念着你。"

许问渠接着话茬说道："于是你大年初一的晚上就跟我做了那件事，让自己怀孕，再借着我的亲生子女，想要带着亮亮嫁给我，是不是？你有没有想过，你明显是在绑架我？"

蓝慧欣赶紧解释："你听我把话说完，我没有绑架你的意思！我今天带着亮亮来，固然是盼着你能娶我，并且接受亮亮，但是，你怎么裁决，全看你。如果你依然不接受我，我可以离开，绝不死缠。哪怕我日后嫁不出去，因为有你，我爱了一回，此生无憾。我肚里的孩子，就是我爱你的结晶，你完全可以当作不存在。等我生下来，我们娘仨相依为命。我开店，不缺钱，不会死皮赖脸跟你讨要生活费。"

许问渠说道："我没有必要瞒着你，我现在满脑子里依然只有黄书曼！"蓝慧欣一听，站起身来就要走，叫上亮亮出了门。许问渠跟母亲念叨了起来："蓝慧欣口头上说是不会绑架我，但她已经给我带来了心理负担。她一旦生下了我的孩子，我若想要，就得娶她，她嫁过来的条件便是带着亮亮。我怎么可能会抛弃自己的孩子！如果当真要抛弃，难道我不会自责？我于心何忍！"

渠母想了想说："如果仅仅谈婚论嫁，迎娶蓝慧欣进门，其实要比安葬黄书曼更合算！你仔细想想，把黄书曼葬入我们家祖坟，无助于我们家增添人口。难道黄书曼还能给我生孙子？蓝慧欣除了能给我们生下亲生子女，还能带着亮亮来，一下子就会让我们家出现俩孙辈。她既然要带着亮亮出嫁，自然会同意让亮亮跟着你姓许。你喜欢黄书曼，爱了一回，今生今世，在谈情说爱上，难道还有遗憾？"

许问渠死死盯着母亲，简直就像看见了陌生人那样。

渠母又说:"蓝慧欣把亮亮视如己出,那是多么大的爱意,足以说明蓝慧欣有一副菩萨心肠。人世间最不能辜负的,就是出现在我们周围的善。"

许问渠一听,怎能不问:"难道你的立场动摇了?不想再管书曼的事了?"谢佩樱叹着气说道:"黄书曼的事,不是不想再管,而是当真难管!我们自己家好不容易平静了,黄家又起风波,一轮一轮,接二连三,疲于应付,还怎么管?"

许问渠低下了头。谢佩樱又说:"只要你把黄书曼葬入我们许家的坟林,那就锁定了你自己未来的埋身之地,难道你终生不再娶?我可不答应!关键是,前有黄书曼,一旦入了许家坟,就正式成了你的媳妇,你的身份便是丧妻的鳏夫,后面还会有谁愿意嫁给你?左右盘算,去年你大伯说得对,你安葬黄书曼当真没有啥意义。相比较而言,还是迎娶蓝慧欣更合算。既然她现在铆着劲要跟你谈婚论嫁,莫不如你就把她娶了吧,切不可错过好姻缘。至于黄书曼,顺其自然,该舍就得舍。如果你于心不忍,不妨由我出面,去给她寻一门亲,我们完全对得住她。"

许问渠苦苦说道:"可让我如何只满足于谈婚论嫁?我的心里装着书曼,毕竟还有一份爱。"谢佩樱却说:"难道只因一份爱,就要乱了各种章法?若能用爱情支撑起婚嫁,自然是婚嫁的理想形态,更会让爱情受到婚姻的拱卫。关键是,谈情说爱与谈婚论嫁未必不能两分。更何况，一男一女婚前哪怕没有谈过恋爱，完全可以在婚后谈。"

许问渠则说："我只想守护心中的那份爱，还有那份承诺！一件衣服上，经线和纬线纵横交错，经线断了接经线，纬线断了接纬线，就能缝补好，难道非要扔掉?"谢佩樱没再接话。

当天下午，刘桂兰赶了来，告诉许问渠："我们黄家的事，终于尘埃落定。如果你还想接走书曼，那就选日子去接吧。"许问渠面无表情，呆呆地问道："还会不会再起风波?"刘桂兰说道："应该不会了吧！现在家里只有我自己，我只想安静度日。哪怕天要塌下来，我至少能保证自己不会搅事起风波。"

说起来，黄家办完了黄松柏的丧事。几经商量，只当黄松柏和冼冼兰根本没有结过婚。哪怕他们二人曾办理结婚登记，黄家人都不认可那段婚姻。更重要的是，即使黄松柏跟刘桂兰离了婚，握有离婚证，黄家人同样不认可离婚的法律效力。一致挽留刘桂兰，劝她要像完全没有离过婚那样，等到未来，还可以跟黄松柏同躺一墓。刘桂兰思来想去，冼冼兰毕竟是自己的亲生女儿，哪怕不相认，仍要为她留体面。如果离开黄家回娘家，那就间接认可了黄松柏和冼冼兰永远都是夫妻关系。

刘桂兰并未久留，临走前告诉许问渠："哪怕你现在想要撇清跟书曼的关系，我毫无怨言，毕竟是黄家有错在先。"许问渠把刘桂兰送到了院门口，挥手道别，转身就琢磨，黄家的事当真是尘埃落定了吗？只怕三五年以内，免不了还是经常会有人提起，只当笑话议论。好事不出门，坏事传千里，尤其是那些蹩脚的婚恋故事，总能在老百姓的集体记忆中留下深深的烙印。黄家最终拿出的化解策略，无非只是告诉大家，黄家人的婚恋观念并不畸形，做事讲究周全，但无法彻底清洗干净黄松柏和冼冼兰给人们留下的不良印象。往一件破衣烂衫上打补丁，难道大家会对补丁视而不见？思考至此，许问渠接连自问，难道现在只能跟黄书曼撇清关系？

悄然又是三天，每晚都失眠，要不要抛开黄书曼？要不要选择蓝慧欣？孰轻孰重？到底应该怎么做？如果选择蓝慧欣，是不是必须要抛开黄书曼？许问渠想不明白，更拿不定主意，倒是想明白了一件事情，念念叨叨，我的婚恋哪怕是一件破衣烂衫，但它并不脏。脏的是溅到上面的污秽，只需用水洗一洗，把污秽洗掉，破衣烂衫就会像以前一样干净。既然污秽能被洗掉，那就说明破衣烂衫和污秽本来就不是一物。黄松柏是黄松柏，黄书曼是黄书曼，我的心里明明只有黄书曼，跟黄松柏有什么关系！顺沿着思路往下梳理，世间万般，交叉无序，好在我心依旧，那就不妨服从内心，走走看看。

果不其然，第四天早晨，许问渠去了抱犊崮，告诉刘桂兰："我今天修坟，准备一应器物，明天下午来接书曼。"

刘桂兰脸上绽笑，同时流下了两行热泪，一来是为自己的女儿终于能永久安息了，二来还见证了许问渠的坚持，颇受感动。

各种器物，大致准备妥当，暂且放在山下，只等着火化归来，把骨灰撒入棺内，再装设棺材外部。许问渠刚要动身去抱犊崮，却又看到蓝慧欣正领着亮亮赶来，不由得心头直抖，便停住了脚步。

蓝慧欣走到了跟前，直言不讳："我去你家没找到你，你们村的人告诉我，你正在为安葬黄书曼做准备。我可真佩服你，为了黄书曼，折腾不止，简直成了可以供人欣赏的一幅景。如果我告诉你，只要你把黄书曼葬入你们家的坟林，等我生下你的孩子，我不让你见，你会不会立即停止折腾？你可要想好，到底是黄书曼重要，还是我和你的孩子重要？"许问渠说道："我马上就要办完黄书曼的事，可让我怎么停止？"蓝慧欣问道："你当真不想停下，是不是？"许问渠迟迟没有回答。蓝慧欣领着亮亮转身就走。

许问渠稍作思考，仍是骑上自行车，直奔抱犊崮方向，半路上，又去寿衣店买了一些寿衣。包括一顶女士寿帽，即宝蓝色抹额，还有一双宝蓝色寿鞋、一身宝蓝色大衣、一件云肩。服饰鞋帽上，都绣有精美图案，或取牡丹式样，或取芍药式样。最后又挑选了一条汗巾，即两块缝在一起的花布，过后塞到黄书曼的手里。颇耗资财，只为能让黄书曼体面地离开世界。

既然黄肇雄已经给黄松柏顶了枝，那就无异于黄书曼的亲哥哥，因而黄书曼的后续事宜便由黄肇雄负责，刘桂兰不再出面，可免于再次过度悲伤。许问渠刚刚赶到抱犊崮，就接洽上了黄肇雄。二人前往那棵柿子树下。

黄肇雄说道："据我琢磨，你为我妹妹办丧事，不得不省去的各项环节，全都省去了吧？我已经找好了车，估计马上就会赶来。我们只需把我妹妹直接送去火化就行，你没有意见吧？"许问渠轻声说道："没有意见！"二人随即就要开启那座因坟。

许问渠刚要伸手，心头猛然间一阵疼痛，顿时就落下了眼泪，哭着哭着坐到了地上，念叨了起来："你赏百花我赏你，一起走在春风里。此心不移，今生不易，你是我的唯一，我是否还在你的心里？"念叨至此，满心的悲伤一股脑涌来，还如何能站起身来。黄肇雄稍作思考，我妹妹在坟里难免早已腐烂，许问渠若是看了，只会徒增悲伤，索性就由我自己开坟吧。

可巧提前找好的车赶了来，司机愿意帮忙，跟黄肇雄一起打开棺盖，看了看黄书曼。真真切切，尸身即将烂透。哪里还能再给她穿上寿衣，干脆把许问渠带来的那些塞到了棺内。即使送去火化，还有什么意义，难道只是为了炼骨？但火化流程又怎能免去。前脚盖好棺盖，后脚就抬到了车上。黄肇雄跟许问渠说了一声："我送去火化，你回去等着吧，我回头就把骨灰盒给你送去。"

许问渠还在那里哭，点了点头。黄肇雄和司机离开了。且不知过了多久，许问渠哭罢，起身往回走，又去准备放棺入坟时要用的物件。赶在天色擦黑前，黄肇雄带着骨灰盒去见许问渠。破盒取灰，撒在棺内寿衣中，再用驳杖、冥镜等物装设棺材。接下来，二人把两根粗绳子分别放到了棺材的前端和后端位置，牵拉着揽起棺材，慢慢挪动步伐，就把棺材挪到了坟坑的正上方，伸缩着绳子，要把棺材送入坟坑。

就在棺材落地的那一刹那，坟坑里突然传来了一声巨响，嘭的一声，像极了巨石入水时的声音。紧接着有一道半紫半蓝的亮光从坑里迸射了出来，奔着上空而去，飞出了足足有二三十米，并且它本身就足有十几米，在半空中回旋着打了弯。黄肇雄和许问渠看得清清楚楚。眨眼工夫，那道亮光便消失了。

黄肇雄提议，暂且不要埋了！等查清了原因，再作打算吧。难道是我妹妹不想入你们许家的坟？许问渠却说："为什么不能解释为书曼入坟，颇感高兴，就像放鞭炮一样放了一响？"黄肇雄又说："许是坟坑里暗藏着某种不易挥发的气体，在棺材落地时，因为受到了挤压，就发生了爆炸。"许问渠直接跳到了坟坑里，扶着棺材弯腰观察了一圈，只见完好无损，可以断定此前的响声对棺材完全无碍，转身就点燃了长明灯。

跳出坟坑，端起簸箕，往坑内撒了些许粮食，取其寓

— 289 —

意，死者虽死犹生，日后会有充足的粮食可吃。许问渠边撒粮食边喊："满了！满了!"此举蕴含着两层寓意，一则意指死者走完了人生，有人送葬，可以算是人生完满，二则意指粮食象征性地满了坑。接下来，只需暂时盖上一些石板，稍微填土，遮掩严实，且待此后第三天再来圆坟。

在往回走的路上，许问渠发觉自己的眼前似乎总有一道亮光，而且随着夜幕越来越重，那道光便越来越亮，简直就像是深夜中的闪电，足以撕破夜幕。道路两边和远处山体上的柏树，像极了一群群的黑鬼，但在亮光的照射下，皆不敢动弹，只能老老实实待在原处。许问渠流着泪，嘴角却在上扬。

第二十一章

婚　事

　　悄然已是半月，许问渠每日还是惴惴不安，明明知道接下来要去办何事，但又不知该如何去办。那天下午，出了加油站，去了一趟城隍庙图书文具市场，在蓝慧欣的店面门前转起了圈，迟迟没有进店。蓝慧欣早就看到了许问渠，但只是当作全没看见。许问渠思来想去，终于进了店，似是毫无来由那般，冲着蓝慧欣直接说了一句："就连亮亮，你都能接受，为什么不能接受黄书曼？"

　　蓝慧欣回应道："能是一回事吗？我把亮亮当儿子，假设我要嫁给你，我把黄书曼当什么？按照老规矩，人死入坟，男左女右，你在左，黄书曼在右，我在黄书曼的右侧，并不是我和黄书曼在你的一左一右围着你。我和你之间永远隔着黄书曼。我在她的右侧，摆明了她是你的妻，我是你的妾，或者说黄书曼是你的大老婆，我是你的小老婆。你觉得我能接受吗？且不说我，你觉得谁会心甘情愿只做小老婆？如果我问你，就连黄书曼，你都能接受，为什么不能接受亮亮，你觉得有意义吗?"

许问渠说道:"我们是新时代的青年，怎么还能用过时的眼光看问题。"蓝慧欣又说:"婚丧嫁娶，古往今来，固然不会完全一样，但是，总有些问题，是世世代代的人一直要面对的。看待那些问题的眼光，如何能区分出过时不过时? 只要那些问题依旧存在，解决那些问题的办法只怕就会亘古不变。"许问渠显然无法再接话，只能转身离去。

隔了两天，黄肇雄把去年黄家为黄书曼准备的嫁妆送到了许问渠的家里，一再强调:"我妹妹到最终还是成了你们许家的人，把她的嫁妆送来，应当应分。"许问渠没有拒绝。黄肇雄刚走，蓝慧欣就来了。许问渠不知该怎么接待，便只是迎到了跟前。蓝慧欣一直在兜圈子，看上去明明有话要说，但又迟迟没张嘴。

许问渠颇感尴尬，似是闲聊那般说了起来:"我们村叫集吉园，究竟是何时何人给取的名，前些年我没少打听，只可惜早已无人能说得清。据我猜测，取名者最初的用意，应该是期盼我们村能成为汇集百家之吉祥、聚合万家之和气的园地。一家出现难题，其他人家怎能袖手旁观! 尤其是婚嫁，一旦遭遇意外，原本想要结亲的两家难道就要散伙? 若是果真如此，那可真是太没人情味了。黄书曼婚前亡故，于黄家是损失，于我家同样是损失，难道我家和黄家就此可以一刀两断? 若是果真两断，那便只能各自悲伤。莫不如不做两断处理，反倒还能抱团取暖，相互抚慰。男方再娶，进门的媳妇若能兼顾婆家、娘家，还有男方前一段姻缘的女方娘家，那就是借用进门媳妇的力量，化解男方前一段姻缘两家面对的悲伤，因而古往今来世上存在一种补位婚。"

见蓝慧欣在认真聆听，许问渠继续言表："不妨拿你我，还有黄书曼来说，如果你能嫁给我，你除了原本就有自己的娘家，还应该把黄书曼的娘家当作你的娘家。说白了，以黄家的角度来说，你要替黄书曼尽孝尽人情，于是我们许家、你们蓝家，还有黄家，就会成为捆绑在一起的姻亲。你嫁给我，一则能抚慰我们家此前因失去未婚儿媳而经历的悲伤，二则你毕竟要替黄书曼尽人情，还能抚慰黄家因失去闺女而经历的悲伤。表面上看去，于你确有不公，实际上你做了一件大大的善事。无论怎么评定，都能算是积德行善，通过牺牲自我，换取他人幸福。人在做，天在看，你是在行善，故此不必觉得委屈。哪怕死后入坟，你在黄书曼的右侧，但无人会轻视你。因为大家都知道，是你成就了我们许家和黄家。谁若轻视你，就会表明那人内心的善念并不充盈。"

蓝慧欣听了听，替许问渠总结道："补位婚的主旨无非就是以善结善呗！"许问渠点了点头。蓝慧欣又说："那天你从我的店里走了之后，我想了很多。我非常明确地知道，你是冲着我肚里的孩子才去找我的，但我不计较。矫

— 293 —

情的话，不必再说。只要你能接受亮亮，我就可以嫁给你。"

许问渠一听，马上回应："只要你能接受黄书曼，我就能接受亮亮。"蓝慧欣又说："反正你已经安葬了黄书曼，难道她日后还能跟我们一起过日子？逝者已矣，我又何必跟死人计较。且待婚后，哪怕你是一块石头，我都要把你捂热。"话到此处，两人都笑了。

许问渠赶紧走向前，要把蓝慧欣扶到屋里。谁知蓝慧欣说道："我需要回家一趟，把我们的婚事告诉我的父母。"许问渠把她送到了院门口。临走前，蓝慧欣问道："院子里摆着新橱新柜，是怎么回事？"许问渠回答："那是黄书曼的嫁妆，是我黄家的大舅子黄肇雄送来的，我还没来得及往屋里搬。"蓝慧欣的脸色一沉，许问渠紧接着又说："那些家具，黄书曼还如何再用，但不妨碍我们日后继续用。"

蓝慧欣说道："怎么那么别扭，任凭我如何大度，但我毕竟是女人。看着黄家送来的东西，难免会感觉跟我无关，甚至还觉得略微有些添堵。"许问渠说道："不打紧，我可以把那些橱柜藏起来。既然要结补位婚，你顶替了黄书曼，黄家怎能不做任何表示。我去说一声，估计他们会重新定制一套送给你。"蓝慧欣想了想说道："算了吧，一套器具而已，我们接着用，不必再给黄家添麻烦。"许问渠点了点头。蓝慧欣扫视了一圈院落，随即又说："既然

— 294 —

我们要结婚了，家里总不能没有任何喜气，你把门楼翻修一下吧。"许问渠无不答应。

蓝慧欣回了城关镇驻邮村，见了父母，告之婚事。父亲勃然大怒，拍着桌子吼道："未婚先孕，本来就丢死人了！你竟然还要嫁给鳏夫许问渠！难道我家的闺女只能做妾？难道定死了没人要吗？传扬出去，我们的老脸往哪搁？"蓝慧欣一再强调："结补位婚，并不丢人丢脸！难道你们不知那是以善结善？"

母亲则说："现在黄书曼的栖身之地就是许问渠未来的栖身之地，你若嫁给许问渠，同时就还是你未来的栖身之地。你好好想想，你未来在哪栖身，竟由黄书曼决定！难道你不觉得自己委屈和窝囊吗？"

蓝慧欣却说："有什么可委屈的？有什么可窝囊的？哪里的黄土不埋人！哪死哪了，哪死哪埋，乱葬岗子上埋着那么多人，谁曾觉得委屈？谁曾觉得窝囊？我未来能入许家的坟，不管怎么说，都算是入了有名有姓的祖坟圈围，总比埋在乱葬岗子上的那些人强吧。"

父亲仍是极力反对。母亲强调："积德行善的方式五花八门，我们平时见了叫花子，又何尝不曾施舍。你要积德行善，难道只能去结补位婚？"蓝慧欣又说："不为别的，一来我喜欢许问渠，二来许问渠能接受亮亮，就够了。我嫁由我心，我心早有我所爱。"

父亲苦叹，女大不由爹！母亲苦叹，女大不由娘！父亲又说："自从你把亮亮捡回来，你就变得越来越不听话了，眼下又拿婚事来气我们，简直就是不孝。"蓝慧欣说道："让我如何听你们的话？我怎么不孝？你们倒是只想让我在家务农，到了年龄就嫁人，像你们一样过一生。一代一代的生活方式怎能无限重复！当初要不是我执意去租房子开店，你们能过上现在的好日子吗？我没有拿着我赚到的钱接济你们吗？你们要是翻旧账，我就陪你们继续翻下去。"父亲一阵猛咳。蓝慧欣又说："我今天回来只是通知你们一声我要结婚了，并不是回来征求意见的。"说罢了话，抬起屁股就走了。

许问渠要找人翻修门楼，前往市里某桥头，遇见了乔运石等人，便把他们带回了家里。说干就干，整理旧门的原有砖石。许问渠买来了几袋水泥和石灰，谢佩樱买来了一块肉。乔运石瞥了一眼，心里悄悄嘀咕："按照事先约定，主家管吃管住，想来会让我们吃肉。"谢佩樱烙了几张油饼，乔运石看在眼里，高高兴兴告诉工友："晚上有饼有肉，好好干活，大家可要对得起主家的盛情款待。"工友们无不欢喜，谁都不曾怠工。

到了晚饭时间，发现桌上只有油饼和几碗汤水，乔运石颇感纳闷，肉呢？直到吃完了饼，仍是没见到，又合计了一番："主家明明买了肉，难道不是给我们买的？看来是我自作多情了，主家给什么，我们就吃什么吧。只要不拖欠工钱，就万事大吉。"

吃完了饭，他们就住在许问渠家的侧房里。第二天早晨，早饭时还是没见到肉，工友们面面相觑，倒是不曾说什么，饭后就开始干活。谢佩樱照例负责烧水做饭，又去买来了一块肉，拎在手里，从乔运石的眼前走到了饭棚里。乔运石暗暗琢磨：昨天不给吃肉，今天总该给我们吃了吧？

午饭时，见到的却依然只是油饼和几碗汤水。到了下午，大家总是不停地喝水上厕所，心照不宣，似要故意拖延工期。晚饭时，还是没见到肉。睡觉前，有人发起了牢骚："主家频频去买肉，却不给我们吃，只让我们喝点肉汤，分明是故意馋我们。既然不想给我们吃，那就不要去买。即使非要去买，最好不要让我们看见。"

有人甚至趁着夜深人静偷偷跑到饭棚里找肉，找来找去，却没有找到。回头告诉工友："主家自己把肉吃光了，就连骨头，都没给我们留下一口。"有人接话说道："主家每天都要吃那么大的一块肉，怎么没被撑死。"

转过天来，乔运石等人干活的时间少，休息的时间多。许问渠看在眼里，并不曾计较，反倒在心里嘀咕了一句："石匠们干活，本来就累，休息就休息吧。"谢佩樱却不曾停歇，买肉做饭，出出入入。乔运石等人拖拖拉拉，一心想把三天就能干完的活拖到第四天。

庄户人家盖门楼，原本就不会盖得很豪华，只是在左右门墙的上面简简单单盖上状如屋顶的门帽即可。到了晚

— 297 —

上，工友们吃完了饭，就躺到了几张临时搭设起来的木板床上。乔运石总觉得自己的心里憋着一股恶气，若不发泄出来，就难以入睡，于是偷偷潜到了饭棚里，找到了几根秫秸，把顶端部分折了下来。拿着回到了侧房里，扒掉了外面的表皮，用里面的瓤棒，穿插着捏弄出了一辆微小的农用独轮车模型。抬脚出屋，偷偷把模型放到了刚刚盖好的门帽隐蔽处，而且故意让车把冲向院内，让车梁冲向院外，放好后，下梯子回了侧房。

次日早晨，蓝慧欣赶了来，想要看看门楼修得怎么样了。可巧刘桂兰后脚领着黄肇雄之子黄旭阳赶了来，看到了蓝慧欣，仔仔细细端详了一番。见了许问渠便说："我前几天老是琢磨，担心你为了书曼，不会再娶。今天没啥事，原本只是在家里带孩子，但心里装着事，不吐不快，就赶了来。想要告诉你，不用考虑我的感受，完全可以再娶，毕竟你还年轻。"许问渠把蓝慧欣叫到了刘桂兰的面前，介绍她们认识。

蓝慧欣轻声说道："我马上就要跟问渠结婚了，我应该怎么称呼您？"刘桂兰一听，迟迟没有回答。许问渠说道："我们俩结婚，并不是要把书曼那一页彻底揭过去，补位婚！"刘桂兰稍作思考，指着蓝慧欣，告诉黄旭阳："这是你慧欣姑，快叫姑！"黄旭阳问道："我第一次见她，不是应该叫姨吗？"刘桂兰答道："慧欣姑就是你书曼姑，不能叫姨！"黄旭阳果然叫了一声慧欣姑。

带着孩子出门，一大好处就是可以借孩子化解大人对话的尴尬。刘桂兰看了看蓝慧欣的身体，念叨了两句："原来怀孕了，什么时候怀孕的？看来我今天算是白跑一趟，操那些闲心有啥用！"许问渠岂能听不出刘桂兰此言似有弦外之音。见许问渠像是要说话，刘桂兰赶紧说道："不用解释，挺好！挺好！"蓝慧欣看了一眼许问渠，同样没说话。

　　刘桂兰扭头看到了墙角的那几株葡萄，随即叮嘱许问渠："家里有孕妇，赶紧把葡萄树砍掉。"蓝慧欣怎能不问原因。刘桂兰说道："院里有葡萄，孕妇极易产下葡萄胎。"蓝慧欣又问："啥叫葡萄胎？"刘桂兰说道："就是等到生产的时候，产下的可能会是一堆如同葡萄粒子的肉球。"

　　蓝慧欣再问："葡萄树只不过是一种常见的果木而已，葡萄胎像葡萄，难道就跟葡萄有关系？有没有科学依据？"刘桂兰回答："葡萄上常会出现一种叫葡虎的虫子，它的身上可能有毒素。孕妇若是把衣裳放在院子里晾晒，难保葡虎不会爬上去。据说，它最喜欢往孕妇的内衣上爬。等孕妇把衣裳穿在身上，葡虎留下的毒素便会渗入人体，致使孕妇最终产下葡萄胎。"

　　蓝慧欣说道："真的假的？听上去，怎么有点玄乎。"刘桂兰扫视了一下施工现场，转移了话题，把音量压到最低说道："怎么把乔运石找来了？他就是我们抱犊崮村的，大家都传言，他没啥好心眼。赶紧把他赶走吧！宁可不修门楼，都不能把他找来。"许问渠没有接话。蓝慧欣稍作思考，冲着刘桂兰说道："得知许问渠要娶我，你是不是觉得心里不舒服？无论看见什么，都想要挑刺。"

刘桂兰赶紧回应："发现哪里不合适，我只是好心提醒，你怎么能说我是在挑刺！"蓝慧欣说道："在你看来，我们修门楼，找来的人不对头。家里有葡萄树，你又说我日后可能会产下葡萄胎。我倒要问问，你有没有发现，我们做的哪些事是符合你的心意的？"刘桂兰想了想，只怕多说无益，还会引起更严重的纷争，拉着黄旭阳转身就走。

走到院门口时，黄旭阳说了一句："慧欣姑好凶啊，她不是书曼姑。"刘桂兰一没接话，二没回头。孩子说话，怎会有那么多的顾虑，更不会刻意压低音量。那句话不可避免就传到了蓝慧欣的耳朵里。见她抬脚要朝院门口走去，许问渠赶紧拉住了她，劝了两句："初次接触，彼此还不了解对方的性格，更应相互包容。况且童言无忌，不必计较。"

乔运石等人还在干活，要把水泥嵌入砖石缝中。许问渠在跟蓝慧欣商量何时去领结婚证，何时办婚礼，就没有再跟石匠们一起劳动。谢佩樱又买来了一大块肉，伺候大家吃了午饭。稍事休息，下午清理场地，就完成了工程。

谢佩樱特意提前做好了晚饭，又端出了汤水和油饼。石匠们的脸上还是没露出笑模样。许问渠不折不扣支付了四天的工钱，乔运石等人拿着钱就走了。望着崭新的门楼，许问渠和蓝慧欣满心喜悦。

时隔三天，前去办理结婚登记。尤其是许问渠，去年年龄不够，今年可就够了。紧接着又找人查吉日，最终决定下月初九举办婚礼。可巧某天晚来风急，大雨瓢泼直下，在院门口原本平整的路面上冲出了一道沟，延伸到了东侧巷首。许问渠胆战心惊，左思右想，大婚在即，难道又会有意外降临？世上当真会有那么多往事重演吗？莫不如在沟上建一座桥，取其寓意，铺出一条新路，让噩运从桥下流走，只在桥面上留下好运。

消息一经公开，乡邻们无不赞叹，许家要在巷首修桥，无疑是为过往的行人谋福利，可谓善举。许问渠又把乔运石等人请了来，像修盖门楼时一样，约好了提供食宿。不同于修盖门楼的地方在于，无桥处修桥，原本全无一块石头，需要从零做起，免不了要到山上寻找合适的石块，搬运到村里，再在巷首位置挖掘和搭设地基。

乔运石等人在山上挑选搬抬石头，要放到独轮车上。眼瞅着荒草丛中有一块不大不小的，上面刻有界石二字，想来应是当年村里推行家庭联产承包责任制而分产到户时，原本放在地里作为区分两家相邻地块的界标，许是没用上，就被扔弃在了那里。见乔运石要把那块石头搬到车上，同伴说道："据传言，石头只要有了名，就在天上挂了号。按照我们祖师爷留下的规矩，石匠不可对它敲打。若是用来修桥，免不了要打磨一番，就犯了忌讳，只怕日后会对主家不吉。"

乔运石反驳道："只是一块界石而已，哪来的名号?"同伴又说："别看它只是一块界石，只要上面有了字，它就以界字为名。"乔运石又反驳道："天底下用来做界石的石头多了去了，若要像你说的那样，岂不是每一块都不能被敲打。"同伴又说道："以界为名的石头的确不少，就像叫王强、张强的人一样，只要稍加统计，就是成千上万，但大家都是同样的人，敲打谁，都不行。"

乔运石抻着脖子说道："许家人不地道，你等着看吧，饭前会有人去买肉，但不会让我们吃。不让吃就不让吃吧，还偏偏会让我们看见，分明就是要故意馋我们。把有名的石头运到他家门口，再敲敲打打，日后若出现问题，就算是对他们的惩罚。"同伴不再接话，乔运石把那块石头搬放到了车上。

谢佩樱出出入入，买肉做饭，全心全意伺候石匠们。乔运石等人的确只是喝到了肉汤，彼此传递眼神。许问渠并不打算把桥修得多么豪华，只要能方便大家走路即可。乔运石等人在水沟两边搭起了桥架，谁知还没来得及连接起左右，桥架就塌了。

许问渠看了看，并没有觉得石匠们不尽心，只是说道："一次不行，就搭接两次，两次不行，就搭接三次。一次一次去尝试，总有搭接成功的时候。"乔运石暗暗窃喜，夜里睡前，曾跟工友们念叨，反正是按工期算账! 工期拖得越久，就越是有利可图。多干一天，就能多拿到一天的工钱。

统共不足十米的桥，只需两眼桥洞，眼瞅着却已经修了接近十天。修了一次又一次，塌了一次又一次，许问渠怎能不急，但不好意思催促乔运石等人，只是认为石匠们干活最累，怎能催着大家加紧赶工。谢佩樱又买来了一大块肉，拾掇着做饭，突然想到了什么，赶紧来至巷首。专程问起了乔运石："老乔大哥，我昨天来给你们送水的时候，好像听见你说了一句，你最近牙疼。我来问问你，吃什么饭，才不至于让你牙疼。"

乔运石白了一眼谢佩樱，从牙缝里挤出来了两句："吃你做的饭，无论如何都不会牙疼。反正你只会烧汤，汤里不见骨头。"谢佩樱呵呵笑道："正是呢，何止现在，就连上一回你来给我们家修盖门楼的时候，为了能让你们多吃一点，以便于有力气干活，我每一次都是把肉放在汤里，一直煮，一直熬，直到熬化了，把骨头捞出来，只让你们喝肉汤。你若是同意，我就继续给你们熬肉汤。"

乔运石一听，当即发觉自己此前一直误解了谢佩樱，肉变成了肉汤，喝肉汤何尝不是吃肉，吃肉的方式未必只有啃肉块，而且谢佩樱做饭原本就极用心，思来想去，觉得愧对许家。到了晚饭时间，谢佩樱端出了几碗肉汤和几张油饼。乔运石盯着肉汤，真不好意思再端起来喝，见工友们有滋有味喝了起来，并不曾觉得眼馋。

谢佩樱劝道："喝点汤吧，老乔大哥。我做饭的时候，特意往汤里放了一点金银花，喝了能去火。只要肠胃里不再火大，想来你的牙就不会再疼了。"乔运石并没有端碗喝汤，低着头说道："自从上一回给你们家修盖了门楼，咱们就没再谋过面，现在又来给你们家修桥，算是老朋友见面了，真想问一句，你们家里近来可好？"谢佩樱边用毛巾擦额头边说道："我家问渠马上就要结婚，一切都好，一切都好。"乔运石点了点头。谢佩樱转身去和面发面，准备明天的伙食。

等大家全都睡下了，乔运石趁着夜深人静走出了侧房，爬上了墙头，直奔门楼。借着微微月色，看到了他捏弄的那辆小小车模依旧摆放在原处，位置和方向都不曾发生过改变，赶紧抬手调转了方向，让车把冲向院外，让车梁冲向院内。来去无声，下墙回到了侧房里，躺在木板上默念，原本不该诅咒许家！此前车把冲内，车梁冲外，取其寓意，用车子把家里的好运搬到家外，眼下车把冲外，车梁冲内，取其寓意，用车子把家外的好运搬到家里。

乔运石转眼就睡着了，悄然入了梦境。只见一位白胡子老头飘飘然出现在了修桥现场，周围冽风狂吼，像是要把全世界卷走，唯有他眼前的那口大锅稳稳地架设在地面上。锅内热油翻滚，锅底有一枚秤砣。老头竟把手伸进锅里捞出了秤砣，转身走到桥下塞到了土里，紧接着念叨了起来：天下桥，鲁班修，石底石面稳如楼。

梦至此处，乔运石便醒了，思来想去，祖师爷修桥自有技巧，无非是舍己为人，竟能忍受烈油烹手！转过天来，安心修桥，只用了两天半，就修好了。至于那块以界为名的石头，并没有镶嵌到桥上，未经打磨，仍是原样，只当作没有用到的剩料，丢到了街角。

乔运石带队临走时，面对许问渠递到眼前的工钱，支支吾吾说："工期一再拖延，实属我不尽心所致，所以我们只可收取一半。"许问渠还是想让他们按天全额收取，直接把钱塞到了乔运石胸前的口袋里。他转身就走。许问渠喊了一声："等一下。"乔运石站住了。许问渠凑到跟前，轻声说道："有一天晚上，我起夜要上厕所，还没来得及开灯出屋，隔着门窗，隐约发现你爬墙头直奔门楼。我想知道，你在那里做了什么事。"

乔运石一听，恨不能在地上找一条缝钻进去，想了想，便如实交代，随即又说道："我与世界之间隔着一堵墙，正对着我的墙面上，涂满了我的恶，正对着世界的墙面上，涂满了世界本有的善。你家待我以善，我却以恶相报，我承认我错了。"许问渠说道："人非圣贤，孰能无过，知错就改，善莫大焉，你走吧。"乔运石以最快速度离开了。

婚期在即，许问渠去了一趟城隍庙，跟蓝慧欣说道："我什么时候去拜会你父母？总不能不让我去吧。"蓝慧欣叹着气说道："昨天我回过一趟家，他们现在还不能接受我要嫁给你,莫不如以后再去。"许问渠说起了乔运石的事,一并说道:"经检验,黄书曼她娘当时给我们提醒,的确不是故意挑刺。我们有必要在婚前去一趟抱犊崮。"

蓝慧欣却说道:"要去你去,我可不去。你仔细想想,我毕竟占了原本由黄书曼占据的位置,她娘即使不曾故意挑刺,但见了我,未必不会觉得别扭。来日方长,且等着彼此消化消化,才好再次见面。"许问渠又说:"既然黄书曼她娘不曾故意挑刺,至于那些葡萄树,不知她说得准不准,反正我从来没听我娘说起过。不怕一万,就怕万一,莫不如我回头就砍了吧。"

第二十二章

婚　礼

　　许问渠和蓝慧欣广发婚礼请柬，做好了一切准备。结婚当天，风和日丽，喜气盈门。许问渠穿着一身笔挺的衣装上了车，要去接新娘，恍恍惚惚发现身边人似是许嘉恒和许嘉奇，一时觉得此次结婚跟上一次完全一样。直到汽车拐到了前往市里的方向，方才回过神来。司机是加油站的业务经理，并非自己的哥哥，身旁的伴郎是加油站的员工，同样不是自己的哥哥，许问渠稍稍有些伤感。内心里不停地提醒自己，今时不同于往日，车行前方毕竟是城隍庙，而不是抱犊崮，大喜的日子岂能让悲伤搅乱心绪。

　　美中不足便是新娘不在娘家，反倒要从自己开的店里出门。蓝慧欣早已穿上新娘衣装，坐在床上等待。许问渠赶到，潘金凤率领众人开始嬉闹。姜翎羽高声喊着，大问特问："许问渠，爱不爱我们的大美女蓝慧欣？"尽管许问渠总感觉难以回答，但架不住众人起哄，于是只能回答很爱很爱。

潘金凤好一番煽情，大说特说："相亲相爱的人，走到一起不容易，本是得了苍天的眷顾，又得了父母的祝福，更要在亲朋的喝彩中，平安喜乐地走完一生。"按照常规流程，许问渠把蓝慧欣抱到了停在外面的车上。亮亮捧着一束鲜花，跟着上了车。

回到集吉园，汽车行驶到桥前，周围顿时响起了鞭炮声。许问渠和蓝慧欣一起下了车，拜完了天地，还要给渠母磕头，接下来开始迎接一波一波赶来的亲朋。黄肇雄带着黄旭阳赶了来，一则冲着许问渠接连说了几声恭喜，二则难免还要像其他亲戚那样随礼，直接把一份礼金交给了蓝慧欣。许问渠满脸堆笑，一再道谢。黄旭阳盯着蓝慧欣，紧着要往黄肇雄的身后躲。黄肇雄硬是把他拽到了面前，拍了两下他的肩膀。

黄旭阳抬头冲着蓝慧欣说道："慧欣姑，好漂亮，赶紧生一对龙凤胎，我就有了弟弟和妹妹。"许问渠怎能听不出来，此话不像孩子能自主说出来的，应是大人教的。蓝慧欣倒是笑了，还摸了摸黄旭阳的脑瓜。没等许问渠和蓝慧欣转身，黄旭阳就开始闹着要回家，使劲拽着黄肇雄的衣服。

许问渠和蓝慧欣走开了，前去迎接其他亲朋。黄肇雄蹲下来跟黄旭阳耐心说道："但凡是亲戚家，不管你是不是心甘情愿要来走动，有事必到，长此以往，大家就会日久生情，彼此顾念的是那份情分。"且不知黄旭阳能不能听懂，倒是不再闹。

　　亲朋入了席，婚宴便要开始。潘金凤早已把自己饭店里的厨师叫了来，负责烹饪。许问渠和蓝慧欣前去给亲朋逐桌逐位敬酒。谢佩樱出来进去协调各方，突然发觉周围似乎少了一人，闷头一想，刚才还看见亮亮了，怎么转眼工夫就看不见了，肯定是跑到院子外面去玩了，赶紧找找，千万别发生意外。

　　出了院子，向东是街巷，向西走出一两百米，则是一片原野。着起急来，真真弄不清到底是向西去找，还是向东去寻。可巧似是听到远处传来了孩子嗷嗷大哭的声音。谢佩樱寻声探源，直奔着向西跑去，跑着跑着，隔着几十米，就看见亮亮站在一块地头上。

　　他的面前是一些玉米，稀稀拉拉挺立着。丛垄中，竟藏着一匹狼，似乎马上就要发起进攻，龇着牙，弓着背。亮亮吓得不敢动弹。哪怕谢佩樱已经扑到跟前，那匹狼依然没有后退的意思。谢佩樱倒吸一口凉气，明明觉得两腿直打晃，握了握拳头，给自己壮了壮胆，弯腰摸起了一块石头，倒手就扔到了前方。那匹狼转身跑了。谢佩樱抱住亮亮，边擦额头上的冷汗边自责："都怨我粗心大意，没有看住你。要是晚来一步，你可就被狼拖走了。"

　　回到家里，渠母为了不影响婚宴气氛，没跟任何人提起刚刚发生的事，只是找出了一把荆芥草，冲了水，让亮亮喝了一茶碗，又让他吃了一粒压惊丸。婚宴直到下午两三点钟才起了席，亲朋各回各家。潘金凤带着厨师等人收拾桌椅碗筷，把带来的再带走。许问渠和蓝慧欣入了洞房。

　　当天晚上，夜深人静，谢佩樱趴在侧房床前守着亮亮，看他到底会不会因为白天受到惊吓而出现什么症状，突然听见外面传来了某种声响，似是风声，倒又不十分像，似是孩子的慢跑声，同样不十分像。那声音稍纵即逝，但谢佩樱终究不放心，便趴在窗户上向外看去，借着月光，发现院子里竟有三匹狼正冲着屋门张着大嘴。震惊之余，想起了传说中的应对策略，从床底翻出了锤子和镐头，跑到屋门口，用锤子敲击镐头。

　　叮叮当当的声音，隔着屋门传到了屋外，并没有吓退那些狼。不妨再用其他办法试试，谢佩樱转身找来了打火机，点燃了扫帚，拉开门上的插销，把扫帚扔到了屋外，又急速关上了屋门。三匹狼蹦跳了起来，躲避着火苗，不多时就离开了。谢佩樱急速扑向床头，见孩子仍在熟睡，方才大喘了一口气。因怕恶狼再返回，整宿都没合眼，直到天亮，没发现恶狼再回来，方才放了心。

　　许问渠和蓝慧欣怎能不问昨天晚上发生了什么事，缘何听到了一些声音。谢佩樱如实相告。蓝慧欣吓得直颤抖。许问渠安慰道："没事！没事！好在没有发生意外。"谢佩樱说道："且不知接下来会如何，大家要提高警惕。"果不其然，仨大人整天守着孩子，一刻不离。

　　到了晚上，没再分屋睡。下半夜一两点钟，屋外又有动静。谢佩樱透过窗户向外看，发现屋外仍是有狼，随即点燃了一件旧衣裳扔了出去，方才获得了半夜安宁。任大人始终没睡，亮亮倒是睡得非常安稳。

迨至天色大亮，谢佩樱匆匆出了院门。蓝慧欣和许问渠在家里看着亮亮。直到中午时分，谢佩樱才赶了回来，唉声叹气说道："我打听了一大圈，村里岁数最大的四奶奶和五奶奶都说，亮亮可能是野口命，迟早要入狼嘴。只怕那些狼今晚还会来，若是不把孩子吃了，不会罢休。任凭我们把孩子送到哪里，那些狼都会找去。"

蓝慧欣当即就问："可有破解之法?"谢佩樱答道："有倒是有，但很凶险。"许问渠说道："任凭怎么凶险，都要保住孩子!"谢佩樱吃了午饭，前去准备各种所需之物。蓝慧欣和许问渠在家里焦急等待。到了下午三四点钟，谢佩樱牵着一头老黄牛赶了回来。因集吉园本村没有人家喂养大型牲口，只能去周围村庄打听借用，自是需要花费时间。

谢佩樱又去准备其他所需物品，回头就做了分工，让蓝慧欣在家里等着，让许问渠抱着亮亮，自己则要牵着牛，一并带上那些物品，一起前往第一次见到狼的那块地头。到达目的地，便让亮亮骑到牛背上，扶着且护着，为了防止发生意外，甚至用绳子把亮亮捆在了牛背上，又用黑布条蒙住了他的眼睛。亮亮终是年幼，全都配合。谢佩樱和许问渠小心翼翼往后退，任由那头牛载着亮亮在原野

— 311 —

上漫步。

谢佩樱左手里举着一根木棍，棍上缠着一些破布条，上面散溢着浓浓的汽油味，右手拿着打火机，趴在地垄沟里摆好架势，一旦发现前方发生不测，立即点燃布条。许问渠则握着一把镰刀，同样做好了随时扑出去的架势。那头牛走走停停，还要低下头吃草。一时半刻，眼前风平浪静。过了十几分钟，果然有一匹狼出现在了原野上，蹦跳了几下，就扑到了牛的跟前。谢佩樱和许问渠都瞪着眼睛盯紧前方，怎敢马虎。

那匹狼围着牛转了几圈，随即跳跃了起来，想要扑到牛背上。那头牛躲躲闪闪，甩开蹄子踢狼，狼又开始躲躲闪闪。许问渠害怕极了，总是跃跃欲试想要扑去，好在谢佩樱极沉稳，死死拉着他。那匹狼发着疯，想夺下牛背上的孩子，那头牛倒又不好惹，不只是用蹄子踢，还一直用头去顶。无论狼跳得有多高，蹦到了什么位置，牛总是会转身正面冲着它，双方周旋了片刻。突然间，那匹狼把自己的嘴拱到了地上，发出了嗡嗡的声响，那头牛便不再顶它。狼转身就走，牛竟然跟着去了。

谢佩樱和许问渠赶紧跳出地垄沟，追着赶去。不管狼要转向何方，牛都会跟着拐弯，母子二人同样拐弯。谢佩樱一边小跑一边嘀咕："四奶奶和五奶奶明明告诉我，把孩子捆在牛背上，把狼引来，挨一顿牛蹄子。让它知道此牛护此孩，可不好惹，就没事了。眼下又是怎么回事，牛

— 312 —

竟然跟着狼跑了。"许问渠则说："且不管发生什么事，都要随时做好拼命的准备。"

狼走着走着，就走到了两座山中间的山坳里，好在走得始终不快，牛能跟得上。它们原本都是上山的好手，后面的人却吃尽了苦头，走过了陡坡，还要躲避着荆棘，有时甚至需要用手把住身旁的树枝，才能前行。母子二人费上了九牛二虎之力，才跟了上来。狼走到了一处茂密且隐秘的草丛里，不再向前走，牛随之停下了脚步。

谢佩樱和许问渠追了过去，摆出了要作战的架势。牛低头吃草，不再顾及狼和人。狼蹲到了草丛里，似是刻意等着人扑去。母子二人一时不知所措。草丛里传出了一些唧唧嘹嘹的声音，狼便用嘴顶开了草丛，母子二人瞅向那里，发现丛中同样有一匹狼，并且似乎正在生产。许问渠扭头看了一眼谢佩樱，皆不知狼是何意。草丛外的狼，迅速转身，直奔身后的山坡跑去。许问渠扑到牛的身边护住了亮亮。

谢佩樱摸起了一块石头，朝草丛方向扔去。见丛中的狼并没有跑出来，她小心翼翼走了近前，发现那匹狼原来正遭遇难产，一时动弹不得。一匹小狼早已从产道里露出了头，前爪却卡在那里难以伸出来。回头只见许问渠摸起了一块石头，谢佩樱赶紧喊道："别扔！狼把我们引来，许是想让我们帮忙。我们若是现在把狼砸死了，就怕日后它们会寻仇。冤家宜解不宜结，莫不如帮它一把。"许问渠点了点头。

谢佩樱走到跟前，用左手轻轻摁住狼的屁股，伸着右手，把拇指、食指和中指慢慢地插进了狼的产道，三根手指齐发力，使劲扩张产道。前后两分钟，小狼从母狼腹中完全娩出。谢佩樱抬起胳膊，用袖子擦了擦额头上的冷汗，起身回到了许问渠的身边。母狼当即嚎叫了一声，远处马上传来了另一声嚎叫。

母子二人转身往回走，直到进了村，才把亮亮从牛背上抱了下来。原本琢磨着，从今往后，晚上应该不会再次传来狼入院的声音。再次传来时，谢佩樱怎能不惊讶。她隔着门窗向外看，发现三匹狼各叼着一只野兔，正对着屋门，几分钟后，都把野兔放到了地上，随即转身离去。谢佩樱怎会不知狼的用意，感叹了一句："狼是通人性的，日后应该不会再次入院。"为了保险起见，全家人次日整天躲在家里，未敢外出。果不其然，狼没有再来。

经此一事，蓝慧欣跟许问渠念叨了两次："你曾说你还年轻，不会给两岁多的孩子当爹。现在看来，你当爹还是非常合格的。不畏艰险，一心守护孩子，是当爹的基本资质。"许问渠笑了。蓝慧欣又说："何谓新娘？何谓新郎？我们汉语造词极其科学。新娘就是新郎的新的娘。女孩自幼喜欢抱着娃娃玩耍，表明了自幼便具有当娘的潜质。新郎就是新娘的新的儿郎。男孩自幼喜欢舞枪弄棒，到老都像孩子似的。父子平日里在一起，无非只是大孩子带着小孩子玩耍而已，当爹哪有那么难！"

许问渠说道："昨天是我们结婚第三天，按照常规流程，原本需要做两件事。其一，前往你的娘家回门。其二，回完门还要去我们家坟林里上喜坟。因闹狼，两件事都没做。今天是结婚第四天，需要去我的姥姥家上喜坟。我们怎么安排合适？"蓝慧欣说道："不必去我娘家回门。"许问渠拿主意说道："那我们赶紧去我们家坟林上喜坟，接下来再去我姥姥家，只能压缩时间，同一天办理。"蓝慧欣并无异议。

谢佩樱以最快速度准备好了上喜坟要用到的各种物品。许问渠特意叫上了亮亮。除了谢佩樱，一家三口直奔坟林。到了那里，许问渠往一座座坟头上分别压了一些红纸，摆上火纸，燃上香，暂且撇开黄书曼那座坟，带着蓝慧欣和亮亮在每一座坟头前祭拜。因蓝慧欣不方便下跪，就只是鞠躬。亮亮依次下跪，像极了只是在玩耍。

接下来，许问渠又让亮亮跪在黄书曼的坟前磕头，告诉孩子："你要记住，眼前坟里埋着你的另一位母亲。"蓝慧欣一直盯着那座坟瞅望。等一炷香燃尽，点燃了火纸，最后再放一挂鞭炮，就算是上完了喜坟。

在往回走的路上，许问渠跟蓝慧欣聊了起来："很多人其实不敢入坟林，哪怕自家的祖坟，都不敢靠近，尤其是年轻的大姑娘，还有小媳妇，本来就胆小。仔细想想，既然是自家的祖坟，坟里的人原本就是自己的祖先。祖先

— 315 —

是要庇佑后人的，后人有什么理由心生怕意。新媳妇进门，自然需要让祖先们认识认识，祖先同样会庇佑新进门的媳妇。你跟着我上喜坟，我没看出你害怕。祖先们见你去祭拜，自然会把你视为亲人。把亮亮带来，可当真让他成了我们家的人。回头再带着他去我姥姥家上坟，两家先人自然都会知晓亮亮是我的儿子。等你生下我们俩的孩子，不妨把亮亮视作黄书曼生的。等他长大懂事了，就让他每年按时按节去给黄书曼上坟。"蓝慧欣没有表示反对。

全天都在路上奔波，一夜沉睡，极其解乏。转过天来，一大早，三名警察带着两男一女，出现在了许问渠和蓝慧欣的面前。其中一名警察，许问渠认识，正是镇上派出所的唐天宇。两男其中一位，蓝慧欣认识，是驻邮村的普通村民马驷驹。经介绍，另一名男子叫陶元盛，那位女子叫崔婉仪。唐天宇没有交代此二人是哪村村民。另外两名警察在城关镇派出所任职。

亮亮站在许问渠的跟前。崔婉仪立即去扑，发了疯似的说道："孩子，我是你的妈妈。听说蓝慧欣带着你嫁了人，就怕日后很难见到你，方才东窗事发。"许问渠稍加思考，接下来要撕扯的事似乎不宜让孩子面对，就把亮亮送到了母亲的跟前。谢佩樱领着孩子要出门。崔婉仪还要去扑，被唐天宇拦住了。

陶元盛扯着嗓子喊道："我一再强调，那孩子根本就不是我跟崔婉仪生的，你们就是不信。都看到了吧，那孩子跟我一点都不像。我是光棍不假，都怨我父母去世得早，没人给我张罗娶媳妇。我再不是人，再怎么喜欢撩扯女人，总不能要跟自己的表妹做那猪狗不如的事。崔婉仪完全就是血口喷人，你们为什么信她不信我？"

唐天宇冲着陶元盛说道："请你把话说清楚，你跟崔婉仪到底是什么关系？"陶元盛说道："我爹是崔婉仪的舅，崔婉仪的娘是我姑。"唐天宇问道："是亲的吗？"陶元盛答道："当然是亲的！"唐天宇跟两位同行说道："民间历来就有'不能让血液倒流'的说法！所谓血液倒流，就是指女性由娘家嫁到了婆家，生了女儿，女儿又嫁回到了母亲的娘家。很久以前，我奶奶给我讲过《红楼梦》中的故事。林黛玉是贾宝玉姑家的女儿，贾宝玉是林黛玉舅家的儿子。二人若结婚，就算是血液倒流，因血缘关系太近，肯定生不出孩子。崔婉仪和陶元盛的关系如同林黛玉和贾宝玉。如果孩子的生母当真是崔婉仪，那么孩子的生父恐怕就不是陶元盛。"

城关镇警察问唐天宇："你的推断到底可靠不可靠？"陶元盛直着脖子喊道："怎么不可靠！断案水平比你高，你就觉得不可靠，还有天理吗？"唐天宇直接去问崔婉仪："孩子的生父到底是谁？"不等崔婉仪回答，陶元盛嗷嗷喊道："马驷驹，刚才你没看到你的孩子吗？难道你不想认吗？三年前，咱们仨在工地上负责做饭。尽管我提前回了家，不知道后面又发生了什么事，但当时毕竟只有两男一

— 317 —

女。孩子不是我的，怎么可能不是你的!"

唐天宇提醒："如果查不清孩子的生父到底是谁，今天可无法把孩子带走!"陶元盛又喊："马驷驹和崔婉仪一对姐夫和小姨子，干了不要脸的事，凭什么要往我的身上赖!"唐天宇跟崔婉仪说道："临来之前，你吵着嚷着要见你的孩子，明明说好了，你只要见了孩子，就交代实情。难道你要反悔吗?"崔婉仪迟迟不吭声。唐天宇冲着两位同行挥了挥手，要把人带走。

蓝慧欣走到跟前，怒不可遏，狠狠地扇了崔婉仪一巴掌，斥责道："你只知道生，不知道养，不配为人母!"许问渠跟着上了警车，交代了一句："既然你们是冲着亮亮来的，我是他现在的父亲，总要让我知晓孩子的来历吧。"三名警察没有让许问渠下车。

大家赶往驻邮村，刚刚抵达马家，就看见院内的树上挂着一具尸体，那是马驷驹的妻子崔元翠。崔婉仪和陶元盛先后各喊了一声姐姐，马驷驹站在那里倒是无动于衷。陶元盛冲着崔婉仪和马驷驹嗷嗷喊道："我姐姐一辈子老实巴交，你们可劲作践她，如今称心如意了吧。"

哪里还有比死亡更重的事，尸首就在眼前，无声宣示着谁的生命历程不会走到尽头。各种纷扰，各种事端，即便让人愤懑，让人气短，趋于放大，甚至趋于膨爆，又何尝不会走到尽头。痛则痛矣，了则了矣。崔婉仪扑到姐姐的身上号啕大哭，转眼说了实话："孩子是我跟马驷驹背

— 318 —

着我姐姐生的。"唐天宇怎能不问："你此前为什么还咬定是和陶元盛生的?"

崔婉仪答道："陶元盛无父无母无牵挂，让他一人背黑锅，原本可以换来大家都平安，尤其能保全我姐姐和马驷驹的名声!"陶元盛一听，登时泄愤说道："你此前诬赖我，当真是看扁了我。如今交代实情，又把姐姐置于何地? 你的如意算盘打得叮当响，透视出你有一副蛇蝎心肠。姐姐在天之灵，不会放过你。马驷驹是什么样的人，难道你不了解吗? 你竟然还要保全他的名声!"

崔婉仪说道："若是没有姐姐夹在中间，我何苦来要保全马驷驹的名声。姐姐年近五十了，始终没有生下一儿半女，随着年龄增长，生孩子的可能性越来越渺茫，受了马驷驹多少呲嗒，谁能说得清。多少年来，反正我是没有见过姐姐的脸上露出一丝笑容。三年前，都怪我一时昏了头，竟然答应马驷驹，要替姐姐给他生孩子。再加上他见了我总是说些妹妹长、妹妹短的话，用花言巧语迷惑我，我就上了他的贼船。当时马驷驹承诺，等我生下孩子，抱回家，只说是从外面捡到的。我左思右想，反正要把孩子交给姐姐抚养，便没有反对。万万没想到，跟马驷驹相好的人并非只有我。"

警察纷纷盯着马驷驹，陶元盛直接踢了他两脚。马驷驹终于开了口。据他交代，当时他把孩子抱回家，崔元翠曾念叨，只怕孩子本来就姓马，何必找养母抚养。一刀两断，前脚离婚，后脚即可把孩子的生母迎娶进门，一家三口可就团圆了。马驷驹摁住崔元翠暴揍了一顿，怎奈崔元翠仍是强调，如果不把孩子的来历说清楚，休想叫我抚养。马驷驹差点把崔元翠打死。

似巧非巧，宋扬来到了马家，冲着马驷驹说道："刚才有人告诉我，看见你回了村。我还纳闷，你从工地上回来，怎么没去我那里报到。我可在我的杂货店里烧好了水，等着你去喝茶。原来你是抱着孩子回来的，难道早就把我忘了？你在我那里可还欠着不少账呢。躺在躺椅上的孩子，不会是你亲生的吧？"

没等马驷驹接话，崔元翠说道："你们少在我面前说些不咸不淡的话。"马驷驹抱起孩子出了门，宋扬追了去。到了村前路口的杂货店，马驷驹提议，莫不如就由你来抚养孩子。宋扬却说："我是寡妇，替你抚养来历不明的孩子，乡亲们又要戳我的脊梁骨了，我可不养。"

马驷驹劝言："你先养着，等我们日后结了婚，不用再生，就有了现成的孩子，岂不省劲省事！"宋扬问道："孩子到底是不是你亲生的？"马驷驹当时曾说："我只喜欢你，怎么可能会跟其他女人生孩子，是我从外面捡来的。"宋扬没再接话。马驷驹把孩子放到了柜台上，转身就走了。

第二天早晨，宋扬又把孩子送到了马家。崔元翠拿瓢舀水，泼到了宋扬的脚前。马驷驹把宋扬推搡到了院门外，家里的那条大黄狗追了去，围着宋扬转起了圈。马驷驹说道："你想要干什么？不是说好了由你替我抚养孩子吗？"宋扬轻声说道："你一直承诺，要跟崔元翠离婚，到底什么时候离？难道非要让我等到她死了才能跟你结婚吗？我对我们俩的未来表示担忧！"马驹驹说道："你若不替我抚养孩子，我反倒对我们的未来感到担忧。"如此一来，宋扬抱着孩子回了杂货店。

马驹驹是否当真想离婚？其实未必！他早就琢磨过，崔元翠纵然没有生下孩子，但任劳任怨，洗衣做饭，下地劳作，历来极其利便。村里人有目共睹，无不赞叹。马驹驹好吃懒做，只挑轻省的活干。若非老朋友唤他去工地上赚钱，他怎会出门。即使要去工地，仍是只干轻快活，还带去了俩帮手。相较于崔元翠，宋扬可不是能下大力的人，每日都会把大部分时间用在穿衣打扮上，开店的时间已有五六年，但从来没有扩大过店面规模，想来应该只是在勉强维持。既然已经有了孩子，那就更没有必要跟崔元翠离婚，但还可以拖住宋扬，且让崔婉仪日后再嫁，盘算来盘算去，马驹驹全无损失，还白赚了孩子。

宋扬的心里又何尝没有自己的盘算，当天傍晚，抱着孩子出了门，前往村外的野地，在一块光秃无草的地头上挖了坑，竟把孩子放到了坑里。倒又没把坑填死，只是像埋坟那样，在坑上放了石板，让坑内还有少许空间。孩子在里面不哭不闹。宋扬埋好便要离开，可巧那条大黄狗溜达至此，似是嗅出了何种气味，冲着地面以下狂吠，随即用爪子扒拉地面。

蓝慧欣在山上拔了些草，准备带回家喂兔子，路过那里，发现狗在狂吠，地面以下传来了孩子的哭声，一时不知怎么回事。想了想，不妨扒开地面看看，用手去扒，固然有些慢，好在扒着扒着就看到了一张石板，掀开一看，坑里竟有孩子。蓝慧欣抱了起来，见孩子还那么小，就抱着往回走。

宋扬把马驷驹叫到了街上，不依不饶说道："你必须马上给我立一份文书，写清楚具体何时要娶我，否则你抱给我的孩子极有可能会死于非命。且等日后，你若不按约定好的时间娶我，我就去你家点一把火，我们同归于尽。"马驷驹颇感为难，还没想好怎么回应，恰恰蓝慧欣便抱着孩子从他们的身旁路过，嘴里还在念叨，是谁把孩子埋到了土坑里？

宋扬一听，直奔野地，前去查看自己埋的坑。马驷驹跟了去。那条大黄狗还趴在坑前。宋扬一看，念叨了起来："坏了！坏了！我把孩子埋到了坑里，当时周围并没有人，想来应该是被狗发现了，引来了蓝家那丫头，最终被她捡了去。"马驷驹一听，立即说道："你涉嫌杀人犯罪！"自那以后，每当宋扬再提结婚的事，马驷驹就说："你若再逼我，我就揭发你故意杀人。哪怕未遂，你仍是涉嫌杀人。"宋扬哪里还敢招惹马驷驹。

崔婉仪前往马家，并未见到孩子，曾问姐姐："我姐夫从外面抱回来的那孩子去了哪里？"崔元翠只说："我怎么知道，想来应是你姐夫跟宋扬捣了鬼。"崔婉仪怎能不背着姐姐问姐夫。马驷驹只说："你还年轻，关心谁家的孩子有何意义，应该把心思花在如何嫁人上。况且我和你姐姐是夫妻，难道你还想要拆散我们？等孩子日后长大了再去相认，血缘关系大于一切，难道你还担心孩子不认你？省却了繁杂的抚养，还能认回孩子，岂不称心？"

崔婉仪何曾想要拆散姐姐和姐夫，但还是想要找到自己的孩子，曾去找过宋扬。二人见面，简直像是仇家相遇，谁都没有好脸色。宋扬告之："孩子不在我们村，但在我们村某人的手里。"崔婉仪说道："你能不能把话说清楚？"宋扬便不再吱声。

村里虽有传言，蓝家姑娘一直在抚养捡到的孩子，但崔婉仪终究不是驻邮村村民，并未得知。崔元翠倒是早已听说，但她同时还知晓妹妹老是在找孩子，怎能不揣摩其中的关联性，打定主意，看破莫说破，彼此才有安宁的日子可过。直到有一天，崔婉仪前去探望姐姐，无意中听见街上有人在说，蓝家姑娘出嫁竟然不从家里出门子，可见一家人早就闹僵了，好像还要带着她捡到的孩子嫁到男方家，算起来，那孩子现在两岁多了吧。

崔婉仪一听，直奔马家，发现姐姐不在家，问起了马驷驹："我和你生的孩子是不是被蓝家姑娘捡去了？蓝家是哪一家？他家姑娘要嫁到哪里去？"没等马驷驹回答，崔元翠走到了屋内，端着满盆衣服，应是刚刚去河边洗完回来，脚下无声，走到屋门口时就听到了崔婉仪说的话。马驷驹立即说道："我什么时候跟你生孩子了！"此话不说还好，一旦说出口，难免会让人觉得欲盖弥彰。

崔婉仪从马家走到了街上，昏昏沉沉，不知道该怎么办，索性去了城关派出所。警察怎能不问，孩子的父亲是谁？崔婉仪一会儿说是马驷驹，一会儿又说是陶元盛。据崔婉仪提供的线索，警察查到了驻邮村蓝慧欣和许问渠结婚登记的信息，于是就带着各方去了集吉园。事到如今，许问渠知晓了亮亮的身世，哪里敢去想象孩子日后何去何从，只想回家牢牢抱住亮亮，不让任何人把他带走。

第二十三章

痴男怨女

　　许问渠迟迟没有等来警方对亮亮去向的公断，倒是等来了许嘉奇。他刑满释放，回了家。自己的父母早已不在人世，没见到哥哥和嫂子，家里空空荡荡，岂能住得舒心。好在许问渠每到饭点就去叫许嘉奇，不让哥哥去承受那份冷清，借机告之许嘉恒其实早已去世，一直保密，嫂子回了娘家。

　　许问渠更是把生意让给了许嘉奇，避免哥哥成为无业游民。许嘉奇反正无事可做，便接手了那些生意，不敢保证会比许问渠干得出色，至少能勉力维持。许问渠聘用的那些员工每天原本就有条不紊，只需照章工作。许嘉奇接手，其实只做指挥和协调。

　　时间一长，许问渠难免会琢磨："我都结婚了，我哥还是单身，莫不如帮他牵线。介绍谁合适？是潘金凤，还是姜翎羽？索性选择就近。"许问渠抽空去跟潘金凤知会了一声。潘金凤倒是同意见面相亲。按照约定好的时间，许嘉奇的确去了镇街，但没有立即去找潘金凤，而是在街上转来转去，无意中抬头发现眼前是桂芝烤鸡店，甚至发觉柜台后面那人的容貌真是惊艳，一时看呆了。

那人同样看了许嘉奇一眼，赶紧低下头，忙着整理并不凌乱的货柜。直到其他顾客赶来，许嘉奇才眨了眨眼，转身就走，但又几次回望，把相亲的事抛到了脑后。四处打听桂芝烤鸡店的相关情况，获知店主名叫张桂芝，丈夫早亡，儿子常年不在家，已失踪，只有婆媳二人支撑店面，儿媳名叫花春雨。

许嘉奇琢磨了一番，自己遇见的那人应该是花春雨，不妨明天一试。再次前往那里，说了一声，要买一只烤鸡，紧接着便呵呵笑道："且等着春雨洒地，花儿就开了。"那人笑了，笑得那么别致。许嘉奇又说道："花春雨，你家的烤鸡若是当真好吃，我天天都来买。"花春雨回应了一声谢谢。

许嘉奇回了家，嘴里轻哼。转眼间，发觉许问渠一直盯着自己，便说道："认识了一位新朋友，岂不让人高兴。"许问渠怎能不问："你有没有相中潘金凤？"许嘉奇支支吾吾："以后再说！"他果真天天去买烤鸡，接连就是十几天，每次都会跟花春雨说笑。花春雨又何尝不曾感觉到什么。

张桂芝一直负责在后院里忙活，但在送货上柜时，早已见过许嘉奇几次。每次见她来送货，许嘉奇和花春雨立即就会变成哑巴。她一旦转身回了后院，就会听见前厅里又会传来嬉笑声，怎能不觉得奇怪。有一天晚上，婆媳二人围桌吃饭时，张桂芝点了一句："你当初非要嫁给我儿子，现在若是反悔，传出去可就丢死人了!"花春雨没有接话，许久以来，其实早已问过自己无数次，到底要不要等着申由甲回来? 他若是永远都不回来，我该怎么办?

说起二人的婚姻，想当年，在镇集上，申由甲穿着一件洁白的夏衣，从花春雨的面前缓缓走了过去。花春雨一下子就产生了好感，真真觉得那位大男孩的身上满是阳光，散发着无尽的光辉，当即决定，非他不嫁。当时还不认识，几经打听，便找媒人去撮合。申由甲却说，一辈子都不想结婚。张桂芝怎能答应，一再紧逼，谁知申由甲竟喝了农药。

花春雨听说后，同样选择了服毒。先后获救，住进了同一间病房。申由甲曾言："我可以跟你一起死，但我不想跟你一起活。"花春雨自然要问原因，怎奈申由甲拒不告之。张桂芝一再夸赞花春雨何等痴情，申由甲最终答应迎娶。热热闹闹办完了婚事，张桂芝吵着要抱孙子，但新婚夫妇一直同房不同床。花春雨若是睡在床上，申由甲就睡在沙发上。花春雨若是睡在沙发上，申由甲就睡在地上。半月以后，丈夫消失了，谁都不知去了哪里。

某天下午，只见许嘉奇急匆匆要出门，许问渠说道："你还要去买烤鸡吗? 我可吃腻了。"许嘉奇扭头说道："我要出门，难道只能去买烤鸡吗?"说着话，直奔前方。因蓝慧欣想吃海货，许问渠回了屋，便把一些海参和虾仁放到了簸箕里，端出来放在阳光下晾晒。片刻工夫，像是几只大鸟，呼啦啦飞到了院子里，直奔簸箕，定睛一看，原来是一群野鸡。

许问渠扑去轰赶，一时竟没赶走，念念叨叨："哪里来的野鸡？以前倒是在山上见过，但通常都是一只两只，怎么一下子来了一群？难道其中有何寓意？野鸡来抢食，只怕不是好兆头。"任由野鸡啄食海参和虾仁，许问渠直奔院外，同样要去烤鸡店。走到镇街路口时，隔远望见许嘉奇正在跟店家说话，看上去那对男女非常亲密，琢磨了起来，我哥想要干什么？

许嘉奇拿着烤鸡往回走，行至路口，被许问渠截住了。无论许嘉奇如何向前迈步，许问渠都要堵在他的面前。许嘉奇问道："你想要干什么？"许问渠说道："我不反对你谈恋爱，但我要提醒你，不可胡来！"许嘉奇说道："我是哥，你是弟，你竟要管我？"许问渠回应道："我不管你，谁管你？单从遇事历练上来说，你的一生恐怕装不下我的一年！不管你想要干什么，听听我的建议，又有何妨！"许嘉奇推开许问渠，直奔前方。

二人在家里吃了晚饭，许嘉奇根本坐不住，动不动就要看手表，似是急着赶时间，要去办什么事。转眼到了晚上十点左右，跟许问渠说道："我出去一趟。"说着话，就走出了家门。许问渠躲躲闪闪跟了出去。许嘉奇走着走着，发觉身后似是有人，计上心头，直奔烤鸡店，以最快速度躲到了漆黑的路边树丛里。许问渠追来，以为许嘉奇进了烤鸡店，就去敲门。

花春雨打开门，笑着说道："若要买鸡，明天再来。今天的，全都卖完了。"许问渠啥话都没说，直接扑到了屋内，探查了一圈，没发现许嘉奇，扭头就走。转来转去，发现店面有后院，又去敲门。张桂芝打开门，没有说话。许问渠稍作思考，轻声说道："有的人，在你家，还算是人，一旦进了我家，说不准就会成为野鸡，你可要看好。"

张桂芝一听，直奔前厅，见花春雨正拿着拖把拖地，并没有任何异常，就回到了后院。许问渠在街上转了半小时有余。他在亮处，许嘉奇在暗处。他看不见许嘉奇，许嘉奇却能看见他。见他走了，许嘉奇才跑了出来，扑至烤鸡店轻轻敲了一下门。花春雨把门打开，许嘉奇进了屋。东墙根的床底下，跑出来了一只狗，咬住了许嘉奇的左裤脚，拽着奔向门口，看那架势，无疑是想要把他赶走。

许嘉奇抬腿甩了几下，谁知竟没甩开。花春雨摸了摸狗的头，轻声说道："别乱叫！"那狗的确没叫，但始终不松嘴。许嘉奇抬起了右脚，狠狠地踹去，把狗踹到了床底下。张桂芝睡在后院，半夜被前厅的些许声音吵醒了，细细听去，发觉似是有人咳嗽了一声，紧接着又听见了像是凳子倒地的声响，穿上衣服，直奔前厅。等花春雨拉开灯，打开门，许嘉奇早就跑了。张桂芝没发现任何异常，便回了后院。许嘉奇没有跑远，见店里的灯灭了，又去敲门，进了屋，直到第二天早晨，方才回了家。

许问渠在院门口堵住了许嘉奇，且问且劝："昨晚你去了哪里？我们生意人耳听八方，眼观四路，你以为我不知道桂芝烤鸡店的底细。花春雨并非丧夫，你可要把持住自己。想想我们许家，能顶门立户的爷们儿，现在只有你我。求你不要胡来！"许嘉奇却说："我是你哥，你倒像我爹！"许问渠叹了口气，念叨了起来，太阳和月亮一旦相撞，丁点火星，就能让痴男怨女成为干柴烈火，怎么办？

许嘉奇整天都在补觉，到了晚上，悄悄来到烤鸡店门外，听见屋内有声，没有急着敲门。张桂芝正在盘问花春雨："咱们家的狗，整天都没叫一声，不如昨天调皮，你跟我说说是何原因。"花春雨撇着嘴说道："狗若是你的侦察兵，发生了什么变化，你应该从你自己的身上找原因。"张桂芝又说："你跟我说实话，昨晚是不是有人在店里留宿？"花春雨矢口否认。

张桂芝又说："自从你嫁到我家的第一天起，我就时常叮嘱你，我们是卖吃食的，不要在屋里随便吐痰，免得顾客发现后，会觉得恶心，影响销量。如果昨晚没有人留宿，你睡觉的床的上方屋顶上，现在缘何会有一坨发黄干结的痰？难道是你躺在床上吐上去的？"

花春雨此前并未在意屋顶上有痰，赶紧抬头看了看，随即咬着牙说道："的确是我吐上去的。"张桂芝则说："看那口痰的样子，吐痰的人，平时似是抽烟，可你明明不抽烟。况且你会有那么大的力气，把痰吐到屋顶上？想来应该是力气更大的男人吐上去的吧。如果你非要说是你吐上去的，那你现在就躺在床上，再吐一次，让我看看。"花春雨支支吾吾说道："我现在嗓子眼里没有痰，等有了，再吐给你看。"张桂芝说道："你若是不说实话，今晚上，咱们俩谁都不要睡觉。我非要抓住那男人不可！"花春雨回顶了一句："悉听尊便！"

张桂芝指着狗数落了起来："晚上有人留宿，你为什么不叫？为什么不把那人赶出去？"说着话，抬脚踢狗，念念有词："看我怎么踢死你！"接连踢了几脚，那狗嗷嗷直叫。花春雨大喊道："你是在踢狗，还是在踢我？不要以为我不知道你的用意。"张桂芝边踢边说："谁做了不要脸的事，我就踢谁！"说着话，仍是踢狗。狗趴在地上一缩再缩。

花春雨又喊道："最应该挨踢的是你儿子。你若是有能耐，就把他找回来踢一通。"张桂芝一听，发着狠怒道："你竟然还有脸说！你是有夫之妇，越发该挨踢。"

许嘉奇在门外听了听，转身就走，琢磨着，不妨先找地方坐一坐，过一会儿再来。拐了俩弯，发现前方还有一家酒馆里亮着灯，立即直奔，要了一瓶酒，一盘花生米和一盘毛豆，吃喝了起来，动不动就要看看手表。喝了半瓶酒，觉得稍有醉意，便要起身离去，把没吃完的花生米装在了左口袋里，把毛豆装在了右口袋里，拎着半瓶酒，走到了大街上。周围再无灯光，拐到了烤鸡店门外，怎奈店里依然亮着灯，张桂芝和花春雨面对面坐着。许嘉奇一等再等，喝完了半瓶酒，见店里还是亮着灯，索性转身往回走，叹着气念念叨叨，明晚再来，明晚再来。

风一扑，酒劲直在肚腹中乱窜，走起路来歪歪扭扭，像极了扭秧歌，摸黑前行，走着走着，只见有人从身边跑了过去，说着赌一把，赌一把。许嘉奇一下子来了兴致，追着那人便去。那人跑得并不快，但看上去真真像是急于去赌。许嘉奇跟在后面，一路小跑，跑着跑着，发现前方有一群人正在灯下聚赌，吵嚷声迭起，扑到了跟前。

刚要去夺骰盅，谁知几名女童扑到了跟前，许嘉奇想要推开，却推不开。孩子们问道："有没有什么吃的?"许嘉奇从左右口袋里掏出了花生米和毛豆。孩子们拿着去吃，方才不再添乱。许嘉奇挥舞手臂摇起了骰盅，哈哈大笑，怎奈几把下来总是输，只能从上衣的内侧口袋里往外掏钱。让人觉得有趣的是，哪怕他掏出的是一块的，交给赌友，对方却拿不动，更不要说是十块的、一百的。直到他输光了身上的所有钱，赌友才不再跟他继续赌。他摇摇晃晃往回走，走着走着，根本弄不清走到了什么地方，侧身一躺就睡着了。

次日早晨醒来，觉得头上生疼，晃了晃头，顿时发现自己坐在坟圈子里。看了看周围，知道眼前正是自家的坟林。回想起来，昨晚曾与人赌博，立即问了一句："那些人是谁？"起身看了看，只见跟前坟头的供桌上放着一些钱，地上还有一些花生米和毛豆，登时觉得心里直冒寒气，拔腿就跑，直奔家门。在路上恰巧遇见了许问渠，说了一遍自己经历的事，并且说道："活见鬼，我是不是马上就要死了？赶紧去攒百家面！"许问渠板着脸说道："你喝醉了，是酒鬼，还曾赌博，是赌鬼。除了你，哪里还有鬼！"

许嘉奇晃了晃脑袋，方才彻底从睡梦中醒了过来，回了家，整整一天，转来转去，像是没头的苍蝇，明明有事要做，但又不知该如何去做。直到天色擦黑，方又出了门。隔着老远，就发现张桂芝坐在烤鸡店门口。许嘉奇百般思量："到底要不要去找花春雨？她可真是温柔至极！"张桂芝不挪窝，许嘉奇就没法靠近，转眼就到了半夜，看上去张桂芝仍是不打算挪窝，许嘉奇干脆转身往回走。

接连几日，花春雨时常发现，张桂芝一旦在街上跟别人窃窃私语，别人就会投来异样的目光，何尝不曾念叨："不管怎么说，我们都算是婆媳一场，你怎能败坏我的名声。你的心思，我岂会不懂。等我的名声毁尽，就无人再敢跟我亲密交往，我便只能留在你家，等着你儿子回来，但我总不能一直等到白头吧。你不仁在先，就不要怪我不义在后。"

趁店里不忙时，花春雨去了派出所，想要打听如何解除与申由甲的婚姻。警察告之，按照法律规定，申由甲若已失踪五年，亲属可申请宣告死亡，过了公告期，即可去婚姻登记机关申请解除婚姻。花春雨当即申请宣告死亡。尽管她没有告诉张桂芝，但张桂芝几天后就知道了，世上毕竟没有不透风的墙。

有一天清晨，花春雨趴在水缸沿上，往脸盆里舀水，想要洗脸。张桂芝瞅准了，扑到跟前，趁花春雨弯腰的时候，抱住了她的腿往前一掀，直接捅到了水缸里。花春雨拼命挣扎，扑腾着水。张桂芝发着狠念叨："你生是申由甲的人，死是申由甲的鬼，我岂能容你跑掉。你跑了，等我儿子回来，还如何做人，总不能让全世界的人都知道我儿子的头上戴着一顶绿帽子吧。"

花春雨慢慢地不再动弹。张桂芝把她从水里拖了出来，扔到了地上。转眼工夫，头顶上传来一声鸣叫，嗷的一声。张桂芝抬头看了看，发现一只老鹰正在上空盘旋，念叨了一句："快下来吧，赶紧把不知下流的女人叼走吃掉！"说着话，躲到了后院的屋里，趴在窗户上盯着外面。

花春雨直挺挺躺在那里，突然咳嗽了几声，抖动了几下腿，没有死。那只鹰始终没有落下来，片刻就飞走了。张桂芝迟迟没有出屋。花春雨摇摇晃晃站了起来，走到前厅，坐在了柜台前，望着前方念念叨叨："再过一阵子，我就没有资格再住在烤鸡店里了。我的娘家，在杨官屯原本就是独门独户，早就没了人。我还能去哪里？逃离申家门，转入许家门，显然是唯一选择。许嘉奇赶紧来吧，把

— 334 —

我接走!"念叨至此,便抬手摁着太阳穴。一边等着许嘉奇,一边等着公告期快快过去,谁知公告期过去了,甚至已经解除了跟申由甲的婚姻,许嘉奇却迟迟没有再来。花春雨总是轻声念叨,那天晚上,明明说好了要娶我,怎么还不来?

许嘉奇当真有事要忙。既然他迟迟没去找潘金凤相亲,经许问渠鼓动,潘金凤索性来找许嘉奇。许问渠有言在先:"我哥最近可能在男女关系上犯了错。"潘金凤却说:"你大伯许庆生还活着的时候,我曾跟他大闹,自从你大伯去世之后,我总感觉还欠着你们许家一份人情。只要许嘉奇能接受我,我就能容忍他曾经犯过错。"

面对潘金凤,许嘉奇难免还是有些犹豫。相亲见面,潦草收场。许问渠猜测哥哥的心思,何尝不曾深劝:"一来你毕竟犯过罪,潘金凤可是清清白白的。她不计较你的过去,无论怎么说,都算是极其大度。二来你毕竟上过大学,潘金凤没上过。关键问题是,你上过大学,又能怎样?现在难道不是在靠我的那些土策略发财?文凭光鲜,仅仅只是为你谋生提供了另一种可能。当另一种可能无法再实现时,老老实实回归本色,并不丢人。自从你出狱回家,好一番折腾,在我的理解中,你可能想要破罐子破摔。我根本看不透你和花春雨来往到底算不算是爱情。若无法前行,就当止则止,既对得起花春雨,又对得起你自己。"许嘉奇说道:"容我好好想想。"

几日以来，张桂芝动不动就要瞪着花春雨怒目以示，花春雨真是受够了。某天早晨，张桂芝突然离开了烤鸡店。花春雨想了想，她去了哪里？难道又想要置我于死地？思来想去，她大概回了草埠娘家，去搬人马了，怎么办？在许嘉奇娶我之前，最好不要惹出是非。

打定主意，直奔草埠村，去了张家。果然见到了张桂芝，认真说道："刚刚有人捎来了信儿，说申由甲快回来了。我们夫妻可以去复婚，咱们一起回去吧。"张桂芝皮笑肉不笑，回复了一句："你先回去吧，我吃了午饭再回去。"花春雨独自往回赶，满心里琢磨，张桂芝到底相不相信我说的话？只怕并没有放弃要加害我的想法。

刚刚回到烤鸡店，再次骑上自行车前往草埠村。见到张桂芝说道："又有人捎来信儿，说申由甲半月后就会回来。"张桂芝只是回复："知道了！"花春雨独自往回赶，越是叫不回张桂芝，就越是觉得害怕。前脚回到烤鸡店，后脚又要折返去草埠，跟张桂芝说道："申由甲已经回来了，咱们一起回去吧！"张桂芝说道："你先回去，我喝点水就走。"

花春雨匆匆往回赶，总是琢磨："张桂芝为什么不愿意跟我一起回去？她和其他张家人到底想要干什么？"回到烤鸡店，把原本用来烤鸡的一些木头搬到了后院屋里，并且泼上了两桶食用油，咬着牙念念叨叨："莫不如赶在你害我之前，先让你去见阎王！"张桂芝终于赶了回来，进了后院，进了屋。花春雨赶紧在外面锁上了房门。

任凭张桂芝怎么喊叫，只当没听见，点燃了一把干草，敲碎门上玻璃窗，把火苗扔到了屋里。张桂芝惊恐不已，大喊救命。屋内木柴着了起来，火舌越来越旺。花春雨以最快速度去关院门，想要挡住院外人投来目光，以便于日后可以对外宣称，张桂芝是自己在屋里生火时，不小心被烧死的，谁知张桂芝的娘家人扑了进来。

那些人其实早就跟着张桂芝赶了来，只是张桂芝有言在先："花春雨竟然接连去了三趟草埠，说不准会弄出什么事。只怕申由甲已经回来的说法不实，莫不如做好两手准备。你们暂且在院外等着，容我先进去看一看。如果申由甲的确回来了，我会出来告诉你们一声，你们就回草埠。如果花春雨是在骗人作妖，院子里一旦出事，你们就进去拿人。"

那些人听见了张桂芝的喊叫声，立即破门去救人。花春雨吓傻了，被堵到了墙角。张桂芝从火场里跑了出来，指着她，指挥众人："把她扔到火里烧死！"有人说道："我们私自杀人，算违法，莫不如交给警察。既然她涉嫌故意杀人，恐怕迟早都是一死。"说着话，就要出门去报警。

花春雨蹲在那里，默默流泪，心里琢磨：只可恨我自己此前没有把张桂芝想要杀我的事报警。等警察来了，我再说自己是在报仇，张桂芝何尝不会辩解，当时只是想要制我，并非想要杀我。我该怎么办？

望着火舌即将烧尽整间屋，花春雨真真觉得自己的内心里同样升腾着一把大火，念念叨叨："许嘉奇，咱们到底还能不能走到一起？相识一场，怎能让我独自面对困厄。"花春雨思来想去，起身去前厅的柜台前拿了一根绳子，捏在手里，出了烤鸡店。

张家有人跟在后面。花春雨走着走着，又念叨了一番："此前闲聊时，许嘉奇跟我说过，他家的祖坟在哪里，而且发生过不少故事。既然难逃一死，莫不如就去那里上吊，以便于许嘉奇日后就地掩埋。生不能进入他家阳间的门，去做他的人，不妨就投奔他家阴间的门，去做他的鬼，反正是进了他家的门。"

花春雨果真来到了许家坟林，就近找了一棵柏树，爬上去把绳子搭在了树枝上，紧接着上了吊。张家人只是直眉瞪眼盯着看，没有救人，过了片刻，便走了。直到警察找来，看了看现场，索性爬到树上，把花春雨的遗体搬到了地面，随即下了山。傍晚时分，有人自杀的消息，就在村里传遍了。热心乡邻跑到许家知会了一声。

许嘉奇和许问渠都惊掉了下巴，立即以最快速度跑到了坟林里。一看尸首，许嘉奇阵阵心痛，许问渠则连连叹息。许嘉奇发起了牢骚："我跟花春雨谈恋爱谈得好好的，你非要拉着潘金凤插一杠子，搅乱了我跟花春雨的恋爱。你就是罪魁祸首！"许问渠反驳道："你和花春雨从一开始就是畸形姻缘！起先若不是你上赶着跟她相好，至今怎会

— 338 —

出现自杀事件。到底谁是罪魁祸首，你比我更清楚，只是你不愿意承认罢了。"

许嘉奇又说："我们的姻缘再怎么畸形，难道我们自己不会想方设法去矫正？可巧你半路上添乱，让我分了心！"许问渠仍是反驳："你和花春雨的姻缘从根源上就是畸形的，再怎么矫正，恐怕依然都是畸形的。难道你能把一棵柏树变成一棵松树？"兄弟二人在花春雨的遗体跟前坐了整整一夜。

转过天来，不得不考虑，该怎么安葬死者？许嘉奇颇感头疼，思考再三："曾听花春雨说过，她早已没了娘家人，看来只能下山赶往烤鸡店。"马上动身，回家推出自行车，一路狂奔，到了那里，却发现店门紧闭，便向周围店家打听了一番，紧接着便要赶往草埠。找到了张桂芝，张嘴就说："你赶紧去把花春雨的尸首搬到你家！可万万不能一直放在我家祖坟外围。"

张桂芝一听，拔高嗓门说道："就你们俩的那些事，你以为我不知道吗？你竟然还有脸来找我！花春雨早就跟我家没有任何关系了，我还有什么理由去搬运她的尸首。况且她是奔着你去的，理应由你负责去安葬。"许嘉奇说道："花春雨怎么就跟你家没有任何关系了？你儿子若是早死了，等哪天发现了尸首，还可以让他们同躺一墓。"张桂芝嗷嗷喊道："谁说我儿子死了，说不准啥时候就回来了。你不要满口喷粪！"

商量不成，许嘉奇离开草埠，又去了派出所。警察说道：“花春雨杀人未遂的案件，因她自杀，只能完结，可让我们如何去安葬她？”许嘉奇往回赶，边蹬着自行车边琢磨："花春雨既然结过婚，又跟婆家撇清了关系，难道只能按照旧俗，把她埋到一块前不着村、后不着店的空地里？"折腾了大半天，又赶到了山上。

许问渠仍然坐在死者跟前，见许嘉奇回来，心平气和问了一句："你说能不能像安葬黄书曼那样安葬花春雨？"许嘉奇一听，愣愣怔怔说道："你跟黄书曼当时已经走到了结婚那一步，我跟花春雨并没有走到那一步，不能作等同看待吧？"许问渠又说道："我且问你，你有没有跟花春雨承诺过，日后要娶她？"许嘉奇低声回答："谈情说爱嘛，什么话不说，能把恋爱时的各种说辞当作承诺吗？就像你跟黄书曼，是不是只有经过了订亲等正式程序，承诺才能算数？否则就不必当真！"

许问渠说道："万一花春雨当真了呢？"许嘉奇哑然以对。许问渠又说："花春雨跟你谈恋爱，可真是瞎了眼！"许嘉奇低着头说道："我于心不安，求你不要再骂我了！"许问渠继续说道："花春雨为什么要到我们家坟林外围自杀？足以说明她当真想要跟你死死绑定。"许嘉奇不做回应，表示默认。

许问渠问了一句："如果不把花春雨葬入我们家祖坟，你觉得合适吗？"许嘉奇支支吾吾回复："不是许家人，怎入许家坟！如果我跟谁谈恋爱，女方一旦死了，就要葬入我们许家坟，岂不是乱了套！如何安葬死者，总要讲究章法！"许问渠毫不客气，斥责了两句："你现在倒又讲究章法了！如果我们把花春雨葬在一块前不着村、后不着店的空地里，你觉得你能对得住她吗？"许嘉奇再次无言以对。

许问渠说道："看来只能把花春雨视为你的未婚妻，葬入我们家祖坟！"只见许嘉奇似要反对，许问渠问道："你能拿出更妥当的策略吗？"许嘉奇说不出来。许问渠又说："把花春雨葬入我们家祖坟，的确不具有那么强的正当性和应当性，但又实为不得不。"许嘉奇抬手扇了自己一巴掌。许问渠说道："都是你惹的事！现在只能尽最大努力给你打补丁收场。若是处理不好，乡亲们会怎么看，我们家还如何在集吉园立足！"许嘉奇用上更大的力气，又扇了自己一巴掌。

许问渠站了起来，直奔山下，要去镇街上寻找潘金凤。见了面，把兄弟二人的谈话内容择要告之，特意提道："一旦把花春雨葬入我们家祖坟，她可就相当于我哥的前妻。如果你还想跟我哥继续谈婚论嫁，可要考虑好，能不能接受等你未来死后，你和我哥的坟里还躺着花春雨，而且我哥躺在左侧，花春雨躺在后侧，你躺在花春雨的右侧，你和我哥永远隔着花春雨。"

潘金凤听了听，捋着胸前发梢说道："花春雨和黄书曼各有各的死亡情由，难道我潘金凤要步蓝慧欣的后尘？"

许问渠提醒道："你不要有心理压力，即使不能接受，无法成为我的嫂子，我们俩依然是好朋友。"潘金凤说道："人与人的任何一种相遇，哪怕只是在路上的一次擦肩而过，都已经彼此进入对方目光投射的范围，继而可以成为相互装饰对方生命历程的素材。你们许家的事，我如果完全不知，那就罢了。既然你已经告诉我了，我岂能无动于衷。只是婚事太过重大，容我好好想想吧。"许问渠转身走了。潘金凤陷入了沉思。

许问渠回了家，潦草吃喝了一通，又拿了些饭食，要给许嘉奇送到山上。一见面，便叮嘱了一句："你不妨再为花春雨守一夜，避免被狼拖走。"许嘉奇说道："何须你来告诉我，而我原本就打算继续守尸，算是对自己的惩罚。"许问渠下了山。

第二天早晨，扛上镐锹，前往坟林，要和许嘉奇一起挖坟。在哪里动土？不妨紧挨着黄书曼的坟。许嘉奇问了一声："还要给花春雨办丧事吗？"许问渠回答："只宜从简。"置办了长明灯和长流水，再去准备棺材。许嘉奇去买了两份寿衣，一份给花春雨穿到身上，另一份交给了许问渠。兄弟二人接下来要分工，许嘉奇负责找车，把遗体送往火葬场，许问渠前去准备冥镜和驳杖等物。

半天工夫，寿衣入棺，骨灰入衣。许嘉奇叹着气念叨："且看我们哥仨，老大走了，我们俩明明还比较年轻，倒是把各自未来的埋身之地选好了。不知道世上有没有第二家如同我们家？即使有，只怕未必完全一样，可真是透视出我们哥仨即使不想成为传奇人物，都极易被赋予传奇色彩。"许问渠说道："人生在世，平平淡淡最好。若要成为传奇人物，难免会经历他人所不曾经历。尤其是那些苦难和锥心悲痛，谁又愿意承受？春易消，秋又散，一生此去入笑谈。"

还没等棺材入坟，潘金凤匆匆跑来告之："申由甲回来了！现在就在桂芝烤鸡店。"许问渠和许嘉奇都愣住了。潘金凤又说道："花春雨和申由甲毕竟原是一对夫妻，万一申由甲想要安葬花春雨，那可怎么办？依我看，你们不妨暂且停止埋坟，先听听申由甲怎么说，避免再引起不必要的麻烦。"

许问渠问道："申由甲回来了，是你亲眼看到的，还是听说的？"潘金凤回答："我原本在我的店里忙活，突然发现很多人都朝着桂芝烤鸡店那边涌集，就跑去看了看，是我亲眼看到的。"许问渠随即拿定主意，看来只能暂且停手。许嘉奇却说："任凭申由甲想要如何，花春雨已经跟他没有关系了。"许问渠则说："不妨去看看。万一申由甲要是闹事，可就不好办了。"兄弟二人和潘金凤下了山，直奔桂芝烤鸡店。

第二十四章

团　圆

　　申由甲坐在椅子上默不作声，目光呆滞。送他回来的白发老者，自称名叫臧青蓝。张桂芝一直在哭着道谢。臧青蓝说道："你儿子的病症，时好时坏，我尽力了。日后能不能治好，全都交给你了。"张桂芝点着头说道："我其实早就知道他的精神上出了问题。他后来失踪了，我天天担心他在外面发病惹事。担惊受怕若干年，内心里总感觉他可能早已不在人世，但又不愿意相信，现在好了，终于回来了。"

　　说起申由甲的病症，张桂芝此前从来不曾跟任何人提起，那是她深埋在内心的秘密，生怕别人一旦获知，会影响儿子的名声。事到如今，既然臧青蓝已经提起，而且儿子能活着回来就已经谢天谢地了，那还有什么可隐瞒的。申由甲三岁那年，父亲领着他出去玩耍，曾接连三天遇见狼。第四天，父亲闭门不出，谁知那匹狼竟翻墙入了院，弓着腰，龇着牙，转来转去，时而盯着大人，时而盯着孩子。

张桂芝曾言："我去街上打听打听哪里有卖炸药的，就是石场用来炸场子的那种，买一包回来，把狼炸死。"说着话，出了门。那匹狼翻墙跟了去，跟了一段路程，便不再继续跟去，而是转身往回走。父亲原以为狼已经走了，就独自走到了院内黄瓜架下，想要摘黄瓜，一转身，发现狼在面前。狼跃起扑去，咬住了父亲的脖子。

申由甲恰恰走到了架前，眼睁睁地看着狼捕食，吓得不敢动弹。父亲躺在地上拼命挣扎。狼又咬了一口他的肚子，嘴里呜呜发声。父亲似是听懂了狼语，念叨了起来："你说什么？你要吃谁，都是经过山神爷批准的。山神爷不让你吃我的孩子，却允许你吃我，只因我以前上山打过猎。"狼张开大嘴，又咬了一口他的大腿。父亲又说："只要你不吃我的孩子，就把我吃了吧。"

狼果然从他的身上撕下了许多肉，鲜血四溅。申由甲一直站在那里看着。张桂芝回来了，狼听见了开门声，就翻墙跑了。架下只剩了父亲的残骸。见到了母亲，申由甲才开始哇哇大哭。张桂芝想了想，不管未来会发生什么，既然丈夫已死，那就应当避免波及面扩大，尽全力保全儿子，只是对外宣称，丈夫被狼咬死时，旁边并没有其他人。

自那以后，张桂芝曾发现，儿子竟偷吃家里的生猪肉，便不再往家里买，还曾发现儿子钻入鸡窝里吃鸡，悄悄寻医问药，怎奈效果不好，就开始卖烤鸡，以便于让家里充满熟肉的味道。好在儿子并不是时常发病，一年只是两三次。申由甲上了学，不知他在学校里听谁说过什么，有一回，放学回家问母亲："世界上有没有一种吃了可以让人不死的东西？"张桂芝原本只是想要安慰儿子，就说肯定有，谁知儿子后来一直在寻找。申由甲慢慢长大了，玉树临风。母亲的心里却总是半喜半忧，一直想让他像其他人一样娶妻生子，怎奈儿子过不了正常生活，总是把自己不认可的人视为狼变的。

申由甲前几年在哪里流浪，就连他自己都说不清，自去年开始，住进了原齐都化肥厂的一片废弃楼房里。每日都要去街上翻检垃圾堆，获取衣食。只要吃饱了，就会坐在废弃楼房前方的水池边。臧青蓝无妻无子女，曾是齐都化肥厂的力工。工厂倒闭，没能另谋职业。六七年以来，同样靠拾荒维生，一直住在那片废弃楼房里，只与自己的一头老黄牛做伴。废弃厂区遍地杂草，可供牛啃食。

申由甲刚刚住进来时，穿着一身破衣烂衫，头发凌乱，满脸污垢。臧青蓝一看便知，彼此的状况估计没有多大差别。申由甲坐在水池边，一旦扭头望见臧青蓝似要出门就会喊，今天是红色的，可以出门，有时还会喊，今天是白色的，不能出门。臧青蓝怎能不问，什么东西是白色的或者红色的？申由甲高声回答，水里有一条鱼，它会变色。臧青蓝并不在意。

某天下半晌，申由甲拿着一张崭新的纸币跑到了臧青蓝的面前，鼓弄来鼓弄去，洋洋得意，念念叨叨："我捡到了一张钱，我捡到了一张钱。"臧青蓝说道："赶紧装到口袋里，小心被钱咬了手！"申由甲嘿嘿笑道："钱怎么会咬人！"说着话，继续鼓弄，手舞足蹈。新币锋利，果真划破了他的手。他疼得龇牙咧嘴，呜呜哇哇说道："钱果然会咬人！"

臧青蓝说道："看你的状态，你的精神上是不是有问题？"申由甲没有回答，直奔水池南面的墙根。那里有一株杏树，他在树枝上找到了一些胶状树液，拿回来摁到了自己的伤口上。臧青蓝想了想，手上流血，还知道用粘粘胶治伤，看来他的精神上没有问题。

再至后来，某天傍晚，申由甲在水池边坐了一会儿，就回了旧楼。臧青蓝前去探望自己的牛，突然看见一道黑影在草丛里忽闪了一下，瞬间就消失了，转身望去，可巧几米开外又有一道黑影忽闪，仔细看看，隐约发现一条黑蛇正在奔向旧楼，弹跳着，简直是在飞，大致只有一米左右，但比墨汁还要黑。

臧青蓝稍作思考，黑蛇奔向旧楼，难道想害人？不好，只怕要出事！转念又想，我就在草丛里站着，黑蛇为什么要舍近求远？难道没有看见我，或者对我不感兴趣？谁又能说清蛇类每时每刻都在想些什么。且不论如何，先去救人，制蛇要用针！思考至此，以最快速度奔向自己居住的房间，到窗台上拿了一根针，转身去找申由甲。

臧青蓝走到三楼楼梯口的时候，发现前方堆满了木柴，墙角有些被褥，但没看到申由甲，更没看到那条黑蛇，心里直纳闷，黑蛇去了哪里？身后突然有亮光闪现，回头一看，申由甲正举着火把。臧青蓝一时没说话，还在扭头找黑蛇。申由甲张嘴问道："你是不是要来跟我争抢？"臧青蓝全然不知该如何接话。申由甲又说："你早不来晚不来，偏偏赶在我马上就要熬出长生汤的时候赶了来，是何居心？"

臧青蓝至此才刻意扭头看了看两米开外的炉子，上面放着一口破锅，锅底燃着火苗，锅里的确有些汤。申由甲晃了晃脑袋，顿时扑去。臧青蓝连忙躲闪。申由甲发狠挥舞着火把，火星落到了周围的木柴上。二人拉锯的工夫，三楼上燃起了熊熊大火。

二人周旋到了一楼。臧青蓝只顾着躲闪飞来的火把，哪里还顾得上黑蛇，转眼便倒在了地上。可巧黑蛇就在他身后的旮旯里，跃跃欲试，想要蹦起来扑到他的身上。就在那瞬间，申由甲扔掉火把，扑到了臧青蓝的身上，刚要抢拳头，黑蛇蹦起，直奔申由甲的脖子，咬了一口。

臧青蓝站了起来，申由甲却倒下了。一时不知那条黑蛇又去了哪里，只见申由甲频频吐舌，宛如蛇吐信子，口不能言，臧青蓝便蹲到了他的身边。申由甲翻身又要扑臧青蓝。打斗之间衣服抖动，臧青蓝赫然发现申由甲的腰间发了黑，当即想起自己的袖子上还插着一根针，拔下来就要去扎申由甲的腰部，怎奈总是扎不到。

　　臧青蓝又站了起来，只见申由甲竟在地上匍匐，那形态真真像是一条蛇。臧青蓝扭头瞅了瞅周围，突然发现那条黑蛇再次蹦起，眼瞅着就要扑到自己的脖子上，还如何躲。申由甲登时站了起来，挡在了前面，黑蛇又咬了他一口，随即一蹦，又消失了。申由甲没等扑到臧青蓝的身上，就倒在了地上，转眼间又开始匍匐。

　　臧青蓝愣住了，念叨了起来："要不是你挡在了我的前面，被蛇咬伤的可就是我。不论你是不是有意救我，但我的确没被蛇咬到。"申由甲匍匐了一会儿，便直挺挺躺在了地上。臧青蓝用针猛刺他的腰部，怎奈申由甲迟迟没有醒来。臧青蓝思来想去，你救了我一次，说不准还是救了我一命，我不能忘恩负义。眼下怎么办？恐怕只能去医院了。

　　把申由甲背到医院，直到两天后，他才醒来。护士前来查房，申由甲一把抓住护士的脖领子，嗷嗷喊道："我穿着一身飞鼠皮，你们休想害我。"护士只好脱下工作服，方才摆脱，赶紧叫来了医生。申由甲又冲着医生神神叨叨说道："我的肚子里有一碗长生汤，只要我不跟任何人讲，我就会长生不老。"臧青蓝站在旁边说道："你明明已经告诉医生了，别再闹了。"医生告诉臧青蓝："蛇毒易解，精神病难治，赶紧去交费吧。"

　　臧青蓝怎能不问："要交多少钱?"医生答说："先交

三千吧。"臧青蓝犯了难，我靠拾荒维生，哪有那么多钱！怎能不愁不急，夜幕降临时分，低头耷拉脑袋回到了原化肥厂，琢磨来琢磨去，难道我还要出钱给那人治疗精神病吗？至此我都不知道他叫啥。他顶多只是替我被蛇咬了两口，仅此而已，我有必要再管其他的事吗？转念却又想，俗语有言，滴水之恩，当涌泉相报。哪怕只是受人一滴水，当掘井报答。那人的事，我不能不管。况且是我把他送到医院的，怎么能半道上逃脱。退一万步来讲，穷人可怜穷人，原本就是理所应当。

迫于无奈，臧青蓝把目光投向了自己的那头牛。走到跟前，冲着牛说道："眼下实在是山穷水尽了，我的口袋里原本只有两百多块钱，是我长期积攒下的，马上就花完了，恐怕只能把你卖掉换钱了。我不知道你原来是谁家的，只因几年前我在一处垃圾堆上遇见了你，你后来便一直跟着我。我们俩早就有了感情，我但凡还能想出其他办法，又怎么可能舍得拿你去换钱。把你卖掉，我的心里可真是疼得犹如刀割。"

老黄牛似能听懂，扭头看了一眼臧青蓝，把头拱到地上，哞哞叫了两声。抬蹄子踢了几下地面，一转身，奔着南墙跑去，直接把头撞到了墙上，撞得头破血流，在地上抽搐了起来。臧青蓝扑去，抹了几把眼泪，哽咽着说道："你把头撞得稀烂，可让我怎么去卖你。你是不是不想让我卖你，才故意把头撞烂的？"

牛怎么可能会告之答案，片刻后，就没了气息。臧青蓝稍加盘算，既然已经无法卖牛，莫不如就卖牛肉吧。第二天早晨，便忙活了起来，先是把牛皮扒了下来，紧接着就开始大卸八块。拾掇内脏的时候，竟然发现了一些状如鹅卵石的东西，大小不一，有的呈现为金黄色，有的呈现为黄褐色。臧青蓝根本不知那是何物，拿着其中一块跑到了街上，逢人便问。半天工夫，才获知原来那是牛黄，价格赛黄金。

臧青蓝左思右想，明显觉得心里直痛，又念叨了一番："牛啊牛，想来你知道自己的身上长有牛黄。我若是把你卖了，牛黄可就不属于我了。所以，你才故意死在了我的面前，让我无法卖你。你可真是通人性，为了我，煞费苦心。你死的时候，我还埋怨你，都是我不对。"

转念又想起了过往，一人一牛，相互做伴。若是没有牛，那是何等孤独，走在无望的人生路上，又该向谁倾诉自己的心声。若是没有牛，寒冬腊月下大雪的时候，又会跟谁挤靠在一起取暖，度过漫漫长夜。若是没有牛，心里又怎么可能还会存在一丝一毫的牵挂。你我相依为命，互为家人，方才让我的心里还温存着些许对家的归属感。

臧青蓝前往齐都最大的药店卖了牛黄，又去市场上卖了牛肉，得了三千多块钱。拿着去给申由甲交了治疗费和住院费，谁知那些钱并不足以支撑着他走出医院，只因他的病情太重且难治。臧青蓝再次发起了愁，已经无牛可

— 351 —

卖，接下来可怎么办？内心里直呼，有没有要买人的？我干脆把自己卖了吧。

愁来愁去，头上就连一根灰色的头发都没了。某天晚上，回到了住处，仰望星空，自言自语："都说天无绝人之路，可我明明走到了绝境。"突然发现水池那边闪了一下，走到跟前，只见水里竟然有些光亮。臧青蓝自问了一句："难道水里有河蚌，蚌身上有珍珠？"

水里的光入了眼，入了心，心里便有了光亮。借着月色，下水打捞，摸来摸去，果真捞出了若干河蚌。拿到街上灯下，开壳就发现了一些偌大的珍珠。转过天来，拿着去了珠宝行。按照珍珠的品相和大小议价，得了两千多元，又花在了申由甲的身上。久经治疗，他终于说出了自己的名字，一并告之，他的母亲在齐都市月朗镇的镇街上开着一家桂芝烤鸡店。

既然有名有姓有地址，臧青蓝就把申由甲送了回来。闻听前后言，张桂芝决定去银行取钱，还给臧青蓝，找出存折，就要出门。臧青蓝却强调："你不用觉着欠我人情，给申由甲治病花的那些钱，并不是我辛辛苦苦赚到的。你若要表达感谢，只谢苍天就好。况且你若给我那么多钱，我当真不知该怎么花。"张桂芝便不再去银行。臧青蓝起身就要离开。张桂芝怎能不挽留。臧青蓝却说："我是自由惯了的人，不必强留，保不齐日后我们还会再见。"说着话，就走了出去。张桂芝一直望着他的背影。

潘金凤、许问渠和许嘉奇早已在桂芝烤鸡店门口瞅望了片刻。只见申由甲眼下老老实实坐着，许问渠走到跟前问道："你的心里还有花春雨吗？"申由甲却反问道："花春雨是谁？是护士？是医生？还是天天在我眼前晃的那老头？"张桂芝扑来，薅住许问渠的衣领说道："你想要干什么？若是刺激我儿子犯了病，我就跟你拼命。"许问渠解释道："我没有别的意思，只是想打探打探你儿子是不是还对花春雨存有念想。"

张桂芝恶狠狠说道："花春雨早就跟我儿子没有任何关系了！"许问渠又说："如果我要安葬花春雨，你能不能保证你们家日后不再挑事？"张桂芝说道："花春雨那样的女人，不配成为申家人。她死了，休想入申家坟。"许问渠一听，转身就走。许嘉奇和潘金凤跟在后面。

没走出多远，许问渠一回头，发现潘金凤不见了，想来她应是回了自己的饭店。许问渠问许嘉奇："我在前面走，你俩在后面，你们有没有拉咕拉咕？"许嘉奇说道："有什么可拉咕的？"许问渠说道："我有充足的理由可以断定，潘金凤不是那种冷漠的人。等我们把花春雨安葬好，你赶紧去找潘金凤。"见许嘉奇耷拉着脑袋，许问渠提醒道："切莫错过好姻缘！"许嘉奇只是说了一声："知道了！"兄弟二人又去了自家坟林，且把棺材送入坟中，彻底安葬好了花春雨。

隔了几天，许问渠走出家门想要去自己的加油站看看，发现几人在街上说闲话，原本并不在意，却听到了熟悉的名字，就停住了脚步。有人叨咕，张桂芝可真是命不济，她儿子终于回来了，母子总算团圆了，她自己却又出了事。我可听说，从昨天早晨开始，张桂芝就告诉她身边的人，总是觉得身上不舒服。她的那些亲戚得知她儿子回来了，本来是要设席祝贺的，万万没想到，张桂芝反倒折腾了一天，嘴里频发异声，时而像公鸡打鸣，时而像母鸡抱窝，有时还像狗叫。昨天晚上，死在了医院里。可怜她儿子，只能算是半醒人，日后只能靠草埠张家照看了。不少人议论，不论是谁，以前杀过什么，死前就会发出什么的声音。不知是真是假，张桂芝杀过多少鸡，恐怕她自己都数不过来。人活一世，理应尽量避免杀生。

听到此处，许问渠抬脚继续往前走，心里默念，人人都在寻访人世间的最美好，头一样，当属团圆，谁家不盼？只可惜世间事，不如意者，十有八九。许问渠前行至路口，唐天宇迎面赶了来，稍稍寒暄，就说道："我来通知你一声，崔婉仪和马驷驹都放弃了对孩子的抚养权。既然孩子现在在你家，你若是愿意继续抚养，需要去办理各种手续。"

许问渠说道："我当然愿意继续抚养。"唐天宇又说："我列了一张表，写好了要办的各种手续，你一项一项去各部门办理就行了。"说着话，便递出了一张纸。许问渠接到手里，随即就问："亮亮可是崔婉仪和马驷驹的亲骨肉，他们俩是怎么想的？竟能忍心抛弃孩子。按理说，一家子团圆，才是人们所盼。还有宋扬，到底算不算故意杀人，你们是怎么处理的？"

唐天宇说道："崔婉仪和马驷驹各有各的打算，说来复杂。至于宋扬的事，我们正在侦办。"见唐天宇急着要走，许问渠没有继续问下去，哪里还有心思再去加油站，急速回家，抱着亮亮亲了又亲。稍作思考，跟蓝慧欣说道："既然亮亮要正式成为我们许家的人口了，总要让他以许姓冠名，莫不如就叫许明亮吧。明字日月相加，但愿孩子的心中和眼里充满光亮，无论是白天，还是黑夜。"蓝慧欣表示同意。

许问渠说道："我给你推荐的店员靠谱不？那姑娘可是我建好加油站后第一批招的员工。你要不要去城隍庙店里看看？"蓝慧欣说道："你推荐的店员，我有什么不放心的，还是你抽空替我去看看吧。亮亮是老大，我现在的任务是守护好老二。况且我挺着大孕肚，行动越来越不方便。各种事，你不替我解决，谁替我解决。"许问渠抿着嘴笑了。蓝慧欣同样笑了。二人笑得那么甜蜜。

办完了亮亮入许家户籍的事，许问渠找到许嘉奇说道："我们该去柳埠看看嫂子。她毕竟怀着我们许家的孩子，我们若是一直不去，嫂子肯定会觉得心凉。"许嘉奇表示同意。兄弟二人便抽出时间一同前往。可巧刚刚赶到李家，天上就下起了雨，三人还没说几句话，李琼碧便屡屡觉得肚子里生疼。李母念念叨叨："明明还没到预产期，难道要生了？许是天气原因，致使孕妇心里焦躁，听不得一点杂音。一旦听到，就会觉得肚子里生疼。"

李琼碧始终在喊疼。李父急匆匆跑出去，叫来了村里的接生员。李母把李琼碧扶进了里屋。孩子要降生，怎会跟生母商量日期，更不管是何天气。李琼碧在床上疼得死去活来。李父、许嘉奇和许问渠早已去了屋外。尤其是李父，听着屋内传来一阵阵疼痛的喊声，心里着急上火，索性扔掉雨伞，让大雨直接浇到他的身上。许问渠和许嘉奇举着伞团团转。

李母守护在床前，看着女儿疼得要打滚，却又翻不动身，何尝不是急得团团转。到底是接生员有经验，跟李母说了一声："我带来的包里有一瓶蓖麻油，你拿出来递给我。"李母立即按吩咐行事。接生员拧开瓶盖，把瓶口放到了李琼碧的嘴前，说了一句："喝点吧，有利于生产。"

李琼碧受不了生产的疼痛，巴不得赶紧生完，一把夺过瓶子，仰头就喝。接生员一再强调："不可多喝！不可多喝！"李琼碧咕咚咚，一口气竟喝了半瓶。接生员说道："蓖麻油入了肚，很快就能生完，无须着急！"谁知李琼碧却迟迟没有生下孩子，还是在疼痛喊叫。

接生员看到她的下身流出了很多鲜血，还有很多褐色液体，并不曾手忙脚乱瞎忙活。反倒是李母，颇为着急，念念叨叨："羊水一旦破了，孩子若不能尽快降生，就有可能会被胎盘糊住嘴和鼻子，最终导致窒息。"看了看，猜思着又说："是不是蓖麻油喝多了，才致使羊水破了，孩子却迟迟没出来。"

接生员吩咐道："快去拿剪子和打火机。"李母以最快速度拿来递了过去。接生员从李琼碧的头上剪下了一缕头发。李母配合着打火烧头发。接生员让灰烬直接落到自己的手心里，转眼就放到了李琼碧的嘴前，吩咐道："把头发灰吃了吧，能中和你多喝的蓖麻油。"

李琼碧张嘴就吃，吃完了仍是喊疼。羊水浸透了床上的被褥，怎奈孩子还是没能降生。李母急得直跺脚，思来想去，是不是蓖麻油喝得原本还不够多？如果足够多，是不是早就应该生完了？

李母终究难以拿捏准分寸，拿起瓶子，又递到了李琼碧的嘴前。她哪里还会想那么多，咕咚咚，又喝了半瓶，最终只把空瓶子扔到了地上。李母反倒开始担心，提醒道："是不是喝得太多了？"接生员扭头看了她一眼，没有接话。李母不免再次剪发烧灰，让李琼碧吃下。

时间在悄然流逝，雨越下越大。屋外几人何尝不曾担心害怕。李父甚至早已跪到了地上。李琼碧仍是在折腾喊疼，声音丝毫不曾减弱。天上咔嚓咔嚓响了几声雷，那声音震天动地，足以致使屋外人难以再听到屋内的声音。雷声过后，屋内传来了一声婴儿啼哭。李母出门报喜："我有外孙了。"许问渠和许嘉奇都用袖子各自擦了擦额头。

接下来便有一道难题摆在面前，何时和如何把许嘉恒早已去世的事情告诉李琼碧？许问渠和许嘉奇没少商量，但始终没有比较妥当的主意。能达成共识的地方只是在于，二人皆认为至少要等到李琼碧坐完月子再告之。至于如何告之，难道要直言不讳？只怕不妥。

隔了半月，许问渠拿着纸香出了家门，一心想着，要去坟林里告诉许嘉恒一声，他已经有了儿子。走着走着，即将赶到，隔着一二百米，突然发现前方坟林里有人影晃动。仔细一看，原来是李琼碧正在挥锹铲土堆坟，她的头上蒙着红围巾。铲起一锹土，扬到眼前，又铲起一锹土，往前扬去，一座坟，即将堆完。她堆坟的位置的确埋着许嘉恒。

许问渠恍然大悟，原来我嫂子早已知晓我哥已经去世，真不敢想象她在孕期经历了怎样的精神磨难。她怀的孩子缘何会早产，许是因为她心里有伤，不可避免致使身体出现了问题。我嫂子是如何知晓我哥已经去世的？她又是如何摸清我当时把我哥埋在了什么位置的？何必去问！在我的心里固然是谜，在我嫂子的心里，那可全是对我哥的爱。我当时没给我哥立起坟堆，我嫂子在生孩子之前，肯定早已盼望着哪天能去立。我原本保守的秘密，她不愿意捅破，说明她不想让我帮忙立坟堆，一直等着想要自己来立。生完了孩子，还没出月子，就赶来了，足见她对我哥爱得真挚且热烈。许问渠想了又想，没有继续向前，不想去打扰李琼碧，转身就往回走。

第二十五章

新篇章

十月怀胎，终要分娩，蓝慧欣觉得身上稍有疼痛感，但不忍心立即叫醒趴在床沿上沉睡的许问渠。他不分昼夜，照顾孕妇，早已疲惫至极。蓝慧欣稍作思考，生怕发生意外，就抬手推了推许问渠，谁知竟没把他推醒。许问渠此时正在做梦，而且梦境颇为奇怪。他发现自己正站在屋门口，瞅着院外似有人影晃动，只因周围雾蒙蒙的，天上并无日头，看不清院外到底发生了什么事。

突然间，有人出现在了院门口，骑着一匹雪白的高头大马，头上戴着一顶边缘宽阔的帽子，身上披着一件枣红色大衣。一看便知，那人的身材极魁梧，气宇不凡，风度翩翩。那匹马似要前行，但不曾继续向前迈步，只是频频抬起蹄子敲击地面。那人扭头看了一眼院内，倒又不曾立即策马入院。就在那人扭头之际，许问渠发现那人的脸同样是枣红色的，而且整张脸上全无任何表情。

蓝慧欣觉得身上越来越疼，就使劲拽了一把许问渠。

他终于醒了，见妻子似是马上就要生产，拔腿向外跑，好在村里就有接生员。当他跑到院门口时，特意看了看周围，并没有发现梦中看到的那人，自是早已顾不上梦中的事。前后一刻钟，接生员就赶了来，谁知蓝慧欣竟难产。

许问渠在屋外院内等着，听见屋内传来了撕心裂肺的喊叫声。接生员需要把手伸进产道，帮辅着摆正胎儿的胎位。许问渠既着急于屋内，又思索着梦到的情形，不免念叨了起来，那人会是谁？真真亮亮出现了在了我家院门口，前前后后哪里像是在做梦。

随着婴儿一声啼哭，一直悬在半空的心终于落了地。万万没想到，孩子一落胎包，脸色红得就像是红布。接生员一看，吓了大跳。谢佩樱早已进了产房，给接生员帮忙，同样吓了大跳。接生员说道："我此前接生过那么多孩子，只见过有的孩子一出生就是满脸黄色的，那是黄疸症，倒是头一次看到，孩子一出生就满脸通红的。"

谢佩樱则说："是不是因为产妇的产道太窄，一时生不出来，才把孩子的脑袋挤压成了红色的。"接生员又说："再观察几天吧，如果只是因为受到了挤压，过几天，只要孩子身上的血管舒缓开了，肯定就会恢复正常颜色。"谢佩樱随即又问："几天后，孩子的脸色若是没能恢复正常颜色，那该怎么办？"接生员回答："肯定需要去医院。"谢佩樱没再问啥。

接生员忙完就走了。蓝慧欣躺在床上，急着要看孩子。谢佩樱便把孩子抱到了她的胸前，转身就走了。许问渠进了屋，看了看自己的儿子，虽说喜欢得不得了，但因为孩子的脸色异常而面带愁容。蓝慧欣吩咐道："你去问问孩子的奶奶，看看有没有什么办法，能让我的下身不再疼，想必她们老人应该知道。"许问渠走到了屋外。

谢佩樱此时正在院子里转圈，双手合十，念念叨叨，许家的祖宗，你们告诉我，我孙子的脸色缘何不同于常人？自从把儿媳迎娶进门的那一天起，我就巴巴盼着新生儿降临，同时又怕发生意外。既盼又怕的滋味，真是难以说清道明，总觉得心里似有一壶开水，始终在咕嘟嘟冒泡。原本所盼的事情发生了，但原本所怕的事情随之即来，真是一波未平一波又起，虽是转机，更是苦难的再续。孙子出生，本该高兴，但只是高兴了三分钟。谁能告诉我，日后该怎么办？

许问渠把蓝慧欣吩咐的那些话转述给了母亲。谢佩樱其实早有准备，转身去了饭棚，点燃了谷秸，用烟火熏烤油条。许问渠蹲在旁边，把自己梦到的事情告诉了母亲。谢佩樱听了听，颇感不安，念叨了一句："就怕梦里梦外有啥关联。"烤完油条，许问渠端着转身要去屋里，喂到了妻子的嘴里。蓝慧欣边吃边说："只求下辈子能托生成男的就好了，免得再受生孩子的苦。"说着说着，就说起了孩子的脸色。

许问渠直言："孩子自有自己的造化，都是带着造化来的。且不管长成什么样子，都是从娘身上掉下来的肉。"蓝慧欣点了点头。尽管许问渠和谢佩樱一直在精心照顾产妇，但蓝慧欣毕竟经历了难产，身体迟迟没有康复，再加上孩子的脸色迟迟没有恢复正常颜色，更让她心生忧虑，致使身体状况变得更糟。

许问渠岂能不揣摩，孩子的脸色难道会与我此前梦到的情形有关？终究不放心，生怕那是病症，四处求医，但始终没有人能告诉他，孩子的脸上缘何一直都像是刷了一层红色的油漆。各路医生被请来，只会对着孩子的脸色称奇，无不认为或许跟产妇此前的饮食有关，但又说不清到底跟哪些饮食有关，更不要提什么诊治方案了。

随着时间推移，全家人的心里不免会发毛。第四天的晚上，谢佩樱把许问渠叫到了院子里，嘀咕了起来，据传说，明朝皇帝朱洪武出生时，满世界通红，不管是远处的山，还是近处的树，都像是染了血，后来当了皇帝，几通大屠杀，用鲜血染红了世界，多么吓人。我们的孩子一落胎包，脸色直接就是红色的，更吓人，想必有些来历。我四处打听，大家都说，只有凶神恶煞，才会是红脸的。你梦到的那人，如果真是凶神恶煞，明显就是投胎到了我们家，日后势必会给我们家招来灾难。为了避免日后招灾，大家建议，索性把孩子扔了吧。

许问渠一听，当即说道："各种传言，全是胡说八道，怎能当真！"谢佩樱接着话茬又说："大家都认为，生孩子

— 362 —

事小，招灾事大！话又说回来，蓝慧欣已经开了怀，你们还年轻，日后还可以再生。"许问渠却说："我明天就去市里，总能找到一些说法。"第二天一大早，果然出了门。

趁屋里再无其他人，谢佩樱走到了床前，跟蓝慧欣说了一声："我把孩子抱出去，让外地来的游医给看看。"蓝慧欣没有不答应，就把孩子交给了婆婆。谢佩樱抱着孩子一直向西走，走了半天，又拐弯向南走，最终来到了一汪水的跟前，倒手就把孩子扔到了水里。

许问渠回来后，见不到孩子，自然要问。蓝慧欣答说："被他奶奶抱走了。"许问渠一听，心底顿时起了怕意，转身就去找母亲，怎奈一时竟没寻见。直到傍晚时分，谢佩樱才回到了家中。许问渠不停地追问孩子的去向，但她死活不说，反倒劝儿子："不要再找，日后再生，才是最佳选择。"

等许问渠转身离开，谢佩樱开始面壁嘀咕，真是奇了怪了，我把孩子扔到水里，一直守在那汪水的跟前，却发现孩子始终不沉底，而是一直漂在水面上，就那么一直漂着。若是有风吹来，还随着风在水面上转圈。到底是怎么回事？按理说，不管是谁，一旦落到水里，若不会游泳，势必会下沉。都说刚出生的孩子天生就会游泳，直到满五十天之后，若不加练习，会游泳的本能就会消失。我孙子可一直被包在小被子里，又如何可能游泳。包着孩子的小被子，固然是用棉布和棉花做成的，但在水里一泡，就变成水囊了，又怎么可能会一直漂在水面上。既然一直漂在水面上，说明孩子的确就是妖精托生的。

面对蓝慧欣的一再追问，许问渠终究不敢直言相告，生怕妻子承受不住。起先只是支支吾吾，最终只能暂时搪塞，孩子被他奶奶交给了游医，过些时日就给送回来。见蓝慧欣的脸上仍是布满疑虑，许问渠又安慰了两句："偏方治大病，说不准就能让儿子的脸色恢复正常。况且儿子还那么小，难道游医会起歹心？且不必担心！"

此后一夜，再无他话。次日早晨，许问渠依然要到母亲跟前追问孩子的去向，怎奈母亲早已出门，四处寻找却始终没找到。谢佩樱再次来到了那汪水的跟前，只见孩子依然漂在水面上，已经漂移到了水中央，而且包着孩子的小被子早已被水泡得鼓鼓囊囊，心里直打鼓。

那汪水夹在四块地的地头上，原本是四处的雨水流到了低洼处，逐渐积累下的。四处皆没有可以插脚的空档，只有靠北的水面空档处可以容得下两只脚，仔细看去，想必水下有一块大石头，而水面没有没过石块。谢佩樱轻轻起跳，一下子就蹦到了那块石头上，静下心来，想要听听孩子是不是还能发出什么动静，听了一会儿，除了一些风声，什么都没听见。

她又蹦回到了岸上，在岸边捡了一块拳头大小的石头，朝水中央扔去，随着石头入水发出了扑腾一声，水中央似乎传来了孩子的咳嗽声，而且接连两声。谢佩樱大吃一惊，嘀咕了一句："难道还没死吗？"说着话，就要往回走。那汪水所在的位置，原本就是人迹罕至的地方，许问渠无论怎么寻找，又怎么可能会想到那里。

任凭儿子怎么追着问，谢佩樱照旧死活不说。许问渠缠着不放，谢佩樱就开始搪塞，年纪轻轻，何愁再生。接连几天，无论许问渠怎么追着问，谢佩樱还是不肯说出孩子的去向。无论蓝慧欣怎么沉不住气，怎么追问，许问渠只能暂时搪塞，不用着急，该回来的时候，肯定会回来，想必是那游医需要一段时间来化解孩子身上的一些问题。

谢佩樱每天都会躲躲闪闪前往水汪那里，总能听见孩子似乎又在打喷嚏。一阵风吹来，只见孩子向南漂去，又是一阵风吹来，又向西漂去，却始终不想把孩子捞出来。悄然间，已经过去了六天。

就在孩子被扔到水里的第七天早晨，刘桂兰来至集吉园，左手拎着满满一篮子鸡蛋，右手领着黄旭阳，边走边说："且不知你慧欣姑是不是已经生下了孩子，我跟她上一次见面，闹了一些不愉快，任凭你慧欣姑现在是不是还讨厌我，我们都要去看看。"黄旭阳说道："我不喜欢慧欣姑！"刘桂兰告诉孙子："不管怎么说，你书曼姑是许家的人，许问渠是你的姑父。亲戚们不能断了联系，时常走动走动，彼此就会发现对方的优点。至于缺点，要相互包容。人非圣贤，谁都会有缺点，只要能相互包容，彼此就会传递温暖。"

祖孙二人走到路口时，看见前方的碾棚里挤满了人，越是靠近，就越是听得真切，只听那些人说什么在水汪里捞到了红脸孩子，赶紧挤进了人群中央，只见孩子正躺在碾盘上。人群中又有人说："前几天，我在街上闲聊时，曾听接生员说起来，好像是许问渠家的孩子，一出生，脸上就像是刷了一层红色油漆。我们赶紧去把许问渠叫来吧。"

刘桂兰接话说道："不用去叫，我给他送去。"说着话，便把自己身上的外套脱了下来，把包着孩子的湿被子拽掉，再把孩子包在自己的外套里，抱着去了许问渠家。谢佩樱像前几天一样，来到那汪水的跟前，突然发现孩子不见了，当即惊讶不已："难道是昨天晚上沉到水底下去了？即使没有被淹死，恐怕早已饿死了。哪怕新生儿三天不吃奶，都饿不着，体内存有储备，但又仅限于两三天。不要说是刚出生的孩子，即使身体棒棒的大人，六七天不吃不喝，都会饿死。但愿他再次投胎的时候，不要再托生得像是凶神恶煞。"

蓝慧欣终于见到了自己的孩子，赶紧揽进怀里喂奶，因小家伙的嘴实在是太小，便把乳头凑到了小家伙的嘴边，慢慢尝试着往嘴里送去。小家伙努力张着小嘴，等含住了母亲的乳头，就是一顿猛吸。刘桂兰把在大街上听到的那些说法告诉了许问渠和蓝慧欣，一并问道："孩子怎么会在水汪里？"

蓝慧欣不知该怎么回答，只是冲着刘桂兰接连道谢，随即冲着孩子念叨了起来："幸亏你姥姥把你抱了回来，要不然我可能就见不到你了。今生今世，你可不能忘了你姥姥。"刘桂兰一听，怎会不知，那些话虽是蓝慧欣冲着孩子说的，但孩子刚刚出生怎能听懂，缘何要那样说，无非是想要传递亲情信号。刘桂兰满脸绽笑，赶紧跟黄旭阳说道："等你弟弟会走路了，你就能带着他一起玩了。"

许问渠出了屋，要去找母亲。谢佩樱刚刚回到家里，正站在墙根抹泪。见儿子走过来，谢佩樱悲戚戚说道："到底是自家的孩子，突然就没了，怎能叫人不心疼。"许问渠劈头盖脸问道："别人怎么会在水汪里捞到了我的儿子？是你把我儿子扔到了水汪里吧？"谢佩樱稍作思考，交代了实情，随即就要跟着儿子前去看望孙子。许问渠只是耷拉着脸。

见谢佩樱就地画圈，不好意思走到床前，刘桂兰扭头冲着孩子说道："我的外孙明明是得了大的造化，才会在出生时异于常人，想来日后必会出将入相，岂是你们许家能担得住的。爸爸、妈妈，还有奶奶，若是不想养，那就让姥姥把你养大。"许问渠说道："在水里泡了七天，不吃不喝，竟完好无损。若不是得了大的福报，谁能办到？"

谢佩樱一句话都说不出来，被臊得满鼻子灰，只能灰溜溜地往回撤。刘桂兰又冲着孩子念叨了起来："从今往后，但愿你眼中的世界能如你所愿！你眼中的人都能彼此带来温暖！以前听那说书先生讲过，两千多年以前，孔子出生时，同样曾遭遇过一番险情，到后来却成了圣人。我希望我外孙日后同样大有作为，更希望你能像高山一样巍峨，任凭风吹雨打，始终抱定心中的乾坤，岿然不动，不屈不挠，莫不如就让你随着孔子叫许丘吧。"许问渠说道："不妨再随着明亮，加一明字，叫许明丘。"刘桂兰说道："挺好！挺好！"蓝慧欣只是在笑。

许问渠忙来忙去，要么给孩子换尿布，要么去清理粪便，每次看着自己的儿子，总有些感慨要抒发，眼下又在念叨："孩子，孩子，你只需慢慢长大，我会一直陪着你，用尽我的一生去爱你，去呵护你。世上艰险，诸事繁杂，谁都掌握着或对或错的裁断权，不起纷争，怎么可能。在我满心负累的时候，好在还能从你的脸上获得最简单、最纯真的美好，真的是要感谢你。你微微一笑，就温暖了我的世界，犹如春风吹来，我的世界里便开满了花朵，我每天都念想着和你穿梭在花丛中。我的人生当真掀开了崭新的篇章。"

谢佩樱总想走到跟前看看孩子，但又总感觉无颜以对，趁许问渠洗尿布的工夫，跟儿子说道："我要去慈恩禅院，跟你说一声。"许问渠问道："你去那里要干什么？"谢佩樱只回答了俩字："赎罪！"话音落地，转身就走。许问渠扭头望着母亲的背影，明明想要喊一声，让母亲回来，但迟迟没有喊出来。谢佩樱的身影消失在了院门口拐角。

时隔几日，蓝慧欣见孩子像是饿了，要把乳头放入孩子口中，谁知孩子却只是哇哇哭。哪怕改用奶瓶喂奶，同样只是大哭。刘桂兰一直住在许问渠家，帮忙带孩子，眼下提议，莫不如带着孩子去医院吧。许问渠和蓝慧欣怎会不知，老人应付不了的事，尤其需要警惕。

　　到了医院，做完检查，医生告之，孩子的嘴里长了一些东西，看上去像是鹅口疮，但鹅口疮通常不会引发疼痛。又像是马牙，但马牙通常在新生儿出生后的四至六周才会出现，而且不影响吃奶，于是暂时很难断定到底是什么，需要再做更细致的检查。

　　刘桂兰一听，想了又想，转身就要向医院外面跑去，想找人打听偏方。看着孩子一次又一次躺在采血台上被抽取一管又一管血液，许问渠和蓝慧欣自是心如刀绞。无论医生怎么治疗，谁知孩子仍是无法吃奶。到了晚上十点多钟，刘桂兰思量着自己的应对策略，从挎包里取出了一把香，点燃了，拿着走出了病房。值班护士发现后，揪着她不放，责怪她大搞迷信，影响了医院里的空气质量。

　　刘桂兰却说："猫有猫道，狗有狗道，各有各的家门，你们医院的治疗策略未必管用，难道还不允许我们按照民俗再试试其他策略吗？"

　　护士一听，只是摇头叹气。蓝慧欣站在病房门口，全都看在了眼里，悄悄感叹："黄书曼的母亲为了我的孩子，当真是实心实意。"刘桂兰甩开护士，沿着东墙根走出了医院，拐过了几处十字路口，钻到了一棵大松树底下，在那里焚烧了一些黄裱纸和纸叠的金银元宝。往回走时，改走另一条路，绝不与来时路相同，无非是担心被送出来的不洁之物再原路跟着返回去，到了医院门口，则又沿着西墙根迂回到了病房里。

许是苍天不负，刘桂兰扒开孩子的嘴，拿着棉签在里面横扫竖扫了一番。蓝慧欣随即就要给孩子喂奶，孩子终于不再哭。次日早晨，就要带着孩子出院，刘桂兰把一条红色的包袱蒙到了孩子的身上，还让蓝慧欣一直拿着一把她事先准备好的桃树枝，目的是辟邪。

时隔几天，刘桂兰又往孩子的脖子上挂了一条红绳。似是不太美观，便在红绳上拴了一块玉。红绳是她去慈恩禅院寻来的，是从佛祖披在身上的衣服上扯出来捻成的。玉是她去商店里买。刘桂兰一再叮嘱："有了红绳，我外孙可就算是佛祖身边的文殊童子转世，要让孩子终生都戴着，确保平安。"

蓝慧欣全都接受，拉着刘桂兰说道："自我结婚以来，我的亲娘从来没有露过面。原本应该由我亲娘来做的事，现在都是你在做。且不管你怎么想，以后我把你当成我的娘。"说着话，就有热泪滚落。刘桂兰的眼里同样有泪珠打转。她去慈恩禅院，还一并探望了谢佩樱，怎能不劝："回家吧，老来一时犯糊涂，一家人怎会计较起来没完。"

谢佩樱却说:"别人可以不跟我计较,但我怎能容忍自己犯了低级错误。人生在世,或许就是要去经历,除此之外,哪里还有更高级的事务。暂且放下早已嵌入生命的历程,再去经历此前还没经历的,谁都说不清最终到底是恶贯满盈,还是满腹忠诚,只是慢慢向前走去,少了其中的一劫或者一分一秒,都算不上是完整人生的完成。且让我渡完自己的劫!"刘桂兰不再深劝。谢佩樱每天都跪在佛前磕头,吃住全在禅院,一时还没有回家的打算。

隔了半月,许问渠和蓝慧欣去了一趟禅院,见了谢佩樱。蓝慧欣说道:"哪怕亮亮跟你没有直接的血缘关系,你对待他,都那么实心实意。明丘跟你可是具有直接的血缘关系,若说你真有坏心,想害自己的亲孙子,我可不信!"许问渠说道:"怪只怪当时你听信了别人的胡说八道,其实你的身上并没有那么重的罪孽。"谢佩樱只说:"正好有人替我帮你们带孩子,我没有什么不放心的。你们回去吧,等我洗清了自己的罪孽,我就回家。"许问渠和蓝慧欣没再说什么。

左小心右小心,熬到了孩子出生一百天的时候,姥姥早已做好了百裤。那天早晨,要抱着孩子出门去找人认干爹。许问渠竟说了一句:"是不是有点愚昧?"刘桂兰为了外孙几乎要打女婿,并且有言:"依照民俗,认干爹,只有好处,没有坏处。若是能让孩子脸上的红色退却呢?"许问渠不好再说什么,只能让刘桂兰抱着孩子出门。

来到大街上，刘桂兰一直念叨，太年轻的，肯定不行，要认就认上了一点岁数的。她仔仔细细观察着路上的各色行人，迟迟见不到自己想要见到的人，焦急难耐。过了许久，看见对面走来了一位斯斯文文的中年人，就急着跑过去。拦住那人，便要告之目的，怎奈那人转身就跑。

刘桂兰不免有些失望，但她不达目的誓不罢休。又过了许久，看见对面走来了一位健壮结实的中年人，急着跑了过去。那人听刘桂兰说完了自己的想法，稍稍有些迟疑。刘桂兰赶紧央求："你不妨看一眼，孩子其实一直穿着裤子，只是还没提到腰上而已。不需要你再给他从头穿上，只需要你给他提到腰上就行。耽搁不了你太长时间，更不需要你费多大力气。"

那人拍着脑门念叨了起来："我可听说，认干爹有很多种认法。有的日后会继续走动，交往密切的，甚至会如同亲生父子；有的日后不再来往，认干爹其实只是擦肩而过。我有自己的子女，可不想跟你家日后还有来往。你若同意，我就给你帮忙；你若不同意，就不要再拦着我。"刘桂兰赶紧说道："只要你肯帮忙，全由你说了算。"那人果然凑到了刘桂兰的跟前，冲着孩子笑了笑，随即把裤子提到了孩子的腰上。刘桂兰千恩万谢，目送那人远去。

说来真是奇了，自那以后，孩子脸上的红色逐渐消退。细细想来，那又何尝不是巧合，吃了人间饭，定是人间貌，原该如此。许问渠和蓝慧欣满心欢喜。刘桂兰总是呵呵笑着念叨："光是靠遗传，我都能想象到，明丘日后必会成为出类拔萃的俊美少年。到那时，谁又能想到，他出生的时候脸色异于常人。"

后 记

　　讲完故事，再来交代全书写作背后的相关思考。在古往今来的文学世界，堪称经典的婚恋故事并不少见。史上的前端积累越多，后端作者的写作自然越有难度。又因婚恋涉及芸芸众生，人人都有话语权，哪怕独辟蹊径，只讲述颇有传奇色彩的故事，仍难避免被人指摘。举凡此类，皆属常识。在开始动笔之前，就时常告诫自己，即使拿常识来考量，都不宜贸然落笔成文。

　　好在早已积累下了充足的民间寻访经验，深刻理解百姓普遍把婚育和丧葬视为人生历程中最重要的两宗事项，故此莫不如遵循民间习惯，把两宗事项结合起来描述。尤其是由女方婚前先亡引来的各种问题，原本就牵连着两大事项，一曰婚，二曰坟。换言之，一曰婚约，二曰丧葬。

　　翻阅古今典籍，借坟言婚或者以丧葬论爱情的故事恰恰并不多见，不妨添花一束，于是便为写作寻见了理论层面的原初动力。更重要的是，以替头婚为叙事主题的独特婚姻缔结，能极力表明民间对人情温暖的积极寻求和守护，刻画着百姓喜谈和善讲仁义，当真让人感动，于是又为行文提供了情感层面的原初动力。

自写作《天鹅绝唱》以来，一直都在奉行最低限度虚构的叙事理念。本书和接下来的《走错家门的孩子》一概如此。所谓最低限度的虚构，是指各种故事绝大多数来源于采访，少量取材于典籍，落笔成文并非零起点式创作，而是在做辑合工作，甚至要把百家事放在一家说。

具体言之，各种故事在民间流传时，原本只以零散的面貌潜藏在上百位乃至几百位访谈对象的记忆中，而且通常呈现为碎片状。只有极少量的故事，算是比较完整，但又往往经历过民间说唱人员的整理，或者直接来自某些戏曲曲目，属于传统文艺在民间流传的遗留物。若要让各种故事以完整的面貌示人，除了要对它们做出必要的情节补充，最好还能镶嵌到一部长篇小说中。因为长篇小说最是讲求叙事完整，而且还能以充足的叙事空间承载各种故事。甚至可以说，长篇小说类似于可以从中拉出无数抽屉的柜子。把各种故事按照叙事线索储存在相应的抽屉里，无疑属于保存故事的最佳方式，顺便还能让它们在整部作品中分别获得相应的位置，以此确保它们的叙事主题能释放出更直接的指涉性。让若干年来的采访所得汇入一部作品，难免就需要按照一条或者两条叙事线索，把上百家的事放在一家或者几家来说，方能起到共同拱卫主题的效果，尽最大努力让一部文学作品饱满。刻意留心补位婚，固然始于 2021 年 10 月，但与书中故事相关的前期采访严格来说始于 2007 年，前面六年还曾零散采访。

缘何要坚持最低限度的虚构，主要出于两方面思考。其一，各种故事若不曾在民间发生和流传，全盘来自作者的虚构，那就意味着它们只能把根系扎在作者的一己构思中，其生命力恐怕要接受考验，或者只能交给历史去检验。搜集民间已有的故事，辑合成长篇小说，恰恰会让各方面故事自带根系，因而不用为它们的生命力担心。其二，越是深入民间寻访，越能发现不少人都有成为文学家的潜质。哪怕他们不具有写作能力，并不对写作抱有兴趣，平时甚至还不善于描述故事，但在梦中总能领略到各种原本无法在俗世发生的离奇事情。何谓梦，若非日有所思，夜有所梦，属于对所思所想的忠实刻画，那便指向大脑自主完成的对做梦者另一种生活方式或者人生路向的积极开示，哪怕只是显示出了区别于当下的另一种可能，仍将意味着做梦者未必只能居于现状。说到底，梦是大脑对做梦者的馈赠。越是如此，越能显示出民间人人何尝不曾拥有自己的梦想，谁的生命不曾鲜活，但能否记述下来就成了问题。哪有民间二十四史，因而不妨坚持最低限度的虚构，只为记取民间的人和事，让那些鲜活的生命借着一部文学作品获得延伸表达。

自写作《天鹅绝唱》至今，还一直坚持溯源写作的理念。所谓溯源，在宏观层面上，无非是要追溯民间风貌的基本构成和内在的文化源起，在微观的层面上，则要追溯民间风貌的每一项细节在普通百姓的认知范围内具有怎样的观念性起源和发展脉络，谋求对中国社会和文化产生更深刻的认识，探究你我到底应该如何安身立命。民间的温情总让人感觉到可歌可敬。若能剥离红尘浮华的层层尘埃，在民间探寻到最接地气的安身立命之道，那就无异于要进行一次针对生命历程起点和终点的溯源探寻。何须再像尘埃那般浮起，莫不如一直宛若大地而只对生命做出深沉的咏叹。每次深入民间寻访，都是学习的过程，收获满满。书成之际，不得不向普普通通的访谈对象致以最高的敬意，只是他们都不愿意让自己的名字出现在书上。书中讲述的故事若跟其他著述雷同，并非抄袭，恐怕是因为不同的作者打听到了相同的故事，而且做了类似的讲述。

见于《天鹅绝唱》全书末尾，记有两句诗文，未曾交代出自哪里。自该书出版以来，竟引起了不少友人的注意，时常被问是否还有另外两句。往日尽去，早在 2007 年夏季，的确曾写有一首题为《往昔》的自拟诗作。于今不妨借着本书把全诗展示出来：

旧年风华莫留吟，

枝头喳喳念浮云。

记忆深处有冬季，

每晚夜到月西沉。

　　早在本书刚开始动笔时，就有友人表示盼望看到末尾放有一首诗。于今倒是可以留下一首题为《旧话重提》的自拟诗作，算作是对本书写作感受的凝结：

　　　　江水滔滔江自已，
　　　　炊烟袅袅烟无际。
　　　　他人不惜蝼蚁命，
　　　　蝼蚁岂能不自惜。

　　　　　　　　　　　　　　　　伊涛

　　　　　　　　　　　　　桐碧园/抱春山

　　　　　　　　　　　　　2022 年 5 月

图书在版编目（CIP）数据

集吉园往昔婚恋 / 伊涛著. －上海：东方出版中心，2022.12

ISBN 978-7-5473-2070-9

Ⅰ. ①集… Ⅱ. ①伊… Ⅲ. ①中篇小说－中国－当代 Ⅳ. ①I247.5

中国版本图书馆CIP数据核字（2022）第239622号

集吉园往昔婚恋

著　　者	伊　涛
责任编辑	陈哲泓
装帧设计	林　懿

出版发行	东方出版中心有限公司
地　　址	上海市仙霞路345号
邮政编码	200336
电　　话	021-62417400
印 刷 者	上海颛辉印刷厂有限公司

开　　本	890mm×1240mm　1/32
印　　张	12.25
字　　数	210千字
版　　次	2023年2月第1版
印　　次	2023年2月第1次印刷
定　　价	68.00元